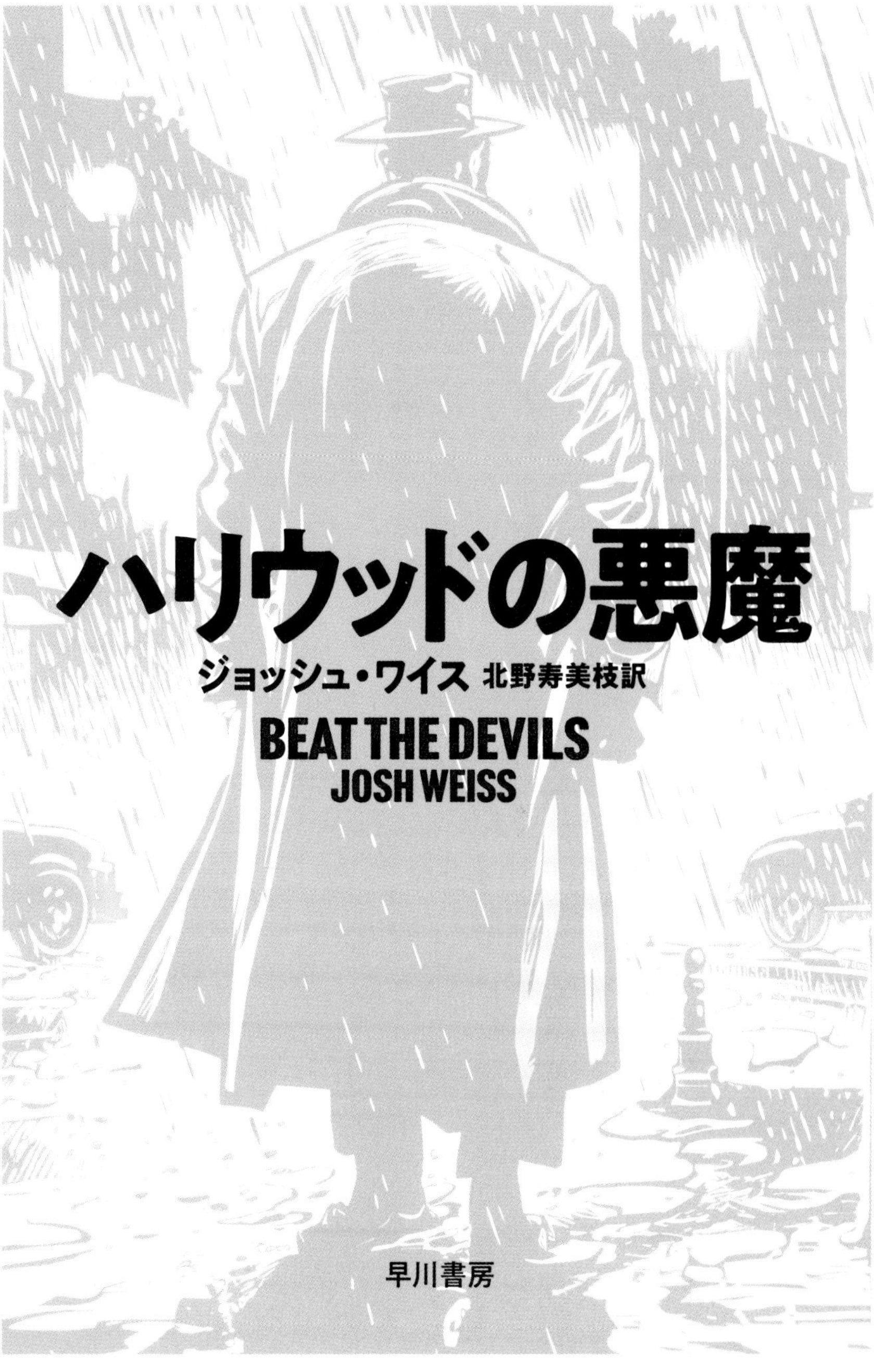

ハリウッドの悪魔

ジョッシュ・ワイス　北野寿美枝訳

BEAT THE DEVILS

JOSH WEISS

早川書房

ハリウッドの悪魔

BEAT THE DEVILS
by
Josh Weiss

Translated by
Sumie Kitano
First published 2023 in Japan by
Hayakawa Publishing, Inc.
This book is published in Japan by
arrangement with
Grand Central Publishing, New York, New York, USA
through The English Agency (Japan) Ltd.

装幀／ k2

母ヒラリーに――　〝生きてるよ！〟
父ウィリアムに――　〝笑うな、本当なんだから！〟
祖父母たち、アル・ギヴナーとリリアン・ギヴナー、
ミリアム・レヴァ・スルツキーに

本書のきっかけを与えてくれたのはホロコーストを
生き延びたイライアス・ヴァイスである。

目次

私の手もとには、共産党員だと国務長官に知られているにもかかわらず国務省で働き、政策を作っている人物二百五人のリストがある。

ジョセフ・マッカーシー上院議員
（共和党、ウィスコンシン州選出）

登場人物

モリス・ベイカー………………………ロサンゼルス市警の刑事
ブローガン・コノリー…………………同刑事。ベイカーの相棒
グラディス・ハーグローヴ…………同ベイカーとコノリー担当の秘書
ウィリアム・H・パーカー…………同本部長
チャールズ・ウォード…………………ロサンゼルス検死局長
ハートウェル……………………………下院非米活動委員会《HUAC》の調査官
ウォルドグレイヴ………………………同調査官
ジョン・ヒューストン…………………映画監督
エンリカ・ソマ…………………………ヒューストンの妻
アンジェリカ（アンジー）…………ヒューストンの娘
ウォルター・クロンカイト…………ジャーナリスト
ハンフリー・ボガート…………………映画俳優
アンディ・サリヴァン…………………『ロサンゼルス・タイムズ』紙の記者
ソフィア・ヴィフロフ…………………ソビエト諜報部員
エリザベス（リズ）・ショート……ベイカーのガールフレンド
オリヴァー・シェルトン………………宅配サービスの青年
アーサー・X・ショルツ………………サウス・カリフォルニア大学教授
ロジャー・ダンフォース………………同教授。生物学科長
ラレミー・フェンウィック…………ショルツ教授の弁護士
ルドルフ・ラッシャー…………………ナチス強制収容所の司令官
ヴェルナー・フォン・ブラウン……ドイツ人。ロケット工学の専門家
ヴァレンティーナ………………………〈ラ・エスパーダ・ロハ〉の女主人
エドワード・R・マロー………………ジャーナリスト
ジョセフ・マッカーシー………………アメリカ合衆国大統領

国民の皆さん
私は今日、この偉大なる国の大統領にふさわしいとしてアメリカ国民が私を選出してくれたことに恐縮するとともに大いに感謝して皆さんの前に立っています。この国における最高の地位を継承する者として、その任にかなうべく全力を尽くす所存です。国内外の脅威から皆さんを守ります。

今日は、この国が直面している危機についてお話ししたいと思います。われわれはいま、巨悪との死活をかけた戦いにはまり込んでいます。巨悪とはなにか？　共産主義です。共産主義がはびこるのを目《ま》の当たりにして、皆さんと同じく私も、なんらかの手を打つ必要性を感じています。

その証《あかし》として、私は今日ここに立っているのです。今日の主役はわれわれであり、これはわれわれの祝典です。

共産主義の党である民主党は、スターリンの代理人たちを排除することによってこの国をすばらしい国にしようとする私の努力を阻《はば》もうとしてきました。必要な警告を発さんとする私の口を、批判と中傷で封じようとしたのです。彼らとその御用新聞『デイリー・ワーカー』は、私の姓をもじった造語を生み出しました。私を汚《けが》し貶《おとし》める意味合いを含むものなので、ここでは口に出すのを控えます。

共産主義者にいささか厳しく当たることが非アメリカ的だというなら、私は自分が非アメリカ的であることを認めなければなりません。

言うまでもなく、寄ってたかってのバッシング及び名誉毀損《きそん》を行なうことにより、民主党は自分たちの作り出した共産主義的な怪物の完全な支配を受けていることをみずから露呈しています。彼らは民主党などと名乗るべきではない。〝共産主党〟とでも名乗ればいいのです。

現に、この偉大なる国の民主主義を愛する人びとは〝共産主党〟の呪縛——ローゼンバーグ、ソベル、グリーングラスといった名前でわれわれのなかに交じっているごく少数のかぎられた者にのみ知られる危険な形の魔力——からすでに解き放たれています。こういった異分子たちは、見た目こそわれわれと同じです——そう、その点はまちがいありません——が、民主主義と資本主義の理想をわれわれと分かち合うものではありません。彼らは羊の皮を着たオオカミなのです。われわれの持つ科学の機密を盗み、ソビエト連邦及びその衛星国の掲げる無神論のイデオロギーで現代の若者の精神を毒しています。彼らはわれわれアメリカ人の生活様式に寄生する勢力なのです。

裏切り者を排除するという点に関しては、下院委員会も下院公聴会も無力であることが判明しました。対抗策が不充分だからです。今日ここに集まっている皆さんのなかからひとりを選んで「あなたは共産主義者ですか、もしくは以前は共産主義者でしたか?」とたずねることはできます。しかし、もしもその人がヨシフ・スターリンを崇《あが》めているとしたら、返ってくる答えになんの価値もない……まあ、偽りの父たる悪魔については皆さんもご存じでしよう。

ヒョウが表皮の模様を変えることができないように、共産主義者は生きかたを変えることができません。彼らは過去の行動の勢いに乗じているだけなのです。マクベスはそれを「血にまみれた私はこれ以上進んではならない」とみごとに断じています。

アメリカ社会及びその基本原則が壊滅的に衰退するのを防ぐべく早急にかつ徹底した手を打つ必要があります。私は全身全霊を投じて共産主義という悪及び逸脱行為を排除すること、その手始めとしてわれわれを害したいであろう破壊活動分子をこの政府から一掃することを約束します。

アメリカ国民に自由の見張り役として選ばれた人間にはある種の責任を果たす義務があります。その人間に裏切り者を見抜く知力がないのなら、そして――ウィスコンシン州民の用いる表現を借りてよければ――裏切り者を名指しで告発する〝肝《きも》っ玉〟がないのなら、見張り役から降りるべきであり、アメリカ国民の代表となるべきではありません。私はいついかなるときも、相手がどれほど重要な地位にあろうと、裏切り者や共産主義者を名指しで非難します。

マルクス主義者との戦いの境界線はアメリカ国境ではありません。いまも、朝鮮半島では終わりの見えない戦闘が続いています。いまも、国内外の共産主義の流れを食い止めることのできない米国を〝赤の脅威〟はあざ笑っています。ソビエト連邦及びボリシェヴィキの同盟国の血に飢えた欲望を満たすために何人のアメリカ兵が命を落とさなければならないのか？　息子を亡くした母親たちは、徹底的に報復するというマッカーサー将軍のもっともな意見にわれわれがなぜ従わないのかと不審に思っています。過大な力でやり返して、われわれがこの戦争に勝とうとすれば、中国共産党を怒らせるのではないかと言う者がいます。しかし、わが国の若者たちが頭を吹き飛ばされているときに、なぜだれかを怒らせることを案じる必要があるでしょう。

国民の皆さん、もう終わらせましょう！　終わらせるのです！　いまこそ、この偉大なる国を不穏な雨雲のように覆う〝鎌と槌《つち》〟を取り払うのです！　その先には明るく晴れた日々が待っています。私はそれを約束します……ジョセフ・レイモンド・マッカーシーの名にかけて。

ジョセフ・マッカーシー大統領就任演説

（一九五三年一月二十日）

第一部　一九五八年七月一日

それはどんな一日だったのか？　ふだんと変わらない
なんでもない一日も、時代を変え、時代を照らすできご
とに満ちている……あなたはその目撃者。

ウォルター・クロンカイト

1

初めにショベル、次に闇。

モリス・ベイカーにとってはそこが世界の終わりだった。だが、そこが始まりでもあった。身がすくむほど深い記憶の淵から彼を呼び起こしたのは底知れぬ深い闇だ。いや、暗闇といまいましい電話の音だ。

今日は火曜日。ナイトテーブルにピーチシュナップスの空き瓶が転がっているから火曜日だ。月曜日の夜はいつもピーチシュナップスを飲むのだ。父がそうだったように……ただ、父は飲んだくれなどではなかったが。

嘘をつけ。モリス・ベイカーは毎晩、いや、たいてい昼間からピーチシュナップスを飲んでいる。目が覚めて火曜日だとわかったのは、油汚れのひどい冷蔵庫に貼りつけた官給品のノーマン・ロックウェルのカレンダーを見たからだ。七月のイラストは、南国のビーチでマティーニで乾杯している古風な水着姿の〝誇り高き〟ふたりのアメリカ人——夫婦——だ。遠くには、ソビエト連邦の鎌と槌《つち》のシンボルが入った鎖につながれ、冴えない灰色の国民服を着て悲しげな顔をした夫婦の姿。ふた組の夫婦の上方の雲ひとつない空には、黒縁によってくっきりときわだつ赤、白、青の文字で〝資本主義の自由！〟と書かれている。

酔いが残っているせいでイラストは二重に見えるが、今日が七月一日だということはわかる……ああ、くそ！

電話はまだ鳴りつづけている。寝返りを打ってベッドの外へ腕を伸ばし、見えない受話器を手探りしていると、隣に寝ている裸の女が身じろぎした。

汚れた靴下、チョコレートバーのくしゃくしゃになった包み紙、放りっぱなしになっている政府の公式新聞『カウンターアタック』紙発行の手引書『共産主義者を見抜く簡単な十の方法』。かつてはやされた『共産主義の定義』は、著者のデイヴィッド・シーンがユダヤ人であるため〝不完全で不正確。国家の安全のために早急な改訂の必要あり〟と断じられた。たこのできたベイカーの指がようやく受話器を探りあてた。

「もしもし？」無愛想な声で電話に出た。ピーチシュナップスのせいで、口が渇いて変な味がするし、頭もずきずきと脈打つように痛む。まるで、頭がドラムと化し、拍《はく》を刻むことによって人生のあやまった判断のひとつひとつを思い知らせているかのようだ。顔を上げて目を細め、漏れそうな不快感を飲み込んだ。二日酔い緩和の推奨容量を上まわる陽光が、収縮した瞳孔を貫いた。

「ベイカー、起こしちまったか」パートナーのブローガン・コノリーだ。さほど申しわけなさそうな口調ではない。

「いや。早めのブランチをとってたんだ。ルシル・ボールと一緒でね。いまちょっと手が離せない。あとでかけなおしてくれ」アメリカに住んで十年以上になるのに、ベイカーはいまだにチェコスロバキア語の発音が抜けず、ワズをヴァス、ザをジーと言ってしまう。

「ざれごとはいい、ベイカー」コノリーが応じた。「いますぐエコー・パークへ来てくれ。それはそうと、また呂律《ろれつ》がまわらないようだな。ピーチシュナップスの瓶を置いて、ここへ来い」

「勤務時間まで待てないなんて、どんな用だ、コノリー？」

「死体がふたつ。殺人事件だ」

「だからどうした？　殺人なんて日常茶飯事だろう。神の名にかけて言うが、それを調べるのがおれたちの仕事だ」

「まず、神の名はイエス・キリストだ。次に、神などとみだりに口にするな。さもないと、拳《こぶし》で思い知らせるぞ。それと、たしかに殺人なんて日常茶飯事だが、大手ネットワークの記者と過去の人になっちまった映画監督の殺人事件なんて、そうそう出くわすもんじゃない。さっぱり理解できない事件だ。あんたも知りたいだろうと思ってね」

ベイカーはピーチシュナップスによる頭痛などたちまち忘れた。横の女がくぐもったうなり声をあげて寝返りを打った。布団がずり落ちて女の青白い胸が見えた。ベイカーは一瞬、電話を切ろうかと考えた。

「聞いてるのか、ベイカー？」

「ああ、聞いてる。そうかりかりするな」その表現はどうも口になじまない。「で、住所は？」

「アルティヴォ・ウェイ九八四番地。エコー・パーク・アヴェニューから少し入ったところだ」

「わかった。ほかになにか？」

「そのケツを上げてここへ来い、ユダヤ野郎。いいな？」コノリーは返事を待たずに電話を切った。

「コノリー、このアイルランド野郎」ベイカーはうめくように言って床の電話機に受話器を戻し、あお向けになった。

「なに？」女がぼそりとたずねた。

「仕事の電話だ」ベイカーは答えた。「もうひと眠りしろ、リズ」

たちまち女はまたいびきをかいていた。羽根の歪んだブラインドから差し込む光の筋が落とす早朝の影を見て、ベイカーは有刺鉄線の格子を思い出した。不意打ちの記憶に激しい吐き気が込み上げる。ピーチシュナップスとうずら豆の吐物の始末から一日を始めるなどごめんなので、すぐさま身を起こした。ベッドの端に腰かけて、落ち着いてふだんどおり働け、と頭のなかで腹を言いくるめた。

「とにかく体が起きてるあいだは」伸びをして、口を開けて心ゆくまであくびをした。立ち上がり、服を着はじめた。出がけに、西ドイツの裁判所から届いた未開封の手紙の山に乗っていた拳銃を手に取った。手紙はどれも封筒の幅いっぱいにドイツ語と英語で〝至急！〟というスタンプが押してあるが、五月から六月にかけての数週間にそれらを受け取ったベイカーは急いで読む気などなかった。

2

チャイナタウンの中心部にあるワンルームの自宅アパートからエコー・パークへと車を走らせながら、カリフォルニアの太陽はまるで檻《おり》から解き放たれたように見えるとベイカーは思った。チャイナタウンの住人のことなど、だれもこれっぽっちも気にしない。いや、それは少しちがう。善良で〝愛国心の強い〞アメリカ人はユダヤ人を毛嫌いするように中国人を嫌うし、中国人の経営する店では酔っぱらいによる襲撃がときどき起きている。そういう国内虐殺《ぎゃくさつ》では、だれかが生計の手段を失うだけではすまないことが多い。

それでも、中国人の日雇い労働者に交じって生活することでユダヤ人もいくらか人目につかずにすむ。なにより、中国人の近くで暮らすのがしっくりくる。ユダヤ人と暗黙の共通性があるからではないだろうか？　なにしろ、ともに、これまでの長い歴史のなかで消費される労働力としか見られず、いまは共産主義との関連で毛嫌いされている民族だ。

コノリーがどんなにからかおうと、実のところ、モリス・ベイカーの容貌は典型的なユダヤ人のものとは異なっている。鼻筋は細いものの、同胞の多くとちがって曲がったくちばしのような形の鼻ではない。濃いこげ茶色の目は、終戦以来ひどく落ちくぼんでいる（それは別段驚くことでもない）。実際、唯一ユダヤ人であることをうかがわせる特徴は、どんな光の加減でもほぼ黒に見えるほど深い茶色の巻き毛だけだ。

空は、冷蔵庫のロックウェルのイラストとは似ても似つかない。ロサンゼルスのスモッグにまみれた太陽はどす黒いオレンジ色だ。朝の強い日差しがエコー・パークのヤシの木立に得体の知れない影を落としている。この時間、ヤシの木立は、温暖な気候を象徴する植物というよりは醜い怪物のようだ。まだ八時にもならないのに、ベイカーのワイシャツはすでに大量の汗でびしょ濡れだ。アンダーシャツを着るのを忘れ、首まで広がる無精ひげを剃らなかった自分の愚かさを呪った。だが、少なくとも二日酔いは治まりつつあった……いくぶんかは。

ベイカーは薄緑色のリンカーン・コンチネンタル・マークⅡの――Yブロック V8エンジンの騒々しい音は絶対に静まらない――開け放した窓からエコー・パーク湖に群生しているハスを眺めた。点々と見えるハスは、まるで潜水艦隊の若草色の潜望鏡のようだ。ラジオからヒューイ・〝ピアノ〟・スミスの《ドンチュー・ジャスト・ノウ・イット》のわけのわからない歌が流れてきた。いま住んでいる国と同じく、この曲の歌詞もベイカーには理解できない。

「オーイェー、ベイビー！」曲が終わるや、ディスクジョッキーがオオカミのようなうなり声をあげた。朝は砂利《じゃり》でうがいでもするめずらしい習慣があるのかと思わせるような声だ。「この曲、好きだろ、みんな？　こんなノリのいいメロディー、共産主義者どもだってたまらないよな！　こちらはKPXMロサンゼルス、毎日いちばんホットな音楽をお届けするぜ、ベイビー！　オーイェー……」

次の曲が始まったが、サビに入る前に、どこからか不明瞭なシェイクスピア劇の朗読が割り込んできた。「悪いのは……ブルータス……星ではなく……われら自身……抵抗せよ……」

「このポンコツ」ベイカーはスイッチをはたくようにしてラジオを消した。

まもなく、かつてのロサンゼルス公共図書館エコー・パーク分館が見えてきた。白とオレンジという華やかな組み合わせの色の煉瓦《れんが》を交互に何層か重ねた、ケーキのような外観をしている。入口上方に掲げられた〝下院非米活動委員会《HUAC》ロサンゼルス支部〟という大きな黒い文字は、まるでじゃがいも農場を襲う胴枯れ病のようだ。なかは書物や書棚が取り払われ、共産主義者や逸脱行為者だと疑われる人間を調査・連行して尋問が――場合によってはひそかに始末も――行なわれている。むろん生きて放り出されることもあるが、精神や爪の状態は建物に入る前とはまったくちがっている。

耳をつんざくほどの超音速ジェット機の音でベイカーは我に返った。ジェット機がマッハ1の速度に達すると、雷鳴のような音が、コンチネンタル・マークⅡの酷使されているエンジンの音を一瞬かき消した。さっと見上げると、朝の空を飛び去るジェット機の吐き出した白い雲が見えた。ジェット音はたちまち小さくなって消えた。人類が音の壁を突破することができるようになってから十年、その間ずっと地上の人間にその事実を思い知らせつづけている。

「もうとっくに知ってるって」ベイカーはジェット機に向かってどなった。脳が転がるような感覚に陥った。

ノース・ヒル通りの自宅アパートから元図書館まで車でわずか五分、コノリーが告げた住所まではグレンデール大通り経由であと九分。すなわち、エフィー通りを通ってエコー・パーク・アヴェニューへ入ることになる。

アルティヴォ・ウェイはエコー・パーク・アヴェニューから少し入った小さな通りで、ヤシの木や低木、平屋の住宅が立ち並んでいる。住み心地のよさと高級感のある住宅地だが、まるで閉鎖的なジャングルのような印象を受けた。低木のすきまから市街地がかすかに見える。ベイカーは、腹をすかせた虎が木立の奥で待ち構え、飛びかかってくるから気をつけろ、と皮肉めかしてみずからに言い聞かせた。

九八四番地の家はランチハウスのようで興味を引かれた。だが、よく見ると、チャイナタウンじゅうの店や屋台で売られている木製のからくり箱をうんと簡単にしたような構造だとわかる。

　家の横手に車を停めながら、白黒のツートンカラーのつややかなシボレー・デルレイがすでに何台か停まっていることに気づいた。車体の円い紋章には〝ロサンゼルス市　一八九一年設立〟の文字とカリフォルニア州旗とアメリカ国旗が描かれている。制服警官（新入りで、トマスだったかトラヴィスだったか思い出せない）がパトロールカーの一台に寄りかかって、おそろしい犯罪現場をひと目でも見ようとする近所の野次馬たちに目を光らせている。念のために芝地一帯に張られている黄色の立入禁止テープを見て、ベイカーはまたしても有刺鉄線の格子を思い出した。有刺鉄線の柵が両方向へ地平線の先まで延びている光景を。またしても記憶を抑え込んだ。

　アルティヴォ・ウェイの住人の何人かが、ふわふわのバスローブ姿やサテンのパジャマ姿のまま好奇心丸出しで自宅の芝地や私道に出てきて、いったいなんの騒ぎかと首を伸ばして見ている。トマスだかトラヴィスだかは、近づくベイカーに対して、地面に唾を吐くという市警本部のほぼ全員がするのと同じ挨拶をした。ベイカーはとうに慣れている。こいつの名前を忘れたことでいささかなりとも気が咎《とが》めていたにせよ、そんなものはたちまち消え失せた。

「おはよう」ベイカーは皮肉をこめて言った。

　美しい彫刻の施された流木の玄関ドアへと石敷きの通路を進みながら、郵便受けに描かれた金色の〝H〟の装飾文字を目に留めた。磨き込まれた真鍮《しんちゅう》のドアノブに無神経な指紋の跡。最初に到着した制服警官どもがつけたにちがいない。連中の軽率さと愚かさがおそらく証拠となる指紋を台なしにしてしまっただろう。ベイカーは生温《なま》かいドアノブをまわして家に入った。

　暗い室内からブローガン・コノリーのわずかにアイルランド訛りのある陽気な声がした。「やっと来たか、このユダヤ野郎！　これでようやく捜査に取りかかれるな」

3

「とんだご挨拶だな、ブローガン」ベイカーは笑みを浮かべて応じた。

ブローガン・エイブラハム・コノリーは体格も声も大きく、口が悪い――だが（ほとんどの場合）悪気はない――アイルランド系で、燃え立つような赤い髪をして、第一次世界大戦後にすたれたマトンチョップと呼ばれる形の頬ひげをたくわえている。鮮やかな緑色の瞳が髪よりも目を引くが、それ以上にきわだっているのが口の悪さだ。コノリーがだれのことも――人種、信仰、民族を問わず――等しく気に入らないという証拠を目の当《ま》たりにしなければ、ベイカーは彼を反ユダヤ主義に凝《こ》り固まった男だと早々に決めつけていただろう。だいたいコノリーは、変な目で見られたというだけで、その相手を嫌うことがある。ベイカーとコノリーのコンビは市警内のほかのだれよりも多くの事件を解決してきた。したがって、ほかのなによりもその一点において、強い絆で結ばれている。

初めてコンビを組んだ最初の事件で、ふたりは、何人ものロサンゼルスの子どもを拉致《らち》して性的行為を働き、殺害してデス・バレー国立公園に死体を遺棄していたことさら異常な犯人を、レイモンド・ネフだと突きとめて逮捕した。戦争中に子どもたちがさまざまな方法で殺されるのを見てきたベイカーは、犯人についての推理を〝ヘブライ人のたわごと〟だと一蹴するコノリーに愛想を尽かし、別の刑事と組ませてほしいと願い出たりもした。

ロス・フェリスの遊園地で九時間もの張り込みを終えたふたりが、かなり太った子どもを車のトランクに押し込もうとしているネフに出くわしたのは、思いがけない幸運だった。ベイカーはネフの腕を折り、目が腫《は》れ上がるほどこっぴどく殴りつけた。ガス室での処刑前に眼球を摘出しなければならなかったほどに。ネフに対する暴行により一カ月の停職と減給処分を受けたが、コノリーの敬意に加え友情も獲得した。その友情ゆえに、コノリーはベイカーの過度の飲酒に対して腹を立てることもあるのだが。あの事件以来、学生同士のようにしょっちゅうからかい合いながらも心をひとつにして仕事に励んできた。どんな刑事も、コノリーとベイカーの行動力あるコンビが着手した捜査には手を出そうとしない。コノリーととことん殴り合う覚悟でもないかぎりは。

「あと五分以内に現われなかったら、あんたの人相を伝えて、でか鼻のユダヤ人の酔っぱらいを指名手配してもらおうってミッキーに言ってたところだ」コノリーが笑い声で言った。

薄暗い玄関ホールには制服警官のミッキー・シーハンとケルヴィン・ブレッチリーもいて、どちらもベイカーに不快な視線を向けていた。

「電話をくれたとき、まだ寝てたんだ。だから」いくぶん訛《なま》りが混じる。「ちゃんと服を着る時間が必要だった。さもなきゃシャツをうしろ前に引っかけて――ええっとアメリカ人はなんて言うんだっけ？――ああ、ペニスだ。そいつを出したまま駆けつけてただろうよ」目がようやく室内の暗さに慣れてきた。鮮黄色《せんおうしょく》に塗られた広い玄関ホールに立っている。壁には、幅広の額に収められた映画ポスターが何枚も飾られている――《マルタの鷹》、《追憶の女》、《パナマの死角》。

ハンフリー・ボガートやメアリー・アスター、オリヴィア・デ・ハヴィランド、シドニー・グリーンストリートの端正な顔、タフな顔、ふっくらした顔が鋭い視線で見返しているが、書かれたキャッチフレーズは〝炸裂《さくれつ》！〟、〝火を噴く！〟、〝ボガートが日本人どもを打ちのめす……痛快〟といった熱いものばかりだ。

映画館に足しげく通っているわけではないベイカーでも、ハンフリー・ボガートは知っている。この街の（それを言うなら、世界じゅうの）だれもが、ハンフリー・ボガートが何者かを知っている。マッカーシー政権において、共産主義と戦うためのプロパガンダの重要な道具だ。さらに、アメリカ人魂のアイコンであり、男らしさの象徴でもある。数年前に食道癌《がん》との厳しい戦いを生き延びて以来、とくに。

最新出演作、SFホラーの典型的な駄作『共産主義者の星から来た！　話題を集める立体映画』では重要な役どころの陸軍大将を演じていた。近ごろ上映されているくだらない作品のファンではないが、ベイカーはある午後、時間つぶしにその映画を観て、紙製の立体視聴用赤青眼鏡は〝話題を集める〟にはほど遠いと思った。むしろ〝頭痛を招く〟と言ったほうがいい。

ベイカーはポスターの映画をどれも知らない。たしかに、アメリカへ移住したのは戦後だし、それ以前に制作された作品もあるだろうが、ボガートの出演作なら耳にしたことぐらいはあるはずなのだが。

最近の映画は（政府の映画制作省の管理下にある）大半が基本的にほぼ同じ内容だ。スパイであれ異星人であれ、にこりともしない共産主義者がアメリカ人の生活を破壊しようとし、勇敢な共和党員にして資本主義者、民主主義を愛するヒーローがそれを阻止する。

ベイカーのかすかなとまどいが顔に出ていたにちがいない。コノリーがいつものぶっきらぼうな口調でまたしゃべりだした。

「おれも一瞬とまどったよ、ベイカー。こんな映画はもう十年以上も観てないからな。実際、だれも観てないさ！　マッカーシーが政権を握ってすぐ、一九五三年にヒューイどもが上映禁止にしたんだから。国民の統率を取れないような作品は観せたくなかったんだろうよ。お決まりの事情ってやつだ」

ベイカーは背筋を伸ばした。「この映画の制作者がこの近くで死んでるってことか？」

「正確には、すぐそこでだ」コノリーは薄暗い玄関ホールの奥、明るい部屋を指さした。ベイカーはそちらへ向かい、奥のキッチンと、階下へ向かう階段に気づいた。

「ところで」と切りだした。「玄関のドアノブに素手でさわった愚か者はどいつだ？」

「外にいたトミーだ。まだ拳銃と一物の区別もつかない新入りさ」コノリーが答えた。「おれが検出用の粉をかけてみたが、いまのところ指紋は出てない。犯人はやりかたを心得てる。ああ、その先だ」

ベイカーはわずかに弓なりに曲がった通路を通って、コノリーが示した場所に達した。いきなりフラッシュが光って目がくらんだ。小さな光がいくつも現われては消え、大きなカメラを持った男のぼやけた姿が徐々に見えてきた。

「くそっ《クライスト》！」ベイカーは思わず、たちまちコノリーから怒りの声が飛んでくるであろう言葉を漏らした。「先に声をかけろよ！」拳《こぶし》で目をこすると、紙やすりでぬぐっているようだった。

「悪かったよ、モリス」犯罪現場写真係のフィリップ・ラスロップはすでに、手のかかるグラフレックス社製のスピード・グラフィック・カメラから使用済みのフラッシュ電球をはずして新しいのを取りつけていた。「そこにいるのが見えなかったんだ。ここの照明を見てくれ。完璧だろ！」

ベイカーは小さなため息を漏らした。市警が現場へよこす写真係のなかでも、この男だけは自分を〝芸術家〟だと思い込んでいる。フィリップ・H・ラスロップを表するのに完璧主義者なんて言葉では足りない。彼はときに被写体が俳優やモデルではなく死体だということを忘れる。身元調査があれほど厳しくなく、大統領の取り巻きども（ついでに彼らの生意気な息子や娘たち）を優先することがなければ、優秀な映画カメラマンになっていただろう。

「気がつかなかったよ」ベイカーは言った。視力が戻りつつあった。フィリップの言うとおり、この部屋の照明は目にやさしくて心地よい。板張りの壁の両側、高い位置に設けられたガラス窓から光がゆったりと差し込んでいる。

脚の細長いチェコ製の肘掛け椅子が数脚と茶色の四角いソファがおしゃれに配されている。豪華な椅子はどれも、先端が金色の脚に支えられたRCA社製のカラーテレビへ向いている。汚れひとつないガラスのコーヒーテーブルには、吸い殻のあふれた灰皿と、不定期貨物船の歴史本がいちばん上に乗ったハードカバーの小山。その横の、琥珀《こはく》色の液体の入ったクリスタルデキャンタは半分ほど空いている。

テレビの左隣の隅には、洗練されたレコード棚とゼニス社製の最高級のステレオ。レコードプレーヤーがまだまわっていて、スピーカーからかすかな雑音が――レコードが終わった徴《しるし》だ――聞こえる。理由はわからないが、ベイカーはそのわびしい音が気に入らなかった。

コーヒーテーブルの前に、うずくまるようなふたりの死体。ひとりはバーカラウンジャー製の黒革張りのソファに力なく座っている。白髪交じりの髪、深い皺《しわ》。目の下の濃いくまを見ると、幾晩も眠れなかったあと、ようやく休息を得てほっとしているように思える。股上の深いズボン、室内履き。シンプルな白い肌着の胸のあたりにどす黒いしみ。

もうひとりは白いカーペットにうつぶせに倒れているため、状態がよくわからない。カーペットにできた血だまりは乾いている。濃紺の（そのせいで射入口であれ射出口であれ、見えにくい）細身のスーツを着ていて、ウイングチップシューズの革底が天井を向いている。死体の横のオットマンのスエード張りの座面がわずかにくぼんでいる。最期に座っていたのだろう。

ベイカーはコノリーに向きなおってたずねた。「死体発見の経緯は？」

「銃声を聞いた近所の住民の通報だ」コノリーはそばかすの浮いた鼻を掻きながら答えた。

「通報者から話はもう聴いたのか？」ベイカーはたずねた。

「名前やら電話番号やらを聞く前に電話を切られたらしい。それ以上かかわりたくなかったんだろう」

それはわかる。いまではだれも、最低限の必要以上には首を突っ込まないからだ。「被害者たちの身元はもうわかってるのか？」ベイカーは冷静かつ落ち着いた口調でたずねた。死に慣れすぎて、目の前の惨状に動じていないのだ。

「たぶん。ソファの男は」コノリーがバーカラウンジャー製のソファの死体を指さした。「ジョン・ヒューストン。映画産業が政府の規制下に置かれる前は映画監督をしていた。もう十年以上も映画を作ってないが、さっき玄関ホールで見た映画はすべて彼の作品だ。身元はすぐにわかった。なにしろ、ここは彼の自宅だ」

「そうなのか？」ベイカーはたずねた。

「入ってくるとき、郵便受けの〝H〟の字に気づかなかったか？　ユダヤ人ってのはもっと抜け目がないと思ってたよ」ベイカー。とにかく、その男はヒューストンで、ここは彼の自宅だ。おれに言わせりゃ、いい家だ」

フィリップがまた現場写真を一枚撮ってからベイカーは次の質問を放った。「で、こっちは？」床の男を指さした。コノリーは自分の格子柄のスーツの内ポケットに手を入れ、茶色の革製の四角いものを取り出してベイカーに放った。

「その男の所持品だ」コノリーが言った。彼はポールモールの箱を取り出し、黄ばんだ歯でくわえて一本引き出すと、壁でマッチをすって火をつけた。ベイカーが受け取ったのは、革のひどくすり切れた札入れだ。なかには、現金が百五十ドル、十代の少女ふたりのくしゃくしゃになった写真、ニューヨーク市発行のウォルター・クロンカイト名義の運転免許証が入っていた。はっと息を呑んだベイカーはむせそうになった。

「この男があのウォルター・クロンカイトか？」

「それだけ頭がいいんだから、あの手のクイズ番組に出てもいいんじゃないか？　やらせなしのクイズ王誕生だ」コノリーが煙草を吸いながら言った。「そう、その男は取材記者だ。ま、生前は、と言うべきか。朝鮮半島での核実験を報じたり、例の教育番組の司会をやってた。ええっと、なんていったかな？　《あなたは証言者》か」

「《あなたは目撃者》だ」ベイカーはあやまりを正してやった。クロンカイトは、たとえ既成事実に反するとしても、ものごとをありのまま報道するという毅然《きぜん》たる姿勢を持った意欲的な若手記者だった。《あなたは目撃者》は、歴史上の有名なできごとをリアルタイムで起きているかのごとく再現する番組だった。反共産主義の内容が明らかに欠けていたせいで、マッカーシーが政権を握ったあと打ち切りになったが、それまでベイカーは毎回欠かさず観ていた。クロンカイトを高く評価していた。エドワード・R・マローを思い出させるからだ。やはり記者だったマローは、真実を報道するべく命がけで戦い、マッカーシー大統領によって信用を傷つけられて自殺へと追い込まれたのだ。

「ああ、そうだったな」コノリーがポールモールの紫煙をしきりに手で払いながら言った。「問題は……」

「ニューヨークにいるはずの彼がロサンゼルスくんだりまでなにをしに来たのか、だな」ベイカーは言った。「ＣＢＳにはもう問い合わせたのか？」

「無線でグラディスに頼んだ。ＣＢＳと家族には彼女から連絡してもらってる」

「ほかに所持品は？」ベイカーはたずねた。

「ない。これだけだ」

コノリーはまた内ポケットに手をやり、小さな青いものを取り出してベイカーに放った。小ぶりの手帳だ。ベイカーがすぐさま角の折れたページを繰ってみると、番組の締めに使えそうな決め台詞の候補がぎっしりと書き込まれていた。雑な字の書き込みは欄外にもあるが、ひらめきに富んだ記者のことだから、なんら疑わしいことではない。最後のページを見ても、ヒューストンあるいは別のだれかに関する記述はない。

「妙じゃないか？」ようやく言った。

「妙って、なにが？」

「一流記者が取材ノートの一冊も持ってないのか？　この手帳以外にってことだが。取材ノートを持ち歩かない記者なんて見たことない。あんただって、あのサリヴァンが本部内を嗅ぎまわってるのを見たことあるだろう？　クロンカイトがヒューストンのインタビューだか規制前の映画業界に関する取材だかをしてたのなら、決め台詞の候補を書き留めた小ぶりの手帳のほかにノートを用意してたはずじゃないか？」

「一理あるな」コノリーが言った。

「どういう点で一理あるのかな？」背後から冷ややかな声がした。ベイカーはとっさに手帳をポケットにしまった。コノリーとふたりして向きなおると、丈の長いトレンチコートにつば広の中折れ帽といういでたちの見知らぬ男がふたり、居間の入口に立っていた。

「くそ」コノリーが、ベイカーにだけ聞こえる小声でつぶやいた。「ヒューイどもだ」

握り拳と星条旗を浮き彫り加工した銅製のピンを襟に留めているので、下院非米活動委員会《HUAC》の調査官だということはベイカーにもわかった。トレンチコートを着るには暑すぎるが、できるかぎり怖く見せたいヒューイどもは常にトレンチコートを着ている。ナチスドイツの秘密警察ゲシュタポから学んだくだらない秘訣だ。

「自己紹介させていただこうか？」左側の男が言った。大きな顎《あご》には無精ひげの一本もなく、厚手のコートの下のスーツは薄いグレーだ。そのせいで、人の姿を借りた嵐雲のように見える。「私はＨＵＡＣのハートウェル調査官、こっちはパートナーのウォルドグレイヴ調査官だ」

　ウォルドグレイヴはハートウェルよりもずいぶん背が低いが、身長の不足を体の厚みで補っている。猪首《いくび》で、小さな目が眼窩《がんか》でせわしく動くので、太古の獣に追われている用心深い穴居人のようだ。政府の調査官に挟まれて緊張した面持ちで立っているのは、ロサンゼルス検死局長チャールズ・ウォードだ。

「で、マッカーシーに仕える調査官がなぜおれたちの犯罪現場にいるのか訊いてもいいか？」とげとげしさを隠しきれない口調でコノリーがたずねた。彼は危ない綱渡りをしている。ヒューイどもを怒らせた人間は決まってまずい目に遭う。たとえそれが警察官だったとしても。ベイカーが横目で見ると、コノリーはダブルアクション・リボルバーを隠し持っているあたりへ手をやっている。

「大人の事情により、その質問は無用だ、コノリー刑事」ハートウェルが言った。「この件の調査は政府の管轄下に置かれることになった。ウォルドグレイヴ調査官と私が担当を任ぜられた」ハートウェルは、いまにも気絶しそうな顔をしているフィリップに向きなおった。「ミスタ・ラスロップ、今日ここで使ったフィルムはすべて、ウェスト・テンプル通りのＨＵＡＣに提出すること」次にハートウェルは、恐怖で身を縮めているチャールズに――持っている革鞄のなかで検死器具がごく小さな音を立てている――向きなおった。「ミスタ・ウォード、検死報告書は私にじかに提出するように。わかったか？」

チャールズは目を見開いてうなずいた。

「エコー・パーク地区担当のいつものヒューイどもは？」コノリーがふたたび命の危険を冒してたずねた。「名前はなんだっけ？　カークとウェストンか」

ハートウェルがコノリーを見た。まだ安っぽい笑みを浮かべてはいるが、目つきは冷たくなっている。どうやらヒューイどもは、熱狂的なファンがつけた〝ヒューイ〟という呼び名がお気に召さないらしい。

「カークとウェストンは中西部の支部へ異動になった」冷ややかな返事だった。

「なんの音だ？」ウォルドグレイヴが初めて口を開き、うなるような低い声でたずねた。

全員が首をめぐらせてレコード棚を見た。ハートウェルがそれに近づき、レコードプレーヤーのふたを開けた。

「ああ、ワグナーの《ワルキューレの騎行》か。この曲は好きか、ベイカー刑事？」彼は残忍な笑みを浮かべてたずねた。ヒューイと呼ばれたことに対する怒りは消え去り、自分の立場に対する野蛮な喜びがいっきに戻っていた。彼がレコード針を上げると、かすかな音がしたあと、不自然なほど唐突に雑音がやんだ。

ほんの一瞬、血管が締めつけられる気がして、ベイカーは闇に飲み込まれそうになった。ここで、このふたりの前で気絶するのはまずい。体が少しふらついたが、深呼吸をして懸命に平静な顔を保ち、目を伏せてクロンカイトの死体を見た。もちろんワグナーのこの曲は聴いたことがあるが、過去の人生でのことで、《リット・デア・ワルキューレン》という曲名でだ。この部屋本来の心を落ち着かせる雰囲気は消えていた。まるで、すきま風が吹き込み、シラミのわいている、辺境にある荒れ果てた陰鬱《いんうつ》な収容施設にいるようだ。

　ハートウェルの質問に答えない言いわけとして、ベイカーはクールの箱を――メンソールが呼気のアルコール臭を消してくれるし、ペンギンがスケートをするコマーシャル（お口さわやか、喉すっきり！）が妙に気に入っている――取り出し、一本に火をつけた……〝待て、あれはなんだ？〟。クロンカイトの右手は、左手とちがって開いていない。拳に握っている。なぜもっと早く気がつかなかったんだろう？

　チャンスは一度だ。「おっと！」火をつけた煙草をクロンカイトの死体の横に落とし、HUACの調査官たちに背を向けてしゃがんだ。「手がすべるなんて、愚かなユダヤ人だな！」芝居気たっぷりに言って、死体の右手をこじ開けると――少しばかりてこずった――くしゃくしゃになった小さな紙片が見えた。すばやくつかみ取り、マッチの箱と一緒にポケットにしまった。立ち上がってふたたびハートウェルとウォルドグレイヴのほうを向きながら火のついた煙草をくわえた。今度は笑みを返した。

「とにかく、あんたたちと会えてよかった。パートナーとおれはこれで失礼する。調査は頑張ってくれ」

　コノリーが滑稽なほどあんぐりと口を開けた。

「利口なユダヤ野郎だ」ウォルドグレイヴがぼそりと言い、信じられないほど肉づきのいい手をフィリップに突きつけ、カメラを渡すようにと示した。

　チャールズが検死器具の入った革鞄を開けて死体の検分に取りかかると、ベイカーはパートナーの上着の襟をつかんだ。玄関ホールへ戻り、並んだ映画ポスターの前を通って、朝の日差しのなかへ出た。

　ブレッチリーとシーハンが、到着時に見かけた若い警察官と一緒に煙草を吸っていた。並んだパトロールカーと、到着したばかりの一九四〇年製の黒いキャデラックV16（いかにもHUAC好みの車だ）に近づくと、コノリーが食ってかかった。

「あれはいったいなんだ、モリス？　ヒューイどもの言いなりになるつもりか？　踏みつけにされる気か？　これはおれたちの現場だ。神の名にかけて言うが、それはあんただって承知してるはずだ」

　コノリーはすぐさま十字を切った。ベイカーは煙草をふかし、ふたりきりだと確かめるために邸《やしき》を振り返った。

「神の名はイエス・キリストだ、コノリー。それに、神などとみだりに口にするな」と言いながらポケットに手を入れて、くしゃくしゃの紙片を取り出した。「クロンカイトの右手からこれを取り出し、あのふたりから離れるためにあんな芝居をする必要があったんだ」

　コノリーは彼をまじまじと見たあと、声をあげて笑いだした。「なにかあると思ったんだ。あんたがあんなにあっさり事件を手放すはずがないからな。ずる賢いユダヤ野郎だな、本当に。そのうち〈リバティ・ボーイズ〉から声がかかるぞ」

「くだらないラジオ放送の話を蒸し返すな」ベイカーは煙草をふかしながら紙片の皺をのばした。「上端を見ろ。ミシン目がある。やはりミスタ・クロンカイトは取材ノートを持ってたんだ。問題は、だれがなぜ取材ノートを持ち去ったか、だ」

　コノリーは口笛を吹いた。「驚いたな。で、なんて書いてある？」

　紙片を見下ろすと、またしても昨夜のピーチシュナップスとうずら豆を吐きそうになった。驚きと衝撃は顔に出さず、紙片の下端を親指で隠してコノリーに向けた。中央に走り書きされた短い言葉だけを見せた。

「〝悪魔どもをやっつけろ〟」ベイカーは口がからからになった。急に煙草を吸いたくなくなった。三人の警察官たちのほうへ煙草を放り捨てた。

「どういう意味か見当がつくか？」コノリーはもみあげをなでつつ考え込んだ。

「さっぱりだ」ベイカーは答えた。「だが、突きとめてみせる」言うより先にコノリーに背を向け、紙片の下端から親指を放すと、青いインクで書かれたぼやけてむらのある〝ベイカー〟という文字が見えた。

4

……昨日の午後マッカーシー大統領と会談し、アメリカ派遣軍のおかげで、小さな島国キューバの実権を握ろうとした共産主義者の反乱を鎮圧できたと謝意を伝えた。バチスタ大統領は、感謝に加え、両国の関係をさらに深めていきたいとも述べた。信頼の証《あかし》として、自由を愛する両国の防衛のためにキューバ国内にアメリカ軍のジュピター・ミサイルを設置することを認める意向だ。現地時間午後六時に執行されるフィデル・カストロやチェ・ゲバラをはじめとする反乱軍の公開処刑はNBCで生中継される。提供は、〈コルゲート・クリーンで三倍きれいな歯に！〉でおなじみのコルゲート歯磨き。会談後、マッカーシー大統領は引き続き赤の脅威に対する警戒を怠らないよう国民に呼びかけた。共産主義者や破壊活動分子、逸脱行為に気づいたら、ただちに……

「地元のHUACへ届け出てください」続きを口にしたベイカーは、喉になにか引っかかっているみたいに〝AC〟の部分を強調した。ヒューストンとクロンカイトの殺人はまだニュースになってないが、事件発覚から時間がそう経っていない。ラジオのチャンネルを切り替えて、グリフィス公園付近、ロス・フェリス大通りとウェスト・オブザーヴァトリー通りはまだ〝重要な道路工事〟のために通行禁止になっていることがわかった。グリフィス公園の近くに住んでいるわけではなく、ロサンゼルス市警察本部からも遠い地区なので、べつに気を揉む必要もない。コイントスの結果、コノリーが犯罪現場に残ってほかになにか嗅ぎ出せないか探り、ベイカーが本部に戻って報告書を書くことになった。

ラジオのチャンネルを必要以上に乱暴にまわしたため、スイッチがソケットから抜けてフロアマットの上に落ちた。「くそっ!」と、うなると、アメリカ人がよく口にする悪態が車内に広がって消えた。これでラジオからは不明瞭な雑音しか聞こえなくなった。最悪だ。

午前十時、ようやくスモッグを追い払った太陽が全力で照りつけるなか、ベイカーは高いヤシの木とネオン看板の並ぶサンセット大通りを駆け抜けた。ネオン看板は夜行性動物だ。朝のこの時間は眠ってじっとしていて、陽が低くなるのを待って目を覚ます。

黄色地に黒で三つ葉の放射能マークを描いたポスターが道路のほぼすべての角に貼られ、地下の放射能隔離避難所の入口を市民に知らせている。通りの端にある日焼けして色の褪《あ》せた大きな広告板には、笑みを浮かべた亀のバートくんが描かれている。サファリ帽にきちんと結んだ蝶ネクタイという滑稽な姿で、核攻撃を受けたら〝体を伏せて頭を抱えろ〟と市民に注意喚起している。広告板の幅いっぱいに貼られた〝あっ! 危ない!〟とか〝自分でシェルターを探さないとね〟といったけばけばしい赤い文字の警句は、カリフォルニアの強い日差しのせいでひびが入ったり、端が剝《は》げたりしている。


〝悪魔どもをやっつけろ〟

どういう意味だろう? いったいなぜ同じページにベイカーの名前が書かれていたのか? まったく面織がないとはいえ、クロンカイトが帰りにパンを買い忘れないように〝パン屋《ベイカー》〟とメモしたとはどうも思えない。まあ、当人はもう家へ帰ることはできないわけだが。

メモに自分の名前が書かれているのをコノリーに話さなかったことでいささか気が咎《とが》めたが、頭の奥深くのなにかが（戦争を生き抜くうえで役に立った動物的な勘が）危険な扉は閉じておけと告げている。たんなる偶然かもしれないからだ。それでもベイカーは、募る一方の不吉な予感をぬぐうことができずに身震いしていた。

仕事を失った映画監督と、特筆するほどの経歴もないＣＢＳの若手記者を殺したがるのはどんな人間だろう？

なにかおかしい。何人のヒューイが立ちふさがろうとかならず真相を突きとめてみせる、とベイカーは決意した。あのハートウェルとかいうヒューイはベイカーの過去を知っていた。ワグナーに言及したのがその証拠だ。だが別段驚くようなことじゃない、と思いなおした。下院非米活動委員会《ＨＵＡＣ》は、政府のほかの同等の部署よりもはるかに新しいのだが、そのＨＵＡＣに比べれば、連邦捜査局《ＦＢＩ》や中央情報局《ＣＩＡ》など制服組の新米も同然だ。ＨＵＡＣは、恥知らずにも、あこぎな方法を駆使してどんな秘密でもかならず引き出すからだ。しかも、相手がどこまでも潔白な場合は……偽の秘密をひとつふたつ仕込むことまでやる。

右折してノース・ボードリー・アヴェニューに入り、ウェスト・テンプル通りで左折し、その先で右折した。ヒューストン邸を出てから一時間。ベイカーは、ノース・ロサンゼルス通り一五〇番地に立つロサンゼルス市警察本部の鋭角的な建物を目の前にしていた。

三年前に完成した警察施設ビルの設計者は、よそ者ながらたちまちこの街で建築の申し子となったウェルトン・ベケットだ。約三万七千平方メートルもの建造物には巨額が（正確には六百万ドル以上だ）費やされたが、その費用には科学捜査班やら、各留置室に取りつけた隠しビデオカメラなどの設備も含まれる。警察官にとっては夢の施設だ。ロサンゼルス市史上初めて、警察施設が一カ所に集められたのだから。

　ベイカーは地下駐車場に入ってパトロールカーの真ん中に車を停めた。彼のコンチネンタルは、白黒の殺風景な海に浮かぶ薄緑色の小さな点のようだ。ラジオのスイッチを拾ってソケットに挿した。雑音がすぐに意味不明の言葉の羅列に変わった――〝警戒……動揺……同志……相当な慰め……敵ども〟。


　ロビーに入り、公衆電話の並んだコーナーとジョセフ・L・ヤング作のモザイク壁画の前を通った。モザイク壁画にはこの州の有名なもの――ヤシの並木、象徴的な建物（たとえばグローマンズ・チャイニーズ・シアター）、なだらかな起伏の丘陵、太平洋のさざ波――が描かれている。ジョセフ・L・ヤングはベイカーと同じくユダヤ人だ。五年前のローゼンバーグ夫妻の逮捕・処刑以来、ロビーの大理石の柱に掛けられた芸術作品に市民が憎悪に満ちた中傷を彫りつけるため、〝ユダヤ野郎〟とか〝売国奴〟の文字が傷口のように目立っている。

　ローゼンバーグ夫妻の裏切り行為により、願ってもない口実を手に入れたマッカーシーは、わが国の敵となりそうな者を何百人も検挙し、鉄のカーテンの向こう側へ送還した。検挙しなかった者たちに対しては権利を厳しく制限した。砂漠地帯にあったかつての日本人捕虜収容所を復活させるという話まであった。大統領の見解に乗じた連中が国内各所でユダヤ企業やユダヤ教会堂《シナゴーグ》、ユダヤ人コミュニティセンターを破壊しても、罰せられることはなかった。そういった攻撃があまりにひどくなったため、アメリカに住むユダヤ人は、いまでは自宅のドア枠にメズーザー（聖書の一節を記した紙片を収めた筒状の容器。家を出入りするたびに手を当てて祈りを唱える、信仰の証とされる）を取りつけなくなった。

　まだ果敢に抵抗を続ける価値があるのかと、ベイカーはたびたび考えている。この国のほとんどの都市と同じく、この街も憎悪と悪行の泥沼の深みへと日に日にはまり込んでいく一方だ。自力で抜け出せなくなる日も近い。ベイカーはつい、左前腕とそこに彫られた青インクの入れ墨をさすっていた。

むろん、政府が念入りにでっち上げた反共プロパガンダを万人が受け入れているわけではない。ときどき、ささやかな抵抗運動がメディア検閲の目を逃れることがある。最近は〈リバティ・ボーイズ〉の放送が話題を呼んでいる。ときどき、ほとんど聞こえないような謎めいた声が電波を乗っ取り、マッカーシーに対して立ち上がろうと国民に呼びかけるのだ。コノリーをはじめとする多くの連中は政権に抵抗する地下組織のしわざだと考えているが、ベイカーはこの件に関しては政府と同意見だ。〈リバティ・ボーイズ〉の放送は十中八九、アマチュア無線愛好家が自宅の地下室で行なっているものだ。

いつもどおり、市警本部内の広大なオフィスは活気に満ちていた。ひっきりなしに電話が鳴るなか、警察官たちはメモを取ったり、アルバムにまとめた指名手配犯の色あせた写真を確認したりしている。若い美人事務員たちはスミス・コロナ社製の〝サイレント・ポータブル〟と呼ばれるタイプライターを打っている。〝音がしない《サイレント》〟と名づけられているものの、キーを打つ音は結構する。同僚たちのいつもの嫌悪の目を無視してベイカーは自分でコーヒーを淹《い》れた。カフェインが体内をめぐると、ちゃんと目が覚め、頭が働きだした気がした。ピーチシュナップスの二日酔いもすぐに抜けるだろう……新しい瓶に手を出そうと思うまでは。

中央の壁に貼られた、太鼓腹でヒキガエルのようなマッカーシー大統領の肖像写真の前を通って自分のデスクへ行った。金属製の天板は書きかけの報告書やメモ類でいっぱいで、国務省内の共産主義者の人数に関する最新四半期の報告書まで乗っている。そこには、五十人から二十五人に減ったことを政府は〝喜んで報告する〟とあった。国民を怖がらせるため、もしくは制圧するため、あるいはその両方の目的で、人数は常に変動している。七月四日の独立記念日が近づいているので、人数の減少は民主主義の誇りを強調し、法定休日の出費を増大させる狙いがあるのだろう。ベイカーのデスクの目立った特徴は、同僚たちのデスクとちがって友人や家族の写真が一枚も置かれていないことだ。

席に着き、書類の山のてっぺんに乗っかった短いメモをちらりとのぞいた。彼とコノリーについている新しい事務員グラディスの斜めに傾いた手書きの字で〝ミス・ショートが訪ねてこられました。すぐに電話がほしいとのこと――G〟と記されていた。

「やれやれ」ベイカーはうめき、深い茶色の巻き毛を掻き上げた。そのメモを手のなかで丸めてごみ箱に放り込み、白紙の報告書用紙を取り出した。オリベッティ社製のタイプライターに向かい、報告書を打ちはじめた。

殺人事件捜査報告書

一九五八年七月一日

事件番号　766533

報告者　モリス・E・ベイカー刑事

今朝コノリー刑事と私は通報に応えてエコー・パーク地区へ駆けつけ、アルティヴォ・ウェイ九八四番地にて男性二名の死体を確認した。被害者はともに至近距離から胸部に銃弾を受け、殺害されていたが、詳細についてはチャールズ・ウォードの検死報告書に記載される（後述参照）。コノリー刑事が現場で簡易検出を行なうも、明瞭な指紋は得られなかった。

さらなる捜査の結果、被害者二名の身元は元映画監督のジョン・ヒューストンとCBS記者ウォルター・クロンカイトと判明した。死体が発見された家はジョン・ヒューストンの自宅である。銃声を聞いて心配した隣人がロサンゼルス市警察へ通報してきたのだが、自身の氏名及び電話番号、住所は告げなかった。被害者たちが一緒にいた理由については、とくにクロンカイトがニューヨークを拠点とする記者であることから、現時点では不明である。

私の現場到着後すぐに現われたHUACロサンゼルス支部のハートウェル、ウォルドグレイヴ両調査官が担当となり、本件は政府の管轄下に置かれることになった。コノリー刑事と私は有能な調査官たちに現場を託し、フィリップ・ラスロップは死体の写真をすべて提出した。なお、チャールズ・ウォードは検死報告書を捜査責任者となったHUACの調査官たちに直接提出する。


よし。これなら、まずまちがいなくこの本部内にひそんでいるヒューイどもへの内通者を満足させられるはずだ。椅子の背にもたれかかり、クールの箱を取り出そうとした瞬間、「ベイカー！」と鋭い声が飛んできてぎくりとした。

ユダヤ人に対してとりわけ激しい憎悪を抱いている風俗取締班の刑事ダシール・ハンスコムだ。彼の鼻がいつも赤いのは、ロスの灼熱《しゃくねつ》の日差しのせいではなく、重度のコカイン依存症のせいだ。ハンスコムは洟《はな》をすすりながら横目でベイカーを見た。「パーカーが」——ぐすん！——「すぐに本部長室へ来いってさ」——ぐすん！

「前から頼んでた昇給の願いをやっと聞き届けてくれたのかな？」ベイカーはなに食わぬ笑みを浮かべて言った。

「そりゃよかったな、ごうつく張りの」――ぐすん！――「金の亡者め……」ぼそりと言うハンスコムは、ベイカーがわざと自分を貶《おとし》めるようなことを言ったのに気づいていない。ベイカーは仕上げたばかりの報告書をタイプライターから抜き取り、振ってインクを乾かすと、席を立ってグラディス・ハーグローヴのデスクへ行った。

「おはよう、グラディス」ベイカーはにこやかな笑顔で報告書を彼女のデスクに置いた。「これをファイルしておいてくれるか？」

「はい、ただちに、ベイカー刑事」彼女は笑い声で言った。いつもイディッシュ語をおもしろがっているようだ。

二十代で美人のグラディスはロサンゼルス市警察タイプ課の一員で、青白い顔色にふわふわした髪型をしている。警察に入って半年ほどで、ベイカーを人間として扱う数少ない連中のひとりでもある。朝はよくコーヒーを淹れてくれるし、残業して報告書を打っていると、自分も残ってつきあってくれる。そんなささやかな思いやりは長らく彼の人生に欠けていたものだ。彼はまだ、グラディスがほかの連中とちがう理由を知ろうとしている。今日の彼女はデイジー柄の白いブラウスの裾を膝丈の茶色のベルベットのスカートに入れて着ている。その服装が砂時計のようにくびれた体型と丸い胸を強調しているので、ベイカーは――またしても――彼女の服を脱がせて自宅アパートの乱れたままのベッドに入るところを想像した。

「ミス・ショートの伝言メモは読んでくれました？　すぐに電話をくれって、結構しつこく言ってましたよ」グラディスの言葉が彼を現実に引き戻した。

リズの顔が頭に浮かんだ。頭痛が嬉々として復帰したがっている。コーヒーによるカフェイン・ハイ効果はすでに薄れ、腹がごろごろしだした。本当にピーチシュナップスを飲みたい。

「ああ、読んだ。ありがとう、グラディス。えーっと、コノリー刑事が今朝、ウォルター・クロンカイトと仕事や私生活でつきあいのあった人たちに連絡するように頼んだそうだね。もうだれかに連絡できたか？」

「できました」グラディスは少々むっとした口調だった。デスクから一枚の紙を取って読みはじめた。「ミスタ・クロンカイトの奥さんメアリー・エリザベスと話しました。気の毒に、すごく動揺してました。葬儀の手配ができるまでご遺体をこの街で預かっていいそうです。CBSのミスタ・ジェームズ・オーブリーとも話しましたが、彼はとてもショックを受けていました。クロンカイトは一週間ほど家族休暇を取っていたとか。妻子をニューヨークに残してロサンゼルスでひとりでなにをしていたのかについても、だれかが彼を殺したがる理由についても、見当はつかないそうです」

「ジョン・ヒューストンのほうは？　近親者と話したか？」

「まだです。オーブリーとの電話を終えようというときに、ヒューイが担当を引き継いだので。これ以上、事件関係者に話を聞く必要はないと言われました」

「ひとつ頼みがある。もう一度クロンカイトの関係者全員に電話して、おれの自宅とデスク直通の電話番号を教えて、よかったら連絡してほしいと伝えてくれ。ヒューストンの関係者と連絡がつくようなら、同様に頼む」

「お安い御用です」

「ありがとう、グラディス。それと、もうひとつ」ベイカーは声を低めた。「クロンカイトの関係者に、彼がベイカーの名前を口にしたことがあったかどうか訊いてほしい」

グラディスはいぶかしげな顔をしたものの、説明を求めることはしなかった。ベイカーはタイプ打ちした報告書を残して、市警本部長ウィリアム・H・パーカーのオフィスへ向かった。

5

八年前にロサンゼルス市警察の本部長になったウィリアム・H・パーカーは、就任以来、ロサンゼルスの街から殺人、汚職、薬物、売春を一掃するべく努めている。いずれも、あいにく根絶のむずかしい問題だが——とくに、彼自身の部下のあいだでは——パーカーはどんな人間も本質は善であると信じたがっていた。コカイン吸引をしているダシール・ハンスコムのような連中でさえ、疑わしきは罰せずというパーカーの方針の恩恵に預かっている。パーカーの費用負担でダシールは更生集会に参加していると言われている。本部長は、部下である警察官たちが責任ある行動を取れるように管理しているのだ。少なくとも、抱えている問題を把握できた部下に対しては。

ベイカーが本部長に好感を持っているのは、共産主義者の逮捕を重視しないからだ。一度ならず、それも非公式の会話にかぎらず、パーカーが「ソビエト人の逮捕にかまけるなど無意味だ。撤去予定のアパートの一室を不法占拠してパンフレットを作ってるような哀れな小物を追いかけなくても、やるべきことは山積みだ。ソビエト人などシロアリに任せておけ」と非難するのを耳にした。

そんな発言をしてもヒューイどもに逮捕されたことがないのだから不思議だ。だがベイカーにはわかっている。ウィリアム・H・パーカーは仕事ができるし、それ以上にさまざまな民族やら有名人やらのるつぼに亀裂の入った街で、すべてを正常に見せかける能力に長《た》けている。下院非米活動委員会《HUAC》による逮捕や脅しにも限度がある。パーカーは、ロサンゼルスで公然と革命を起こさせないためにマッカーシーが頼りにできる男なのだ。

ときに無愛想ではあるが、本部長は尊敬すべき人物だ。彼の死後、敬意を表して銅像やら名前を冠した建物が造られることになるのはまずまちがいない。アメリカでも名誉ある家系の末裔《まつえい》だ。たとえば、彼の祖父は南北戦争で戦った人物だ。

ベイカーは本部長室のドアをノックし、「ああ、入れ」とゆっくりした口調で言う本部長の声を聞いた。

ドアを開けて居心地のいい部屋に入ると、本部長の車の運転係を務めているダリル・ゲイツ巡査が両腕に書類の大きな山を抱えて出ていくところだった。「忘れないでください」ゲイツが肩越しに本部長に言った。「ブラウン知事とのゴルフは二時にスタートです。前回は時間を忘れたせいで知事はずっと不機嫌でしたからね」

「はいはい。わかったよ、ダリル」パーカーが答えた。木製の巨大なデスクの汚れひとつない整然とした状態は、彼の組織運営を映している。「ああ、ベイカー」ベイカーを見すえて言った。「わざわざすまんな。まあ座れ」

本部長がくすんだえび茶色の布張りの椅子を指したので、ベイカーは腰を下ろして室内を見まわした。ここには何度も来ているから、そろそろ使用料を請求されるかもしれない。内心で苦笑を漏らしながら、そのたびにコノリーとともに慣例を無視した捜査を叱責されてきたのだと思い返した。ふたりがマール・メンケン（自称〝カリフォルニアの去勢師〟）を、管轄であるサンディエゴ署に事前の断わりをせずにエンシニータスで逮捕したとき、本部長は声を枯らしてどなりつけた。

軍服を着た本部長の白黒写真が目に入った。勲章をいくつも受けている――名誉負傷章《パープルハート》、フランスの戦争の十字架《クロワ・ド・ゲール》勲章、イタリア連隊の星勲章。バウロン前市長やプールソン市長とそれぞれ握手をしているスナップ写真もある。本部長の背後にはマッカーシー大統領（広い額、後退しつつある生えぎわ、二重顎《あご》などすべて）とリチャード・ニクソン副大統領（カリフォルニア州出身で、わずかに曲がった鼻と汗光りしている肌は写真でもわかる）それぞれの額入り肖像写真が鎮座している。

ダリル・ゲイツが部屋を出てドアを閉めると、パーカーはブヨにたかられていらだっている水牛のように頭を振った。「優秀な男だ、あのダリルは。運転の腕もいいんだが、いささか神経質でね。でもまあ、あの勤労倫理をもってすれば、いつかこの椅子に座るかもしれないな」

ベイカーが居住まいを正すと、体重の移動を受けて椅子がきしんだ。

「教えてくれ」パーカーが話を切りだした。「きみは警察に入って何年になる？」パーカーらしく、なんの前ぶれもなく話題を切り替える。だが、それは優秀な警察官たる証《あかし》だ。相手の不意を突いて口をすべらせるこつを心得ているのだ。

「八年です」ベイカーは答えた。「あなたが本部長になられるのと同時期に市警に入りました」

パーカーは椅子に背中を預け、両手の指先を尖塔の形に合わせた。「そうそう、そのとおり。私は、犯罪と戦って世のなかのためになることをやりたがっていた前途有望なユダヤ人青年に賭けることにした。それで合ってるか？」

「ええ、合ってますが――」

「ユダヤ人など役立たずの破壊活動分子だと多くの者が考えているときも、きみが仕事で一度ならず性急な行動を起こしたときも、一介のユダヤ人に機会を与えた。はっきり言って、ベイカー、きみにはずっと手を焼いてきた。この街の住人の多くが――いや、国民の多くが――きみが木の枝に吊るされるのを見たがっている。それはまちがいない。だが、私がきみを受け入れた理由がわかるか？　いわゆる〝よそ者〟をこの警察に入れた理由が。きみを馘《くび》にしろと数カ月おきにヒューイどもからうるさく言われるのに、私がきみをかばう理由が」

「定員を満たすためとか？」ベイカーは皮肉をこめて切り返した。

パーカーが笑い声をあげた。

「そうじゃない、ベイカー。そうじゃない。失意に沈んだ人間に見えたからだ。千の人生を送ったのち、警察官になりたいという希望を抱いて私の前に現われた人間に見えた。優秀で善良なアメリカ人の例に漏れず、私はあの戦争で戦った。ノルマンディの海岸で戦い、ドイツ兵から銃弾をくらったが、きみは……ドイツ人からもっとひどい目に遭わされた。そうだろう、ベイカー？　警察学校に出した応募書類を見て、きみが長らくファシストどもから踏みつけにされていたことがわかった。私があの戦争を戦い、ドイツ兵から銃弾をくらったのは、生き地獄を味わって魂を失った人間に背中を向けるためではない。私はきみを信頼した。亀のバートくんの推奨する〝体を伏せて頭を抱えろ〟という方法は蛆《うじ》のたかった馬糞《ばふん》並みに役に立たないと固く信じているのと同じように。きみを受け入れるのは戦災からの復興を目指す社会にとって価値あることだ、と自分に言い聞かせた」

ベイカーは言葉に詰まった。「感動的なお言葉ですが、私にはなんのことか――」

「きみが優秀な刑事だという事実はただのおまけだ」

「なにをおっしゃりたいのか――」

「私が言いたいのは」あまりに力をこめて言ったため、パーカーの鼻から眼鏡が二センチ余りすべり落ちた。「今回の殺人事件をこれ以上追わないでもらいたい、ということだ。きみのパートナーについても同様だ」

話が広まる速さにベイカーは驚いた。「なぜ事件のことをご存じなんですか？」

「なぜだと思う？　ヒューイどもが私に対してまで権限を振るいたがるせいで、うるさいほど耳に入ってくるからだ。三十分前にロナガンとかいういけすかない野郎から電話があって、こちらで調査を引き継ぎますと言われた。とりすました野郎だ」パーカーは深いため息を漏らした。「とはいえ、過去の例を見てもきみが強情なことはわかっている、ベイカー。だが、政府の調査をぶち壊すのはまずい。多大な面倒をこうむるだろうし、きみはいま以上に面倒を抱えたくないだろう。きみはあの連中の一員のつもりかもしれないな。えーっと〈フリーダム・ラッド〉とか言ったかな？」

「〈リバティ・ボーイズ〉です。しかし――」

「いいか、連中はきみには合わない」パーカーは、聞こえなかったかのようにベイカーの訂正を遮《さえぎ》って続けた。「私はきみを守りたいだけだ。わかったか？」

余計な詮索はするな、自分の心配だけしろ。ベイカーがいやというほどよく知っている生存本能の声だ。

「わかりました」と答えながら、死んだ男の残したメモに自分の名前が記されていたことを話すべきだろうかと考えた。だが、またしても、同じく漠然とした本能の声がそれを阻《はば》んだ。言わないことにした。

「それでいい」パーカーがうなるように言った。「では、もう出ていけ。今日はこのあと休んでいい。いや、なんなら今週いっぱい休め。ゆっくりして、あの犯罪現場を見たことなど忘れろ。そうすれば、この先きっと長く幸せな人生を送れるだろう。私のほうは、このあとゴルフで十八ホールまわる予定だ」

ベイカーは立ち上がってドアロへ向かった。

「では、本部長、独立記念日を楽しんでください」と声をかけた。

「きみもな、ベイカー。いまの話を忘れるなよ」

「はい」だが、ベイカーの辞書には〝忘れる〟という言葉は載ってないし、この先も載ることは絶対にない。

6

駐車場では、リズがコンチネンタルに寄りかかり、腕組みをして待っていた。エリザベス・ショートは昔ながらの意味の美人ではない。輪郭の歪んだ顔、団子鼻で、下の歯の歯並びが悪い。だが、ふさふさの黒髪と紅い唇は、状況しだいで魅力的に見えることもある。いつもどおり、一連の真珠のネックレスが大きめの胸の谷間にかかっている。

「モリス」不満げとももの憂げともつかない甘い声を出した。「今朝はろくに声もかけずに出ていったじゃない。わたしが来たこと、グラディスは伝えてくれた？」

「ああ、聞いた。帰ったらすぐに電話するつもりだった」ベイカーはさっと両腕をまわして彼女をぞんざいに抱きしめ、頬をついばむような軽いキスをした。

「本当に、わたしを避けようとしてない？」

「まさか」ベイカーは早口に答えた。「仕事に追われてただけだ」

リズは、グラディスがデスクに置いてくれたのを彼が丸めてごみ箱に放り込んだメモを持ち上げてみせた。緑色の瞳が勝ち誇ったように光っている。

嘘がばれていたのが気まずくて、ベイカーはリズの顔をまじまじと見た。

「ああ、そうさ。忘れてた。文句があるなら訴えろ」

それでふたりとも笑いだし、ベイカーはまた彼女にキスをした。今度は唇に。身を離したときには、リズはすっかり機嫌をなおして笑みを浮かべていた。

「この前の週末にサンフランシスコまでドライブしたことを思い出してたの」リズが言った。「考えたんだけど、今週末の休みも同じように過ごしてもいいんじゃないかな？」

「うん……そうだな」リズがまた喧嘩を吹っかけそうな様子を見せると、ベイカーはすぐさま軌道修正した。「そうだ！　それがいい！　じつは、本部長が今週いっぱい休みをくれたんだ。今夜はおれがそっちへ行こうか？」

リズの顔がぱっと明るくなった。リズとは――まあ、〝特定の恋人〟とは言えないまでも――もう十年もデートを重ねている。ふたりの出会いは、彼がロサンゼルスへ来てまもない一九四七年。当時、ベイカーは新聞配達員として働きながら、ロサンゼルス市警察から警察学校への入学許可が下りるのを待っていた。ライマート公園を抜けて帰る途中、散歩中のリズが目に飛び込んできて、すぐに名前を知りたくなった。

食事に誘って、そこから関係が始まったのだが、リズに対する愛情はこの十年のあいだにかなり薄れていた。なぜいつもリズのもとへ戻るのか、ベイカーはいまだに充分な説明ができない。ふと、いまここで彼女との関係を終わらせようかと思ったが、リズがまたしゃべりだした。

「わあ、それがいい！」リズは歓声をあげ、ベイカーの頬にキスをした。「また台詞の練習を手伝って！」

〝やれやれ、それだけは勘弁してくれ〟。リズは女優になる夢を抱いているのだが、問題がひとつある――まったく才能がないのだ。〈フローレンタイン・ガーデンズ〉というナイトクラブの裏手にあるしみったれたアパートで台詞の練習の相手をしてやるたびに五セントもらえれば、警察を辞めてマリブの海辺の一等地に住むことができるかもしれない。

らだ。「楽しみだ」

「いいとも」つい、そう答えていた。頭がすでにヒューストンとクロンカイトの事件に戻っているか

「よかった。九時半でどう？」リズは、その時間でいいかどうかの返事を待たずに背を向けて立ち去りかけたが、すぐにくるりと向きなおった。「もうひとつ話があるの、モリス」

「なんだ？」

「あのね、つきあいだして長いでしょ……なのに、愛してるってまだ言ってくれない。どうしてかなって思ってて……わたしが非ユダヤだから愛してないの？」

怒りに任せた質問ではない。むしろ、どうして遅くまで起きてて《パパは何でも知っている》を観ちゃだめなの、とたずねる子どものような口調だ。ベイカーには思いもよらない質問だった。ユダヤ女性との恋愛を考えていたのは戦前までだ。ユダヤの教えを実践しているわけでも、ユダヤ人であることを誇りに思っているわけでもないのに、なぜその質問にこれほど動揺するのだろう？　気の利いた返事が（単純な嘘さえも）出てこない。

黙っていると、リズは明らかに落胆した様子でうなだれた。「気にしないで。この話はまた別のときに。じゃあね、モリス」そう言ってリズは薄暗い地下駐車場へと歩み去った。

ベイカーは首を振り、煙草に火をつけた。やましさに襲われた。本当に、この十年間、リズに一度も愛していると言ってないのだろうか？　その自覚もなかった。たんに、愛するという感情を持てないだけなのか？　それほど心が壊れているのか、それとも、〝愛してるよ、リズ〟という言葉を口に出せないのは本心から愛してはいないからだろうか？

殺人捜査課のほかのどの刑事よりも数多くの事件を解決してきたというのに、この難問に関しては正解を導き出すことができない。車に乗り込んでイグニッションをまわし、ラジオに耳を貸すと、フ

ランキー・ライモンが「ぼくは非行少年じゃない」と高らかに歌っていた。ベイカーは放心状態のまま冷え冷えとした駐車場から車を出し、夏の日差しのなかへと走りだした。

7

裸で息も絶え絶えだった。凍てつく冬の大気のなかを、もう何周も走っている。肺が焼けつくように痛み、唾が喉の奥で沼地の水のように凍りつきそうだ。走ることしかできない。凍ったぬかるみをあと一周すれば休むことができる。生き長らえることができる。健康良好だと証明してガス室送りを免れることができる。

スピーカーから大音響で流される《リット・デア・ワルキューレン》があざ笑っている。力が湧く曲だと連中は言うが、彼は痩せこけて力など出ない。それでも、まだ走っている。まだ息をしている……まだ生きている……

ベイカーはコンチネンタルのステアリングに覆いかぶさるようにして倒れ込んでいた。唇から蜘蛛《くも》の糸のように細く垂れるよだれがズボンの脚に溜まりを作っている。なぜこんなことになったのか思い出せず、いまどこにいるのかもわからない。ゆっくりと顔を上げると、鼻を突く黒煙がボンネットから立ちのぼっているのが見えて、たちまち現実が襲ってきた。首と額に痛みが走った。ステアリングに血がついている。そっと額に触れると、生えぎわに細い切り傷ができていた。

車をぶつけてしまったにちがいない。幸い、なにも壊れていないようだ。途中で買ったピーチシュナップスを気つけ薬代わりにぐいと飲んだ。中身はほぼ満タンなので、事故の原因はアルコールのはずがない。だいいち、酔っぱらってもちゃんと行動する術《すべ》をとうに習得している。

闇のせいだ――とにかく、ベイカーはそう呼んでいる。目の前が真っ暗になって、気がついたときには、わずか一秒しか経っていないかのように、そのあいだのできごとをなにも覚えていない。たいていは、運よく、ひとりで自宅アパートにいて安全なときに起きる。だが、たまにこのような状況に陥って怪我を負うはめになる。一度、危うく舌を嚙み切りそうになったことがあり、その後の二週間、一時的な発話障害をしつこくからかうコノリーに我慢しなければならなかった。奇跡的に、職務中に起きたことはない――八年間に一度も。もっと重要なことに、意識喪失中に他人に害を与えたことは一度もない。

この問題は戦争末期から抱えている。医師に相談すれば、おそらく警察を辞めることになる。ユダヤ人の警察官だというだけでも問題視されている。なんの前ぶれもなく行動を制御できなくなるなどと知られたらヒューイどもがどう言うか、想像もつかない。それに、警察官として人を助けることができないなら、こんなめちゃくちゃな世界に耐えることになんの意味があるだろう。

額の切り傷を片手で押さえて顔をしかめ、ドアを開けて車道に出た。周囲を見まわして――またしても首に痛みが走った――ここがチャイナタウンの真ん中、ノース・ブロードウェイ通りだとわかった。遠くに見える壮大な赤い仏塔は異国の――共産主義者の国の――送り込んだ歩哨のようだ。

コンチネンタルの勢いを受け止めたのは金属製の柱だった。だが、車が静止状態なのを理解できずにエンジンはまだ働いている。ボンネットから厚い黒煙が上がっているが、ベイカーはあまり心配していなかった。この車は、調子の良かったころでもそんなことがあったからだ。

ハートビーツの《ア・サウザンド・マイルズ・アウェイ》の心地よい一節が、なにも問題がないかのごとくラジオから流れてきた。しばらくすると、その歌声を〈リバティ・ボーイズ〉の放送が無情に遮った。「異議を唱えることと背信行為を混同してはならない」低い不気味な声が言った。「誹謗《ひぼう》中傷は証拠ではないこと、有罪判決は証拠及び適正手続きをもってくだされるべきであることを、どんなときも忘れてはならない。おたがい相手に怯《おび》えながら歩むことはしない。恐怖に追いつめられて不条理な時代へと……」

「大丈夫ですか?」中国人の子どもたちがおずおずと近づいてきた。被害の程度を見ようとして、どの車も速度をゆるめていた。流血の事態を見たがるくせに、だれひとり車を停めることも降りてきて手助けを申し出ることもしない。この街では、自分の得にならないかぎり、だれかに手を差し伸べようとはしない。最近は国じゅうがそんな風潮だ。とはいえ、親たちとはちがい、無感覚になる前の子どもたちにはまだ期待が持てるかもしれない。

「ああ、大丈夫そうだ」ベイカーは答え、グローブボックスから引っぱり出した油じみたハンカチでまた額の血をぬぐった。男の子たちは格子柄のみすぼらしいスポーツコートに股上の深いズボン、女の子たちは古着と思《おぼ》しき花柄のサンドレスを着ている。全部で五人。全員、せいぜい九歳か十歳だ。

「モグワイが自動車事故を起こしたの?」ひとりが甲高い声でたずねた。小さな頭にツイードの帽子を斜めに乗せている。

「モグなんだって?」ベイカーは、血が出て痛む額をハンカチで押さえるように拭きながら聞き返した。頭部の怪我はたいていたい出血がひどいのだ。熟練刑事の目の端が、通りの向かい側のクリーニング店の側壁にもたれかかっている背中を丸めた人影をとらえた。つば広の中折れ帽のかげになって、顔ははっきりとは見えない。まちがいない――監視されている。あるいは、足を止めて、あまり近づかずに事故を見物していただけかもしれないが。マッカーシーの病的な疑り深さが伝染したようだ。

「モグワイ。えっと、デーモン」男の子が言った。「ほら、悪魔だよ。あいつらは機械を壊したがるから」

　ベイカーは淡い笑みを浮かべた。煙草を取り出そうとして上着の内ポケットに手をやると、クロンカイトが最期に書きつけたメモに指先が触れた。血のついたハンカチを車に放り込んでクールに火をつけた。

「そうかもしれないな。その可能性はある」


　車はフロントバンパーが大きくへこみ、何カ所か引っかき傷ができて塗装が剝《は》がれていたものの、ベイカーを無事に自宅アパートまで運ぶことができた。

　彼の住むアパートはオールド・チャイナタウンの中心部、ノース・ヒル通りにある。この地区を貫く本通りであるノース・ブロードウェイ通りから一本入った静かな通りだ。中国人嫌いの連中も、嫌悪している人びとを虐《しいた》げるためにこんな奥まで入り込んではこない。それでも、万一マッカーシー主義者が少々酔っぱらってちょっとばかり楽しもうなどと考えた場合にそなえて、どこの店もどこのアパートも人目につかないところに武装警備員を配置していることをベイカーは知っている。

　鉄道車両が高速で走り去るのを待って、住人専用駐車場に入った。彼の住む小さな白い建物は、煤《すす》とスモッグの残留物で覆われて黒ずんでいる。化粧漆喰《しっくい》を施された正面には、太字の漢字ででかでかと〝天堂公寓〟と書かれている。それが〝パラダイス・アパートメント〟という意味だと知ったのは、住みはじめてから三年後だ。

　こんなアパートに〝楽園《パラダイス》〟など、誇張もはなはだしい。玄関口の両側から少し曲がったヤシの木がアーチ状にかかっているせいで、住み良い――なんなら高級な――アパートだというまちがった期待を抱かせる。ゴキブリ、ネズミ、黴《かび》にとっては、まぎれもないオアシスだ。だが、住人にとっては自慢できる点はあまりない。それでも、ベイカーに不満はない。昔はもっとひどいところにいた。はるかにひどい場所に。

車を停めたあと、穴ぼこだらけの歩道を横切り、金色の星座が描かれたガラスの玄関ドアを入った。すぐに、レモングラスの強いにおいとプラム煮の甘い香りが鼻に届いた。ここへ移り住んで以来、ベイカーは東洋の料理が大好きになり、おいしそうなにおいがしてくると条件反射のように食欲をそそられてよだれが出てくる。とはいえ、ほかの住人から食事に招かれたことがあるわけではない。たいてい地元の食堂へ食べに行っている。たぶんベイカーは、このアパートで、おそらくはこの地区で唯一の白人――しかもユダヤ人――だろう。

しみだらけのえび茶色のカーペット（ところどころ破れて下の冷たく固いコンクリートが見えている）が敷かれたロビーを横切り、ひび割れた大理石の階段で二階へ上がる。エレベーターはもう何年も動かないし、なにより閉ざされた狭い空間には不安を覚える。大家のミスタ・エディー・ホアンが奥さんのマリーナと早口の中国語で言い争っている声が室内から漏れている。つまり、世界は正常だということだ。ただし……

以前リウ一家が住んでいた2D号室は別だ。その空き部屋に近づくと、玄関ドアの下から吹いてくる骨まで凍りつきそうな風が眠りを妨げられた亡霊のように見え、闇が迫ってきた。今日はこれで三度目だ。

〝裏切り者〟――ベイカーの頭の片隅でリウ一家がなじる――〝連中が来たとき、あんたはどこにいた？　声も出さなかったな、この腰抜け……〟。

ベイカーは首を振った。頭をすっきりさせるためではなく、あのとき自分にできることなどなにひとつなかったと示すためだ。吐き気を抑えて小走りで通路を進み、自室（木製ドアに貼られた2Aの文字はずいぶん前からひび割れたままだ）のドアの錠を開けて、散らかった安全地帯へと逃げ込んだ。

床には、しみのついた皺《しわ》くちゃのシャツのほか、煙草の箱から剝がしたセロファン、ピーチシュナップスの空き瓶、ハーシーのチョコレートバーの包み紙が散らばっている。断じて豪華な部屋ではない。ベッドのすぐそばに汚れたキッチン、小さくずんぐりした冷蔵庫のすぐ横に狭いバスルーム。少なくともホアン夫妻は、屋内トイレとアドミラル社のキッチン設備の代金は出し惜しみしなかったようだ。ベイカーは深いシンクへ行って額の切り傷を洗った。出血はほぼ止まっていた。

カウンターに昨夜の夕食が残っている。食べかけのターキーサンド、ベークドポテト、うずら豆の缶詰。ベークドポテトに乗せたバターはこの暑さで溶け、豆には薄い膜が張っている。室内は午後の日差しが煌々《こうこう》と照りつけ、ありがたいことに有刺鉄線の格子を思い出させる影はできなかった。ブラインドを巻き上げて、窓から向かいの閉店した海鮮食堂のわびしい光景を眺めた。住人も、建物を管理する人間もいないので、外壁は大統領を非難する不敬な落書きでいっぱいだ――〝人殺しのマッカーシー！〟、〝抵抗せよ！〟、〝〈リバティ・ボーイズ〉万歳！〟。どれも近隣の若者たちが書いたものだ。彼らの親は、そんな落書きをしてもマッカーシーの支持者かヒューイどもの目に留まれば、いま以上にチャイナタウンに暴力が持ち込まれるだけだ、と言うだろう。

ベイカーは拳銃ホルスターをはずして安堵のため息をついた。今朝、あわてて部屋を飛び出してからずっと銃身の短《スナブノーズ》いリボルバーが背中に食い込んでいたのだ。拳銃を、無視しつづけている西ドイツからの手紙の山の上に戻した。床の散乱物をよけて通り、ベッドに倒れ込むと、布団の羽毛が少しばかり舞い上がった。羽毛は、積もった埃《ほこり》や剝げ落ちた漆喰のかけらの交じった、目を引くごみの山に加わった。

ベイカーは組んだ両手に頭を乗せ、ひび割れのある天井を見上げて、コノリーにエコー・パークへ呼び出されてから起きたことを整理しようとした。映画のかつての大監督が、国内の大手ニュース・ネットワークの記者と一緒に死体で発見された。その現場に警察が着いてまもなく、ヒューイどもが調査を引き継ぎ、あの頑固なパーカーが協力する。それに、なにより頭を悩ませる謎はクロンカイトの残したメモだ。あの記者はおれを指して、破ったページの下部に〝ベイカー〟と書いたのだろうか――もしそうだとしたら、理由は？　〝悪魔どもをやっつけろ〟という言葉以上に理解できない。

市警とその物的・人的資源を使えない状況で考えをまとめようとしてもわけがわからなくなるだけだ。それにこれ以上首を突っ込めば、おそらく馘《くび》になる。悪くすると殺される。下院非米活動委員会《HUAC》の尋問室に放り込まれでもしたら、死んだほうがましな拷問《ごうもん》を受けるのだから。寝返りを打ってベッドから転がり出ると、キッチンカウンターに乗っているゼニス社製の小型テレビのところへ行ってスイッチを入れた。宇宙人みたいなアンテナを少し揺らすと、藁葺《わらぶ》き小屋のような白黒の光景に焦点が合った。ガスマスクをつけた苦しそうな村人たちと放射線防護服を着た男たちが駆けまわり、ウォルター・ウィンチェルの陽気でヨーロッパ訛《なま》りのある声が、雑音を圧して聞こえてきた。

非核政権の数部隊が北緯三十八度線に近い地帯で市民と軍事訓練を続けている。一方、アジアに駐留しているアメリカ反共軍のトップ、ダグラス・マッカーサー将軍は韓国政府に対し、次に北朝鮮が侵攻してきたら戦争行為に当たると見なし、核兵器の使用も辞さないと断言した……

ウィンチェルもマッカーシーの御用メディアの一員だ。マローが死んで不名誉な形でジャーナリズムから追放されたあと（ひとつには『レッド・チャンネルズ――ラジオ・テレビにおける共産主義的影響力の報告』のせいだ）、マッカーシーの追従者どもがイナゴの群れさながらメディアを席捲《せっけん》し、反左翼発言を繰り返す不毛の荒地に変えたのだ。
ベイカーはチャンネルをまわした。地元局の無名記者が抑揚のない口調でだらだらとしゃべっている。おそらく、その話しかたが事件の深刻さを伝えてくれると思っているのだろう。

元映画監督ジョン・ヒューストンと前途有望なCBS記者ウォルター・クロンカイトが今朝、ヒューストン邸で死体で発見されました。

興味をそそられ、速まる鼓動を感じながら、ベイカーはテレビの音量を上げた。

政府の公式発表によると、恋愛関係にあったふたりは、規制前のハリウッドにおいて左翼系の脚本家協会とつながりがあったとのことです。HUACロサンゼルス支部は、害をもたらしかねない〝好ましくない人物たち〟から引き離して将来的に保護できるものと期待して、しばらく前からふたりを政府の監視下に置いていたことを認めています。残念ながら、果敢なHUACの調査官よりも先に、好ましくない人物たちがふたりに接触しました。本件は痴情に駆られた殺人事件として……

言うまでもなく、それが政府の好む手だ。政治的反体制派の死は同性愛者の痴情のもつれだと押し通し、おまけに共産主義者を何人か刑務所に放り込む。大統領いわく、左翼は〝神をもおそれぬ連中〟だそうだ。「連中の好きにさせると、男が男と、女が女と、子どもが犬と結婚するだろう。完全な無秩序状態だ！」マッカーシーは先日のフィラデルフィアでの演説のなかでそう言ってのけた。

とにかく、ヒューストンとクロンカイトに、共産主義を信奉する同性愛者だという烙印《らくいん》を押す策略は効果がある。彼らを保護したがっていたヒューイどもに共感を呼べるからだ。政権全体が破壊活動分子や同性愛者に――その真偽を問わず――対する暴力をけしかけていることを考えると、一貫性を欠くのだが。HUACがこの事件の黒幕だろうかと考えたが、その線はすぐに捨てた。連中はこんなやりかたをしない。汚い仕事はたいてい、悲鳴や銃声が聞こえたと近隣住民から警察に通報されることのない本部で行ないたがる。

気になるのは殺害方法でもだれが犯人かでもなく、殺害理由だ。ヒューストンの名前など今朝まで聞いたことがないのだから、彼があけすけに政権批判をしていたはずがない。そしてクロンカイトは実直で信頼できるジャーナリストだ。その彼が、名を上げたいという野心を抱いて危険なネタを追っていたのだろうか？

またチャンネルをまわすと、今年の初めにアメリカが月に人類を送り込んだ直後、建設されたばかりのランボー・フィールドで行なわれたマッカーシーの演説が映し出された。続いて、いつもどおりウォルト・ディズニー・カンパニー制作の教育番組《ディズニーの宇宙旅行》だ。髪をきちんと分けたいかめしい顔の男が、宇宙船の図を指し示しながら、宇宙旅行を推し進めるための努力について強いドイツ語訛りで説明していた。

将来の宇宙飛行のための訓練方法及び宇宙で生き延びるために必要な特殊装置は、現在の高空飛行で用いられているものとほぼ同じです……

科学者が言った。各音節を伸ばして話すことによって、ドイツ語訛りを無理やり抑えている。

ベイカーは昔から科学があまり好きではない。またチャンネルをまわした。CBSで《アイ・ラブ・ルーシー》の再放送をやっていた。まちがってソビエト連邦行きの飛行機に乗ってしまったルーシーとエセルが、ソビエト人どものアメリカ侵略のもくろみを阻止する話だ。ふたりは、ベイカーの冷蔵庫のカレンダーに描かれているのと同じ共産主義者の冴えない色の国民服を着て、へとへとになってルーシーの家に帰ってくる。ふたりの肩についた鎌と槌《つち》の記章を一瞥《いちべつ》して

リッキーは眉を吊り上げる。

〝ルーシー、説明しろ〟彼が大声をあげる。

〝もちろんよ、同志《コムラード》〟ルーシーは答え、カメラ目線でうんざりした表情を浮かべる顔が大写しになる。

ここで観客の笑い声。

ベイカーはこの回の放送を五、六回は観ている。リッキー役のデジ・アーナズがキューバへ強制送還されたため、新しいエピソードはないのだ。テレビを消すと、映像が圧縮されて白い光の細い線を描いてから完全に消えた。ベッドに戻って、番組の決め台詞の候補を書き留めたクロンカイトの小さな手帳を繰りながら、しばらくピーチシュナップスを飲むうちに眠りに落ちていた。

玄関ドアに鋭いノックの音が響いたとき、室内に落ちる影は長く伸びていた。うつぶせに寝ていたベイカーは、すでにいくつもついているしみにさらにピーチシュナップス混じりのよだれが加わったシーツから顔を上げた。酔っていて、燃えさかる火とショベルの夢のせいで頭が混乱していた。だが、ふたたびノックの音がすると、さっと起き上がった。生まれ育った小さなユダヤ人村では、繰り返される鋭いノックの音が吉兆だったためしがない。マッカーシーの治めるアメリカにおいても同様だ。

ベイカーは忍び足でドアロへ向かいながら、エンドテーブルの拳銃をつかんだ。小銭が床に落ちた。

「だれだ?」しわがれた低い声でたずねた。

「宅配便です」ドアの外から快活な声が返ってきた。「お届けもののご依頼を受けて……チャイナタウン、〈パラダイス・アパートメント〉のモリス・エフライム・ベイカー様宛て。2A号室の生粋《きっすい》のユダヤ人に、と」

最後の言葉に顔をしかめたものの、ベイカーはゆっくりとチェーンとスライド錠をはずしてドアを引き開けた。せいぜい二十歳ぐらいの青年がドアの真ん前で待っていた。暑さのせいで童顔が真っ赤だ。

「いったいどういうことだ?」ベイカーはたずねた。

「よくわかりません」青年が答えた。「この部屋へ、モリス・E・ベイカー様宛てに手紙を届けるようにと言われただけで。ベイカー様ですよね?」

「ああ、そうだ」

青年は満足げにうなずいたあと、肩から掛けていた配達バッグに手を突っ込んで皺くちゃの茶封筒を引っぱり出した。それをベイカーに差し出した。

「これです」

「どこの宅配業者?」

「シェルトン宅配サービスです。お客さまから手紙とか書類とか電報とかをお預かりしています。すぐに配達することも、後日の配達も可能です」

「後日の配達も?」ベイカーは驚いて眉を吊り上げた。

「はい。手紙とか書類とか品物とかを後日、たとえばご自身が亡くなったあとでの配達を希望されれば、そうできるんです。その封書も」青年はベイカーが受け取った封筒を指さして説明した。「ご依頼主様が亡くなってからお届けするようにとの明確な指示を受けて、うちで二年以上お預かりしていたものです」

「なるほど」と言いはしたが、自分の死後におれになにかを届けたがるのがだれか、ベイカーにはよくわからない。家族はなく、コノリーとリズ、地元の中華食堂の愛想のいい店主ホリス・リーを別にすれば、これといった友人もいない。ポケットを探って二十五セント硬貨を引っぱり出して青年に差し出した。

「いいえ、結構です。受け取れません」青年は言った。「じつは、いい給料をもらってるんです。伯父さんの会社なんで。待遇がいいんですよ」

「そういうことなら」ベイカーは硬貨をポケットに戻し入れた。「きみの名前は？」

「オリヴァー・シェルトンです」

「じゃあ、オリヴァー、頑張ってくれ」

オリヴァーはにっこりと笑った。「ありがとうございます。頑張ります！　あ、〝生粋のユダヤ人〟なんて言ってごめんなさい。連邦政府の命令なので」

「気にしてないさ」ベイカーは言った。オリヴァーは、まだ言い争っているホアン夫妻の部屋の方向へと通路を歩み去った。

ベイカーはひとり住まいの室内に戻り、ピーチシュナップスをぐいと飲んでから封筒を破り開けた。きちんと三つ折りにされたクリーム色の紙が入っていた。黒い太字で次のように書かれていた。

ベイカー様
残念ながら、医学博士アーサー・X・ショルツ教授のご逝去をお知らせします。本状が届いた翌日、午前九時よりロサンゼルス市役所にて遺言書の読み上げが行なわれます。ご到着しだい、受付にて所定の部屋をおたずねください。時間厳守でお願いします。

敬具

弁護士　ラレミー・ディンスモア・フェンウィック

ベイカーは手紙を裏返してみた。ほかにはなにも書かれていない。封筒のなかをのぞいても、やはりなにも入っていないが、文面の意味はきわめて明瞭だ。どこかの教授が遺言書でベイカーになにがしかのものを遺したのだ。アーサー・ショルツなる人物と会った記憶はないが、そのショルツは亡くなる前にベイカーのことを思い出した。実際に息を引き取る二年あまり前に。そのとき電話が鳴り、ベイカーがびくりとしたため、持っていた手紙が羽毛のように宙を舞ってひらひらと床に落ちた。

「もしもし、ベイカーです」

「ベイカー！」ロサンゼルス検死局長チャールズ・ウォードの、いつもの警戒心に満ちた声がした。「家にいてくれてよかった。今朝あんたとコノリーが調べていた死体の検分を終えたところだ。えー……電話では言わないほうがいいと思う」

ベイカーは苦笑した。電話の盗聴はヒューイどもの得意とするところだが、警戒したところでたいしたちがいはない。電話では言いたくないとチャールズは口にした。それにより、この通話を盗聴している人間はすぐさま疑惑を抱く。賢明なやりかたではないが、警戒するあまり電話の使用を完全にやめたのではヒューイどもに負けたことになる。

「すぐに行く」ベイカーは叩きつけるように受話器を戻し、そのまま流れるようなしぐさで上着を手に取った。

ヒューイどもなどくそくらえ。モリス・ベイカーは、警察官になってこのかた捜査を断念したことなど一度もない。この殺人事件はなにかおかしい。ましてチャールズが――彼の知るかぎり、だれよりも神経過敏な男が――その件について話したがっている。考えごとで頭がいっぱいで、通路を進むさいに2D号室にはちらりとも目を向けなかった。

8

市役所の地下にある、殺菌の行き届いた衛生的な死体保管室《モルグ》のタイルには、凍えるほど寒い死者たちの部屋に注ぐ蛍光灯のまばゆい光が映っている。その細長い電灯は、いまにも死にかけているような音を立てている。ここが、クラーク・ゲーブルをまねて鉛筆のように細い口ひげをたくわえたチャールズ・フィッツパトリック・ウォードの巣穴だ。だが、ゲーブルの有名な台詞とはちがって、チャールズはあれやこれやをとても気にする。たとえば、垢《あか》を。〝チャーリー〟と呼ばれることを嫌う彼は、すぐに怯《おび》えるくせにどうして検死官などというおそろしい職業を選んだのだろうか、とベイカーはよく不思議に思う。

市警のなかには、春の訪れを占うグランウンドホッグ・デーをもじって、チャールズが二月に自分の影を見たら冬があと一カ月半は続く、という冗談を飛ばしたがる者もいる。モリス・ベイカーはそっち側の人間ではない。思いやりがあって正直なチャールズを好いている。検死官の殺風景な職場を唯一飾っているのは、青いガラスの花瓶に生けられた、摘んだばかりの白薔薇《ばら》の花束だ。

「で、チャールズ、なにを見つけたんだ?」ワックスがけされている床を――そのせいで靴がすべったりきしんだりする――行ったり来たりしながらベイカーはたずねた。だいたい、ここは寒い。暖まるためにクールに火をつけながら、煙草を減らさなければ近いうちにここに横たわることになる、と肝《きも》に銘じた。

チャールズは、白いシーツに覆われた二台の金属製の解剖台の奥に立っている。解剖台には、壁に取りつけられたアームライトの暖かいオレンジ色の光が降り注いでいる。シーツの下から、認識票をつけられた、チョークのように白い足の親指が突き出している。チャールズは黒い厚手のゴム手袋をはめた両手を落ち着きなくこすり合わせ、大きな下半身を覆っているゴムエプロンの位置を整えている。

「こっちへ来い、モリス」チャールズは温度調節器《サーモスタット》のダイヤルに近づいてまわし、いちばん強に合わせた。冷気が勢いよく間断なく吹き出す音が、モルグの死んだような静寂をかき消した。次いでチャールズは、何時間もの孤独な作業中の友であるトランジスタラジオのところへ行って音量を最大にした。それにより、チェット・ハントリーとデイヴィッド・ブリンクリーは、キューバの反政府派フィデル・カストロとその一味の公開処刑に関するおそろしい詳細を大声でどなり合っているも同然になった。

ヒューイどもはこの街の庁舎のほぼすべてに盗聴器を取りつけた。ロサンゼルスの公務員はみんな、やがてその策略に気づき、慎重を要する会話は小声で行なうか、水を流しっぱなしにしたり、タイプライターを打ったり、死体の腐敗を防ぐための業務用冷風空調機の送風音を立てたりするようになった。血が凍らないように歩きまわっていたベイカーはチャールズの横へ移動した。チャールズはジョン・ヒューストンとウォルター・クロンカイトの裸の死体からシーツをめくりかけたものの、折り返して下腹部だけは覆ってやった。

ヒューストンの体は、顔と同じく皺《しわ》だらけで、毛まで生えた大きな斑点があった。クロンカイトの体ははるかに若く健康そうで、ひじょうに青白く、数カ所が茶色い毛に覆われているのをのぞけば、これといった特徴はない。チャールズが解剖のために切開した胸部に縦長のV字型の縫い目がある。

ふたりとも目は閉じているが、安らかな顔には見えない。とくにヒューストンは、ひどい失望のなかで息を引き取ったかのように、口もとが歪み、眉間に皺が刻まれている。

「なにが見える？」とたずねるチャールズの言葉は、空調が吐き出す冷気の音にかき消された。

「ふたつの死体」ベイカーは答え、煙草をひとふかしした。

その返事に不満らしく、チャールズは苦い顔をした。指を一本立て、その指を振るようにして死体を指した。「胸部をよく見ろ」

ベイカーはあらためて目をやった。たしかに、どちらの死体の胸にも、ほぼ同じ位置に――心臓の真上に――同じような小さな穴がふたつ開いている。チャールズが傷口を洗浄したらしい。一見しただけではまず気づかない。若いほうのクロンカイトの体には皺が少ないので穴が目立った。

「それで？　ふたりは胸に銃弾をくらった。おそらく即死だっただろう」ベイカーは言った。腕時計に目をやる。三十分後にはリズのアパートへ行く予定だ。「それぐらい、自分でわかった」

「そうとも」チャールズが言った。「今朝四時過ぎもしくは五時に心臓を撃ち抜かれた。だが、いいか、ベイカー。胸の穴はまったく同じ位置にある。あんたは二発続けて的を正確に撃ったことがこれまで何度ある？　確率は低いだろう」

チャールズの言うとおりだ。犯人は並はずれて射撃の腕がいいということだ。

「なるほど。感心する発見だってことは認めるが、犯人捜しはヒューイどもに任せておけ。この事件は連中の担当だ。あんたには好意を持ってる。だからパーカーの言葉を借りて言わせてもらう。〝この件は忘れろ〟」

本気の言葉ではない。ここに来たことが、この件を手放す気がない証拠じゃないか？　だとしたら、なぜチャールズの気勢をそごうとする？　ほかの人間を道連れにしたくないから？　そうかもしれない。だが、ふだんは動じやすく用心深いチャールズが勇敢にも電話でここへ呼びつけたことが、この件を不審に思っているのがモリス・ベイカーただひとりではないことを裏づけている。

チャールズは目を見開いている。どうやらヒューイの拷問《ごうもん》方法を思い出したらしい。彼を怖がらせてしまって気が咎《とが》めた。それでも、チャールズの話にはいささか落胆していた。犯人が射撃の名手、しかも危険なギャングの一員だという話は、この街では掃いて捨てるほどあるからだ。

立ち去りかけたとき、チャールズがふたたび口を開いた。

「だが、興味深い発見は銃創の位置だけじゃない。ふたりの死体から銃弾を摘出した」彼は続けた。「全部で四個。それは別段めずらしいことではないが、弾は分析にまわした。ほら、凶器に関してなにかわかるかもしれないからな。だが、鑑識の報告書にはもっと興味深いことが記されていた」

「続けてくれ」ベイカーは促した。

「じつは、微量のウラン235が検出されたんだ」

吸っていた煙草がベイカーの口からこの部屋の清潔な床に落ちたが、チャールズはろくに気づいていない。ベイカーは彼の注意を引かないように靴底で煙草を踏みつぶした。

「えっ？」努めてさりげない口調で言った。「原子爆弾に使われる物質のことか？」

「そうだ」チャールズがきっぱり言って指を立てた。〝我《エ》、発見せり《ウレカ》！〟と叫ぶのではないかとベイカーは思った。

「でも、危険な物質じゃないのか？」

「大量の場合はな。銃弾に付着していたウランはごくごく微量だ。当然、無害だが、興味深いことに変わりはない。鑑識のライオネルはどう考えたものかわからないと言うし、私もわからん。それで、あんたのことを思い出した。ヒューイどもを嫌ってると打ち明けたら、あんたは同意してくれると思っている。あんたはいつも良くしてくれる。みんな、地下のこの部屋を気味悪がってて、死体を見るのが耐えられない。私が見つけた結果だけ聞いて、目も合わせずに出ていく。あんたはちがう。ここに残って話をする。ほかの連中とちがって、死体を見ても動じない。この事件の真実を知りたければ、あんたが突きとめるべきだ」

ベイカーは気を良くした。チャールズを親友だと思ったことは一度もないが、信頼できる男で、職務をきちんと果たすと信じることができる。その彼が、政府の調査を台なしにすると言っている。下院非米活動委員会《HUAC》の尋問室で頭を――それより睾丸《こうがん》のほうが可能性が高いが――万力で締められるはめになるかもしれない。どんなにからかおうと、チャールズ・ウォードが実直な男だということは知っていたが、勇敢でもあることがわかった。

たとえ縮み上がるほど怖いとしても、チャールズはグラディスと同じく正しいことをする、と信じられる。これだけの歳月を経てようやく、信頼できるパートナーになった。ハートウェルとウォルドグレイヴという愚か者たちによってあっさり引き裂かれかねないパートナーに。

「そう言ってくれてありがとう」ベイカーはチャールズの肩に手を置いた。

チャールズは礼の代わりにうなずいた。「命令されたとおり、証拠はすべてHUACに提出する」声が震えている。釣り糸に吊るされたヒューイの盗聴マイクが天井から下りてくるのを見つけようというように室内を見まわした。「だが、あんたがもっと深く調べたほうがいいと思う。記録は残さずに。こんな嘘に目をつぶりつづけたら、だれも希望など持てなくなる」彼はふたつの死体に向きなおった。「世界にいつ真実が必要にならないともかぎらないからな」

数時間後、シェイクスピア劇の数ページ分の台詞の耐えがたい練習のあと、ベイカーはすっかり目が冴えたままリズのベッドに横たわり、チャールズの言ったことをじっくり考えていた。リズは、週末のサンフランシスコ行きのくわしい計画をうきうきと立てているうちに眠ってしまった。愛を交わしたあと――その行為では、ベイカーよりも彼女のほうがはるかに強く情熱を伝える――リズは目を開けておくことができない。こうしたちょっとした外泊は、ベイカーにとってはたんなる気晴らし、陽が沈んだあと悪魔たちを寄せつけないための薄っぺらい防護壁にすぎない。だが、怪物たちを黙らせることはますますむずかしくなってきている。かつてリズが与えてくれた慰めに少しずつ耐性ができつつあった。

夜が明ける直前、ベイカーはそっとベッドから出て服を着て、サンフランシスコの甘美で憂いのない夢を見ているリズを残して彼女のアパートをあとにした。

エイタン兄さんへ
カナダの天気はどう？　まだまだ寒くなってる？　ここアメリカは美しい秋を迎えてるけど、冬が確実に近づいてきてる。木々の葉はすっかり落ちてしまった。ニュースがもう届いたかどうかわからないけど、ゆうべ祈りの家《ベイト・テフィラー》が焼け落ちたんだ。兄さんがあそこで戒律の子《バル・ミツバー》の儀式を受けたときのことを覚えてる？　もちろん覚えてるよね！　ぼくは、持ってたキャンディを全部投げつけて兄さんの首にかなり大きなあざをこしらえたのを覚えてる。

残念ながら、あの居心地のいい小さなユダヤ教会堂《シナゴーグ》がなくなった。近所の非ユダヤの何人かが感謝祭の夕食で酒を飲みすぎて、大騒動が起きたんだ。アメリカ流の水晶の夜《クリスタルナハト》さ。騒動はひと晩じゅう続いた（とても信じられないほどの大騒ぎだった！）。ファニーが今日は子どもたちを外で遊ばせようとしないんだ。ファニーはすごく怖がってるし、正直言うと、ぼくも怖い。

信徒の何人かと火を消そうとしたけど、駆けつけたときにはもう手遅れだった。最悪なことに、火をつけた連中は現場から逃げもしなかった――松明《たいまつ》を持ってその場に立ったまま、ぼくらのシナゴーグが焼け落ちるのを眺めてた。顔も隠さずに。しかも、兄さん。何人かはぼくも知ってる人だったんだ。

マッカーシーの熱烈な支持者どもの非主流派のしわざじゃないよ。国じゅうにできた例の下院非米活動委員会《HUAC》の支部の連中とつきあってる近所の人たちのしわざだ。大統領は今朝、このような暴力を非難したけど、漠然とした言いかただった。〝ユダヤ人〟って言葉を一度使ったと思う。地元のHUACの調査官がこの事件を調べると言ったときは死ぬほどびっくりしたよ。なんて言ったかな？……ああ、そうそう、〝善良なる連中〟だってさ。

マッカーシーなんて大口を叩くだけの頭のおかしい男だ、って言えたらいいなと思うけど、そういえばヨーロッパでもある首相がよく同じように言われてたよね。二期目が始まったばかりだし、三期目も立候補できるように合衆国憲法修正第二十二条を無効にしようとしてるって噂だ。そんな図々しいやつを信用できる？

いまは無力感を覚えてるから、兄さんに手紙を書くのが役に立つかと思った。蛇に咬《か》まれた傷口から毒を吸い出すみたいにさ。ばあちゃんがよく言ってただろう。「これもまた過ぎていく」って。

神のおかげで、ぼくらは大丈夫だ。でも、いざとなれば、兄さんのいるカナダへ逃げなきゃいけないだろうね。一緒にヘラジカを狩ろう。ヘラジカはコーシャー（ユダヤ教の聖典に則って、ユダヤ教徒が食べてもよいとされる食品のこと）だって知ってた？　だからヘラジカのステーキを食べてみたいんだ！

リリアンと子どもたちによろしく

ジョエル

第二部　一九五八年七月二日

私見ながら、共通の敵がいるのであれば
私たちは広く手をたずさえるべきである。

ジュリアス・ローゼンバーグ

9

ロサンゼルス市庁舎は空に向かってそびえ立つ巨大な白い方尖塔《オベリスク》だ。この街でもっとも高いこの建物は三人の男によって設計され、州内全五十八の郡から採取された砂と州内二十一の由緒ある伝道施設から集められた水を使って、一九二八年に完成した。〈パラダイス・アパートメント〉と同じくエントランスの両脇にそれぞれヤシの木が立っているが、共通しているのはそれだけだ。市庁舎の内装は〈パラダイス・アパートメント〉よりもはるかに豪華で、言うまでもなく、はるかに清潔だ。多葉形アーチ（複数の円弧曲線を花弁状につないだアーチ）の通路に掲げられた十本以上のアメリカ国旗が、日中の暑さをやわらげる上ではなんの役にも立たないかすかなそよ風に揺れている。今日もまた容赦ない酷暑の一日になりそうだ。

ベイカーは九時十分前に市庁舎の前に立ち、スパイ容疑をかけられて下院非米活動委員会《HUAC》で宣誓証言を行なったアルジャー・ヒスさながらの汗をかいていた。すでにグラディスに電話をかけて、遅刻するとコノリーに伝えてくれるように頼んである。表向きは今週いっぱいは非番なのだが、職場の組織化された環境にいるほうが生産性が上がる。家にいたのでは、ベッドに寝転んで天井を見上げ、ピーチシュナップスを飲み、酔った頭でヒューストンとクロンカイトが殺された理由を考えることになる。

　アーサー・ショルツの遺言書の読み上げにさいし、ベイカーが選んだ服装は、持っているなかでいちばん上等のスーツに白いコットンシャツ、どうにか胸骨に届くぐらいの短いブルーのニットタイだった。ぴかぴかに磨いた茶色のローファーの房飾りが、そわそわと足を動かすたびに揺れている。昨夜も、はるか昔に死んだ人たちの悲鳴を楽しむ、剃刀《かみそり》のように鋭い歯を持つ顔のない生きものたちの幻影に邪魔されて、短い睡眠しか取れなかった。

　実際、ぼうっとしていて尾行を見落とすところだった。ヒューイども以外に、この暑さで丈の長いトレンチコートを着る人間はいない。ひょっとすると、これ以上あの事件を調べないように、間抜けなヒューイがこっちの行動を追っているのかもしれない。ひとつ確かなのは、あれが昨日の衝突事故を見物していたのと同じ人間だということだ。チャイナタウンの自宅からずっと尾行されていた。市庁舎の階段の下で靴紐を結びなおすふりをして、ちらりと目をやる。長身の尾行者の顔は、中折れ帽の広いつばのかげになってはっきりとは見えない。あんな尾行など簡単にまけるが、その必要もない。向こうは遺言書の読み上げ会場には入れないのだから、苦労して尾行を振り切る意味はない。

　ベイカーは中折れ帽を脱いで大理石の階段を上がり、多葉形アーチをくぐって、広い礼拝堂のような内部に入った。傷のあるIWCの腕時計が九時五分前を指している。右手の壁に寄りかかっているのは場ちがいなHUACの調査官たち――昨日会ったハートウェルとウォルドグレイヴだ。煙草を吸いながら小声で話し合っているが、ベイカーに気づいたハートウェルがさげすむような笑みを向けた。

「おや。こんな晴れた朝に市庁舎になんの用だ?」ハートウェルはたずねた。「ここへは十二時間に一度来れば充分だと思うが」

　つまり、昨日チャールズに会いに来たことを連中は知っているのだ。「そっくりそのままお返しするよ」ベイカーの口調はとげを含んでいる。「ただ、おしゃべりにつきあう時間がなくてね」

ハートウェルは眉を吊り上げ、あざけるように両手を上げた。「おい、聞いたか、ジーン？」ウォルドグレイヴに向かって言った。「こちらのユダヤ野郎はお急ぎらしいぞ」ベイカーに向きなおって言い足した。「引き止めないよ。おたがい忙しい身だ。そうだろう？」

ベイカーは歩み去りかけて、すぐにくるりと向きなおった。「いいか、警察官が市庁舎に来るのは、地区検事と会って、この街で法律が守られているかどうか確認するためだ。あんたらふたりは法の遵守について無知なようだがね」

ハートウェルは自己満足の笑みを浮かべた。「あまりむきになるな。その口のせいで近いうちに自爆するかもしれないぞ。私の寛大な気分が消えないうちに立ち去れ。さもないと、へらず口を叩くユダヤ野郎だという理由で逮捕する」

ベイカーはハートウェルに向かって中指を突き立ててからその場を離れた。猜疑《さいぎ》に細めたふたりの目が追ってくるなか、ベイカーはロビーを横切って受付へ向かった。疲れた様子の受付係がショルツの遺言書の読み上げは1E会議室で行なわれると教えてくれた。右へ曲がって広い廊下に入り、外側に金色の文字と数字が貼りつけられたオーク材製のドアをいくつも通りすぎた。1Eの表示のあるドアの奥から会話の声がかすかに聞こえてきた。部屋番号の横のプレートには一般会議室と記してあった。ドアノブをまわしてなかに入ると、長方形の古ぼけた木製テーブルがひとつ置かれ、その周囲に十二脚の金属製の椅子が配されていた。椅子の半数が埋まっている。

「ああ、ミスタ・ベイカー。よく来てくれましたね。これで全員そろったと思います」そう言ったのは、部屋の奥に立っている、高級なシアサッカー・スーツを着たぽっちゃりした男だ。大きな腹から十センチ足らずのところに、赤・白・青の帯布のついた麦わら帽子が置いてある。男は立派な腹まわりのわりにすばやい足運びで部屋を横切ってドアロへ来た。ソーセージのように太い指の丸々した手を差し出した。

「弁護士のラレミー・フェンウィックです。お会いできてうれしいです。刑事さん、と呼ぶべきかな」ベイカーの手を大きく上下に振って握手した。「遺言書でも生前指示書《リビングウィル》でも作成します。ご入用の節はお電話ください」

弁護士は笑い声をあげ、内ポケットから光沢紙の名刺を取り出してベイカーに差し出した。ベイカーは、ここは法律業務の売り込みをする場ではないと思い、眉をひそめた。死者の最後の願いを聞き届けるべく集まっているのだ。ベイカーは詰め込みすぎの札入れに名刺をしまい、フェンウィックに事務的な笑みを送った。肥満の弁護士はテーブルの奥へ戻り、部屋を横切るだけで真っ赤になった多重顎《あご》の顔から水玉模様のハンカチで汗をぬぐった。「どうぞお座りください」

ベイカーは椅子に腰を下ろし、集まっているほかの面々をちらりと見た。全部で五人——男が四人と女がひとり。女は厚手の黒のドレスを着ており、そろいのベールが顔をほぼ覆っているが、瞼《まぶた》の厚ぼったい目と浅黒い肌、くっきりした目鼻立ちが見て取れる。四人の男は年齢はさまざまなようだが、全員、汚れひとつない黒のスーツを着ている。厳粛な面持ちながら、目に表われた期待の色は隠せていない。

つややかなブロンドの髪と魅力的な青い目をしたひじょうに端正な顔立ちのふたりは兄弟にちがいない。もうひとりは、ひげも剃っておらず、広い額には皺《しわ》が刻まれている。残るひとりがいちばんこざっぱりしている。メタルフレームの丸眼鏡と、サイドを刈り上げたツーブロックという時代遅れの髪型は、説明しようのない嫌悪感をもたらし、ベイカーは胃がねじれる気がした。

「では」フェンウィックの快活な声が大きく響いた。「始めましょうか?」彼はテーブルの下からワニ革のブリーフケースを取って開け、大きなクリップで留めた分厚い書類を取り出した。金縁の鼻眼鏡をかけ、喉の奥で不快な音を立ててから、読み上げを始めた。

「私、アーサー・シャビエル・ショルツは心身ともに健康であり、よって以下のとおり遺言する。

第一条

息子のアルバートとカールに……」

ブロンドの髪と青い目のふたりが耳をそばだてた。

「……ブレントウッド・パークのマンデヴィル・キャニオン・ロード三三九六番地の家を相続させる。あの家が私に与えてくれたのと同じ喜びと慰めを息子たちにも与えてくれんことを。息子たち及びその家族に、私の財産の半分、百六十万アメリカドルを遺贈する。賢明に使ってくれることを願う」

アルバートとカールは、理解した印にうなずいて椅子の背にもたれかかった。父親が実質的価値のあるものを遺してくれたことに、目に見えてほっとしている。続いてフェンウィックは、温かい笑みを浮かべて女のほうを向いた。

「第二条

すばらしいメイド、ヴァレンティーナ・ヴァスケスに、私の財産の半分、百六十万アメリカドルを遺贈する。長年にわたり、じつに忠実に尽くしてくれたので、末永い幸せのために金を使ってくれることを願っている」

ごく小さな反応だが、ベイカーはショルツのふたりの息子たちが浮かべたわずかな嫉妬の色に気づいた。ヴァレンティーナはうなずき、ベールの奥でこぼれはじめた涙をぬぐうためにクラッチバッグからハンカチを取り出した。

次にフェンウィックは、額が広く、ひげも剃っていない男に向かって言った。

「第三条
サウス・カリフォルニア大学には、私の学術論文及び研究成果のすべてを遺贈する。それらが次代の物理学者や原子物理学者を指導する役に立つことを願う。物理学科から、同僚のロジャー・ダンフォースに論文を取りによこしてもらいたい。自由の風が吹く！《ディ・ルフト・デア・フライハイト・ヴェート》」

ロジャーがうなずき、したり顔の笑みを浮かべて、むさ苦しい頬をなでた。フェンウィックは最後にベイカーのほうを向いて読み上げた。

「第四条
旧知の友モリス・エフライム・ベイカーに……」

ベイカーはアーサー・ショルツなど断じて知らない。いったいなにをふざけているのだろう？　これは手の込んだいたずらかなにかだろうか？

「……アルバムを遺贈する。ときに〝暗黒大陸〟とも呼ばれるアフリカの奥地のジャングルに幾度も滞在し、冒険した年代記だ。悪魔もうらやむ楽しいときを過ごしたので、二次体験にはなるだろうが、そこに収めた写真を見て彼にも同じ喜びを感じてもらいたい」

フェンウィックはまたブリーフケースに手を入れてベージュ色のビニール製のアルバムを取り出した。ベイカーの席まで歩いてきて、目の前に置いた。ベイカーは内心のとまどいをみじんも見せず、小さくうなずいて受け取った。テーブル越しに見やると、ツーブロック・ヘアの男は好意のかけらもない目で見ていた。ベイカーは目をそらした。

フェンウィックはテーブルの奥へ戻り、鼻眼鏡の位置をなおしてあらためて遺言書に目を凝《こ》らした。

「今日は集まっていただき、ありがとう。きっと私の死を悲しんでくれると思うが、いつまでも愁嘆にひたらないでほしい。波乱の思い出に満ちた楽しい人生だった。私の死を悼《いた》むより、今日この日を生きてほしい。なにしろ、死もまた人生の一部なのだから」

ベイカーは目を剝《む》いた。最後の言葉が妙に引っかかった。ようやく頑固なエンジンの協力を取りつけて走りだしたバイクのように、脳が動きはじめた。なぜその言葉に聞き覚えがある気がするのかは説明できない。記憶がぼんやりしていて、はっきりした形になる前にフェンウィックが話を続けた。

「ぜひ、そうされるべきです。お運びいただき、ありがとうございました」フェンウィックは鼻眼鏡を小さな革袋にしまった。「さて、カール、アルバート、ヴァレンティーナ、そしてロジャー。手早く署名をいただきたい証書やら書類があります。よければ、解散する前に、もうしばらく残っていただきたい。ベイカー刑事はお帰りいただいて結構です」

フェンウィックはベイカーに笑みを送ったあと書類に目を戻した。ベイカーは最後にもう一度、室内を見まわした。ツーブロック・ヘアの男、ショルツの遺言書にもフェンウィックの呼びかけにも名前が出てこなかったただひとりの男が、まだベイカーを見定めるように見ていた。喉を嚙みちぎる前にライオンがガゼルに向けるような目だ。

ロビーのなかほどに達したとき、フェンウィックがまた顔を真っ赤にして追ってきた。「ベイカー刑事！」と呼んだ。「アーサーの遺言書に但《ただ》し書きがあったのを伝え忘れました」弁護士は身を寄せて握手を交わすふりをしながら小声で告げた。「死の時刻をあなたに伝えてくれ、とのことで。午後六時です」

ベイカーがうなずくとフェンウィックは歩み去った。

市庁舎を出て車に乗り込んだベイカーはピーチシュナップスを飲み、遺言書の言いまわしについて考えながら、ショルツが遺したアルバムをめくった。〝悪魔もうらやむ楽しいときを過ごした〟。またしても〝悪魔〟という言葉。三人の男が死に、その情報がいずれもベイカーに届けられた。

ビニールカバーが掛けられているのにかなりすり切れたアルバムの表紙の下部に、細い金文字で〝思い出作り〟と書かれている。最初のページに貼ってあるのは、グリフィス天文台から見たこの街の美しい景色をとらえた絵葉書だ。

ずんぐりした大きな文字で〝カリフォルニア州ロサンゼルス市からこんにちは！〟と印刷されてい

る。少々てこずりながら絵葉書をはがして裏返してみたが、なにも書かれていなかった。ベイカーは肩をすくめ、絵葉書を戻した。この手の絵葉書は、ロサンゼルス市内のどの空港でもどの土産物店でも手に入れることができる。

アルバムに収められているのは、象にまたがったり虎の皮を持ち上げたりしている小粋な男（おそらくショルツだろう）を写した白黒か暗褐色のスナップ写真ばかりだ。なぜこんなアルバムをベイカーに遺贈するのだろう？　面識はないし、なによりベイカーはアフリカになど行ったことがない。アメリカへの移住を別にすれば、あまり冒険が好きではないのだ。

ショルツについてもっと調べてみてもいい。古い写真を何枚か相続するのは違法ではない。ユダヤ人には今後は財産を相続させないとマッカーシーが決めないかぎりは。このところの政治の風向きを考えると、そんな考えも現実離れしているとは言いきれないが。

アルバムを運転席の座面裏、シートの破れ目に突っ込んで隠した。エンジンをかけ、タイヤをきしませる大きな音を立てて、縁石のきわから車を出した。

10

ベイカーはロサンゼルス市警察本部のロビーでアンディ・サリヴァンに声をかけられた。『ロサンゼルス・タイムズ』紙の非常勤記者兼『バラエティ』誌の非常勤ライターのアンディは、欲しい情報を得るためなら不運な相手をうんざりさせるぐらい執拗に食い下がることにフルタイムで取り組んでいる。いつもどおり、帯布に大きな取材許可証を挟んだ帽子をかぶっていた。彼はときに、取材許可証に印刷された文字の大きさと太さがペニスのそれと同等であるかのようなふるまいをする。仮に実際に巨根なのだとしても、それを誇示してまわる権利を与えられたわけではないのだが。

「ところで、ベイカー」わずらわしい醜聞あさりのアンディが螺旋綴《らせんと》じのメモ帳の新しいページを開きながら言った。「昨日の朝エコー・パークで、ショービジネス界のふたりの死体を見つけたそうだが?」

「アンディ」ベイカーは言った。「その件についてどうしても聞きたいのなら、エコー・パークまで行って下院非米活動委員会《HUAC》の支部のドアをノックして、ヒューイどもから丁重に聞き出せ。いまは連中の担当だ。そもそも、昨日のテレビニュースを観てないのか?」

「頼むよ、ベイカー。ヒューイどもがなにも教えてくれないのはよく知ってるだろう。それに、そのふたりがまたまた共産主義を信奉する同性愛者だったなんて、本当に思ってるのか？　雷は同じ場所に二度落ちないっていうじゃないか。あんたが話そうとしないネタがあるなら、それはきっと、おれの同業者が舌なめずりするスクープにちがいない。〝失脚した映画監督、自宅で遺体で発見〟なんて大見出しを想像してみろよ。さらに〝市警殺人捜査課の刑事、政府の公式報告書を鵜呑みにするなと語る〟と華々しく続くんだぞ。あんたと知り合って何年だ？　六、七年か？」

「百年にも思えるよ」

「ほら、ベイカー。話せよ」アンディはメモ帳と鉛筆を構え、ベイカーの口から話が出てくるのを待った。だが、ベイカーは笑みを浮かべるだけだった。

アンディの顔が曇った。

「ネタをくれる気があるのか、ないのか？　なんならオフレコにしてもいい。オンレコ、オフレコ、その中間。おれはどれでもいい。あんたが選べ、ベイカー」

「たとえネタがあるとしても、いいか、あると言ってるわけじゃないぞ」ベイカーは言った。「だが、仮にあるとしても、HUACの調査官が捜査を担当する以上、記事は絶対に検閲を通らないだろう」

「そのとおりだ」アンディの顔に卑しい笑みが広がった。親指と人差し指と中指をゆっくりとこすり合わせはじめた。「でも、金をたんまり握らせれば、ほぼどんな記事でも出せるんだ。あんたはほかのだれより金の力を理解してる。そうじゃないか、ベイカー？」

ユダヤ人であることにあからさまに言及されて、ベイカーはまたしても笑みを返した。「アンディ、ニューヨークへ戻ったらどうだ？　あんたを育てたネズミどもが寂しがってるぞ。ではこれで」片手を振って話を終えた。

「このことは忘れないからな、ベイカー。覚えておけ」アンディは彼の背中に向かって言った。「あんたは好きなだけ口をつぐんでればいい。でもな、あんたが協力しようがすまいが、おれはこのスクープを手に入れてやる」

「そうだろうよ」ベイカーは陽気な声で言い返した。「阿呆のペニス野郎」

ベイカーが入っていった十時半、オフィスは活気づいていた。もっと早く出勤しているはずだったが、尾行をまくためにいつもの経路を変えたりなどしていたためだ。

奇妙な求愛の儀式の一部でもあるかのように羽根のショールを振りまわしてわめき散らしている売春婦を、風俗取締班の三人が落ち着かせようとしていた。だが、ダシール・ハンスコムはデスクの下へ身をかがめて靴紐を結びなおすふりをしながら、赤く腫《は》れた鼻孔からコカインを吸引している。

コノリーはデスクに両足を乗せてポールモールの煙で輪を作っていた。「なあ」ベイカーを見るとにやりと笑った。「今週いっぱい休みをもらったら、おれならこんなところから十五キロ以内には近づかないけどな。頭のねじがゆるんでるのか、ベイカー？」

ベイカーは肩をすくめた。「ほかになにをやれって？　肌を焼くのか？　日焼けは好きじゃないんだ。そんなことより、遅くなってすまない」

「気にするな」コノリーが答えた。「グラディスから聞いた。なにをやってたんだ？」

「アイルランド野郎の顔を見るのを先延ばしにしたかったんだ」ベイカーは煙草を取り出して火をつけた。コノリーの笑みが消えた。

「なあ、ユダヤ野郎の顔を見るたびに茶番劇を観たいわけじゃない」コノリーは赤茶色の頬ひげを指でなぞった。「一日じゅう座って煙草を吸いながら冗談を飛ばしていたいが、ちょっとは仕事をしようか。それとも、札入れの金がなくなってないか確かめるために数えたいか？」

「中身は空《から》だ」ベイカーは言い返した。「あんたの奥さんは安くないからな」

コノリーはパンチをくらわせるかに見えたが、すぐに椅子にもたれかかり、鼻で嗤《わら》った。個人の性格を攻撃するのと、相手の妻子を侮辱するのは別だし、その場合、拳《こぶし》をくらって歯を失うこともありえる。

「あんたみたいなユダヤ野郎にしては悪くない冗談だ」コノリーは言った。また煙の輪を吐き出した。「ずっと考えてたんだ、ベイカー。昨日は少々熱くなっちまったが、じっくり考えてみた。正直、おれは危険を冒したくない。だから、ヒューストンとクロンカイトの事件はあきらめるってことでどうだ？　で、バーシンガー殺人事件の捜査にもっと時間を割く。事件の記憶から逃れるために、ご亭主と娘さんは東部へ越すらしい。ふたりが街を出る前に、なにか手がかりが得られないか訪ねてみよう」

「そうだな」ベイカーは話をろくに聞いてなかった。彼の頭は、グラディスがデスクに置いてくれた短いメモの中身に向いていた――〝クロンカイトの関係者はだれも、ベイカーという名前の人間を知らないそうです〟。

「なあ、昼食はチーズバーガーでどうだ？」

ベイカーがはっと顔を上げると、コノリーが怪訝《けげん》そうな目で見ていた。「どうした？　あんたの神はそんな昼食に感心しないと思うか？」

「チーズバーガーで構わない」

「あんたを昼食の気分にさせるのにバラバラ死体事件にまさるものはないな」コノリーが言い、デスクの帽子を手に取った。

ジョン・バーシンガーと娘のアンからはなんの情報も得られないとわかったので、ベイカーとコノリーは〈マーヴズ・ダイナー〉へ行ってダブル・ベーコン・チーズバーガーとフライドポテト、よく冷えたチェリーコークを頼んだ。

「なあ、犯人はいったい何者だ？」コノリーが脂《あぶら》っぽいフライドポテトをつかんで口に放り込みながらたずねた。「たしかに、殺人なんてしょっちゅう起きてる。ヒューイどもはそれを毎週の習慣にしてるが、あんな風に切り刻むなんてさ。くそっ！」彼は食べるのにかまけて十字を切らなかった。

ベイカーは、こっそりシュナップスを加えておいたチェリーコークをぐいと飲んだ。すでに食事を終え、番組の決め台詞の候補を書き留めたクロンカイトの小さな手帳を繰っていた。クロンカイトは〝冷静と気品を失わずにいてください〟、〝以上です、皆さん〟といった常套句《じょうとうく》に線を引いて消している。

「ミセス・バーシンガーは、あんたたちアメリカ人の言う〝悪いときに悪い場所にいた〟んだよ」ベイカーは、フィリップ・ラスロップが無味乾燥な白黒写真にとらえた凄惨《せいさん》な殺人の詳細を思い出させられたさいにベティ・バーシンガーの夫と娘が見せた苦悩に満ちた顔を忘れたかった。

「そのとおりだ」コノリーは、溶けてバーガーからこぼれ落ちたチーズをフライドポテトですくい取っている。

カウンター席では、バイカーギャングどもがこの店の無愛想な店主マーヴ・パチェンコと揉めている。

「いいか、おっさん」ダックテールの髪型にした若者のひとりがわめいた。「おれたちはこんな食事に金なんて払わない。わかったか？」

濃い口ひげをたくわえ、油のしみのついたエプロンをした筋骨たくましいマーヴはカウンターから身をのりだし、その若者のほうへ頭を傾けた。

「ふうん。で、〝おれたち〟ってだれのことだ？」

リーダー格の若者は胸を張り、気取ったしぐさで黒革のジャケットの襟をいじった。

「〈ジプシーズ〉だ。わかったか?」

「なるほど。わかった」マーヴは不穏な笑みを浮かべた。口ひげの先端をいじくったあと、カウンターの下から銃身を切り詰めた散弾銃を取り出した。「おれの友人を紹介しよう。金を全額払わなければ、友人がおまえの胸に穴を開けることになる。わかったか?」

若者の胸がしぼみ、沈む船から逃げだす怯《おび》えたネズミどもさながら仲間があわてて外へ逃げだした。隅のジュークボックスからビル・ヘイリー・アンド・ヒズ・コメッツの《ロック・アラウンド・ザ・クロック》が流れるなか、ワックスがけされた床で足をすべらせたりつまずいたりしている。

ひとりが肩越しに叫んだ。「悪いな、ユージーン」

マーヴの得意げな笑みが大きくなった。先ほどまで〈ジプシーズ〉の強力なリーダーだった哀れなユージーンはタイトなリーバイスに小便を漏らしそうに見えた。

「一ドル五十セントだ、ユージーン。それと、ワックスがけしたばかりの床に小便をこぼさないでくれよな」

若者の顔は真っ赤だった。店内の客全員が大笑いした。ユージーンはジャケットの内ポケットからぼろぼろの一ドル札一枚と二十五セント硬貨二枚を出してカウンターの上に放った。

「くそったれ。こんな店、二度と来ないからな」若者はジーンズの股間のあたりを整えながら店を出ていった。

「いい一日を！　ご利用ありがとう」マーヴが彼の背中に言って散弾銃をカウンターの下に戻し、客たちから拍手を受けた。ベイカーとコノリーはこの店に何度も来ているのでマーヴ・パチェンコのことは知っている。ドイツ兵、そして朝鮮兵と戦い、ベトナムで敵の村を破壊中に地雷で左脚を失わなければまだアジアにいたであろう不屈の男だ。彼はベイカーにウインクを送ってからカウンターを拭きはじめた。

「くそガキどもめ」コノリーが小声で言い、黄色い歯で氷を噛み砕いた。「年長者を見下すわ、電話ボックスにこもるわ。我慢ならない」

「子どもはいないのか？」ベイカーはたずねた。

「いるさ。天使がふたり」コノリーは表情をやわらげた。「うちの子があんなふるまいをしたら、殴りつけて生まれ変わらせてやる」しばらく氷を噛み砕いてから、あらためて話しだした。「いつか子どもを作るか、ベイカー？　まさか同性愛者だなんて言うなよ。ユダヤ人だってことを受け入れるのがやっとなんだから」

ベイカーは声をあげて笑い、中指を立てた。

「子ども？　おれが？　自分の面倒もろくに見られないのに」

子どもを作ることについて考えてみたものの、結局、こんな世のなかに無垢《むく》の人間を送り出すなど残酷な冗談だと結論づけた。一ドル札をテーブルに置いて立ち上がった。

「行こうか」と言って、座っていたボックス席の近くの壁に吊るされた掲示板をちらりと見た。通知書やチラシに交じって、見覚えのある新聞記事の切り抜きが貼ってあった――〝アメリカ人が人類史上初めて月に第一歩を刻む〟。

クレーターのある月面に星条旗を立てるフランシス・ゲイリー・パワーズを写した粒子の粗い写真の下の記事は、反ソの言葉がいくつも書き込まれているせいで読みにくい。

〝どうする、スプートニク!?〟

〝アメリカ製の宇宙船、やったぜ〟

〝アメリカの科学∨共産主義者どもの科学〟

〝共産主義に侵《おか》されるぐらいなら死んだほうがまし〟

ベイカーとコノリーは猛暑のなかへ出て、直射日光を一応は避けることのできるコノリーの一九五七年製のグレーのキャデラック・エルドラドに乗り込んだ。コノリーがラジオをつけ、とぎれとぎれのメッセージが聞こえてくると「おーっ」と喜びの声を漏らした。

……こちらは〈リバティ・ボーイズ〉……わが国の大統領は……証明した……だれも……彼の仮面をはぎ、感情的になって良識を軽視する彼に同調しない……人間としての尊厳……憲法で保障された人権……共産主義者あるいは……抵抗せよ、アメリカ市民よ。立ち上がれ！　立ち上がれ！　抵抗……

放送が切られ、すぐさま、ドナへの愛をささやくリッチー・ヴァレンスの歌声に切り替わった。笑顔のコノリーが片眉を上げて見るので、ベイカーは肩をすくめた。

「たわごとだ」ベイカーは切り捨てた。「あのニクソンからだって、もっと感動的な演説を聞いたことがある」

まもなく、ふたりは車を駆って市警本部へ戻った。

手がかりがなにも得られなかったので、今日はもうバーシンガー事件の考察を終えることにした。

何時間も、チャールズの検死報告書を読んだり、大げさな推理(出し合うたびにどんどん突飛になっていく)を披露し合ったりするうち、ベティ・バーシンガーの切断死体の写真を見るのにうんざりしてきたのだ。明日また調べることになるが、犯人逮捕の確率は日ごとに小さくなっていく。法定休日が間近に迫り、オフィスには倦怠感《けんたい》が漂っている。成果が上がっていると感じる者はひとりもいない。

コイントスで負けて報告書を書くことになったコノリーはいま、終始、反ユダヤの言葉をつぶやきながらタイプライターを打っている。デスクに両足を乗せてクールを吸っているベイカーは、オフィスの出入口が騒がしいことに気づいた。無謀なハンターの危険性を察知した鹿のように、オフィス内の警察官と事務員が全員、はっと頭を上げた。

幼い少女を従えてデスクの並んだオフィスをすたすたと歩いてくる、ぴったりした赤紫色のドレスを着て黒いメッシュのベールをかぶった女に、グラディスはおくれまいとしている。少女は――グラディスも――困りきった顔をしている。

「お待ちください!」グラディスが声を張り上げた。「勝手に入られては困ります」

「夫が死んだの。わたしと娘に構わないで」女が答えた。女は足を止め、オフィス全体に向かって言った。「ベイカー刑事かコノリー刑事を捜しています。ベイカーかコノリーはいる?」

ベイカーとコノリーは滑稽にもそろって手を挙げた。ようやく、いくぶん気持ちを静めた様子で、女がふたりのデスクへ近づいてきて、顔にかかったベールをめくり上げた。ドレスとそろいのファシネーターにピンで留めたものだ。女のまばゆい存在感でオフィスの照明もかすんだように見える。その照明が、白いなめらかな肌、ふっくらした赤い唇、真ん中で分けた黒髪、美しい褐色の目をきわだたせている。これぞ完璧な女性の姿だ。スラックスが少しばかり窮屈だと感じはじめたのはこのオフィスで自分だけじゃないだろう、とベイカーは思った。

「ふたりとも」女の官能的な口調に、ベイカーの心がまたさらにとろけた。「光栄だけど、わたしは校長先生じゃないわ。手を下ろして。話をしに来ただけよ」

コノリーは早くも椅子と煙草を差し出そうとしていた。「なるほど」彼は間の抜けた笑みを浮かべた。「私はブローガン・コノリー刑事、こっちはパートナーのモリス・ベイカー刑事です。で、どういったご用件でしょう、ミス……」

「ソマ。エンリカ・ソマ」――エンリカのrを巻き舌で発音した――「こっちは娘のアンジェリカ。さっ、アンジー、殺人課の親切な刑事さんたちにご挨拶《あいさつ》なさい」

アンジェリカは無言だった。母親の赤紫色のドレスの布地に顔を深くうずめている。

「なるほど」コノリーはまた言った。ベイカーは、彼がこんなふるまいをするのを初めて見た。自分の妻の前ですらこんな態度は見せないくせに。「では、話をうかがいましょう。ようこそいらっしゃいましたね。グラディス！ ミス・ソマにコーヒーをお持ちして。このオフィスのお客さまだ」

「いいえ、そんなお手間をおかけするわけには」彼女が言いかけた。

「ご遠慮なく」コノリーは言った。

「そう。じゃあ……」たちまちエンリカは椅子ごとくるりと向きなおり、めんくらっているグラディスに言った。「クリームを一滴、砂糖をふたつで。クリームは本当に一滴だけにしてね、グラディス。それ以上入ってたら飲まない。本当よ」

その指示には絶対的なところがあった。グラディスはひじょうに鋭敏だ――それを退場の合図だと受け取り、急いでコーヒーを淹《い》れに行った。

「さて」コノリーが女に向きなおった。「私とパートナーにどのようなご用件でしょう、ミス・ソマ？」

ソマはワニ革のハンドバッグに手を入れ、巻き煙草用の長いパイプを取り出した。深々と煙草を吸い込んでから言った。「夫のことよ。いえ、もう亡き夫になるのかしら。昨日まで、わたしはミセス・ジョン・ヒューストンだったの」

それを聞いてベイカーの全身が耳になったようだった。身をのりだし、メモ帳とペンを手探りした。

「ジョン・ヒューストンとご結婚を？」

「ええ、そう」エンリカはまたハンドバッグに手を入れて、イニシャルが刺繡《ししゅう》されたシルクのハンカチを取り出した。「かわいそうなジョニー。本当にかわいそうに」彼女はおごそかに洟《はな》をすすり、ハンカチで目もとを押さえた。いまにもこぼれそうな涙で目が光っている。

「ミセス・ヒューストン」ベイカーは探ってみることにした。「ご主人の死をお知りになった経緯をうかがってもいいですか？」

「そんなこと、わかりきってるじゃない。自宅に警察の立入禁止テープが張られてるのを見たのよ。子どもたちを連れて、父の住む東部の実家に何週間か帰っていたの。ジョニーが、新しいプロジェクトに取りかかるので考える場所が必要だって言ったから。だって、また映画を撮るって聞いてうれしかった――いいえ、大喜びしたもの」

「お宅で古い映画のポスターを見ました。ご主人はしばらく仕事をしてなかった。そうでしょう、ミセス・ヒューストン？」コノリーがたずねた。

「エンリカと呼んでくれて結構よ。そう、ジョニーはしばらく映画を撮ってなかった。結婚したのが一九五〇年で、新婚当初は何日も何週間も会えないことに慣れていた。彼は、書斎に閉じこもって次の作品の脚本を書くか、映画のロケに出るか、スタジオで編集作業をしていたから。彼は映画制作のどの過程も好きだったの。あなたがたが信奉しているイデオロギーなんかじゃなくて、手作業で作る芸術を信じていた。昨今のくだらない脚本を映画にするのを拒んだ。ジョニーは真の芸術家だったし、芸術の品性を守るために最後まで戦って……」

ベイカーは、彼女の言葉がとぎれたすきに次の質問を放った。「では、その間ご主人はなにをしていたのですか、ミセス・ヒューストン？　えっと、エンリカ。なにを言いたいかというと、立ち入った話になって恐縮ですが、この街では安上がりな生活なんてできません。コノリー刑事と私はお宅へ出向きました――またまた立ち入った話になりますが――あなたがたご家族が食べるのに困っている気配はありませんでした」

彼女はそれには笑みを浮かべて言った。「観察眼が鋭いのね、ベイカー刑事。おっしゃるとおりよ。ジョニーはここ数年は失業状態だったけど、わたしたちは生活に困ったことはない。彼が映画界を去ったあとも――追い出されたあと、と言ってもいいけど。とにかく、かつてのワーナーとの契約のおかげで蓄えがあった。ワーナー・ブラザースは覚えてるでしょう？　あんなことになって残念だったけど。わたしはモデル業とバレエに復帰した。一度『ライフ』誌の表紙を飾ったのよ、知ってた？」

返事を待たずに彼女は続けた。「マッカーシーが現われて以来、ジョニーは人が変わってしまった。彼には映画制作が人生のすべてだった。何度か脚本を書こうとしたんだけど、大統領が新設した映画制作省はそれを買おうとしなかった。だからベイカー刑事、あなたの質問に答えると、わたしが稼ぎ手になり、ジョニーは家にいてアンジーと息子のトニーを育てたってわけ。トニーはいま友だちのところにいるわ。アンジーもそのはずだったんだけど、友だちの家で車から降ろそうとすると泣きやまなくて」

「なるほど」コノリーが言った。「試練のときですね。どうぞ話を続けてください」

「そうね――数週間前にジョニーが、新しいプロジェクトに取りかかる、革命的なプロジェクトになる、と言ったの。うれしくてたまらなかったから、ひとりで仕事に集中できるように子どもたちを連れてニューヨークの実家へ行ってくれと言われたとき、ためらいもしなかった。わたしたちは東海岸の実家にいた。疑うなら、マンハッタンのアントニオ・ソマに確認してくれて構わない。有名なレストラン店主の父が、喜んでわたしの話を裏づけてくれるでしょう」

「お母さまは？」ベイカーは熱狂的なファンさながらメモを取りながらたずねた。

「戦争前に亡くなったわ。アンジーは母の名前をもらったの。続けていい？」

「もちろんです」コノリーが言った。

「子どもたちがどうしてもパパといっしょに独立記念日の花火を見たいと言うから帰ってきたの。なのに、自宅の敷地内にも入れなかった。家に警察の立入禁止テープが張られ、政府の調査官がうようよしてたから。立ち番の連中から事情を聞き出そうとしたけど、殺人事件があったとしか教えてくれなくて。質問があるなら〝地元のＨＵＡＣ支部で訊いてください〟だって。ここはわたしの家よと言っても、通してもくれないのよ。想像できる？」

グラディスがコーヒーを運んできたので、エンリカは礼を言ってひと口飲んだ。「あらやだ、グラディス。これじゃあ本当にクリームが多すぎるわ」

「淹れなおしてきます」グラディスが言った。

「結構よ。ちゃんと淹れてくれるって考えるのも苦痛だし。もう要らない」

グラディスはエンリカからカップを受け取ると憤然と立ち去り、すぐそばのごみ箱に中身を勢いよくぶちまけたので、油断していたダシール・ハンスコムのネクタイにしぶきが飛んだ。

「幸い」エンリカは話を続けた。「現場にひとり残ってテープをかたづけていた警察官が、わめいてるわたしの声を聞きつけた。彼がその場から連れ出そうとするのを、最初は拒んだわ。でも、彼の思いやりと同情の表情を見て、言うとおりにした。私道の端、調査官たちに聞こえないところまで出ると、昨日の午前中、短い時間だけどあなたたちふたりが現場に来ていたって教えてくれたの」

「われわれからもお悔やみ申し上げます、エンリカ」コノリーがいいところを見せようとした。「それと、単刀直入にうかがいますが、地元のHUAC支部で状況を聞こうとしましたか？　エコー・パークのご自宅から近いでしょう？」

「アンジー、耳をふさぎなさい」少女は言われたとおりにした。エンリカはふたりに向きなおった。「あんなくそ野郎どもに？　はっ！　あんな連中のことなんて信用しないわ、これっぽっちもね。あいつらは夫の遺体にも会わせてくれないでしょうよ。ジョニーだってあんな連中を信用してなかった。映画監督の仕事を辞めたのだって、あいつらを困らせるためよ。ねえ、ニュースはずっと聞いてたんだけど——ジョニーはいろいろ欠点はあったにせよ、同性愛者ではなかった。それは百パーセントの確信を持って断言できる。共産主義支援者でもなかったけど、言ったとおり、彼にはそんなことは問題ではなかった」

「では、ご主人を殺害したがる人間について、あるいはウォルター・クロンカイトがお宅にいた理由について心当たりは？」ベイカーはたずねた。

「そんなことはわからない」口惜しそうな様子だ。「ジョニーは友人が多くなかった。とくに映画業界から退いたあとはね。わたしとはちがいも多かったけど、ジョニーの死を望むはずないでしょう。だから、エンリカ・ソマ・ヒューストンはいますぐ容疑者からはずしていいわ」

「クロンカイトについては？」

「わからない。ジョニーの新しいプロジェクトを手伝っていたとか？　あの人がうちでなにをしていたのかはよくわからない。ほかのみんなと同じで、テレビでしか観たことなかったわ」

彼女はアンジェリカに向きなおって、もう耳から指を抜いてもいいと身ぶりで示した。

「エンリカ、よく勇気を出してここへ来てくれましたね」ベイカーは秘密めかして声を低めた。「しかし、ここでお会いしたことは部外者には口外しないようにとお願いしなければなりません。政府の調査を侵害しようとしているなどとだれかに知られたら、全員が身の危険を抱えることになりかねないので」

彼女はあざけるように鼻から息を漏らした。「ねえ、ベイカー刑事。わたしを馬鹿扱いしてる？」

「そんなことは――」

彼女は不意に立ち上がった。「いまは子どもたちと一緒にアンバサダー・ホテルの5C号室に泊まってるの。あんなことのあった家で過ごすなんて耐えられない――ま、あの家で過ごしたいと思っても、ヒューイどもがそうさせてくれないでしょうけどね。新しい情報や質問があれば電話をちょうだい。かならずよ。バルトロメオ・ヴァンゼッティと名乗ってニコラ・サッコにと言えば電話をつないでくれるわ。ではこれで。帰るわよ、アンジェリカ」

アンジェリカはその場に立ったまま、大きな悲しそうな目でベイカーとコノリーを見つめていた。ベイカーは、少女がここへ来てから初めてその声を聞いた。

「パパをひどい目に遭わせた悪い人たちを捕まえてくれる？」

「精いっぱい頑張ります、お嬢さん」ベイカーは答えた。アンジェリカはにこやかな顔で彼を見上げた。子どもだけが浮かべることのできる、あふれんばかりの汚《けが》れなき笑顔だった。

エンリカとアンジェリカが帰ってしまうとコノリーは不思議な魔力から解かれたようだった。いつもの無愛想な態度がいっきに戻ってきた。

「くそ《ジーザス》」神の名をみだりに口にしたので十字を切った。「彼女の言い分を聞いたか？　そりゃ美人だったりなんかするけど、ヒューイどもに盾突《たてつ》いてくれって？　それじゃあ絞首台に立って首に縄を巻きつけ、レバーを引けと頼むようなもんだ」

「うん」ベイカーは書き殴ったメモを読み返していた。

「くそ《クライスト》、ベイカー」――また十字を切った――「まさか彼女の力になろうなどと本気で考えてないだろうな？　あんなことを言ったのも彼女を帰らせるため、自分たちの身を守るためだよな」

ベイカーはメモから目を上げた。「ああ、そうだ。心配無用だ、コノリー。おれたちのケツはちゃんと守られてるから」

「嘘つけ。その目を見ればわかる。あんたは本当は彼女の力になりたいんだ。ピーチシュナップスのせいで、あんたの頭はおれが思ってる以上におかしくなってるにちがいない。煙突の埃《ほこり》みたいなあんたのせいで若死にしたくない。なにをやるつもりにせよ、おれを巻き込むな。いいな？」

ベイカーはパートナーの言葉をろくに聞いておらず、早くもエンリカの言ったことについて考えていた。彼女の話はベイカーの疑惑を裏づけた。ヒューストンとクロンカイトのあいだの共産主義に染まったゆえの情事など大嘘だった。ヒューイどもは殺人の実行犯ではないだろうが、捜査を強引に引き継いだことから、隠蔽《いんぺい》のにおいがぷんぷんしている。

だが、具体的になにを隠蔽しようというのか？　ヒューストンは、もしも映画の企画を進めようとしているだけだったなら、妻子を東部へやるだろうか？　彼が真実を追求する誠実な調査人の――たとえばクロンカイトだ――協力を必要とするなにかに取りかかろうとしていたのは明らかだ。それが重大ななにかだったため、何者かがふたりを殺害した。つまり、ヒューストンは妻子に危害が及ばないように東部へやったということだ。

ふたつの家庭が父親を失った。自身も含めて、家族と引き裂かれたり、家族の命を奪われた家庭をいくつ目にしてきただろうか。警察官になったのは、少しは人の役に立ち、力になるためだ。アンジェリカの顔に浮かんだ表情を見たことで、自分はこの事件の捜査をやめるつもりはないのだとベイカーは確信した。

オフィスのなかほどでの会話がベイカーをもの思いから引き戻した。太鼓腹の私服刑事ハロルド・ピータースンが、赤と白の水玉模様のドレスを着て泣いている女から話を聞いている。

「O・L・I・V・E・Rよ」女はマスカラのついたハンカチを鼻に当てて洟をすすった。

「最後に姿を見たのは昨日にまちがいないんですね、ミセス・シェルトン？」ピータースンはメモ帳から顔も上げずにたずねた。

「そうよ」ミセス・シェルトンが答えた。「朝食後、仕事に出かけたから。あの子の伯父が宅配サービスを経営してるの。クラークは——あの子の伯父は——夕方に配達に行かせたきり戻らなかったって言ってる。すぐに連絡をくれなかったのは、あの子が直帰したと思ったからだって」

「で、夕方の最後の配達先は？」

「クラークは、市内のいろんなところをまわるけど最後はチャイナタウンだったって言ってる。それしか教えてくれないの。お客さんの個人情報を重視してて、開示命令でも出ないかぎり正確な住所は教えられないって。それを聞いて、セオドアは、あの子の父親は憤慨したけど、クラークは譲らないし。警察でなんとかしてもらえない？」

「最後の配達先の住所がわかれば捜索範囲を狭める上で大いに役に立ちます、ミセス・シェルトン。お話が終わりしだい、市役所に電話をして開示命令を出してもらいます。法定休日が近かったりするので時間は少しかかるかもしれませんが」

ベイカーは息苦しくなった。外へ出る必要があると感じた。もっとも、なぜあの女のところへ行って、息子さんが配達先で最後に会ったのは私です、と告げないのかは自分でもよくわからない。ユダヤ人だからたちまち犯人呼ばわりされるという恐怖心のせいかもしれない。あの青年にはチップをやろうとしただけだと説明したところで、ヒューイどもは（尋問するに決まっている）けちくさいユダヤ野郎は二十五セントしかやろうとしなかったという点にだけ注目するにちがいない。

メモを取っていたハロルド・ピータースンがようやく顔を上げた。疲れた顔をしている。「お持ちいただいた写真を借りて広域手配をかけて……おい、ベイカー、あんたはチャイナタウンかそのあたりに住んでなかったか？」

ベイカーはできるかぎりさりげない顔を作って振り向いた。「ああ、ピータースン。そのとおりだ」と答えた。「で、なにを聞きたい？」

「昨夜、近所でこの青年を見かけなかったか？」ピータースンが笑顔の青年の白黒写真を持ち上げた──アーサー・ショルツの遺言書の読み上げへの召喚状を届けてくれた青年だ。

ベイカーは考える風を装い、おまけに眉間に皺《しわ》まで寄せてみせた。「いや。申しわけない、ピータースン」

「ああ、いいんだ。一応訊いてみようと思っただけだ」ピータースンはふたたび青年の母親に向きなおった。「では、連絡のつく電話番号は？」

ベイカーは女の電話番号を聞かなかった。すでに立ち上がってオフィスの出口へ向かっていた。震える手でポケットからピーチシュナップスを入れた携帯瓶を取り出した。

ベイカーは車に戻り、猛スピードで酔っぱらった。自宅アパートの駐車場に車を停めて運転席にゆったり座って、アーサー・ショルツの遺したものをじっくり見ながら、オリヴァー・シェルトンのことを頭から追い出そうとしていた。

写真を一枚一枚見た。どれも、上手に撮られた美しい写真であることは否定できない。広大なサハラの光景を描き出した写真——槍を持ったアフリカ原住の部族、ライオン、キリン、ガゼル、シマウマ——そのどれもが、過去からベイカーを見上げている。ほかには、知らないだれかと腕を組んで笑みを浮かべているショルツの写真——ショルツは片手で銃口の大きなライフル銃を、もう片方の手で牙のあるぐったりした獣を持っている。いまは亡き医師兼教授はまちがいなく端正な顔で、割れ目のある精悍な顎に濃い眉をして、それよりは薄い口ひげまで生やしている。ほかの男なら、口ひげが高齢者の印象を与えるところだ。だがアーサー・ショルツの場合は、若くますます二枚目に見える。

一枚だけ、趣《おもむき》の異なる写真があった——ピンぼけで不鮮明ななにかに、オレンジ色の斑点が浮かんでいる。現像を失敗したような写真だ。おそらく、うっかり感光させてしまったのだろうが、そうだとしたら、なぜほかの写真と一緒にアルバムに収めているのだろう？

ベイカーはまたピーチシュナップスを飲んだ。紙製の小さな三角形のコーナーシールで留めてあるピンぼけ写真をはずそうと、前に手を伸ばした。写真を持ち上げる前に、窓を叩く音がした。少しばかりいらついて、失せろと言ってやろうとして首をめぐらせると、目の前に銃口があった。

11

ベイカーは恐怖を感じなかった。銃口を――それも同時にいくつも――向けられた経験ならこれまでにもある。銃器を（奇妙な形の拳銃だ）見つめたあと、それを持っている人物に目を転じた。丈の長いトレンチコートを着て、つば広の中折れ帽のかげになって顔がはっきりと見えない。朝からつきまとっていた尾行者だ。

ベイカーは笑みを浮かべて車の窓を下ろした。「やあ、こんにちは。今日はとんでもなく暑いな？で、なんの用なんだ？」

相手は無言のまま、車から降りろと銃口の動きで伝えた。ベイカーは両手を上げると同時に眉も吊り上げた。「わかった、わかった。でも、そいつはしまったほうがいいんじゃないかな。人目につくおそれがあるから」

ベイカーの動きはすばやかった。ドアを勢いよく開けて腹にぶつけると、相手は身を折った。苦痛のうめきを漏らして数歩ばかり後退した。ベイカーは拳銃をもぎ取って相手に銃口を向けた。「車のドアのすぐそばに立ってはだめだと母親から教わらなかったか？」ベイカーは言った。「危険な場合があるんだ。まず、何者か言え。そのあと、おれを尾行してる理由を聞かせてもらおう」

腹を折っていた相手はゆっくりと身を起こして帽子を脱いだ。ベイカーは意外にも一歩あとずさり、銃口を下げていた。相手は女、それもこれまで見たこともないほどの美人だ。つややかなブロンドの髪は、ベイカーと同じく巻き毛だ。彼を見返すきらめく緑色の目には無念さと開きなおりの色が浮かんでいる。形の良い華奢《きゃしゃ》な鼻は、すぐれた彫刻家の作品のようだ。

「驚いた」ベイカーは思わずイディッシュ語で漏らしたあと、英語で言いなおした。

「それで？」特徴のある口調。ベイカーにはどこのものかすぐにはわからない訛《なま》りだか抑揚だかがある。「わたしを撃ち殺す？」

「撃ち殺す？　おい、おれをなんだと思ってる？　紳士だぞ。引き金を引く前に答えてもらう」

女の顔によぎったのは笑みだろうか？　なんであれ、女はすぐさま険しい顔を作った。「なにも答えない」

「いや、それはずるいな。おたがいろくに知らない同士だ。散歩でもどうだ、ミス……」

ミス・名なしは強情な目で黙って見返すだけだ。

「まあいい。お先にどうぞ」夕方の散歩にでも出かけるように、腕をまわして女と腕を組んだ。同時に、女の奇妙な拳銃の銃口を女の右脇の下、しなやかな脇腹に押しつけた。「急な動きはしないでもらおう」

ベイカーは女を〈パラダイス・アパートメント〉のほうへ促した。なかに入ると、しみだらけのカーペットを歩き、大理石の階段で二階へ上がった。ホアン夫妻の部屋は今日はめずらしく静かだが、ドアの奥からゆったりしたスウィング・ジャズが雑音混じりに聞こえている。ベニー・グッドマンかグレン・ミラーの曲だ。ベイカーは自宅アパートの錠を開け、女をそっと押してなかに入ると、足を使ってドアを閉めた。そのあいだ一度も女から目を離さなかった。

「座れ」ベイカーは銃口でベッドを指し示した。女は散らかった部屋を横切り、マットレスに腰を下ろした。マットレスがきしみ、例によって埃《ほこり》と羽毛が舞い上がった。

「この部屋、いやなにおいがする」女が小声で言った。〝におい〟と言うときにまた妙な抑揚がついている。

「でもまあ、おれは花屋だとは言ってない。そうだろう？」と言いながらベイカーは上着のポケットからピーチシュナップスを出し、ぐいと飲んだ。「さて」袖で口もとをぬぐった。「基本的な質問から始めようか。あんたが何者か、だれがなぜあんたをよこしたのかを知りたい」

女は険しい表情のままだ。

「お願い」ベイカーは愛らしい子どもの口調をまねた。

美しい女は顔をそむけた。

「答えろ。そのほうがあんたのためだ。知ってのとおり、おれは刑事だ。所属はロス市警。だから、あんたを警察官に対する脅迫容疑でぶち込むことだってできる」

女は鼻を鳴らした。「感謝されるのはたぶんわたしね。あなたはユダヤ人の警察官。つまり、正規の警察官と同じとは言えない。はみ出し者よ、ちがう？ それは戦争中と変わらない」

ベイカーの自信が揺らいだ。この女はなぜ、おれが何者でどういう立場かを知っているのだろう？ ヒューイだとしたら知っていても不思議はない。だが、下院非米活動委員会《HUAC》は女を現場調査員に雇わないので、それもおかしい。

「どうして――」言いかけたベイカーは、女が身をくねらすようにしてトレンチコートを脱いで膝上丈のきれいなサテンドレス姿になったので、途中で言葉を飲み込んだ。黒革のハイヒールが足を包んでいる。〝この女は何者だ？〟。

ベイカーは仕切りなおした。「どうしておれがユダヤ人だと知っている？」

「どうして知っているかが重要なの？」女は完璧なイディッシュ語でたずねた。それに続く沈黙が室内を満たした。ベイカーは、ホアン夫妻の部屋からかすかに漏れていたスウィング・ジャズがはっきりと聞こえる気がした。

「なるほど」急に口のなかがからからになった。「あんたもユダヤ人なのか？」とイディッシュ語でたずねた。女は開きなおった緑色の目で見つめるだけだった。「まあいい」ベイカーは続けた。「とにかく、あんたのイディッシュ語は完璧だ」彼はもう十年以上、だれともイディッシュ語で会話をしていない。

女はドレスから糸くずをつまみ取り、ベイカーの部屋のごみやがらくたのほうへ放った。「なあ」ベイカーは言いかけたものの、なんと言ったものかわからなかった。心の奥底で、この女は脅威ではない、この女は信用できる、となにかが告げている。「おれたちは出だしでまちがえたようだ。なんなら……」

「クロンカイトとヒューストンの事件は知ってるわ、ベイカー刑事」女がいきなり言いだした。「わたしを解放して。わたしはあなたの敵じゃない。むしろ、あなたが生き残るための唯一の希望かもしれない」

悪意も怒りもない口調だった。否定しようのない道理を語るように冷静にきっぱりと言いきった。アルジャー・ヒスが電気椅子で死刑に処せられたという事実を語るように。いや、ヒスにそんなおそろしい最期をもたらした功績によりリチャード・ニクソンが副大統領になったという事実を語るように。

「あんたが敵だなんて、ひとことも言ってない」ベイカーは悪さを見つかった子どものような口調でぼそりと言った。「だが、おれを尾行し、目の前に銃口を突きつけた理由に少しばかり興味がある。それと、おれが生き残るための役に立つってどういうことだ？」

女はまたしても彼を見つめた。輝く瞳は、苦悩をたたえた彼の茶色い目の奥を探ろうとしているようだった。ところが、女は不意に笑みを浮かべ、降伏したように頭を垂れた。その淡い笑みは、あっという間に夕闇に包まれていく室内に灯った明かりのようだった。

「そのことは謝るわ。すごく長い二日間だったから、ちょっとむきになっちゃって。クロンカイトかヒューストンがなにか残してなかったか知りたいの。メモとかテープ、フィルム。なんでもいいけど。教えて、モリス」

女は立ち上がり、おずおずとベイカーのほうへ足を踏み出した。ベイカーはしかたなく銃口を上げたものの、数秒後には腕をだらりと下ろしていた。彼に自分を撃ち殺す気がないとわかると、女は部屋を横切ってほんの三十センチの距離まで近づいた。

「あなたが善良な人間だということはわかってる、モリス・ベイカー。わたしを信用さえしてくれたら、知ってることをすべてあなたに話す。〝ア・シュレヒト・ショーレム・イズ・ベセ・ヴィ・ア・グーテ・ミルハマ〟そうでしょう？」

「〝悪しき平和も善き戦争よりはましだ〟」ベイカーは英語で言いなおした。「もちろんそうだ」つぶやくように言った。

女は頭から水に潜るための準備でもするように大きく息を吸い込んだ。「わたしの名前はソフィア・ヴィフロフ、ソビエト諜報部の一員よ」

ベイカーは驚いたあまり、実際に洗濯前のブリーフに足を取られて壁にぶち当たりそうになった。

「共産主義者か」思わず大声をあげていた。妙な訛りが腑《ふ》に落ちた。「ソビエト諜報部がなんだって訛りの残る共産主義者をはるばる送り込む？　あんな訛りがあったんじゃ、すぐに化けの皮がはがれるんじゃないか？」

ソフィアは顔を赤らめ、今回は訛りのない完璧な英語で言った。「あら、ミスタ・ベイカー、ずいぶんと顔色が悪いわよ。資本主義者の元気回復剤がほしい？　ドーナツ、それともブラックコーヒー？　この国の警察官はそういうものが好きなんでしょう？　ドーナツとコーヒーが」彼女が声をあげて笑った。少女っぽい笑い声にベイカーの胸がどきどきした。「あなたの前で訛りを出さないように気をつける必要がなかったのよ」

「共産主義者め、くそったれの赤野郎」ベイカーはわめいた。「おれのアパートに赤野郎がいる！　おまえと同じ部屋にいるってだけで電気椅子にかけられるんだぞ！」

「ちょっと、ねえ、頭を冷やしなさい。共産主義者はなんの脅威でもないわ。あなたのような資本主義の豚野郎が脅威ではないのと同じよ。もちろん冗談だけど」

ベイカーの頭のなかをさまざまな考えが駆けめぐった。酔いを覚ますのに、正真正銘の共産主義者と口をきく以上にてっとり早い方法はない。この街で共産党員を逮捕したことはこれまでにもあるが、ソビエト連邦の本物の工作員に会うのは初めてだ。

個人的には、どんなイデオロギーも（ましてマッカーシーが掲げているイデオロギーは）信奉していないが、アメリカに住んで長いので、無意識のうちに、マルクス主義者の信念に対する無条件な恐怖に侵《おか》されている。ハートウェルとウォルドグレイヴに通報するのが市民の義務かもしれないが、彼女を連中に突き出す気はない。案外、善良なユダヤ人――善良なアメリカ市民――として表彰されるかもしれないにせよ。

ゆっくりと呼吸しながらベイカーは片手を突き出した。「はじめまして、ミス・ヴィフロフ。あんたが労働者の味方だろうがくだらない人間だろうが構わない。あんたがなにを知っていて、どういうつもりでおれを尾《つ》けまわしていたのかを知りたい。事件の真相も探りたい」

ソフィアが握手に応じた。ベイカーは歓喜の身震いをこらえた。ふたたび口を開いた彼女は、ソビエト訛りに戻っていた。「座って聞いたほうがいいんじゃないかしら。あなたにも関係している、深刻な話だから」

ベイカーは従順な犬のように、近くの椅子から脂じみたズボンをどけて腰を下ろした。「この事件がいったいどういう形でおれに関係しているんだ？」クロンカイトのメモに〝ベイカー〟と記されていたことを思い出しつつたずねた。

ソフィアはふたたびベッドに腰を下ろし、気乗りしない様子でため息を漏らした。「わたしがここへ、この国へ来たのは、あなたが二日後にロサンゼルス市を攻撃すると見られているからよ」

ベイカーは噴き出し、腹が痛くなるほど笑った。「ああ、申しわけない、ミス・ヴィフロフ。うまい冗談だ。赤野郎どもにそんなユーモアのセンスがあるとは知らなかった。で、ここへ来た本当の理由は？」

「言ったとおりよ」ソフィアが言った。「われわれは、あなたが七月四日になんらかの爆弾を爆発させるつもりだという情報をつかんだ」

ベイカーはもう笑っていなかった。ピーチシュナップスのげっぷが出そうだ。携帯瓶からまたぐいと飲んだ。

「そんな馬鹿げた話、初めて聞いた。爆弾についてなんの知識もないのに」

「ええ、われわれの出した結論も同じだった」ソフィアが言った。「あなたは——えっと、ほら、なんて言葉？　ああ、身代わりなの」

「身代わり？」ベイカーは鸚鵡《おうむ》返しに言った。「だれの？」

「それはこっちが聞きたい。でも、二日後、この国の独立記念日に爆弾が爆発する。わたしは昨日の朝、クロンカイトとヒューストンに会うことになっていた。あの家へ近づくと、警察官が何人もいた。だからセーフハウスへ戻って、見たとおりのことを連絡役に伝え、さらなる指示を待った。市警内の情報源から、事件が政府の管理下に置かれる前にあなたとブローガン・コノリーが現場にいたと聞いた」

ベイカーは黴《かび》くさい空気を吸い込んだ。政府のもっともおそれていたことが現実になった——官公庁に共産主義者のスパイが入り込んでいる。ソフィアは話を続けた。

「あなたのことは昨日の夕方から尾行していた」「これですべて終わったと思った。でも、あなたが車でそのまま走り去ったから、またあとを尾けて、このアパートの前でひと晩じゅう張り込んだ。あなたを巻き込みたくはなかったけど、ヒューストンとクロンカイトが殺されたからしかたない。スパイじみたまねをしてごめんなさい。時間切れが迫っているし、あなたが爆弾についてなんらかの手がかりを持っているか知りたかったの」

その瞬間、ベイカーの頭のなかのひび割れた電球が別のなにかを照らした。今朝、市役所で出くわしたさいにハートウェルが〝自爆〟とかなんとか言っていた。「ということは、爆弾の件についてHUACは知っているにちがいない」思わず口に出していた。「それ以外、あの間抜けコンビがなにかと目の前に現われる説明がつかない。だが、そうだとしたら、どうしておれを逮捕・拷問《ごうもん》して情報を聞き出そうとしない？　連中にとってはそれが通常の手順なのに」

「きっと、あなたが単独で動いてるのではないと考えてるんだわ」ソフィアがそう仮定した。「あなたに手を出したら爆弾を起爆させることになるんじゃないかとおそれているのよ。あなたをはめたがる人物に心当たりは？」

ベイカーは首を振った。たしかにヒューイどもは——同僚の警察官たちさえもが——彼を嫌っているが、そのどちらかが、罪なき人びとを殺して彼にその罪を着せるなどという大がかりなことをわざわざやるだろうか？　やはりＨＵＡＣの手口とは思えない。だれかの評判を損ねたり、だれかを消したいとき、連中は決まってもっとも単純な手を使う。容疑をでっち上げて連行するだけでいいのに、なぜ爆弾を作って爆発させるなどという手間をかけるだろう？　あとは、何年ものあいだにベイカーが刑務所送りにした危険な犯罪者どもがいる。おそらく彼に恨みを抱く連中もいるだろうが、大半は（全員ではないまでも）まだ刑務所にいるか、すでに死んでいる。

「クロンカイトとヒューストンに会う目的は？　ふたりはその件にどう関係している？」ベイカーはたずねた。

ソフィアは慎重に言葉を選んだ。「〈リバティ・ボーイズ〉と名乗っている組織について聞いたことは？」

「新手の作り話だ」ベイカーは笑い声をあげた。「マッカーシー嫌いの連中が子どもを寝かしつけるときに聞かせるおとぎ話だよ」

「言っておくけど〈リバティ・ボーイズ〉は実在するわ、ベイカー刑事。ジョン・ヒューストンはその一員だった。彼ともうひとりのメンバーが独断でソビエト政府に助けを求めてきたの。昨日の朝、わたしが状況をくわしく聞き出すことになっていた。クロンカイトはきっと、ヒューストンになにかあった場合の保険だったのよ。わたしたちが阻止に失敗したら、本当の共謀者をあぶり出すか思いとどまらせるために、クロンカイトが爆弾計画を公表することになっていたんでしょう。どうやら、彼らのもくろみをだれかが嗅ぎつけたようだけど」

「なるほど、それで謎の一部が解けた」ベイカーは言った。この数分間に明かされた話は突飛すぎてとても信じられない。あの〈リバティ・ボーイズ〉が？　本物だと？　「でも、なぜおれなんだ？」

「罪を着せるのにユダヤ人以上にふさわしい相手がいる?」ソフィアが答えた。「あなたは身代わりとして完璧なのよ」

「なんの目的で? おれをはめて、なにが果たせる?」

「それについては推測するのみよ」ソフィアが答えた。

「いまの話がすべて本当だとしたら」ベイカーは切りだした。「なぜソビエトがかかわり合う? なぜ阻止しようとする?」

「考えてみて、モリス。ソビエトはアメリカが内部崩壊するのを喜んで見届けるはずだ」

「ユダヤ人がアメリカを攻撃したとなると、自動的にソビエトの責任にされる。両国間の緊張がいま以上に高まることをわが国は望んでいない。ただでさえ状況は不安定なのよ。朝鮮半島の情勢をご覧なさい」

「では、なぜフルシチョフからマッカーシーに警告させない? なぜこそこそ動く?」

ソフィアはあざけるように鼻を鳴らした。「あなたがたの大統領マッカーシーは政権内部にひそむ共産主義者を見つけ出そうとしている。そうでしょう? アメリカはわたしたちソビエトの脅威にさらされている、とつねづね断言してるんだから。そんな人にじかに警告したところで、アメリカに侵攻するための細工か陰謀だと考えるでしょう。それが、怒れる群衆にワシントンのソビエト大使館を全焼させる人の反応だと思わない? 爆弾計画の背後にいるのが何者であれ、あなたがソビエト政府のために動いているとアメリカ政府に思わせたいんでしょうね。ひょっとすると核戦争を始めようとしているのかもしれない」

ベイカーは後頭部をさすりながら、いまの話を理解しようとした。ソフィアは、彼が認めたくないアメリカの真実を言葉にしてみせた。戦後、この国がどうなっているかを――赤い影に怯《おび》えて震えている情けない生きもののようになってしまったことを。

「フルシチョフは頑固で手ごわいけど、愚か者ではない」ソフィアが続けた。「あなたやわたしと同じように、彼も世界の終わりなんて見たくない。彼にも愛する人たちがいるんだから。わたしたちは、あなたがたが思っているような冷酷な悪魔なんかじゃない。この作戦を許可したのはフルシチョフよ」

ベイカーはポケットに手を突っ込み、皺《しわ》くちゃのクロンカイトのメモを取り出した。それをソフィアに差し出す。「〝悪魔〟で思い出したが、昨日、現場へ行ったときクロンカイトの手のなかにこれがあった。ヒューイども——えええっと——政府の調査官たちより先に見つけたんだ。ページの下部におれの名前が書かれているが、その理由がいまわかった。ほかの言葉についてはどうだ？　〝悪魔どもをやっつけろ〟という言葉になにか思い当たるか？」

ソフィアはメモをしげしげと見ていた。ひたすら集中しているような様子を一瞬見せたあと、メモをベイカーに返した。「残念ながら、なにも思い当たらない。だけど、きっと爆弾に関係あるんだと思う」心底がっかりしたような、さらには失望していらだっているような様子だ。ベイカーはメモをポケットにしまった。「でも、意味を解明できるかもしれない人がいる」彼女は言った。

「だれだ？」

「〈リバティ・ボーイズ〉のもうひとり、ジョン・ヒューストンと行動をともにしていた人。今夜、あるナイトクラブでその人と会うように言われてるの」

「なんという店で？」ベイカーはたずねた。「この街にはナイトクラブなんて山ほどある」

「〈ラ・エスパーダ・ロハ〉……どうして笑ってるの？」

ベイカーは笑みをこらえられなかった。「ミス・ヴィフロフ、ロサンゼルスでもっとも危険な待ち合わせ場所の名前を口にしたという自覚はあるのか？」

12

〝赤い剣〟という意味を持つ〈ラ・エスパーダ・ロハ〉はただのナイトクラブではない。カリフォルニア州南部でもっとも凶暴で短気なギャング〈ピストレロス〉の――すなわちガンマンどもの――たまり場の酒場でもある。考えてみると、メキシコとの国境の北側でもっとも危険な連中かもしれない。たとえ法の執行者であろうと、足の小指の先だけであれ〈ラ・エスパーダ・ロハ〉に踏み入れるなど、まったく正気の沙汰ではない。

だからこそ、ソフィアが犯罪活動の巣窟《そうくつ》でもある店の名前を待ち合わせ場所として告げたとき、ベイカーは彼女が正気を失っていると思ったのだ。彼女は聞きまちがいではないと言い張り、何度も聞き返すとしまいには怒りだしてどなるので、ベイカーはそれ以上なにも言わなかった。とはいえ、よく考えると、〈ラ・エスパーダ・ロハ〉は密会には格好の場所だと思えてきた。警察もヒューイどももあの店には近づかないので、詮索の目や耳を向けられるおそれがほとんどないからだ。

待ち合わせは午後十時半だというので、ベイカーはピーチシュナップスの残りを飲み干し、ソフィアを手錠でラジエーターにつないでハーシーのチョコレートバーを一本与え、仮眠を取るべくベッドに寝転んだ。彼女を完全に信用したものかどうかまだわからないし、危険を冒す気にはなれない。目が覚めたときに彼女の姿がなかったらどうする――もっと悪いことに、二度と目が覚めなかったら。

「こんなものが本当に必要？」彼女は手首の手錠を引っぱった。

「あんたが国家の敵だと考えれば必要だ」ベイカーは答え、『共産主義者を見抜く簡単な十の方法』を彼女に放った。「ほら、おもしろいかもしれないぞ」

彼女はページを繰った。「ステップ5、労働者の権利テスト」声に出して読んだ。

問題の人物がステップ1からステップ4までの項目すべてで共産主義者の傾向を示した場合、アメリカ合衆国内における労働者の権利の現状に関してさりげない質問をいくつか行なう。一例を以下に示す――

ジョー：おはよう、ボブ。ピッツバーグで製鋼所の工員たちがストライキを起こしたって聞いたか？

ボブにはふたとおりの回答が考えられる。

回答例1：ああ、聞いたよ、ボブ。おれに言わせりゃ、やっとって感じだ。ああいう工場の労働条件は劣悪だし、危険を伴う仕事のわりに賃金は高くないからな。

回答例2：ああ、聞いたよ、ボブ。胸くそが悪くなるよ。恩知らずの工員どもがわが国の経済成長のために使える貴重な時間を奪ってるんだから。

もしも〝労働者の窮状〟に共感を示したら（回答例1の場合）、問題の人物は共産党員である可能性が高い。その場合はステップ6へ進む。共感を示さなければ（回答例2の場合）、問題の人物は勇ましいアメリカ市民であり、さしあたり危険はない。

ベイカーはベッドで寝返りを打ち、枕を顔に乗せて日差しを防いだ。

「な？　言ったとおり、おもしろいだろう。さっ、もう静かにしろ。二度は言わせるな」

そう言うなり、ベイカーは不穏な眠りに落ちた。

遠くで子どもがふたり泣き叫んでいる。

診療所のベッド（藁《わら》を詰めたでこぼこしたマットレスをベッドと呼べるなら）から見えるのは、目がくらむほどまぶしい天井の白熱灯の光と、磨き込まれたリノリウム張りの床の一部だけだ。いまわしいことが行なわれているにもかかわらず、この場所は常にきちんと清潔に保たれている。体の位置をなおそうとしたが無駄だった。連中の手で、ベッドのお粗末な金属製の支柱に縛りつけられている。健康状態がもっとよければ、こんな形ばかりのいましめなど難なく解くことができるのに、いまの彼は衰弱していた。衰弱しきっていた。しかも頭を包帯でぐるぐる巻きにされていて……あ、待て。だれかがこの部屋へ来る。連中の靴がリノリウムタイルの床に立てる音は、馬の小走りのようだ。パカポコ、パカポコ、パカポコ。

すぐに、だれが来たかわかった。きちんと分けた茶色の髪、金属縁の眼鏡をかけた端正な顔の若い男がほほ笑みかけている。いつもながら白衣には汚れひとつなく、火のついた煙草を人差し指と中指で挟んで持っている。左頬に走るぎざぎざの傷痕のせいで、邪悪な笑みが不気味に歪んでいる。

「今日の気分は？」男はクリップボードを見ながらたずねた。男のチェコスロバキア語は完璧だ。

ベイカーは答えなかった。答えるつもりはない。

「焼却炉で舌が焼けたか？」男は笑顔のまままたずねた。「イディッシュ語に変えようか？」

ベイカーはまだ答えない。男はさらにベッドに近づいてかがみ込んだ。ペパーミント・スティックキャンディのにおいも、吐く息に混じった安物の煙草と発酵させたキャベツのにおいを隠しきれていない。

「私がおまえに対してなにができきかわかるか？　おまえなど、いますぐ処分できるとわかっているのか？　注射を一本打つだけでこと足りる。いや、もう少し長引かせてもいいかもしれないな。麻酔なしの胆嚢《たんのう》摘出術の影響を知りたいかもしれない。だが、そういう衝動は抑えなければならない。いいか、おまえの回復を待つのは時間と資源の無駄だと司令官は考えておられるんだ。おまえなど〝蠅一匹にも劣る存在だ〟とおっしゃっている。それについては私も同意見だが、おまえのような標本がなんとしても必要でね。おまえは大きな成果の一部になる、それを覚えておけ。おまえには特殊ななにかがある。さて、取るに足りない命をおまえが重んじるなら、私の質問に答えるはずだ。もう一度訊くが、今日の気分は？」

「良好です、ヘル・ドクトル・プロフェッソール」ベイカーは食いしばった歯のあいだから小声で答えた。腹が立っていた。意地よりも生きることを選んだ。すぐに折れて医師の質問に答えたのだ。

　子どもたちがまた泣き叫んでいる。今度は母親を求めて。だれかがベイカーの名前を呼んでいるが、おぼろげなその声はこの異常な診療所とは切り離されたどこかから聞こえる。

「落ち着きなさい、ふたりとも」医師がドイツ語で言った。「すぐに行くから」まだベイカーに体を近づけたままなので、不快な息のにおいから逃れるすべはない。「私の言ったことを忘れるな。私の顔を忘れるな。死神の顔だ。私をおそれる必要はない。なにしろ、死もまた人生の一部なのだから」

　彼はさらに身をかがめて、ベイカーの左の前腕、入れ墨で刻まれた登録番号のすぐ上を選び、そこに煙草の火を押しつけた。ベイカーはそれ以上弱さを見せたくなかったが、喉の奥から思わず漏れる苦痛のうめきをこらえることはできなかった。自分に腹が立って天井を見つめた。悪意に満ちた歓喜で光っている医師の青い目を避けるためならなんでもよかった。腕の肉の焦げるにおいに、食事をろくに取っていない胃が空腹を訴えて痛んだ。正常な脳信号がにおいの原因を思い出させるが、おぼろげな脳信号が――滑稽と言っていい脳信号が――律法書《トーラー》によれば人肉はコーシャーではないといましめていた。

上体を起こした医師は退屈そうな顔をしていた。泣き叫んでいる子どもたちのほうへ歩きだした。二度と母親に会うことのない双子のところへ。

「まだ正気を失うな」肩越しに言った。「状況はさらに悪化する」

医師の言ったとおりだった。

ベイカーはベッドのなかで汗みずくで飛び起きた。首をめぐらせると、手錠でラジエーターにつながれたままのソフィアが怯《おび》えた顔で見ていた。

「大丈夫?」彼女がたずねた。「おそろしく体を震わせて寝言をつぶやいてた。わたしが名前を呼んでも目を覚まそうとしなくて」

「大丈夫だ」ベッドの端に脚をまわして下ろし、両手に顔をうずめた。外はもう暗い。「おれはどれぐらい眠ってた?」

「二時間ぐらいかな。わたしもうとうとしてて、あなたがベッドでのたうちまわってる音で目が覚めたから断言はできないけど」

ベイカーはベッドから立って、キッチンカウンターに置いてある時計のところへ行った。九時四十五分。

「ラング」彼女が低い声で言った。

「えっ？」

くるりと向きなおってソフィアを見やったものの、真っ暗な室内で弓なりの影しか見えなかった。これ以上は闇のなかにいたくないので、ベイカーは明かりのスイッチを押した。ぼんやりした白っぽい光が灯る前の鮮やかなオレンジ色の光が部屋を満たすと、まぶしさに目が痛くなり、瞳孔が収縮した。

「ずっと、そうつぶやいてた」彼女が言った。「何度も〝ラング〟って繰り返してた。それって、どんなもの？」

「ものではない、ソフィア。人の名前だ」

ベイカーは彼女のいぶかしげな顔を無視して水を跳ねかけて顔を洗い、伸びをした。最後に彼女をラジエーターにつないでいた手錠をはずした。彼女は手首をさすったあと、ベイカーの顔を激しくひっぱたいた。

「今度わたしを手錠でなにかにつないだら、なぜわたしがソビエト連邦一の暗殺者なのかを知ることになるわよ」

「いいだろう」ベイカーは頰をさすりつつ言った。


ふたりは午後十時二十分過ぎにエル・セレーノ地区に着いた。ベイカーはナイトクラブから数ブロック離れた場所にコンチネンタルを停めた。ここはロサンゼルスでもっとも古い地区のひとつで、起源は十八世紀末ごろにさかのぼる。静穏という意味の地区名に、ずいぶんふざけた皮肉だ、とベイカーは思った。

〈ラ・エスパーダ・ロハ〉はずんぐりした建物で、壁じゅうを覆うネオン灯がオートバイの並んだ通りを照らしている。正面に取りつけられた機械仕掛けの男が、錆びたギアと滑車によって、赤いサーベルを鞘《さや》に入れたり出したりしている。近づくにつれて、店内の騒音が聞こえてきた。音楽がかかっているが、どんよりした夜の空気のなかへと逃げ出してくる大声や笑い声に圧されて、なんの曲かはわからない。陽が沈んだあと街に下りてくる鉄のカーテンのような蒸し暑さのせいで、少しばかり息苦しい。肩幅の広いズート・スーツの大柄な男が入口に立ってふたりを上から睨《にら》みつけた。帽子に派手な黄色の羽根を挿している。

「なんか用か？」男がだみ声で言った。

「ええ」ソフィアが話しだした。「よかったらなかへ入れてもらいたいんだけど」

彼女がほほ笑みかけると、がっしりした男の目つきが心持ちやわらいだ。

「用件は？」男はうなるように言った。

「用件？　この店で人と待ち合わせてるの。ちょっと早く着いちゃったけど――」

「ここに会議室なんてないぞ、グリンゴス《よそ者ども》」用心棒は葉巻を噛んで血のにじんだ歯形をつけた。髑髏《どくろ》印《じるし》の彫刻が施された、へこんだジッポのライターで火をつけた。

ソフィアはくじけなかった。「ねえ。ええっと、お名前は？」

「エドガー・ラミレス」用心棒が言い、深い眠りから覚めた龍さながら大きな煙を吐き出した。

くそ、とベイカーは思った。おれたちが顔を突き合わせているのは〈ピストレロス〉の用心棒だ。アーティー・ショルツ老人のように遺言書を書いておけばよかった。まずい状況になったとき、わが身あるいはソフィアを守る手立てがなにもない。

「ねえ、ミスタ・ラミレス――えっと――エドガー」ソフィアが切りだした。「今夜どうしてもこの店に入らなければならないの。服の上から所持品検査をしてもいいわ。武器なんて持ってないし、なんならチップをはずむわよ」

エドガーの眉が吊り上がった。

「だって、あなたは正しい判断のできるビジネスマンでしょう」彼女は続けた。「金額を言って」

ベイカーはうろたえだした。武器を持っていないのは本当だ。銃器は（ソフィアの持っていたのはマカロフPMという拳銃だと、ここへ来る道中で聞いた）車に置いていこうと言い張ったのはベイカー自身なのだ。だが、チップについては、手持ちの金が少ない。

「ひとりにつき五十ドル」エドガーがだみ声で言った。太巻きの葉巻が上下に揺れた。

ソフィアはにこやかな笑顔でエドガーを見上げた。「わかった」彼女はトレンチコートの内側に手を入れて、分厚く重ねたアメリカドル紙幣を取り出した。五十ドル札を上から二枚取って差し出すと、エドガーはさっさと自分のポケットにしまった。そのあと、ふたりの服の上から所持品検査を——意外にもやさしい手つきで——行ない、手を振って通してくれた。

「さっさと行け」つっけんどんな口調だった。「おれが気を変えないうちに」

ソフィアがスイングドアを押し開けようとしたが、ベイカーはその手を押さえた。

「本当になかに入りたいんだな？」あらためてたずねる。

「意気地のなさにはうんざりだわ、ベイカー。あなたのファイルはまちがってたんだと思えてきた」

彼女はドアを押し開けて店内に入っていった。

「おれのファイルがあるのか？」ベイカーはあとを追いながらたずねた。

店内はマリファナとビールのにおいが強い。薄汚れた床は、もとは青いリノリウム張りだったのかもしれないが、一面におがくずや乾いた吐物、干からびた大麻草の種や茎が層を成している。ビニールをかけたテーブルと赤い布張りの椅子が点々と配されている。席はほぼすべて埋まっていた。奥の金属製の小さなステージでは、ザ・コースターズの《ダウン・イン・メキシコ》をジャズ風にアレンジして演奏している。バスドラムに貼られた鮮黄色《せんおうしょく》の文字によると、ザ・トーカンズというバンド名らしい。メンバーは全員、銀色のディナージャケットを着て鮮紅色の蝶ネクタイをしている。肌もあらわな女たちが音楽に合わせて動きまわると、客の男たちがアメリカドルやメキシコペソ、果ては煙草の吸い殻までを投げつけた。その他の客は、よく冷えたビールの泡が立ったジョッキで乾杯したり、刺激的なにおいのマリファナ煙草をふかしたり、太い筋状に広げたコカインをストロー状に丸めた紙幣で吸ったりしている。

「あの金はどこで手に入れた？」ベイカーは、拳銃と骸骨の図柄のワッペンを縫いつけた黒革のジャケットを着たギャングどもを見渡しているソフィアに追いつこうとしながらたずねた。バンド以外の全員がスペイン語で話している。

「あらまあ、ベイカーったら」ソフィアは陽気な笑い声をあげた。「ソビエト政府が軍資金も持たせずに任務に送り出すと思う？　あなたのファイルに書かれていた、問題解決に長《た》けているという評価はまちがっていたようね」

ソフィアはまたしても、唖然《あぜん》としているベイカーを残して歩を進めた。小走りで追ったベイカーは油じみた床で足をすべらせた。それでベイカーとソフィアの存在が気づかれて、くるりと向きなおった男たちの――ポーカーゲームをしているとりわけたちの悪そうな男たちも含めて――細めた何十もの目が新参者に注がれた。男のひとりは片目に大きなアイパッチをしており、その下に不気味な赤い傷痕が走っている。

「おい、お嬢《ケリーダ》さん！」革ジャケットがいまにも破れそうなほど丸々と太った男がポーカーゲームの席から大声で呼びかけた。「こっちへ来て、ミゲルに楽しい思いをさせてやってくれよ、なあ？　白人女とはご無沙汰でね」

一瞬のできごとだった。ソフィアが虎のように飛びかかり、気がつくとミゲルは持っていたジョッキのビールで溺れて窒息しかけていた。ミゲルは彼女を捕まえようとして腕を振りまわしているが、いかんせん腕が短すぎた。ソフィアがミゲルを放したときには、テーブルにこぼれたビールでカードも床もびしょ濡れになっていた。ミゲルはひと息ついて、ヤギひげのビールを払い、いまは怯えた色を浮かべている小さな目をぬぐった。

店内が静まり返った。バンドまで演奏をやめている。

「いかれたくそ女め」ミゲルがソフィアに悪態をついた。

興奮で目を光らせたソフィアが店内全体に向かって叫んだ。「ほかにグリンゴス《よそ者ども》と戦いたい人は？」

もう一瞬の静寂のあと、すべてが平常に戻った。バンドのリーダーが指を鳴らし、演奏を再開した。

「すごいな」ミゲルのテーブルから離れながらベイカーはソフィアの耳もとで言った。「案外おれたちはここで死なずにすむかもしれない」

彼女は笑みを浮かべ、あきれたように目を剝《む》いた。

「ところで」ベイカーは話題を変えた。「あんたの接触相手はどこにいる？」

「失礼します」背後から細い声がした。向きなおると、白いジャケットを着た小柄なウェイターが立っていた。「隅の席の男性がおふたりに一杯ごちそうしたいそうです」ウェイターの指さす奥まった一角には、二、三人で座るには大きすぎるテーブルが置かれている。そこに座っている人物は、紫煙と暗がりに包まれてはっきりと見えない。

ベイカーとソフィアはウェイターのあとについてその一角へ向かった。ウェイターはふたりを席に着かせて注文を取った——ベイカーはピーチシュナップスをグラスで、ソフィアはきりっと冷えたウオッカをグラスで。

「お客さまは？」ウェイターが謎の男にたずねた。

「スコッチ・アンド・ソーダをもう一杯いただくよ、パブロ。ありがとう」

男の声は低く歯切れがいい。顔はまだ、象牙の細いパイプに挿された煙草から立ちのぼる煙に隠れている。

「かしこまりました」パブロが言い、三人の飲みものを取りに行った。彼が声の届かないところまで離れるのを待って、男がふたたび口を開いた。

「さて、お嬢さん。じつにみごとなお手並みでした。映画に出ようと考えたことはありますか？」

「とくには」ソフィアは答えた。「あまり映画好きではないので。わたしの出身地ではろくに上映してないし」

「なるほど。しかし、映画はこの街の生命線です。映画が紡ぐ物語《ストーリー》の力は絶大ですよ」

パブロがすぐに飲みものを運んできたので、三人は黙って飲んだ。アルコールはベイカーの喉の奥を熱くし、たちまち脳に達した。

「ねえ、ミスタ・ストーリーテラー」ソフィアが口を開いた。「わたしたちに顔が見えるように、身をのりだしてもらえる？　ただし、急な動きをしたら、パートナーとわたしがあなたを後悔させることになるわよ」

「まあ、その必要はないでしょう」男は笑って身をのりだした。

ベイカーの見るかぎり、ソフィアの接触相手は五十代半ばといったところだ。からし色の上等のスーッ、太い黒縁の眼鏡。だが、もっとも目を引くのは、両端がわずかにカールした立派な口ひげだ。顔は、小児期の病気の影響か、ひげ剃り跡が永久的な瘢痕《はんこん》として残ってしまったのか、顎《あご》の近くと口のまわりがまだらになっている。

「少しはよく見えますか？」男がソフィアにたずねた。

「とても。じゃあ本題に入りましょう。ヒューストンとクロンカイトが殺されて、次の手は？」

「その質問には質問で答えてもいいですか、諜報員ヴィフロフ？　ふたりきりで会うものと思っていたのに、あなたはなぜこの男性を連れてきたんですか？　これが罠《わな》ではないと、どうしてわかりますか？　この男性が変装した下院非米活動委員会《HUAC》の調査官ではないこと、すぐにも私を最寄りの刑務所へ放り込むつもりがないことが、どうしてわかりますか？」

「では、あなたを逮捕する理由は？」ベイカーは問い返した。

「重大な罪」煙草を持った手を激しく振りまわした。「虐《しいた》げられた貧しい労働者たちの味方をした罪ですよ。ねえ、教えてください。いつからそれが死刑に値する罪になったのですか？」

「くそっ、あんたもか」ベイカーは小声で言った。

　このテーブル席はほかの席から離れているし、店内の騒々しさにかき消されて会話も聞こえないはずだが、口ひげ男は念のために声を低めた。「そのとおり！」

「では、なぜ私の前でそれを認める？　HUACの調査官かもしれないと疑っていたのに」

「ああ、ちょっとからかっただけですよ。あなたが何者かは知っています、ベイカー刑事。ただ、このパーティにあなたをお招きすることになるとは思ってなかっただけです。許してください――私には演技の才能があると家内が言うんですよ。聞いた話では、すさんだ外見のわりに、そして失礼ながらピーチシュナップスびたりのくせに、善良な心根の持ち主らしいですね。そのあなたが私のような無害な共産主義者を当局に突き出すなど、夢にも思いませんよ」

「だれも彼もがモリス・ベイカーの専門家ってわけか」ベイカーは言い、ピーチシュナップスのお代わりを持ってくるようパブロに合図した。だが、この男の言うとおりだ。ベイカーはこの一日のあいだに共産主義者ふたりと会ったが、ふたりを突き出そうとか、彼らの血と引き換えに支払われる報奨金を手に入れようといったことは一度も本気で考えなかった。戦争中に、盲信することのおそろしさをいやというほど学んでいた。いちばんの友が最悪の敵になりかねないということを。ソフィアのことも、〈リバティ・ボーイズ〉の情報提供者だという、丁重に熱く語るこの不思議な男のことも、当局に密告するつもりはない。ふたりとも、政府の作り上げたくだらない怪物とは似ても似つかない。この内なる思考の過程が顔に出ていたにちがいなく、男はわけ知り顔でほほ笑んだ。

「ほら、ね。私は人の心を読むことに長けているんです」男が言い放った。「創り出すほうがもっと得意ですがね」

「どういうこと?」ソフィアがウオッカをひと息で飲み干し、顔をしかめた。彼女もお代わりを持ってくるよう合図した。ソビエト人はウオッカを好むのではないのか、あるいはそれも連邦政府のプロパガンダのひとつなのか、とベイカーは自問した。

「プロの脚本家なんですよ、お嬢さん」男が答えた。「この世に、温かい風呂とタイプライターの真新しいインクのにおいにまさるものはありません」彼はクリスタルガラスの灰皿で煙草を消し、象牙のパイプに新しい煙草を挿してから、スコッチ・アンド・ソーダをひと口飲んだ。「富を築くのに貢献してやったのに、その映画業界から屈辱的な扱いを受けました。でたらめな聴聞会、一年間の服役、高額な罰金、安定した仕事なし。ひどい仕打ちだと思いませんか?　それでも、まだ幸運だったと思うべきでしょうね。マッカーシーが大統領になる前、見つけ出した共産党員を処刑しはじめる前だったので。終身刑か国外追放に処すのでなければ、の話ですが」

彼は不気味な笑い声をあげたあと、ますます陰気な口調になった。「もちろん、全員が幸運だったわけではありません。良き友人だったモーリス・ラッフは、残忍なＨＵＡＣの調査官に真夜中に自宅から引きずり出されるものかと自殺しました。父親がＭＧＭのプロデューサーであることも考慮すらされなかったんです。共産党員も、この街を作り上げたユダヤ人も、全員解雇されました。その結果、映画業界はどうなったと思います？　お答えしましょう――くだらない作品の温床です。創造的な物語などひとつも出てきません。むろん、私の書くものはのぞいて、ですが」

「ちょっと待った、どういう意味だ？」ベイカーはたずねた。「あんたはハリウッド・ブラックリストに載せられてると言ったと思うが」

「いやいや。おふたりは、昔からある〝長いものには巻かれろ〟という言葉をご存じですか？」

「知ってる」ベイカーとソフィアが同時に答えた。

「ほら、ね。だれも雇ってくれないとなったとき、この街で暮らしを立てるためにその理屈を適用したんです。男とその家族は、それでも食べていかなければならないのでね。私は映画業界で仕事を続けていますが、だれにも知られることはないでしょう。《ローマの休日》というつまらない映画を観たことは？」

「あの脚本をあんたが？」ベイカーは驚いた。五年前、まだ市警の新米だったころに観たことがある。マッカーシーの政策により機械的に反復制作されたなかではましな映画だという印象が残っている。

「そのとおり！」脚本家は大声で言い、口ひげの先端を指に絡めた。「敵から隠れるのに最適の場所は？　よく見える場所ですよ。それに、禁じられた場所で仕事をすれば、いろんな情報が耳に入ってきます。あなたのような人間に役立つかもしれない情報がね。いまわしい体制に反対する人間に。それで、あなたの上司と接触し、助勢役によこしてもらったんです」彼は説明を加え、ソフィアにウィンクを送った。

演技の才能とやらが消えて、口調はさらに真剣味を帯びた。「爆弾計画をなんとしても阻止してください、ふたりとも。まだ、悪魔どもを逆にやっつけることができます」

ベイカーは椅子のなかで身をのりだした。

「リーダーたちにも目の前のことが見えない危険な時代があります」脚本家が続けた。「そんな時代に正しいことを実現するのは市民の役目なんです。民主主義は天から与えられた贈りものなどではありません。責務です」

チャールズ・ウォードの言葉がベイカーの耳によみがえった。〝こんな嘘に目をつぶりつづけたら、だれも希望など持てなくなる……世界にいつ真実が必要にならないともかぎらないからな〟。

脚本家がスーツの内ポケットに手を伸ばした。警察官になって長いベイカーは、彼が拳銃を取り出すものと思った。だが、出てきたのは折りたたんで重ねた紙だった。

「なんのまねだ？」ベイカーはたずねた。

「保険ですよ。私はどうも話がすぎる傾向があってね。文字を書くほうがはるかに好みに合うんです。あなたがたが尾行された場合にそなえて、ちょっとした予防線を張っておくことを考えて正解でした。現に尾行されてますからね。あなたがたが任務をまっとうしてくれれば、まだアメリカの自由への希望を持てるかもしれない。私は、映画業界で言う〝静かにこの世を去る〟ことにします。では、さようなら」

彼は目を閉じた。ベイカーとソフィアが質問をする間もなく、バンという音が轟《とどろ》いた。彼の頭部が吹き飛び、霧のような血しぶきが降り注いだ。体が前に傾いてテーブルに崩れ落ち、むき出しの頭蓋骨から噴き出した血や脳の断片が飲みかけのスコッチ・アンド・ソーダのグラスに飛び込んだ。

　ベイカーは反射的にテーブルの下へ潜り込み、ソフィアの背中をつかんで彼女もテーブルの下へ引き込んだ。脚本家の両足が断末魔の痙攣《けいれん》をしたあと、動かなくなった。血、脳のかけら、骨片がテーブルや壁に張りついている。ベイカーは男の手から折りたたまれた紙をつかみ取り、用心しつつテーブル越しに様子をうかがった。女たちの横を押し通って正面口から出ていくトレンチコートの人影がちらりと見えた。コートのベルトの端が揺れたあと見えなくなった。

　すぐに大混乱が起きた。逃げまどう半裸の女たち、楽器のかげに縮こまるバンドのメンバーたち。ギャングどもは拳銃を抜き、ベイカーとソフィアが死んだ男と同席していた奥のテーブル席へ向かってきた。殺意のこもった表情を浮かべたエドガーがしんがりについている。彼のこめかみには大きな紫色のこぶができていた。

13

ベイカーは脚本家の手からつかみ取った紙を上着のポケットに押し込むと、両手を上げて、武器を持っていないと示した。ソフィアにも同様にするように促した。

「おれがまちがっていた。おれたちはここで死ぬんだ」小声で告げた。

「ドラマじみたことばかり言うのはやめて」ソフィアが小声で言い返した。

「おい、グリンゴス《よそ者ども》！　そこから出てきやがれ！」だれかがどなった。「この店に入ってきて、だれでも好きに撃ち殺していいと思ってるのか？」

ベイカーとソフィアは両手を高く上げ、ゆっくりとテーブルの下から出た。顔にも服にも血や脳のかけらが点々とついている。エドガーが指の関節を鳴らしている。無理もないとベイカーは思った。そもそもふたりを店内に入れたくなかった用心棒は、ふたりを殺して、さっきの金はそのままちょうだいするのだろう。ひと晩の稼ぎとしては悪くない。

浴びせられたビールでまだびしょ濡れのミゲルは歓喜の表情を浮かべている。「ああ、お嬢さん《ケリーダ》」ソフィアに向かって言い、憎悪に目を輝かせた。「そのきれいな顔を切り刻んでやる。そのあとでも、おれにビールを浴びせられるかな」

ようやく立ち上がったベイカーとソフィアは、武装した十人余りの〈ピストレロス〉と向き合っていた。拳銃を構える者やらナイフを振りまわす者がいて、ひとりなどは手裏剣を二枚（きっとチャイナタウンで買ったのだろう）持っている。これで一巻の終わりだ、とベイカーはひとりごちた。貪欲なまでに血に飢えたギャングの手によって苦しみ悶えながら死ぬんだ。手脚をもがれて――

「お待ち！」だれかが人だかりにどなった。「撃つんじゃない！」

全員《エスペレン》がステージに向きなおると、女がひとり、毅然《きぜん》と立っていた。瞼《まぶた》の厚ぼったい目と浅黒い肌、くっきりした目鼻立ち。つややかな巻き毛の黒髪を肩に垂らしている。ベイカーは見覚えがあると思ったものの、すぐには思い出せなかった。

「なんで？」ミゲルがたずねた。「こんな役立たずの押しかけ客を撃ち殺してなにが悪い？　そりゃ、この女とはまずふたりきりにしてもらいたいけどな」にっと笑うと、気の毒なほどぼろぼろの歯が見えた。

「この人たちを撃ち殺しちゃいけない理由は、わたしのお客人だからよ」女が答えた。「ご招待したの」怯《おび》えた口調ではない。それどころか、白髪交じりの男の何人かは、女の強烈な視線に縮み上がっているように見える。

「冗談だろ、ヴァレンティーナ」果敢なだれかが言った。「こいつらをここに招待したはずがない」

「したのよ。で、悪いけど、この人たちには裏のわたしのところへ来てもらう。だから、そのいまいましい拳銃を下ろしてくれる？」

鋭い目でひと睨《にら》みした女は、ベイカーとソフィアを見ると温かい笑みを浮かべ、丸めた指で手招きした。彼女はエドガーも呼びつけた。向きなおったさいにサテンのショールの端についているビーズがぶつかり合って小さな音を立てた。音楽と酒の一夜を過ごすのではなく、もう寝ようとしていたように見える。

ベイカーとソフィアは、怒気を含んだギャングどもが拳銃をしまっている横をそろりと通って、ゆっくりとヴァレンティーナのそばへ行った。エドガーが重々しい足どりでふたりの背後に来て、ヴァレンティーナと話をするために片膝をついた。

「なにがあったの？」ヴァレンティーナがエドガーにたずねた。

「背後から近づいてきた連中が殴りやがった」エドガーは側頭部のこぶを指さして答えた。こぶはなおもふくらみ、青黒くなっている。「それがみごとな一撃で。おれはしばらく意識を失ってた。一発殴ったあと、さっさとずらかりやがった。訊きまわってみるけど、みんな、こいつらのテーブルを見てたからな」彼はごつい指をベイカーとソフィアに突きつけた。「だれも顔を見てないんじゃないか。どうせマスクでもつけてただろうし」

「トレンチコートを着ていた」ベイカーは声を張り上げた。ヴァレンティーナとエドガーがまじまじと彼を見た。

「ああ、なるほど」エドガーが皮肉たっぷりに言った。「トレンチコートなんぞ、いまどきめずらしいからな。犯人はきっとすぐに見つかるだろうよ。あんたはその推理力を活かして探偵にでもなればいいんだ」

「エドガー」ヴァレンティーナは泰然としていた。「こぶの手当をして、散らかった店内をかたづけて、それからミスタ・リッチの奥さまに連絡を。お客さまたちには落ち着いてもらってから、なにか見てないか訊いてまわって。それと、三杯は店のおごりでどうぞと伝えてね」

立ち上がったエドガーの頰に、ヴァレンティーナがつま先立ちになってキスをすると、大男は赤面した。「了解、ボス」と言った。

「ボス？」ベイカーとソフィアが声をそろえてたずねた。

「ここではなんなので」ヴァレンティーナは応えて言った。「ふたりとも、ついてきて」

彼女が先に立って、揺れるビーズのカーテンで隠された、店の奥の鋼鉄製のドアを通った。暗い倉庫部屋に入るとヴァレンティーナは大きな音を立ててドアを閉めた。明かりはないが、まちがいなくかんぬきをかける音が聞こえた。店内からは、バンドが演奏しはじめたチャンプスの《テキーラ》がくぐもった音で聞こえてきた。

続いてベイカーは、足を引きずるような音、かちりという音を耳にした。黴《かび》くさく狭苦しい空間が不意に煌々《こうこう》と照らし出された。ひび割れた煉瓦《れんが》の壁ぎわにビール樽となんの表示もない木箱が整然と積まれている。

「どこへ……」ベイカーとソフィアがたずねかけたが、ヴァレンティーナは人差し指を唇に当てた。「ここではなんなので」小声で同じことを言った。「行きましょう」彼女が暗いトンネルへと消え、ふたりは無言で五分ほどついていった。ベイカーは前方の暖かい光に気づいた。

ベルベットのカーペットが敷かれ、シェニール織りのカーテンが掛けられた荘厳な玄関ホールに出るなり、ベイカーとソフィアは目を覆った。大きな出窓に縁取られた三日月が、街のスモッグを通して淡い光を放っている。バタンという音がしたので振り向くと、ヴァレンティーナが、ナイトクラブから出るさいに通ったドアよりも分厚い金属製のドアに錠をかけていた。

彼女はふたりに向きなおり、細い肩にまとっていたショールを巻きなおした。「愚か者！　ふたりとも。なんだってここへ来たの？」言葉は完璧だが、ベイカーが東ヨーロッパの話しかたが抜けないのと同じで、ヴァレンティーナはスペイン語訛《なま》りを完全に隠しきれていない。

と、ベイカーの頭に答えが浮かんだ。「ショルツだ！」思わず大声をあげていた。

「えっ？」驚いたヴァレンティーナがたずねた。

「ショルツだ」ベイカーは繰り返した。「その顔に見覚えがあると思っていたが、今朝アーサー・シヨルツの遺言書の読み上げのときに会ったのをいま思い出した」

それを思い出すのにこんなに時間がかかったなんて信じられないが、市役所で会ったときはベールに隠れて顔がぼんやりとしか見えなかった。加えて、遺言書の読み上げから〈ラ・エスパーダ・ロハ〉で脚本家が殺されるまでのあいだにもいろいろなことが起きていた。

「ああ、アーティー」ヴァレンティーナが吐息を漏らした。怒りが消えて悲しみが取って代わった。

「そうね、店に入ってきた瞬間からあなただと気がついてた。アーティーが信頼した人だから、あそこであなたを撃ち殺させるわけにいかなかった。それに、ミスタ・リッチを殺したのがあなたじゃないこともわかっていた」

「だれをだって？」ベイカーはたずねた。

「店の上客のひとり、いまは頭をほとんど吹き飛ばされてわたしの店の床に横たわってる男よ」

「ああ。わたしたちは名前を知らなかったの」ソフィアが言った。「そんなことより、ここはどこ？」

「あら」ヴァレンティーナは口もとに疲れたような笑みを浮かべた。「ロサンゼルス市でいちばんお手ごろ価格の売春宿よ」

「じゃあ、あなたがここのオーナーなんだな？」ベイカーは言った。小さな円を描いてくるりとまわりながら豪華な室内をよく見た。「おれはてっきり……」

「なに？　拳銃を持ったあの愚か者たちがオーナーだとでも思ってた？　笑わせないで」ヴァレンティーナは一笑に付した。「あの連中は相手の一物を撃ち落とすことにかまけてて、店の経営なんてできっこない。あのなかのだれかに連邦所得税の申告を頼んでみなさい。耳から煙を吐くのが見られるから。どっちの店も、わたしが妹のレナータと一緒に経営してるの。でもまあ、妹はあまりここで過ごしたがらないんだけど。国境の近くでボーイフレンドのひとりと一緒に暮らしてる。たしかバルガスとかいう名前だったかしら。メキシコ人夫婦に育てられたアメリカ人。たいした家系でしょう？」

　彼女は、客が売春婦に迎えられるのを待つための受付へ案内し、張りぐるみの肘掛け椅子をふたりに勧めた。今夜はみんなを早めに寝かせたの、と説明した。そのあと、ベイカーとソフィアをその部屋に残して、酒とトレスレチェケーキを乗せた小さなトレーを取りに行った。戻ってくるなり、気を落ち着かせるためにどうしてもメスカルを飲めとふたりに勧めた。この十年のあいだに着実に肝臓を損ねているベイカーも、メスカルが喉を通過するときの焼けるような痛さに驚いた。胃酸を飲み込むような感じだ。ソフィアはむせて、水のグラスをもらった。ヴァレンティーナを近くで見て、最初に思ったよりも年をとっているものの、言葉ではうまく説明できない優雅さをそなえた美人だということがわかった。

「あなたは本当はドクタ・ショルツのメイドではなかった。そうだろう？」ベイカーは鎌をかけてみた。クールをくわえて火をつけ、メンソールの煙をむさぼるように肺いっぱいに吸い込んだ。

「はっ！」ヴァレンティーナが声をあげて笑い、手巻き煙草に火をつけた。「よくできました、刑事さん。部屋を使ったあとは徹底的に掃除をする必要があったけど、ふたりとも羽ぼうきまでは使わなかった……少なくとも掃除のためにはね」

　彼女が笑みを浮かべたので、まったくの赤の他人ふたりに自分の性生活について話す彼女の大胆さにベイカーは感心した（少しどぎまぎしているのは言うまでもない）。

「アーティーはやさしい男《ひと》だった」ヴァレンティーナが続けた。「この店へ来てやりたいことをやったあと、無防備な女を殴りつけるくずどもとはちがった」煙草のかすを床に吐き捨てた。「アーティーはそんなやつらとはちがった。彼は……」

「ナチだった」ベイカーは思わず口に出していた。ソフィアが愕然《がくぜん》とした顔で彼を見た。ヴァレンティーナは、いずればれるとわかっていたのか、観念した表情を浮かべている。「あいつの名前はアドルフ・ラングだった。アーサー・ショルツなどではない。それに、残忍な男だった。ナチス親衛隊のドクトル・プロフェッソール・アドルフ・シャビエル・ラング。あの野郎は名前を変えた。そうだろう？」

ヴァレンティーナが手を伸ばして、慰めるようにベイカーの膝に触れようとしたが、彼はさっと脚を動かしてかわした。長らく感じていなかった憎しみが、液体マグマのように胸のなかに湧き上がってくる。

「知ってるわ」ヴァレンティーナが硬い声で言った。「亡くなる前にすべて話してくれたから。信じられないでしょうけれど、彼は深い悔恨を覚えていた。わたしだって――彼ともっとも近しかったけれど――人間にあんなまねができるなんて理解でき――」

「あの野郎は整形手術を受けた。そうだな？」ベイカーは彼女の言葉を遮ってたずねた。「左頬の傷痕を埋めて隠し、顎《あご》に割れ目を作った。おまけに、口ひげまで生やした。だから、あの野郎が遺した写真を見てもわからなかった。そうなんだろう？」

ヴァレンティーナは返事をしない。「答えろ！」ベイカーはどなり、立ち上がってそばのオットマンを蹴りつけた。オットマンは床の上をすべって、床板の表面にいびつなすり傷を残した。ヴァレンティーナはベイカーから目をそらさずにうなずいた。

ラングの手によって多くの命が奪われたというのに、当の本人は長生きしてアフリカでの冒険を楽しみ、サウス・カリフォルニア大学で安楽な教員の職を得て、ヴァレンティーナのような美しい愛人まで持っていたなんて、不公平じゃないか。この世に正義は存在しない。ひとかけらも。

「あなたはあの男の正体を知りながら、あの男とファックしていたのか！」ベイカーは大声をあげた。自制が効かなくなっていた。

ヴァレンティーナは身じろぎしなかった。「わたしの知っていたあの人と、あなたの知っていた男は別人だったの、刑事さん。彼はやさしくて思いやりがあって……」

「ああ、たしかにたいした男だったよ」ベイカーは頭から湯気を立てながら玄関ホールを離れた。店の間取りは知らないが、自分が怒りを爆発させたことによって生じたぎこちない沈黙のなかで座っていたくなかった。アドルフ・ラングのような冷酷な人でなしを愛していたと言いきる女の顔を見ていたくなかった。

「モリス！」ソフィアがメスカルのせいでまだかすれている声で呼び止めた。だが、もう遅い。怒りと苦い記憶で分別を失ったベイカーは玄関ホールを出ていった。

売春宿は黴くさいにおいがした。長年にわたる客たちの精液が、煮立った鍋から立ちのぼる湯気さながら空中に漂っているかのようだ。いや、それがこの場所の放つ古めかしい威厳なのかもしれない。案外、ベルベットのカーペットと大理石の階段は、ヨーロッパのどこかの宮殿から移設されたものかもしれない。

気がつくとベイカーは、果てしなく延びているように思える通路にいた。どの壁にも、言葉では説明できないぼんやりした水彩画が並んでいる。それを見て、ジョン・ヒューストンの家に掛けられていたポスターを思い出した。世間から忘れられた、過ぎ去りし時代の映画の数々を。

「セニョール・ベイカー？」母親のような温かい声だ。くるりと向きなおると、通路の入口にヴァレンティーナが立っていた。「あなたの心を乱すつもりはなかったの」

ベイカーの怒りは、はためいて消えた。ヴァレンティーナに怒りをぶつけたところで、だれのためにもならない。

「わかってる。申しわけない」と言いかけた。「どうか謝罪を……」

「謝罪なんて必要ないわ、セニョール」ヴァレンティーナが言った。「戦争中にアーティーのやったことは知ってるし、この世でも来世でもちゃんとした許しは得られないと思う。わたしは彼に、良心の呵責《かしゃく》からの一時的な避難場所を与えたけれど、無辜《むこ》の人びとに手をかけた瞬間から彼の未来は呪われていた。でも、あなたのほうは、そうね、あなたの未来はいま始まろうとしている。過去の命ずるままに人生の進路を決めるもよし、いまある人生に感謝するために過去を活かすもよし。でも、過去は忘れないで。絶対に。あんな過去は忘れられないだろうし、忘れてはいけない。ただし、過去に囚《とら》われるとなるとまったく別問題よ」

「ミス・ヴァスケス、ラングはサウス・カリフォルニア大学でなにをしていた？　医学を教えていたのか？」

ベイカーが自分の話を聞いていなかったと思ったのか、彼女は怪訝な顔をした。「そうよ。政府のために原子物理学の研究もしていたけど、それについては他言を禁じられていた」

「忙しい男だったんだな」

「頭のいい男だった。アーティーのようなすぐれた頭脳があんなことをやるのに利用されたのは残念だわ」

「どんな人間になにができるかなんて、だれにもわからない」ベイカーは答えた。「彼がどのように死んだかわかるか？」

「フェンウィックの話では心臓発作だったらしいけど、わたしは信じない」彼女は悲しげに言った。

「自殺だったんだと思う」

「そう思う根拠は？」

「亡くなる数日前の夜、一緒に過ごしたとき、いつもと様子がちがったの。愛を交わしたあと、泣くと同時に笑いだしたりして。心配になって、どうしたのって訊いたわ。彼は、自分のやったことに対して本当の平安が見つかりそうだ、と言うだけだった」

「死ぬ前に彼が戦争中の行為をすべて話したとあなたは言った。おれのことはどう言っていた？」

「あなたがここに来ることがあれば手助けをしてやれ、申しわけなかったと伝えてくれって」

「それだけ？　遺言書でおれにアルバムを遺贈する理由は言わなかったのか？」

「ええ。それと、わたしはこれ以上は知りたくない。ずっと、アーティーはなんらかの悪事に巻き込まれたんだって思ってた。今度はあなたを巻き込もうとしてる。気の毒だわ、あんな目に遭ってきたあとなのに」

　沈黙が通路に行き渡ったあと、ヴァレンティーナがふたたび口を開いた。「あなたとあの女性は今夜、ここに泊まるといいわ」彼女の手がベイカーの肩のすぐ上方で迷っていた。気まずい間のあと、その手が引っ込んだ。「なにが起きてると考えているにせよ、あなたがそれを探りつづけたいのなら、わたしは止めることはできない。ただ、なにかをあばくつもりなら対価を払わなければ……」

「モリス？」ソフィアがすぐそばに来て、ヴァレンティーナの親身な助言を妨げた。「考えてたんだけど。少しでも解決に近づきたいなら、あの脚本家から手に入れた紙を見たほうがいいわ」

　ベイカーは目をしばたたいた。思い出せるのは、脚本家の頭がまるで赤インクを満タンに詰めた風船のように爆発したことだけだ。次の瞬間、はたと思い当たった。上着のポケットに手をやり、死んだ男の乾いた血が点々とついている皺《しわ》くちゃの紙を引っぱり出した。ソフィアが真横に立って、脚本の抜粋と思《おぼ》しきものをふたりで読んだ。ただの脚本ではない。主役はベイカーとソフィアだ……

シーン4

外　ヒューストン邸（夜）

カメラは、夜陰にまぎれて亡き映画監督の邸《やしき》に入るロサンゼルス市警の刑事（やつれた男）とソビエトのスパイ（美人）を追う……

場面転換

内　ヒューストン邸（続き）

静まり返った家のなか、ふたりは廊下を忍び足で現代的なキッチンへと進む。さまざまな電化製品に映るふたりの顔が不気味に光る。

内　ヒューストン邸のキッチン（続き）

刑事：ふた手に分かれて捜索しよう。

ソビエトのスパイがうなずき、ふたりはキッチン内を捜索しはじめる。ひきだし、キャビネット、オーヴンと開けていく。なにも見つからないが、冷蔵庫を開けたソビエトのスパイが不快そうにあとずさり、吐き気をもよおす。

刑事：どうした、スイートハート？

襲った不快感が強すぎて、ソビエトのスパイはすぐに返事ができない。美しい顔に嫌悪と吐き気がはっきりと表われている。

その場面はそこでぷつりと終わっている。ベイカーとソフィアはきょとんとした顔を見合わせた。ベイカーは別の紙を繰ってみたが、〝マッカーシーのハリウッド〟では絶対に制作されないであろうイスラエルに関する馬鹿げた脚本の要約しかない。ユダヤ人の母国のことを、いまさら気にかける人間などいるはずもないのに。大統領は、ローゼンバーグの裏切りの責任を全ユダヤ人に負ってもらうと言って、建国まもない国家に対する支援を打ち切る最初の機会を逃さなかった。アメリカの金融・軍事支援がないまま、建国十年ほどの小国は、その弱体を瞬時に察して激しい攻撃を加えてきたいくつかの敵国とのあいだの血なまぐさい紛争において膠着《こうちゃく》状態に陥っている。イスラエルはいまにも降伏するものと見られていた。

ベイカーはヴァレンティーナに向きなおった。「泊めてもらうのはまたの機会に、ミス・ヴァスケス。行かなければならないところができたので。ありがとう……いろいろと」

「出る前にお手洗いをお借りしても？」ソフィアがヴァレンティーナにたずねた。

「もちろんどうぞ。廊下を進んで、電話機の前を左へ」

十分ほど経って、ソフィアはあわてた様子で戻ってきた。

「ごめんなさい」うつろな口調だ。「迷子になっちゃって」

「いつでも来てね」ヴァレンティーナが言い、ふたりを玄関ドアから送り出した。「それと、刑事さん?」ベイカーはヴァレンティーナにくるりと向きなおった。「気をつけて。ブエナ・スエルテ」

ほどなく、ふたりは蒸し暑い夜気のなかを歩いて車のところへ戻った。「本当にわたしを恋人《スイートハート》だって思ってる?」コンチネンタルに乗り込みながらソフィアがたずねた。

ベイカーは笑い声をあげ、エコー・パークへ向けて車を出した。

14

外が暗くなったいま、アルティヴァ・ウェイはますますジャングルのように見える。木々のなかから聞こえる虫の鳴き声がとてもうるさい。夜のこの時刻、イースト・ヴァレー大通り経由で、エル・セレーノ地区からエコー・パークまで車で三十分もかからないはずだった。だが、昨日、金属製の柱に衝突したせいで、コンチネンタルは、ただでさえスモッグで息が詰まりそうな空に鼻を突くにおいの黒煙を噴き出して何度かエンストを起こした。

ベイカーとソフィアがからくり箱さながらのジョン・ヒューストン邸に着いたときには午前零時を過ぎていた。元の主《あるじ》と同じく、闇のなかにいくつも鋭角が突き出したこの邸《やしき》も死んだように見える。前庭を囲んで張られた黄色の立入禁止テープがところどころではずれてだらりと垂れ、通りを吹き抜けるありがたいそよ風に揺れている。

車から降りたベイカーは寒くもないのに身震いし、ソフィアに目を向けた。淡い月の光のなかで彼女はますます美しく見える。「さて、あの脚本どおりにしたほうがいいな」ベイカーの小声は虫の合唱にかき消されそうだった。

石敷きの通路を進みながら、ベイカーは一対の黄色い目のまばたきが見えた気がした。だがそれは刈り込まれた芝生の近くを舞っている二匹の蛍だとわかった。またしても、腹をすかせた虎どもがいないか警戒しろと自分に言い聞かせた。考えてみると、この事件全体がジャングルのようだ。鉈《なた》で切り拓いて奥へ進むにつれて、闇と危険が深まっていく。

「錠がかかってると思う？」玄関ドアに着くとソフィアがたずねた。

「どうかな。ヒューイどもはずさんだからな。犯罪現場を出たあとでちゃんと戸締まりするなんてことはほぼ忘れてるだろう」

思ったとおりだ。玄関ドアは音もなく開いた。家のなかは死んだように静かで、玄関ホールに並んだ額入りの映画ポスターが見える。ベイカーは車のグローブボックスから持ち出した懐中電灯をつけ、玄関の敷居をまたいだ。ソフィアが彼の肘をつかんでぴたりとうしろについている。なかに入り、ベイカーが音を立てないようにドアを閉めた。

懐中電灯の濃く不吉な光が廊下の先を照らした。さほど明るくなくてもヒューイどもに荒らされたことはわかるが、連中はなにを捜していたのだろう？　またしてもベイカーはクロンカイトの書き残した言葉を思い出していた。アドレナリンで心臓がどきどきし、その言葉が頭のなかで小さく脈打った。

悪魔どもを
やっつけろ

「キッチンはこの先だ」ヒューストンとクロンカイトの死体が発見された居間を通り過ぎながらベイカーが小声で言った。あのふたりがいまは市役所の地下の冷蔵ケースに横たえられていることはわかっていても、この居間には二度と入りたくない。休ませてくれない亡霊たちの力を借りたあの呪われたレコードプレーヤーが回転しだして《ワルキューレの騎行》を奏でないともかぎらない。

ミスタ・リッチの脚本どおり、キッチンはかなり現代的だ。あの日、家のなかをすっかり見てまわる機会もないまま、ハートウェルとウォルドグレイヴが現われてコノリーともども追い出されたのだ。キッチンは高性能な電化製品がいっぱいだ。アドミラル社製の冷蔵庫、ホットポイント社製のオーヴン、アーヴィン社製のダイニングテーブルセット、ケンモア社製のごみ焼却機。もはやハリウッドの第一線で活躍する立場ではなかったが、ヒューストンは暮らしかたを心得ていた。

「見るべき場所はわかってるものね」ソフィアが言い、冷蔵庫のぴかぴかの取手に片手をかけた。

「待て！」ベイカーは鋭い声で制し、ホルスターから拳銃を抜いて彼女の真横へ移動した。「よし。開けろ」

ソフィアがドアをぐいと引いて開けると、悪臭の波が飢えた囚人さながらいっきに襲いかかってきた。彼女は吐き気に襲われて身を折り、すぐにシンクのところへ走っていって実際に吐いた。水を流して口をすすぎながら英語で悪態をつくのがベイカーに聞こえた。

「なんなのよ！」彼女は濁った叫び声をあげた。

ベイカーは苦笑いを浮かべた。彼女はまだ若く、ある条件下で発生するおぞましいにおいに慣れていない。

「だれかがコンセントを抜いておいたんだ」と答えて、ベイカーはもとは肉や野菜、チーズだった青と緑のかたまりを見た。「どれも傷んでいる」

ひどいにおいがたちまちキッチンじゅうに広がった。隣家の人間に声を聞かれるおそれがあるので、ベイカーは窓を開けないことにした。

「でも、どうして」ソフィアがナプキンで口と鼻を押さえ、ベイカーの横へ戻りながら言った。「そんなことを？」

「猟犬に追われたら体じゅうにくそを塗りつけるのと同じ理由だ。猟犬の判断をあやまらせるために」

彼女はまだ頭が混乱しているようだった。

「大量の傷んだ食品に注意を払うか？　きみ自身の反応を見てみろ。すぐにドアを閉めたくなっただろう。強く複雑なにおいは猟犬の判断をあやまらせる。ま、この場合は、ヒューイどもの判断をだが。連中は悪さをしたいくせに、自分たちが思ってるほどタフではない。この冷蔵庫の悪臭をわずかなりとも嗅いだら、中身には見向きもしないで次へ移る」

「なるほど。それが、あなたのファイルに書いてあった刑事としての卓越した才能ってわけね」ソフィアが言った。「すばらしい理屈だけど、やっぱり、ヒューストンがこれだけの食品を傷ませる理由がわからない」

「わからないか？」チョコレートが〝悪魔〟の食べものという異名を持つことを知っているベイカーは、最上段の棚に置いてある白いケーキ箱を指さした。「チョコレートケーキは好きか？」

箱のビニールの小窓から、チョコレートケーキを覆っている緑色の黴《かび》が見えた。ベイカーは冷蔵庫から箱を取り出してキッチンカウンターに置いた。そのあと冷蔵庫のドアを閉めると、ソフィアが大いに安堵した。箱を開けたふたりは、厚紙のふたにテープで貼りつけられたメモを見つけた。斜めに傾いた手書きの字に、生えたばかりのキノコの胞子がついている。

わがアフリカの女王へ

〝シバの女王がソロモンの名声を聞き……彼を試そうと難問を持ってやってきた〟――列王記第

十章第一節
〝われは死神なり、世界の破壊者なり〟――J・ロバート・オッペンハイマー

追伸：新しい作品の構想についてハンフリーと連絡を取るのを忘れずに。

ソフィアが肩口からのぞき込んでいるメモを、ベイカーは三度読み返した。前半は丁寧な字で書かれているが、追伸はあとから思いついて走り書きで足したように見える。ヒューストン監督のかつての映画プロジェクトを考えれば、メモに書かれた〝ハンフリー〟がだれのことかを推測するのはむずかしいことではない。ベイカーをとまどわせているのは聖書の一節とオッペンハイマーの言葉の引用だ。

「聖書のこの一節を引用する理由に心当たりはあるか？」ソフィアにたずねてみた。

「教会の日曜学校へ行ってたのはずいぶん前だけど、たしか、シバってエチオピアの王国だと思う。それで〝アフリカの女王〟という称号の説明はつくわ。ヒューストンの奥さんって黒人？」

「いや。イタリア系だ」

「クロンカイトのほうは？」

「まったくわからない」ベイカーはクロンカイトの札入れに入っていたふたりの娘の写真を思い出した。そのふたりが父親の死を嘆いている光景が脳裏に浮かび、ヒューストン邸の重い闇に生きたまま押しつぶされる気がした。巨大な蛇に絞め殺されるように。

「でも、オッペンハイマーの引用のほうは簡単よ」ソフィアが言った。「アメリカが初めて原子爆弾を作ったときに――」

ガシャン！

ベイカーはソフィアの手をつかんだ。「外にだれかいる。ここを出るぞ、さあ！」

ベイカーはケーキの箱に入っていたメモをひっつかんでポケットに突っ込み、拳銃と懐中電灯をつかみ取って、懐中電灯を消した。ふたりは邸を駆け抜けて夜の闇のなかへと出た。虫の合唱は最高潮に達していた。ベイカーの耳に、邸の横手をまわって駆けてくるゴム底靴の小さな音が聞こえた。ふたりは振り返りもせずにコンチネンタルに乗り込んだ。ベイカーがイグニッションをまわすと、エンジンがプスプスと音を立てて止まった。

「おい、いまはないだろう、この間抜け——」エンジンが奇跡的に息を吹き返し、ベイカーがアクセルをいっぱいに踏み込んだ瞬間、拳銃の撃鉄を起こすまぎれもない音が聞こえた。タイヤをきしらせて、車は縁石から離れた。その音は近隣住民全員を起こすにちがいないほど大きかった。だが、そんなことはどうでもいい。だれかが様子を見るために部屋着を引っかけてスリッパをはくころには、ふたりはこの場を離れているのだから。

ヴァレー大通りに達して危険がはるか後方に遠ざかると、ベイカーとソフィアはたがいをちらりと見て、ハイエナのつがいのように笑いだした。

「あなたの国の政府がソビエト国民のことをなんと言おうが気にしないわ」ソフィアが風のかき乱す髪に手ぐしを通しながら言った。「共産主義者は楽しむことを知らないなんて、だれが言ったの？」

15

チャイナタウンに戻ると、ベイカーはソフィアを連れて深夜営業をしているお気に入りの中華食堂〈ゴールデン・ファウル〉へ行った。ベイカーの個人的意見だが、この店の北京ダックはロサンゼルス全市でいちばんうまい。絞めたばかりのマガモを、西部開拓時代の罪人さながら窓に吊るしている。午前一時をとうに過ぎているのに、店内は混んでいて笑い声に満ちていた。料理人たちが皿を温めて準備したり大声の中国語でやりとりしている開けた厨房から、立ち込めた湯気が醬油や生姜、五香粉《ウーシャンフェン》の現実的な香りを運んでくる。

店主のホリス・リーはすぐにベイカーに気づき、取ってつけたような大きな笑みを浮かべて、ベイカーのお気に入りの隅のテーブル席へふたりを案内した。

「ああ、ベイカー」いつもどおり中国北部訛《なま》りが強い。「ひさしぶりだね。いつものを？」彼の声はこの店で作っている小籠包《ショーロンポー》のように軽く柔らかい。

「わかってるだろ、ホリス」ベイカーは答え、ウインクをした。

いつもどおりザ・ボベッツの《ミスタ・リー》が繰り返し流れている。あんたのことをうたった歌ではないとベイカーが理路整然と抗議してもホリスは断じて受け入れなかった。以来、その話は、酔っぱらって明けがたごろまで話し込むようなときに、少なくとも一度は話題にのぼる。ベイカーはいつもピーチシュナップスを飲み、ホリスは自家製の白酒《パイチュウ》をちびちび飲む。本物の白酒はアメリカが共産中国に対して厳格な禁輸措置を取っているためにに輸入できないからだ。友情関係を結んだ当初は、たがいの訛りのせいで相手の言っていることを理解するのに苦労したが、そこは年季の入った飲み助同士、酔って子音の発音が不明瞭になるにつれて共通言語を見つけていった。

「了解」ホリスが言った。「こう言ってよければ、お連れさんはとても美人だ」

ソフィアが顔を赤らめた。ホリスは皺《しわ》くちゃの青緑色の蝶ネクタイを整えると、厨房へと駆け戻り、途中ですぐに道を空けない給仕係の後頭部をはたいた。あっという間に、湯気の立っているラベンダー茶の湯呑みをふたつと油をかけて焼いた鴨を乗せた大皿を運んできた。ぱりぱりの皮を削いだあとの、においの強い茶色い肉も添えてある。薄い餅皮と温めた海鮮醤《ジャン》を入れた小鉢も並べられる。これがこの街で食するベイカーの大好物で、これまでだれにも教えたことがない――リズやコノリーにさえ。普通なら、北京ダックは前日に予約をしておく必要があるのだが、ベイカーが不意に来店したときのために、マガモは常に一羽か二羽の予備がある。

「ホリス、あんたは絶対に期待を裏切らないな」ベイカーは早くも具材を巻いてかぶりついていた。

「完璧だ。作りかたを教えてくれないか？」

「教えるわけにいかないのは知ってるだろう。母さんの秘伝のレシピだからね。門外不出だが、得意客から褒めてもらうのはいつでも大歓迎だ。ごゆっくりどうぞ」

ホリスはふたりにお辞儀をしてカウンターの奥へ歩み去った。料理人たちの大声に彼の声も加わった。

「食べろ」ベイカーはソフィアのほうへ皿を押しやった。「ヒューストン邸で胃の中身を空けたから、きっと腹がへっているはずだ」

彼女は座ったまま料理を見つめていた。

「なんだ、中華料理は初めてか？　ほら」ベイカーは餅皮を一枚取って具材を乗せ、海鮮醬をつけて彼女に差し出した。ソフィアはなおも疑わしげな顔をしていたが、ひと口食べるなり目を輝かせた。

「な？」ベイカーは促すような笑みを浮かべた。

「おいしい！」彼女はたちまち一枚を平らげ、次の一枚を包みだした。「信じないでしょうけど、わたしの故郷ではどんな料理にもありとあらゆる調理方法でじゃがいもを入れるの。しばらくすると飽きてきちゃう」

ベイカーは声をあげて笑い、ラベンダー茶をひと口飲んだ。「で、故郷というのは……」

ソフィアは首を振った。「ウラル山脈に近い、名もなき貧しい村よ。あるのは雪と、毎日の夕食のじゃがいもだけ。たまの贅沢がラソールニックというスープ料理。アメリカで食べることのできるような高級料理なんてない。ダックの春巻なんて。夢にも思わなかったわ。ねえ、あなただって東ヨーロッパの出身よね？　昔は質素な生活をしていたんじゃないの？」

「この国の人びとの考えつくことにはいまだに驚かされてるよ」ベイカーは答えた。出身地のことはあまり話したくない。湯呑みを置いて、ぱりぱりの北京ダックをひと切れ口に放り込んだ。「それで」続けて言った。「名もなき僻地《へきち》の村の出のソフィア・ヴィフロフが、どういう経緯で――えー――ここ〈ゴールデン・ファウル〉ではだれも気にするはずがないにもかかわらず声を低めた――

「ソビエトのスパイになった？」

ソフィアはその質問に笑みを浮かべ、天井から吊り下げられた提灯《ちょうちん》のオレンジ色の光の下でまたしても顔を赤らめた。ベイカーは一瞬、驚くほどの美しさの下に、ソビエトの過酷で極寒のステップ草原で生まれ育った貧困にあえぐ少女の姿がちらりと見えた気がした。「あなたが警察官になろうと思ったのと同じ理由。逃避のため」

「どういう意味だ?」ベイカーはたずねた。

「とぼけないで、ベイカー。あなたのファイルは読んだの。この国へ来る前の半生を知ってる。戦争中にあなたがなにを見たか、どんな目に遭ったかを。まあ、少なくともその大半を。大部分が削除されていたから」

とたんにベイカーの食欲は失せた。「生き延びるために必要なことをやったんだ」ぼそりと言って、また湯呑みを口もとへ運んだ。

「そのとおり。だれもあなたを責めはしない。この世には生き延びるための行動があるし、過ぎ去ったあとは忘れてしまいたいこともある。過去の闇からの逃避。そうする以外、自責の念を忘れて生きていけるはずがないでしょう?」ベイカーが黙っているので、彼女は続けた。「わたしの幼少期は、ここアメリカの子どもたちの幼少期とはまるでちがった。アイスクリームの移動販売車なんてなかった。北京ダックも。ラジオすらなかった。昼間は、スターリンの十カ年計画における集団農場の一部だった家族の農場で一生懸命に働き、夜は父に怯《おび》えていた。全国で共通してたのは飲んだくれだけ」

ベイカーは黙りこくったままだ。いまこそラベンダー茶にピーチシュナップスを少し加えて飲めば効くはずだ。〈ゴールデン・ファウル〉のいつものにぎやかさがなぜか消え失せている。

「父はツァーリの退位と革命を見てきた」ソフィアが続けた。「ヒトラーが現われるはるか前から、ユダヤ人は普通の人間より劣ると見なしていた連中のせいで、父は家族の農場を失った。なにしろ、反ユダヤ主義の根拠のひとつとされる『シオン賢者の議定書』を書いたのはロシア人だったわけだから」ベイカーは左前腕が焼けるように熱くなった気がした。「その後の父は、もはやなにを信じたものかわからなくなっていた。だから飲んだくれた。農場で育てたじゃがいもに手をつけて自家製のウォッカを作ってた。政府への作物引渡量を減らした罰則は、逮捕及び銃殺刑にほかならなかった。運がよくても、シベリア送りになって、死ぬその日まで重労働を科される。だから父は、じゃがいもをあまりたくさん使うわけにいかなくて、テレピン油で発酵させた。その不純物のせいで頭がおかしくなった。わけもなくわたしたちを――母も弟のユーリもわたしも――殴りつけた。わたしたちがウォッカを捨てようとしたら暴力はひどくなるだけだった。最悪の日には、わたしを地下室へ連れ込んで――」

「その先は言うな」ベイカーは話を遮った。「もういい」

「ごめんなさい。こんな話をするつもりは――」

「気にするな」いまの話を聞いたかぎり、ソフィアの幼少期も、ベイカー自身の幼少期と大差なく、幸せだったとは言えないようだ。

「父が逮捕されると、人生はますます過酷になっただけだった」彼女が説明を加えた。「最初のチャンスをつかまえて家から逃げた。モスクワでましな人生が待っているという希望を抱いて。最初は笑われた。KGBに女スパイ？　実家のじゃがいも農場へ帰れって言われたし、ひどいことも言われたけど、わたしは組織にとどまって実力を認めさせた。わたしの能力を知ると、もうだれも笑わなくなった。暴力と性的虐待《ぎゃくたい》を受けていた少女、人生の大半を寒さと飢えで死にかけていた少女が、ソビエトでもっとも有能なスパイになった。スターリン閣下にも、亡くなる数日前にお目通りした。いまの自分と、国家のためになしていることに誇りを持て、と言っていただいて……」

ソフィアの声が小さくなって消え、北京ダックの軟骨をかじりはじめた。遠い目をして、ベイカーには見えない記憶のかなたを見つめているようだった。

「でも、ときどきは」ソフィアが言った。「毒になった酒を作りはじめる前は、父はユーリやわたしと一緒に座ってイディッシュ語を教えてくれたり、『プラハのゴーレム』とか『ヘウムの賢いユダヤ人』の物語を聞かせてくれた。母は非ユダヤだったから、ユダヤ教の法に照らせば、わたしも弟もユダヤ人だと考えることは許されなかった。それでも、わたしたちがユダヤのことを知っておくべきだと考えて、父が伝えてくれた。忘れないようにって。でも、それはわたしたちがまだ小さいころの話。愛情深い父親の記憶も、父がかつて教えてくれたことも、あなたに――モリス・ベイカーに――会うまではすっかり過去のものになっていた」

ベイカーは彼女の顔を見ることができなかった。この十三年で、自分はどれだけ多くのことを忘れ去っただろう。

「KGBで数カ国語を学んだけど、イディッシュ語はそれに含まれてなかった」ソフィアが言い足した。「わたしたちに共通する言語の隠れた思い出は、記憶の淵から浮かび上がるふさわしい瞬間を待っていたんだわ。強くなりたいと願った怯えた幼い少女が深く封印していたから。過去を忘れて新たに出なおしたい、と願っていたから。でも、そんなことを願うなんて、少女はまちがっていた。だって、少女の過去が、この食堂であなたの目の前に座っている女を作り上げたんだもの。ベイカー、あなたに会うまで、ソフィア・ヴィフロフが本当は何者なのかを忘れていた」

頬を流れ落ちはじめた涙を、彼女は止めることができなかった。ベイカーは席を立って小さなテーブルをまわって彼女の横へ行き、両腕で包み込むように抱きしめた。自分が何者でもないと感じるのがどれほどつらいことか、ベイカーはいやというほど知っている。過去から逃げようとしても、ただ疲弊するだけだということを。その痛みをやわらげるすべはない。神経にじかに伝わる鋭い歯痛が弱まって鈍いうずきに変わるのを待つことしかできない。孤独な待機戦術を続けるうち、モリス・ベイカーの家族のように、その他の六百万もの人たちのように、自己意識が完全に消え失せる。風に吹き飛ぶはかない存在となる。

16

ベイカーとソフィアが午前四時過ぎに2A号室へと上がるとき、〈パラダイス・アパートメント〉はいつもの陰鬱《いんうつ》さを感じさせなかった。カリフォルニアの夏の暑さとはまったく無関係の効力で、ベイカーにはなにもかもが友好的に感じられ、周縁部がぼやけて見えた。ピーチシュナップスを何本か飲んで酔っぱらっているような気がしたが、何時間か前にヴァレンティーナの売春宿でメスカルを小ぶりのグラスで一杯飲んだきり、酒は一滴も口にしていない。

散らかった部屋に戻ると、上着を脱ぎ、拳銃をはずした。どちらもキッチンカウンターに置き、ひさしぶりにリージェンシーTR1ラジオの音量を上げた。世界初のトランジスタラジオが四年前に公共消費のために大量生産されたさいに奮発して買ったのだ。まわりのみんなと同じく、来るべき共産主義者の侵攻にそなえて最新情報を把握しておきたいというヒステリックな妄想に陥っていた。有事のさいは都市防衛のためにふたつの周波数で警告が発信されることになっているが、電波管制プログラムが初めて制定されて以来、いまのところどの局も（断続的な試験放送を別にすれば）通常放送を続けている。

意外にも電池はまだ生きていて、悲しい葬送歌が部屋を満たした。〝では〟低い不明瞭な声が言った。〝われわれの政府とやらに、冷酷無慈悲な殺人という絶対確実な方法によって口を封じるのが適切だとされ、犠牲となった人たちの栄誉を称《たた》えて。ラルフ・フランダース、ポール・ロブスン、アーヴィング・ラーナー……〟。

　延々と名前が読み上げられる。ベイカーは〈リバティ・ボーイズ〉の放送に初めてじっと聴き入り、彼らのメッセージに多くの人が希望を見出す理由を理解した。「で、彼らは現実に存在するんだな？」彼はソフィアにたずねた。

「実在するわ」彼女が答えた。

「率いている人間の見当はついているのか？」

「全然。わたしは独断で動いた一派と連動しようとしただけよ」

　放送が中断され、フラミンゴスの《瞳は君ゆえに》の妙《たえ》なる歌声が響いた。ソフィアはベッドの端に腰を下ろし、靴を脱いで放り捨てた。足の裏をさすって快感のうめきを漏らした。

「踊らないか？」ベイカーは誘った。

「ダンスフロアには不向きなようだけど」ソフィアはピーチシュナップスの空き瓶を拾い上げて言った。ひび割れた瓶の表面に一対の古い靴下が張りついている。そうやって皮肉を言いながらも、彼女は裸足で立ち上がり、からかうような笑みを浮かべてなめらかな動きでベイカーに近づいた。本当に美しい。ほんの数時間前に銃口を突きつけ合ったとはとても信じがたい。

　ベイカーはソフィアの手を取り、何年ものあいだにリズに引きずられて行ったソックホップ・パーティやダンスホールを思い出していた。ふたりはゆっくりとしたワルツで室内をまわりはじめ、『共産主義者を見抜く簡単な十の方法』の手引書を足で押しのけた。

　彼女の香りはレモングラスとプラム煮のにおい以上にベイカーを惹《ひ》きつけた。これほどだれかを欲したことはいままで一度もない。まだ会ったばかりなのに、彼女を求める欲望が冷静な理屈を上まわっている。持てあますほどに。ふたりは歌に合わせて体を揺らした。二周目に入ると、ソフィアはべイカーの肩から頭を上げて彼を見上げた。

その瞬間、ベイカーは彼女にキスをした。ミサイルがチャイナタウンに向かって飛んできているかのように。ヒューイどもがいまにもこの部屋に踏み込んできて、ふたりをそれぞれ電気椅子で処刑するべく連行しようとしているかのように。ソフィアは一瞬、身を硬くしたものの、彼の首にしっかりと両腕をまわした。ふたりとも汗と血にまみれていることさえどうでもよかった。

ベイカーが世界を見るさいの焦点の合っていないレンズが一点に集中した。見えるのは自分自身とソフィア——ユダヤ人でアメリカ市民の殺人捜査課刑事と、ソビエトKGBのスパイだけだ。その瞬間、ふたつの国のちがいなどすべて剝《は》がれ落ち、混じりけのない野獣のような欲望がむき出しになった。ベイカーは彼女の肩からドレスの紐を下ろした。毛虫が繭《まゆ》を脱ぎ捨てて蝶になるように、赤い布が床に落ちて、その下のもっと美しいものをあらわにした。優美な曲線を描く腰、突き出た乳房、新雪よりも白く、しみひとつない肌。

ゆっくりとやさしく、彼女に手を貸してブラジャーとストッキング、ガーターを脱がせた。肌の新たな一部が見えるたびに、そっと唇を押し当ててキスをした。すべて脱ぎ終えたソフィアは一糸まとわぬ姿になった。彼女は顔を赤らめもせず、自信に満ちた顔でベイカーを見上げるだけだった。

女と寝たことはあるが、これほど情熱的になったのは初めてだった。なぜメイキングラブと言うのかがわかるようなセックスだった。リズとの肉体関係は、感情面の結びつきを強めることよりもファックそのものが目的だ。相手がソフィアだとまるでちがう。盲人が点字を読むように彼女の体を感じながら、このような機会は二度と得られないといわんばかりに、複雑な箇所もすべて楽しみ、時間をかけた。

ことが終わると、ベイカーは布団のなかでソフィアを抱きしめ、ソフィアは彼の前腕に彫られた数字を指先でなぞっていた。「これはなに？」皺《しわ》になった組織のくぼみを指先でそっとなでながらたずねた。

「話せば長くなる。いつかすっかり話してやるよ」ベイカーは早くも眠りかけていた。

ふたりは、しだいに遠のいていくリトル・アンソニーのささやくようなやさしい歌声を聴きながら眠りに落ちた。ラジオの電池がとうとう切れたのかと思いつつ、この上ない喜びに包まれたベイカーは闇のなかへと運ばれていった……


パンを余分にもらうためのひと掻き。ましな場所で寝るためのひと掻き。生き延びるためのひと掻き。そんな感じだった。その暗黙のルールに早朝から深夜まで従っていた。それが彼の守るべき戒律——朝は焼却炉の熱で顔を熱くすることから始まり、夜は近くの湖に灰を捨てにいく。ザッ！　ザッ！　ザッ！　火葬場の黒い灰の山からショベルでひと掻きするたびに聞こえる音。言葉はなし。会話はなし。ただ、ザッ！　ザッ！　ザッ！

それが、死のすすけた残骸をショベルですくって手押し車に放り込む彼を生かしつづける音であり、正気を失う一歩手前まで彼を追いやり、その後何年も脳裏につきまとうであろう音だ。数百人（ひょっとすると数千人）の命がショベルのほんのひと掻きになる。子どもも大人も。医師、弁護士、芸術家、ラビ、作家。母親、父親、兄弟姉妹。姪、甥。おじ、おば。いとこ、祖父、友人。ありとあらゆる人たち。生きて愛し、笑っていた人たち。泣いたり祝ったりしていた人たち。窒息死した人たち。

そのことは考えないようにしろ。ザッ！　ザッ！　ザッ！

「おい、おまえ！　ユダヤ野郎！」怒りとトゲを含んだ声。

「はい、司令官どの」

「教えろ、ユダヤ野郎」相手は退屈して、おまえをいたぶりたがっている。「おまえに割り当てられた焼却炉がまだ空《から》になってないのはなぜだ？」

「申しわけありません、司令官どの」おまえはいつも謝ってばかりだ。悪いのはいつもおまえだ。

「今日は年寄りが大量に運ばれてきたので……」

「今日、列車で移送されてきたのがおまえの母親のユダヤ女だろうが、知ったことか。私は、この焼却炉の灰がまだかたづいてない理由を訊いている」

「申しわけありません、司令官どの。今後はもっと作業に精を出します――」

バシッ！　目の前を星が飛ぶ。焼けつくような痛み。したたる血。

「今後はもっと作業に精を出します、だと？」司令官は手袋をはずしかけている。顔を見るな。向こうはそれを待っている。目を伏せて地面を見つづけろ。「なぜ、その立場を与えられた日からもっと作業に精を出さない、この犬野郎。おまえにはより良い食事と生活環境が与えられている。私たちが甘いから、すぐ目の前で怠けても罰せられずにすむというのか？　私たちの親切と寛大さを軽んじて、ただですむというのか？」

腹に拳《こぶし》をくらう。息が抜ける。「はい、司令官どの。申しわけありません」いつも、向こうが正しいと認める。言いなりになる。

「なるほど、そのとおりだと言うんだな？　私のすぐ目の前で怠けていたと認めるんだな？」

もう一発。今度は腰のくびれたところ。腎臓のあたりだ。痛みが全身を貫き、膝の力が抜ける。

「申しわけありません、司令官どの。心から謝ります。許してください」

「ここでは怠け者の薄汚いユダヤ野郎をどうするか知ってるか？　ん、どうなんだ？」

答えるな。絶対に。黙っていろ。痛みを無視しろ。顔を上げるな。生き延びろ。

ザッ！　ザッ！　ザッ！

「銃弾一発でかたがつくが、ネズミ程度のおまえの脳に教訓を叩き込む方法を知っている。これをおまえたち全員の教訓にしろ！」

ほかの連中は見ていなかった。司令官の今日の遊び相手に選ばれなかった幸運に感謝して、黙々と自分の作業に目を注いでいる。

初めにショベル、次に闇。そこが世界の終わり。だが、世界の始まりでもあった。

ザッ！　ザッ！　ザッ！

ワーナー兄弟に政府の処分

ハリウッドのかつての大物、ワーナー兄弟のハリーとアルバート、ジャックが本日、ニューヨーク市内で経営しているナイトクラブのひとつを捜索していた下院非米活動委員会《HUAC》の調査官たちにより逮捕された。捜索対象となったナイトクラブ〈ハングリー・ローカスト〉には、共産主義者及び同性愛者で破壊活動分子のアメリカ東海岸における重要な集合拠点となっているのではないかとの疑いがかけられていた。

「捜索はまだ続いているが、まずは不正利得容疑及び資金洗浄容疑でワーナー兄弟を起訴した」逮捕直後に行なわれた記者会見で、メルヴィン・パーヴィス（元連邦捜査局《FBI》捜査官で現在はHUACマンハッタン支部長）が語った。「彼らは当該ナイトクラブで、また、市内で営業しているいくつかの映画館においても、共産主義活動を目的とした不正資金を運用していたと思われる」

　ユダヤ人であるワーナー兄弟は、自分たちの姓を冠した映画制作会社を一九二三年に設立した。一九五四年三月の国営会社ユナイテッド・アメリカン・ピクチャーズ《UAP》への吸収合併に先立ち、ワーナー・ブラザース――同社のかつての敷地・施設が現在UAPの本社として用いられている――はハンフリー・ボガート（近作《共産主義者カインドと聖ガレン》を大ヒットさせたスター）の主演で《カサブランカ》や《三つ数えろ》といった映画を制作した。

娯楽産業から共産主義者の影響力を一掃するという選挙公約を果たすべく、ジョセフ・マッカーシー大統領は映画制作省を設置した。同省は、ワーナー兄弟をはじめ、マーカス・ロウとルイス・B・メイヤー（MGM）、デイヴィッド・サーノフ（RKO）、ジェシー・L・ラスキーとアドルフ・ズコール（パラマウント）、ジョセフ・M・シェンクとダリル・F・ザナック（20世紀ピクチャーズ）など、とくにヘブライ人の映画会社社長たちのハリウッドでの活動を抑える役割を担っていた。

ウォルト・ディズニー・プロダクションは、映画産業の国営化後、ハリウッドで唯一の独立映画制作会社である。同社はおもにアニメ映画を制作しており、ジュリアス・ローゼンバーグと妻エセルの売国行為に着想を得て制作した短編アニメ映画は高く評価された。

第三部　一九五八年七月三日

公聴会を始めるにさいし、下院非米活動委員会《HUAC》が映画業界において共産主義者と見られている人物の影響力及びその浸透を調査することを、映画業界そのものに対する攻撃だと考えたり解釈したりするべきではないと強調しておきたい。また、われわれの調査が、この偉大なる産業の関係者の大多数に対する攻撃だと解釈するべきでもない。映画業界で働く人の圧倒的多数は愛国者であり、忠実なるアメリカ市民であると確信している。

J・パーネル・トーマス（HUAC委員長）

17

「モリス？　ねえ、モリス？……モリス！　起きて！」

　これ以上なく明るい日差しに瞼《まぶた》が震えたあとベイカーの目が開いた。自分がどこにいるのか思い出せないが、舌がひりひりして銅線のような味がする。

「ああ、よかった」ソフィアだ。

「なにが……」

「また起きたの」彼女が説明した。「激しく身震いしてたけど、どうしても目を覚まさせることができなくて。それに、舌を嚙んでると思う。口に挟むものをすぐに見つけられなかったから」

　歯の裏にそっと舌を這わせてみて、舌の痛みから、二カ所に大きな嚙み跡があるのがわかった。身を起こすと、ブランケットがすべり落ちて裸体があらわになった。

　くそ。またか。闇が悪化して、彼を飲み込む頻度が増している。

「医者に診てもらってる？」ソフィアがたずねた。「この症状のことで」

「医者なんていんちきな連中は信用しない。心配ない。おれは大丈夫だ。まあ一、二週間は舌足らずなしゃべりかたになるだろうが」

彼はベッドを出て服を着はじめ、冷蔵庫のカレンダーにこっそり目をやった。この面倒な問題を解決して身の潔白を証明するまでの猶予は一日しかない。「急いで服を着ろ。今日は長い一日になるぞ」

ソフィアはバスタオルを古代ローマのトーガのように体に巻くと、両手ですくうように服を拾い上げてバスルームへ行き、シャワーを流しだした。彼女の体が、神秘的な霧のような湯気をまとった。エコー・パークへ呼び出された朝と同じく、電話が鳴りはじめた。ベイカーはベッドに腰かけて電話に出て、パートナーのしわがれ声に耳を貸した。

「遅刻が習慣になってるのか？　もしそうなら、あんたの給料の一部をもらいたいね」

「ちがうんだ、ブローガン。悪いな。じつは、本部長の提案を受け入れて今週いっぱいは休みをもらうことにした」

「わかった。例の件を調べるためってことなら、おれはかかわりたくない。それと、忘れないうちに言っておくが、ピータースンがあんたを捜してるんだとさ」

「ピータースンが？　用件は言ってたか？」

「行方不明の青年がどうとか」

ベイカーはぎょっとした。きっとピータースンは開示命令を取り、それによりオリヴァー・シェルトンが配達で最後に立ち寄ったのがこのアパートだと明らかになったにちがいない。

「聞いてるのか？」

「ああ、聞いてる」ベイカーは一瞬の間を置いて言った。「休み明けにオフィスで話をしたいと伝えてくれ。なんならこのアパートを訪ねてきてくれてもいいけどってな」

「了解。なあ、聞いてくれ。昨日、あんたが気に入りそうな冗談を仕入れたんだ」

「ブローガン……」

「一瞬で終わるって。割礼を下品に言うとなぁんだ？」

「……」

「剝《む》く、だ」コノリーが大声で笑うので、ベイカーは、電話線を通って飛んできた彼の唾が顔にかかるような気がした。「わかるか、ベイカー？　剝く、だぞ」

「すごくおもしろい」

「あー、あんたに喜劇がわかるのか？」

「たしか、喜劇を考えたのはユダヤ人だ。もう切っていいか？」

「楽しい休日をな、割礼野郎」

ベッドに腰かけたまま身じろぎもしないと、手のなかで電話の発信音がうるさく鳴っている。長い週末なので開示命令が出るのが少なくとも数日は遅れるものと願っていたのだが。ピータースンに正直に話せばよかったのだ。これでもう、おれの言い分などだれも信じないだろう。それに、オリヴァーと接触があったことが知れ渡っているとしたら、迅速に行動する必要がある。あの青年がラングの手紙を配達した直後に行方不明になったのがたんなる偶然のはずがない。

とはいえ、青年の気の毒な母親には、おれの知っていることを教えてやるべきではないか？　それが当然だ。だが、早々に行動を起こせば逮捕されるだろう。前へ進む道はオリヴァーにも通じているはずだ、と自分に言い聞かせようとした。

電話交換手のいらだった声が思考の流れを妨げた。

「……どこかへおかけになりますか、とお訊きしたんですが？」

「ああ」ベイカーは言った。「アンバサダー・ホテルにつないでくれ」

「お待ちください」

呼出音が十五秒ほど鳴ったあと、元気いっぱいの受付係が出た。「アンバサダー・ホテルです。ご用件を承ります」

「うん」ベイカーは、これから口にしようとしている言葉がいささか愚かしく思えた。「こちらはバルトロメオ・ヴァンゼッティだ。ニコラ・サッコにつないでもらいたい」

受付係に笑い飛ばされ、電話を切られるものと思っていたが、数秒後には「すぐにおつなぎします」と言われた。

「まあ、モリス」エンリカ・ソマが出た。「連絡をくれてうれしいわ。わたしたちの共通の友人のことでなにかニュースがあるの？」さりげない口調、慎重な言葉選び。彼女は最高の相手とのゲームのやりかたを心得ているようだ。

「少し」ベイカーは答えた。「電話をしたのはジョー——共通の友人が、シバの女王あるいはアフリカの女王についてなにか口にしたことがあるか聞きたかったからです」

「うーん。女王のほうはわからないけれど、アフリカなら心当たりがあるわ。取り組んでいた映画プロジェクトに関して調査をするためにアフリカへ旅行するという話をよくしていた。わたしは、そんな危険な旅行はやめてと説得しようとした。小犬ほどもある大きな蚊がいて、とんでもなくおそろしい病気をうつすし——」

「それ以外にはなにも心当たりはありませんか？」ベイカーはたずねた。「そのプロジェクトの内容については？」

「言ったとおり、彼はすごく秘密主義になることがあったの。とくに、次の作品のことに関してはね」

"悪魔どもをやっつけろ"という言葉はどうです？　なにか思い当たることがありますか？」

エンリカが一瞬、黙り込んだ。「ええ、そうね、思い当たることがある。それはたしか、映画業界が政府の規制下に置かれる前に友人が進めていた映画のタイトルよ。内容についてはよく知らないけど。ただ、もう七年も前の話よ」

「なるほど。ありがとうございます、エンリカ。もっとなにかわかったら、またお電話します。アンジーによろしく言ってください」

「まあ、やさしい人。ええ、言っておくわ。ねえ、モリス――」彼女は上流階級のふりを一瞬だけやめた。「電話をくれてありがとう」

「仕事ですので」

ソフィアが、ベイカーの数少ない清潔なタオルを巻きつけてバスルームから出てきた。湿ったタオルを通して体の曲線がわかる。

「で、どこへ行くの？」彼女がたずねた。

ベイカーはクールに火をつけてから答えた。「ある有名人に会いに行く」

18

オールド・ハリウッド（政府の言う〝ユダヤ人に支配されていたハリウッド〟）の中心地だったバーバンクは、いまや、マッカーシーによる厳しい規制下で過剰に愛国的かつ反共産主義的なくだらない作品を量産する娯楽製造機と化している。それどころか、ひとつしかない制作会社に権力が集中しているため、映画産業はこれまで以上に閉鎖的な世界になっている。

三十分後、コンチネンタルはユナイテッド《U》・アメリカン《A》・ピクチャーズ《P》の外に、ヤシの葉叢《はむら》と、手入れが必要なほど伸び放題の草に隠すように停まっていた。ベイカーとソフィアは正門へ向かって歩いていた。遠くにそびえ立つワーナー・ブラザースの巨大な給水塔は、かつての巨大帝国の最後の砦《とりで》のようなものだ。

　木造の守衛小屋へと向かいながら、ベイカーは道中で頭に入れた計画を確認した。警察官になって以来かなりたくさんの詐欺師を逮捕しているので、彼らに典型的に見られる口先のうまさと如才ない態度をどうまねるのがいちばんいいかを考えようとしていた。訛《なま》りが出ないようにするのが肝心だ――――だが、舌を怪我しているから、なおのことむずかしいだろう。

　ソフィアの服にはまだ昨日の血と脳のかけらがついているので、ここへ来る前にふたりで婦人服店に立ち寄った。彼女は延々と時間をかけて服を見てまわっていたが、最終的には落ち着いたピンク色の――目にどぎつくもなく七月初めにふさわしい色だ――ドレスに決めた。ベイカーはいちばん上等のウールのブルーのスーツを選び、それに合う中折れ帽をかぶっていた。クロンカイトの〝悪魔どもをやっつけろ〟と書かれたメモと番組の決め台詞の候補を書き留めた手帳は、黴《かび》だらけのケーキ箱に入っていたヒューストンの謎めいたメモと一緒に、このスーツのポケットに移してある。

にきびだらけの顔をした若い守衛が、なにをしているのかと訊くために小屋から出てくるより早く、ベイカーはソフィアの腕をつかんだ。彼女は迫真の演技で抵抗しはじめた。

「おはよう」ベイカーはほぼ完璧なアメリカ人の発音で言った。「いい天気だな？」

守衛は帽子を整えてふたりをまじまじと見た。制服には、太陽をほとんど反射しないプラスティック製の金色バッジをつけている。

「な、なにかお手伝いでも？」おどおどして声がうわずっている。これは簡単にいきそうだ。

「ああ、頼む」ベイカーはソフィアを放した。「どこへも行くなよ」彼女はベイカーを睨《にら》んだ。リズなんかよりよほど脚本どおりの演技ができている。ベイカーはポケットに手を入れて、自分の警察官バッジを取り出した。バッジは守衛が胸に留めている安物よりもきらきらと光った。守衛にじっくり見られる前にバッジをポケットに戻し入れた。「ロサンゼルス市警のアンドリュー・ヒギンズ刑事だ。ここの脚本部に勤めるこの女が軽はずみにも市内で脚本を売って手っ取り早く金を稼ごうとしたんだ。今朝六時ごろ、〝本物〟の映画脚本の頭金を気の毒な老夫婦からせびり取ろうとしてるところを捕まえた。逮捕して顔写真を撮ったあと、ここの人たちが手を打てるようにここへ連れてくることにした。なあ、ここのボスはだれだ？」

守衛は口をぽかんと開けてふたりを見つめた。どうやら、彼の頭ではいまの情報を一度に処理することができないようだ。日焼けしたうなじをさすりながら「ミスタ・カザンだと思います、おまわりさん」と言った。

「正確には刑事だ」ベイカーは即興で言い足した。

「あ、はい、刑事さん。ミスタ・カザンがこのスタジオ全体の責任者です。なんなら秘書に電話をして、あなたが来たことを伝えますよ。ミスタ・カザンはそういうことを知らせてもらいたがるので。その女の名前は？」守衛は心得顔でソフィアのほうを顎《あご》先で指し、彼女の体をじろじろと見た。冗談でも交わしたかのようにベイカーに向かってウインクするので、ベイカーはこの若者を叩きのめしたい衝動を抑えた。

「マーサ・ベッドフォードだ」ベイカーは門へと歩きだしながら答えた。「だが、こんなつまらないことでミスタ・カザンをわずらわせるな。まだ早朝だし、スタジオ責任者の朝の日課には、きっと脚本を売ろうとした女のことなんかより心配することがあるだろうからな。そうだ、いい考えがある。このスタジオで二番目の責任者――いや、それより、このスタジオ内外の違反に対処するのはだれだ？」

「えー、二番目の責任者はケネス・ビエリーだと思います」守衛が言い、顎に生やしている細いひげをなでた。「制作部長なんですけど、警備主任のほうがいいですよね。それならオバデヤ・ウィットロックです」

「だったら、ミス・ベッドフォードを引き渡したいのはオバデヤ・ウィットロックだ」ベイカーはまたソフィアの腕をつかんだ。「で、彼のオフィスはどこだ？」

守衛は元気を取り戻した。「それなら簡単です。並んだ防音スタジオの前をずっと行けば管理棟に着きます。防音スタジオはすぐにわかりますよ、飛行機の格納庫みたいだから。管理棟に着いたら、受付のポーリーンに警備室へ案内してもらってください。そこにミスタ・ウィットロックがいます。正門担当のチャーリーに言われて来たと言ってもらって結構です」

「最大限の協力に感謝する」ベイカーは、曲げ加工した鉄によるWBの文字が残っている門の前に達していた。通りすがりに守衛小屋をのぞき込むと、食べかけのマーズバーと社員名簿では隠しきれていないヌード雑誌、最新の『カウンターアタック』誌が見えた。

「どういたしまして、刑事さん」チャーリーは守衛小屋に戻り、壁に取りつけられた小さな赤いボタンを押した。機械的なブザー音が鳴って門が内側に開き、ベイカーとソフィアはUAPの撮影所内へゆっくりと歩を進めた。


チャーリーの言ったことは大げさではなかったとベイカーは思った。撮影用地は小都市並みの広さがある。防音スタジオは、鋼鉄と防音アルミ材で造られた巨大なかまぼこ型の建物だ。巨大すぎるため、大半の場所で太陽の光を遮っている。いちばん高くそびえ立っているのが給水塔だ。

奇妙な格好をして行き交う人たちは、ベイカーにもソフィアにもまったく注意を向けない。派手な毛皮を山のように重ねて運んでいるずんぐりした女のうしろを、きつめのシルクのベストを着た男がさまざまな衣裳を手押し車に積んで運んでいる。「エドナ、歩く速度を落とせよ」とどなった。「急ぐ必要ないだろ。集合時間まであと四十五分もあるんだから」女は鼻を鳴らして足を速めた。一メートルほど向こうを、長衣を着た日焼けした男が曲がった杖を使ってラクダと羊の群れを率いて歩道を横切っている。小声で話をしている男ふたりがしんがりだ。

「あの共産主義者びいきの太っちょはまだヨーロッパにいるのか？」一方がたずねた。

「もちろん」もうひとりが答えた。「大統領があの男を帰国させるもんか。あの男はこの街ではおしまいさ。メキシコ人どもが《ドン・キホーテ》の制作への出資に同意したらしくて、来月から撮影を始めるとか……」

防音スタジオのひとつで、スパンコールのついたレオタードを着て頭にけばけばしい羽根飾りをつけた女たちが、壁に寄りかかって煙草を吸いながら噂話をしていた。

「そしたら彼が〝なあ、スイートハート、フェラしてくれよ〟って言うの」女のひとりが言った。

「あんたはなんて言ったの？」別のひとりが訊いた。

「しゃぶってやったわ。女だって食べていかなきゃならないんだもの。そうでしょう？」

彼女たちはにぎやかに笑い合い、ハイヒールで煙草を踏み消して歩み去った。

「目より頭が働くようになったら……」ソフィアが、ショーガールたちに目を注いでいるベイカーを笑った。「仕事に戻りましょうか」

「ん？」ぼんやりと答えると、ソフィアが防音スタジオの両開きのドアに貼ってある大きな表示を指さした。

紅い月の出

集合時間：午前九時
監督：サミュエル・アシュトン
助監督：マシュー・ハンロン
製作責任者：シド・パーシェル
製作補佐：アルバート・ラニーア
撮影：セオドア・ライカー
照明：クエンティン・バーラップ

音響：ウェンデル・ディルワッカー
出演者：
　ハンフリー・ボガート
ジェームズ・ステュアート
ロナルド・レーガン
ロリータ・ヘイワース
ルース・ベオタイガー
制作に関する問い合わせは全米製作者組合《PGA》の
コリン・ピータースンまで。
その他――
　セット内では静かに！

「なかにはどうやって入る？」ベイカーはソフィアにたずねた。
　彼が止めるまもなく、ソフィアは防音スタジオの奥へと続くドアの片方を開けた。「こうやって」と言うと、なかの闇へと消えていった。

19

ベイカーもすぐに気づいたのだが、格納庫のような建物のなかは完全な闇ではなく薄暗いだけだった。格子状の木の梁《はり》とピンク色のガラス繊維で造られたトンネル内に一列に吊るされた電球が放つ淡い光にはすぐに目が慣れた。そのとたん、ベイカーは息を呑んだ。トンネルを抜けた先は、サッカー場ほどもある広い空間になっていた。窓がひとつもなく、完全に閉鎖された空間だ。息が詰まりそうな暑さなので、ベイカーはすぐに中折れ帽を脱ぎ、それで顔をあおいだ。

「風通しが悪いな」と言った。

「もう、愚痴っぽいことを言わないで」ソフィアが言い返した。「行くわよ」

ふたりはコンクリートの床をゆっくりと横切った。空まで届きそうな高いかまぼこ型天井の下で、ベイカーはつい、自分など取るに足りない存在だと感じていた。この空間が〝私をごらん、国内で最高の防音ステージだ〟と言っているように思えたのだ。それで子どものころのある記憶がよみがえった。山々の言い争いの話を父が聞かせてくれたことがあった。結局、神がユダヤ人に十戒を与える場所としてお選びになったのは、もっとも謙虚で小さなシナイ山だった。

ヨーロッパでの前半生の記憶を振り払い、ベイカーは目の前にいる人たちを見た。女がふたり（年齢差がある）大草原に並んで立っている。薄暗い空の高くにみごとな紅い月が輝くなかで、抱き合って涙を流している。

「彼らはいつか帰ってくる?」若いほうが言った。ゆったりと垂らした巻き毛が紅い月の光に輝いている。

「さあ。それはわからない」年上のほうが答えた。茶色の髪をお団子にした彼女は、深い悲しみを顔に刻んで、果てしなく広がる大草原を見やった。「さあ、過ぎたことをくよくよ考えてもしかたないわ、レジーナ。共産主義の脅威を今回も食い止めたのよ……ひとまずはね」

「カット!」淡褐色のサファリジャケットに革製の黒いジョッパーズというでたちの男が大声で言った。「なにもかも最高だ、ロリータ。鳥肌が立ったよ。ルース、ああ、ルース。言葉もないよ。涙が出た。本物の涙が! でも、撮りなおせばもっとよくなるはずだ。絶対に」

幻想が解けて、ベイカーは、涙を流している女たちの横に何人もの男女が立っていることに気づいた。何台ものカメラとまばゆい照明も、彼女たちの顔に向いている。大草原は、漆喰《しっくい》と木材、塗料の合成物にすぎない。

ふたりの女が身を離し、おどおどした製作助手からそれぞれ水のグラスをありがたく受け取ると、絵画のような場面に現実がさらに侵入した。ベイカーは、目の前にいるのがマッカーシーの〝金ぴか町〟ハリウッドでもっとも有名なふたりの女優、ロリータ・ヘイワースとルース・ベオタイガーだと気づいた。どちらもその美貌と演技力、さらには、自分のキャリアアップのためならほかの女優たちを共産主義者だと密告する比類ない能力でも有名だ。失敗つづきの無名女優だったのに、他人を糾弾しただけでにわか有名人になった女傑たちだ。

「サミー、どうしても撮りなおさないとだめ? ここは暑すぎるんだけど」ロリータがかすれた声で監督に泣きついた。マリリン・モンローの人生を描く企画がまだないなら考えるべきだ、とベイカーは思った。ヘイワースがすぐにその役を射止めるはずだ、と。

「そうだね、ロリータ」監督は甘やかすような口調で答えた。「もちろん撮りなおす必要なんてない。いつものとおり完璧な絵が撮れた。リアム！　ロナルドに次のシーンの準備をさせろ！」じれったそうな大声でどなった。「それと、だれかボギーに酔いを覚ませと言ってきてくれるか？　一時間後には彼の次のシーンを撮る。明日が法定休日だからってぐずぐずしてる余裕はないぞ。食事休憩違反で訴えられるなどごめんだからな」汗の浮いた額をオフホワイトのハンカチで拭いた。

「すぐやります、ミスタ・アシュトン」ずんぐりしたリアムが、手鏡に映る自分の顔に見惚れている二枚目俳優のほうへ歩いていった。それがモーション・ピクチャー・アソシエーションの会長ロナルド・レーガンだとわかり、ベイカーはまたしても衝撃を覚えた。

「わあ、この作品はスターばかり出てるのね」ソフィアが小声で言った。

「ロシアではあまり映画を上映してないんだと思ったが」

「仕事柄、いろんな国の文化に精通してるの」

「なるほど。さて、こっちも作戦の第二段階に入ろう。えっと……」

「わたしに合わせて」そう言うが早いか、ソフィアは監督のほうへ歩きだしていた。まるで、生まれてこのかたこの防音スタジオに住んでいるかのようだ。

「あら、サミー」演技デビューにしてはさまになっている。「撮影の合間につかまえることができてよかったわ」

「で、あんたはだれだ？」監督の口調には好意のかけらもない。

「ああ、ごめんなさい。マリア・ヒラーです。ジョナスとわたしが今日来ることはケネスが伝えてくれたはずだけど」

「いや。ミスタ・ビエリーからそんな名前は聞いてないな。で、用件は？　見ればわかるだろうが、いま忙しいんだ」

「あら、めずらしい」ソフィアは言い返した。「まあいいわ。なにがあってもショーは続けなければならない《ショー・マスト・ゴー・オン》。そうでしょう？」アシュトンが答えないのでソフィアは続けた。「サミー、こちらがジョナス・ヴァン・ベズウィーン。世界じゅうに名の知れたボイストレーナーよ」

「世界じゅうねえ。初めて聞く名前だが。さあ、おれのセットから出ていってくれ」

「でも、ジョナスとわたしはミスタ・ボガートのために来てるのよ、サミー。酔っていても最高の演技ができるように、彼にボイスレッスンをしてくれってこの会社に雇われたの」

　アシュトンは見ていた台本から顔を上げ、馬のいななきのような声で無情な笑いを漏らした。「ボギーに？　酔っぱらった状態で演技を？　不可能だ」

「でもね、サミー。あのジョナスにかかれば不可能じゃないわ」彼女が身ぶりで指すと、出番だと察したベイカーは、高級レストランの給仕長から「どちらさまでしょうか？」と訊かれた高慢な有名人のような空気をまとった。

　アシュトンがコンクリートの床に革ブーツのきしむ音を立ててベイカーに歩み寄った。「おれはこの業界に長いが、泥酔状態の俳優の目を覚まさせるなんてできた試しがない。あんたの秘訣は？」

　ソフィアが口を挟んだ。「ジョナスはみんなの前では話さないわ、サミー。ほら、彼の声はスターのためだけに使うものだから。ジョナスは自分の技術をとても重要だと考えてる。だからわたしをそばに置いてるの。言うなれば彼の代弁者よ」

　彼女は大げさな笑い声をあげた。ベイカーは腕組みをして監督を睨《にら》みつけ、彼女に同意するようにうなずいた。

「ヘザー！」アシュトンが呼ばわった。

たちまち、べっこう縁の眼鏡を首からぶら下げた華奢《きゃしゃ》な女が、クリップボードを持つ両手を震わせて監督のそばに現われた。

「は、はい、ミスタ・アシュトン？」

「ミス・ヒラーとそのお連れさんをミスタ・ボガートの楽屋へお連れしろ」

「は、はい、ミスタ・アシュトン。すぐやります」

「いい子だ。ああそうだ、ミスタ・ベルゼブブ？」

「ヴァン・ベズウィーンよ」ソフィアが訂正した。

「ああ、なんでもいい。三十分で結果を出さなかったら〝アクション〟と言う前に、ふたり一緒に追い出す。わかったな？」

「あら、後悔させないわ、サミー」ソフィアが言った。「ジョナスは依頼人全員から〝奇跡の人〟と呼ばれているのよ」

ヘザーがふたりをセットから連れ出し、防音スタジオの広大な内部を横切った。

「おみごとだった」ベイカーは、ヘザーに聞こえないほどの小声でソフィアに言った。

「なんてことないわ」彼女も小声で返した。

そのあとは無言で薄暗い迷路のようなトンネルを進み、スタジオのアルミの羽目板にはめ込まれた赤いドアの前に着いた。ドアの木部にかなり大きな金色の星が彫り込まれ、その下についている細い金色の名札には〝H・BOGART〟と記されている。名札の下方には、大きめのブロック体の文字で〝邪魔するな！〟、さらにその下に〝立ち去れ！〟と書かれた皺《しわ》くちゃの紙が貼ってある。

ふたりに向きなおったヘザーはこれまで以上におどおどした様子だ。

「彼は人が訪ねてくるのをいやがるんです」

「気にしないで、ヘザー」ソフィアがやさしい声で言った。「あとはこっちで引き受けるから。あなたは戻って、わたしたちをミスタ・ボガートの楽屋に案内したってサミーに報告しなさい。いい子ね」

ヘザーの顔に安堵の色が浮かんだ。彼女はそそくさと歩み去った。臆病な足音が遠くに消えると、ベイカーはソフィアを見た。

「さあ、いよいよだ」と言って、拳《こぶし》でドアを打った。聞こえるのはノックの余韻だけだ。ベイカーはもう一度ノックした。今回は部屋のなかから足を引きずるように歩く音が聞こえた。突然ドアが開き、そこから吹き出す冷たい空気とともに、深い皺の刻まれた、バセットハウンドのようなハンフリー・ボガートの顔がふたりを迎えた。

「何度言えばわかるんだ、ヘザー？　邪魔するんじゃない」──彼のトレードマークである舌足らずな話しかたで、ニューヨーク風の抑揚がある──「おれが──あっ……」

彼はふたりをまじまじと見て目を剝《む》いた。「あんたたちはいったいだれだ？」

返事を待たずにボガートはよろよろと楽屋の奥へ戻った。片手にウイスキーのデキャンタ、もう片方の手に火のついた煙草を持っている。しみのついたベルベットのディナージャケットを着て、結んでいない蝶ネクタイが、襟のまわりでおとなしくしている蛇のようにぶら下がっている。引きずって歩く素足は、履き古してすり減ったローファーにぴたりと収まっている。大型スクリーンでよく演じている身だしなみの整った男らしい男とは似ても似つかない。

ベイカーとソフィアは忍び足でなかに入り、すばやくドアを閉めた。防音スタジオのうだるような暑さのあとで、室内はありがたいほど涼しかった。ボガートはバーカラウンジャー社製のたるんだ椅子にどすんと腰を下ろした。椅子の横には、吸い殻でいっぱいの灰皿が乗った小ぶりのサイドテーブルがある。ボガートは六十近いのだが、食道癌《がん》との長い闘いのあとも、健康だったころの無骨さや意思の強さはその顔から消えていない。しかし、食道の部分切除も、酒と煙草への愛を彼から奪うことはなかったようだ。

「一杯やるか？　好きなのをどうぞ」ボギーは不明瞭な発音で言い、デキャンタを口もとへ運んで大きな音を立ててウイスキーを飲んだ。「ここにはウイスキーにジン、ライ・ウイスキー、そして後悔がそろってる」彼が笑うと、ウイスキーがディナージャケットとズボンに飛び散った。

この部屋は楽屋というより洗練された書斎だ。やりかけのチェス盤が乗っている、カシミヤ織りをかけた寝椅子。入り組んだ唐様の彫刻が施された木製のストロンバーグカールソン社製のテレビ・キャビネット。エンパイア社製の四速蓄音機。反対側の壁には水道とあらゆる酒がそろったバーがしつらえられ、額入りのポスターが（ジョン・ヒューストン邸の玄関ホールに並んでいたのと同じようなものだ）掛けられている。ただし、《共産主義者の星から来た！》といったボガートの最近の出演作のものばかりだ。

映画ポスターの横にはユ《U》ナイテッド・ア《A》メリカン・ピクチャーズ《P》社長エリア・カザンを描いた豪華な油彩画が掛けられている。絵のまなざしがどうにも落ち着かない。目が動くのではないかとベイカーは思った。もしかすると、肖像画の裏に隠し部屋があって、ボギーがこの会社の規則に従っているかどうかを確認するためにギリシャ系の二枚目が楽屋を監視しているのかもしれない。カザンの肖像画の横には、ケネス・ビエリーとこの会社の会長ジョセフ・ケネディ（自身が設立した映画会社ＲＫＯの持ち株をいそいそと政府に売った男だ）それぞれの肖像画、マッカーシーとニクソンのお決まりの肖像写真が掛けられている。

「一杯どうだ？」ボガートが言った。「あんたたちは飲み足りてないようだが。それがこの世の問題なんだ。だれも彼も、もっと飲めばいいのに」

「いいえ、結構です、ミスタ・ボガート。わたしたち、あなたとお話があって来ただけなので」ソフィアが断わった。

「それはきみだけだ」ベイカーはすたすたとバーに近づいた。

ソフィアはチェス盤をそっとテレビ・キャビネットに移して寝椅子に腰かけた。真新しいドレスを整え、曖昧な笑みを浮かべてボガートを見た。悲しげな笑みと言ってもいいような表情に、ベイカーは不安を覚えた。だが、あまりくよくよと考えなかった。バーでピーチシュナップスを見つけて、氷なしでたっぷりと注いでいたからだ。

「おれの心にかなう男だ」甲高い声で言ったボガートは、いまくわえている煙草をまだ吸い終えていないにもかかわらず、次の煙草に火をつけた。「おれは、酒を飲まない男を信用しない。さて」彼はソフィアに向きなおった。「名前はなんと言ったかな？」

「まだ言ってません。でも、わたしはソフィア、あちらが」――彼女はベイカーを指さした――「ロサンゼルス市警のモリス・ベイカー刑事です」

「えっ、おれは逮捕されるんじゃないだろうな？」ボガートはおどけて手のひらを上にして両手を差し出した。酔っぱらっていても、この男の舌と思考はなめらかに動くようだ。

「そんな用件ではありません、ミスタ・ボガート」ベイカーは言った。ピーチシュナップスをいっきに飲み、お代わりを注いだ。こんなことが起きているとは信じられない。本当に、あのハンフリー・ボガートと一緒に酔っぱらおうとしてるのか？「昔のお仲間のことをうかがいに来ました。ジョン・ヒューストン。その名前に聞き覚えは？」

「ああ、聞き覚えはある」ボガートはわずかばかり頭が冴えたような口調だ。「なあ、あんたはかなり訛《なま》りがあるな。アメリカ出身じゃないだろう？」

「はい。出身はチェコスロバキアです。それにユダヤ人です。その点になにか問題が？」

ソフィアがあいだに入ろうというような動きを見せたが、ボギーはにっと笑い、火をつけたばかりの煙草をベイカーに突きつけて笑いだした。

「そこまで度胸のあるユダヤ野郎に会ったのは初めてだ。誤解しないでくれ。おれはユダヤ人が好きなんだ。それどころか、ユダヤ人には恩義がある。癌が押しかけてきておれの喉でリンディホップよろしく自由気ままに動きまわることにしやがったときに、おれの命を救ってくれたのがユダヤ人医師だった。おれから切り離すという良識的な判断がくだされる前に、腫瘍《しゅよう》はピーター・ローレみたいに肥え太ってやがったんだ」

彼は頭をのけぞらせて喉の中央を走るくすんだピンク色の傷痕を見せた。おぞましい傷痕は、まるで魚の血抜きでもしようとしたかのようだ。「そりゃ、メイクの連中がうまく隠してくれるが、この傷痕は、あのとき死んで埋葬され、蛆虫《うじむし》どもと土のカクテルを飲んでいてもおかしくないと思い出させてくれるいましめだ」ボギーが続けた。「別れた妻がよく、傷痕のおかげで貫禄があるように見えると言っていた。彼女もユダヤ系だった。なあ、ローレンは美人だったよ。マッカーシーが映画業界からユダヤ人を残らず追い出すまでは、このまともじゃない業界で仕事をしていた。残念ながら会社命令で離婚させられたが」

目には見えないどこかの法廷で自分の行為を正当化しようとするかのような話しかただ。またウィスキーをぐいと飲んだ。

「えー、お酒を飲み過ぎだと思わない、ハンフ——ミスタ・ボガート？」ソフィアは本気で心配しているようだ。ボガートは威嚇《いかく》するような目で彼女を見たものの、酒はやめなかった。「えっと、ところでミスタ・ボガート」ソフィアがあらためて話題を振った。「ジョン・ヒューストンについて聞かせていただけるかと思っていたんですが」

これでボガートは話の本筋を思い出し、過去をなつかしんだ。「そう、ジョニーとは戦時中にいい映画を何本か撮った。《マルタの鷹》って聞いたことはあるか？　ミステリ映画の名作だ。ひねりも効いてたし、メアリー・アスターは観る価値がある。おれは私立探偵役だった。フランス語で〝フィルム・ノワール〟と言われたな。昔の大ヒット作だ。いまの映画は昔のような作りかたをしない。探偵役は好きだったね。撮影で射撃をたくさんやった」

「ミスタ・ボガート」ベイカーは寝椅子にソフィアと並んで座った。「ジョン・ヒューストンが亡くなったことはご存じですか？」

ボガートが顔を上げた。深い眼窩《がんか》の奥の目は無表情だ。「いや、正直なところ知らなかった。彼とはもう何年も口もきいてない――きいてなかったからな。どんな亡くなりかたを？」

「胸部を撃たれたんです」ベイカーは答えた。

うなだれた顔は石板のように無表情なまま、ボガートは首を振った。「気の毒に、ジョニー。いい監督だった。名監督だった。献杯！」ボガートはデキャンタの残りをひと息に飲み干した。

ベイカーは身をのりだして次の質問を放った。「ミスタ・ヒューストンの死を望む人がいたかどうか、ご存じですか？　彼は法にそむくようなことに関与していたのでしょうか？」

「そんなはずないだろう！」ボガートは腹を立てたようだ。「ジョニーは最高の映画制作者で、円満な家庭人だったんだ。ちょっとばかり道をそれたりなんかもしてた。まあ、長い結婚生活のあいだに何度か浮気はしてたさ。おれだってそうだ。この業界ではあたりまえのことだからな」

ボガートが浮気に言及するとソフィアは嫌悪の表情を浮かべた。

「彼を友人と呼べることを誇りに思っていた」ボガートはそう言って話を締めくくった。

ベイカーは、最後から二番目の切り札を出そうとした。「〝アフリカの女王〟という言葉はあなたにとってなにか意味がありますか？」

一瞬、考え込むような様子を見せたあと、ボガートが答えた。「ああ、ある。数年前にジョニーが企画していた映画の題名だ。口をきいたのはあれが最後だったんじゃないかな。彼は映画制作に復帰したくて、おれに中央アフリカで、ある船長の役を演《や》ってもらいたがった。おれにようやくオスカーを取らせる役になるかもしれない、と言った。おれは、いまの政治情勢ではそんな映画はだれも観たがらないと断わり、おれたちは袂《たもと》を分かつことになった。ジョニーは夢想家で、ちょっと強情すぎるのが欠点だった。仕事を続けるために必要なことができなかった。時代の変化を受け入れようとしなかったんだ」

「では、〝悪魔どもをやっつけろ〟という言葉は？」ベイカーはたずねた。「なにか思い出しますか？」

「うーん」ボガートは顎《あご》を掻いた。「なんとなく、何年も前にジョニーがおれを誘った映画の題名だった気がするが、おれの記憶が正しければ、共産主義者の書いた小説をもとに作りたがっていて、それじゃあ絶対にヒットしない」

「その小説の内容に心当たりは――」ベイカーは質問しかけたが、最後まで口にできなかった。楽屋のドアをだれかが激しくノックするので三人とも飛び上がるほど驚いた。

「ハンフリー！　サムだ！」アシュトンのくぐもった声がした。「ふたりの男性がマリアとジョナスに話を聴きたいそうだ。いますぐこのドアを開けろ！」

「ばれたみたい」ソフィアが小声でベイカーに言った。

ベイカーはボガートに向きなおった。「ミスタ・ボガート。われわれはジョン・ヒューストン殺害事件を解決しようとしているのですが、スタジオに入り、あなたの楽屋まで来るために、あまり本当のことを言ってないんです。一か八かで訊きますが、この部屋に別の出口がありますか？　映画でよくありますよね。隠し通路とか」

「ああ、あるよ」ボガートが言い、空《から》になったデキャンタで指し示した。「バーの裏に。下のほうにあるボタンを押せば、行きたいところへ連れていってくれる。つまり、外へ出られるってことだ」

「感謝します」ベイカーが言うと同時に、怒れる《紅い月の出》の監督がまたドアを叩きだした。ベイカーはバーの裏へと走り、ボタンを見つけて押した。機械のハム音がして偽の壁がすべるように動いて隠れた収納部に収まり、その先に秘密の通路が現われた。

「どこまで続いてるんですか？」ベイカーはボガートにたずねた。

「正門の外に出られる」ボガートがしゃっくりをしながら答えた。「マスコミや熱狂的なファンから早く逃れるのにちょうどいいんだ」

ベイカーは中折れ帽の縁に指を当てて謝意を示した。「急げ、ソフィア！　お会いできてうれしかったです、ミスタ・ボガート」

「こちらこそ。事件の解決を祈ってるよ。なんとしてもジョニーを殺した犯人を見つけろ。わかったな？」

ドアがすべるように閉まり、ボガートがアシュトンにどなるのが聞こえた。「いいかげんにしろよ、サム！　もう一度言ってくれないか？　こっちはちょっとうとうとしてたんだ」

20

ボガートの言ったとおり、トンネルを抜けるとまばゆいばかりの日差しのなかへ出た。ヤシの葉叢《はむら》と伸び放題のつる植物が、詮索好きな目から出口を隠している。出口から三十メートルほど離れた場所で肥満の見本のような男に――警備主任のオバデヤ・ウィットロックだとベイカーは思った――どなりつけられている守衛のチャーリーが見えた。

気の毒なチャーリーはおそらく昼前には馘《くび》になるだろうが、いまはそんなことよりも心配すべきことがいくつもある。たとえば、守衛小屋の真横に停まっている、見覚えのあるキャデラックV16だ。ハートウェルとウォルドグレイヴがこのあたりを嗅ぎまわっているのはまちがいない。

「行こう」ベイカーは小声で言った。「走るなよ。朝の散歩でもしているみたいに歩け」ふたりは腕を組み、なにげない風を装って通りを渡ると、ウィットロックから浴びせられる口撃に気を取られているチャーリーのそばを通り過ぎた。

「まったく！」ウィットロックがわめいている。「おまえがそこまで馬鹿だとは思わなかった。身分証の提示すら求めなかっただと？　この件でおれの評価が悪くなるのはわかってるのか？」

「でも、でも」チャーリーの泣きそうな声にはなんの説得力もなかった。「男は……警察官バッジを持ってました。この目で見たんです」

「ほう、警察官バッジを持っていただと？　で、番号は控えたのか？　偽造の有無を確認したか？

それが通常手続きのはずだな？　そう指導したな？　警察官を名乗る人物が令状なしでスタジオ内を嗅ぎ回ろうとしていると、前もっておれに連絡したか？　あきれたな、チャーリー！　おまえはどうしようもない阿呆だ。まさか……」

ベイカーとソフィアは、チャーリーの知能程度に対して次々と侮辱を浴びせるウィットロックには構わずに、隠しておいたコンチネンタルに戻った。

「わたしたちのせいで馘にならなければいいけど」ソフィアが心配そうな顔で助手席に乗り込んだ。

「ミスタ・ウィットロックの言葉を聞いただろう。チャーリーは警備の手順を守らなかった。それに」ベイカーがイグニッションに挿したキーをまわすと、エンジンが居眠りしているヒョウのような音を立てた。「ここはハリウッドだ。この業界で生き延びたければ汚い手も使わないとな」


ベイカーは、運転席の座面裏からラングのみすぼらしいアルバムを取り出したさいにソフィアの質問に答えようとせず、彼女を車内で待たせて電話をかけに出た。

「ベイカー？」雑音混じりの電話回線を通してチャールズ・ウォードの声が聞こえた。「なんの用だ？」

「ある死体の薬毒物検査結果を知りたい。アーサー・シャビエル・ショルツという名前のサウス・カリフォルニア大学教授。ここ数日のあいだに届いてるんじゃないかな」

「ああ、いいとも。ちょっと待ってくれ。で、一昨日の夜に話し合った件と関係があるのか？」チャールズは興奮しているようだ。

「そうだ。だが、その件は電話であまり話さないことにして、よかったら検査結果を確認してくれ。時間がなくなりかけてるんでね」

電話口に戻ってきたチャールズは朗報をもたらした。

「ついてたな、ベイカー。死体はあんたが来た翌朝に届いてる。遺言書ではっきりと検死解剖を要求していたようだ。で、なにを知りたい？」


チャールズとの電話を終えると、ベイカーはノース・ヒル通りの図書館で車を停めて、なかへ駆け込んだ。正午過ぎにソフィアともども比較的安全なチャイナタウンに戻ってきた。どこにでもありそうなカフェに（正式な店名はないのだが、地元の人間には〈ツォ将軍のチキンとティーショップ〉という非公式名称で知られている）ようやく落ち着いて、湯気の立つ湯呑みで烏龍茶《ウーロン》を飲み、ぱりぱりの春巻を食べながら、ベイカーはソフィアにラングの遺言書と遺贈されたアルバムについて話した。当のアルバムはふたりのあいだ、べとつくフォーマイカのテーブルに置かれている。

「おれは馬鹿だ」と言うベイカーをソフィアは一心に見つめた。「ゆうべヒューストン邸のキッチンにいるときに思い出してもよかったのに、ぴんと来なかった」

「なにが？」

「アフリカだ」声がいくぶん大きくなり、クロスワードパズルを解いている皺《しわ》くちゃの店主が老いたナマケモノのようにゆっくりと顔を上げた。

「〝アフリカ〟がキーワードだ」ベイカーは声を低めて続けた。「〝悪魔〟もたびたび出てくるが、〝悪魔〟のほうはキーワードの一端でしかない。ヒューストン邸で見つけたメモは〝アフリカの女王〟に宛てたもので、難問でソロモン王を試そうとするシバの女王に関する聖書の一節が書かれていた。それに、ボガートから聞いた話だ。ヒューストンが中央アフリカを舞台にした映画と、『悪魔をやっつけろ』という小説を原作にした映画を取りたがっていたという」

「それが図書館に寄った理由？」ソフィアがたずねた。

「そうだ。著者がジェームズ・ヘルヴィックという名前の共産主義者だったために本はすべて焼却処分にされていた。古い記録で短いあらすじを見つけることができたんだが、どんな内容だと思う？」

「教えて」

「ウラン鉱山を手に入れるためにみんなが殺到するんだ」

「アフリカに」ソフィアが引き取った。

「そのとおり！」ベイカーは得意満面で応じた。「オッペンハイマーの言葉の引用も、それで説明がつく」

ソフィアはまだ少しばかり頭が混乱しているようだ。「意味がよくわからないんだけど」

「さらにこれだ！」ベイカーは片手でアルバムをぽんと叩いた。「このアルバムに収められているのは、アドルフ・ラングが冒険旅行で――ほかでもない――アフリカへ行ったさいの写真だ。たぶんヨーロッパから逃げたあとで旅行したんだろうよ」

侮蔑と苦痛を声に出さないようにするのはむずかしい。ソフィアが彼の手に自分の手を重ねた。

「あなたがその男を好きじゃないのはわかるけど、ヴァレンティーナの言ったことも思い出して。彼も最期は深い悔恨を覚えていた。これが彼なりのあなたへのつぐないなのかもしれないわ」

「断じてつぐなえるものか」ベイカーの声は尖っていた。「あの男は、明日起きるとされていることをおれが止めることができるかもしれないと考えただけだ。あの男がどうしてこんなことにかかわったのかはよくわからないが、ヒューストンとなんらかの接点があるんだと思う。ラングは老衰で死んだんじゃない。服毒死だ。ただ、服毒自殺の可能性がひじょうに高いと思う」

ベイカーはウォードが電話で教えてくれた検死結果を話して聞かせた。

「青酸化合物？」ソフィアが聞き返した。

「正確に言うと青酸カリウム。ナチが好んだ逃げ道だ」

「ナチスだけじゃないわ。わたしたちも、敵軍に捕らえられた場合にそなえて任務のさいにはかならず青酸カリのカプセルを携行しなければならない。小臼歯に詰めて。だけど、ラングが自殺を望む理由は？　なにか知っていたのなら、あなたにじかに伝えればいいのに。この国のマスコミに訴えればいいのに」

「近ごろ、この国のマスコミはきみの国と同様に検閲が入るから」とベイカーは応じた。「主要新聞がたまに物議をかもす記事を載せることはあるが、この件を取り上げるのは危険すぎるんだと思う。最近は報道の自由にすら限界がある。それがマッカーシーを否定するような内容ならなおさらだ」

「じゃあ、ヒューストンはなぜクロンカイトを引き込んだの？　CBSが政府の怒りを買う危険を冒すはずがないのに」

「クロンカイトはCBSの許可なく動いていたんだと思う。うちの事務員がCBSの社長から聞いたところ、クロンカイトは休暇中のはずだったそうだ。つまり、この街には仕事で来たのではないということだ。ラングがおれにじかに伝えなかった理由については、知るもんか。過去を恥じていて、二度とおれに接触したくなかったのかもしれない。接触すればおれをさらなる危険にさらすことになると考えたのかもしれない」

「なるほど。じゃあ、ひとつずつ押さえていきましょう。ラングはなぜ自殺を？」

「たぶん逃亡生活を続けたくなかったんだろう。ヴァレンティーナが言ったように、逃げることに疲れていたんだ。それに、どこへ行こうが、どんなに遠くへ逃げようが、追手はあいつを見つけたと思う。あいつはなにか大きな計画の一部で、犯人は、その計画を秘密にしておくためにあいつを殺すこともいとわなかった」

「本当にそう考えてるの？」

「警察官バッジを賭けてもいい。加えて、あいつはその問題から解放される前に、知りえた証拠をどこかに隠したんだと思う。そうでなければ、自分の人生にふたたびおれを引きずり込むはずがない。おそらく、おれが絶対に顔を合わせて話を聞くはずがないとわかっていたから、こんな形で手がかりを残したんだろう」ベイカーはまたアルバムをぽんと叩いた。「この推理が正しければ、ヒューストンと脚本家もおれに正しい方向を示すために動いていたんだ。爆弾の件についても、おおよその見当はついた。ラングは医師だったが、原子物理学の専門家でもあったんだ」

「爆弾！」ソフィアが金切り声をあげた。「まさか――」

「そのとおり」ベイカーは言った。「おれをはめようとしたやつは――あるいは相手は複数なのかもしれないが――ある種の原子爆弾を手にしている。ラングが製造に手を貸した。〝悪魔どもをやっつけろ〟という言葉がなんらかの暗示だとしたら、犯人はアフリカにウラン鉱山を持っており、ラングにウランを精製させたんだ」

ベイカーは左袖をまくり上げて、皮膚に青インクで細く入れ墨された数字と、そのすぐ上のピンク色のくぼんだおぞましい傷痕をソフィアに見せた。

彼女はおそろしさのあまり片手で口を押さえた。「明るい場所で見ると、いっそうひどいわ」

「あいつらは特別実地試験実験番号665と呼んだ」ベイカーは淡々と語りだした。

「おれは怪我をしていた。労務部隊員として火葬場での作業中に頭部に損傷を負った。あいつらはおれをガス室送りにも銃殺にもせずに、比較的健康な状態まで回復させてから実験に利用した。その責任者がラングの野郎だ。あいつらは放射性物質が人体にどのような影響を及ぼすかを知りたがった。

戦争末期のことだ。ヒトラーはアメリカの原子爆弾のことを知っていて、それがベルリンかミュンヘンかニュルンベルクに投下された場合の結果をおそれていた。自国で原子爆弾を作る時間がなかったから、爆弾投下後の影響を軽減する方法を早急に見つけようとしていた。断念した核兵器開発計画用に用意していた放射性物質を使ったんだ。

被験者は最初は十二人いた。初めの数日で六人が放射線中毒により死んだ。その六人は運がよかった。重度の放射線被曝が人間に及ぼす影響を日にしたことはあるか、ソフィア？　放射線が体を内部から侵食する。ただでさえ栄養不良で体が弱っているところに、放射線のせいで下痢や嘔吐、手のむくみ、壊疽《えそ》の苦痛が加わる。自分たちの排泄物や吐物のにおいがする部屋に何日もいると、頭がおかしくなる者も出る。彼らは母親を求めて泣き叫び、そのうち科学者どもがその声に耐えられなくなる。すると、すぐに銃殺だ」

ソフィアはいまにも泣きそうな顔をしていた。どこかで店のドアが開くベルの音が鳴ったが、ベイカーは気がつかなかった。こうして過去を話しだすと止められなかった。これまでだれにも聞かせたことがない。コノリーにも、リズにも、ホリス・リーにも、法廷証言をしつこく求めてくる西ドイツの裁判所にも。

「そんな地獄が六週間も続き、生き残ったのはおれひとりだった。どうやってなぜ生き延びたのかは思い出せない。今日に至っても確信はないが、あの地獄が終わったのは、左腕にグレープフルーツ大の腫瘍《しゅよう》ができたときだ。腫瘍があの部屋から出るための切符だった。手術室へ運ばれ、麻酔薬なしで、切れ味の鈍いメスを用いてラングが腫瘍を切除した。あの男は経過観察をしたがった。あの痛みは想像もつかないだろうし、だれも想像する必要はない。アメリカ軍が収容所に迫ると、ドイツ兵の大半は手術台で死にかけているおれを置き去りにして逃げた。おれはとうの昔に放射線障害か癌《がん》か感染症で死んでいたはずだ。だが、こうしてここに座っている」

ベイカーがうつむくと、記憶の悲痛な涙が湯呑みに落ちた。ポトッ、ポトッ、ポトッ。

「おれはすべてを恥じていた——いまも恥じている。あいつらの下で働いていたことも、嘘をついて同胞たちを虐殺《ぎゃくさつ》場所へ連れていったことも、自分が生き延びるために同胞たちの灰をショベルですくってかたづけたことも。あの実験は当然の罰だったと思う一方で、自分のやったことを完全につぐなうことなど断じてできないとも思う。だからこの国へ来て刑事になった。犯した罪を帳消しになどできないが、世のなかの役に立つことなら——他人の命を奪いたがる人間を止めようと努めることなら——できる」

ソフィアの慄然《りつぜん》とした顔が同情の表情に変わっていた。ベイカーの両手を包み込むように強く握って目を合わせようとしたが、ベイカーはまだ彼女の目を見ることができなかった。「モリス」彼女が口を開いた。「過去に起きたことはあなたのせいじゃない。戦時下の混乱期だった。どうすることも——」

「拒むことはできた」ベイカーはかすれた声で言った。「あの人でなしどもに、くそくらえと言ってやることはできた。おまえたちの殺人マシンの歯車になるぐらいなら頭に銃弾をくらうほうがましだ、と。あんな事態を招いたのは、おれみたいな人間、おれのようなユダヤ人だ。万が一にも神が存在し、おれを許してくれるとしても、おれは自分を許さない」

「モリス。もうやめて」

「できると思っていた。善いことをしようと努力できると思っていたが、なにも変わらなかった。いまもおれの心は壊れている。いまもおれは共犯者だ」

そしてベイカーはリウ一家のことを話した。彼らが下院非米活動委員会《HUAC》の調査官たちによって夜中に連行されたことを。彼らの悲鳴が聞こえたことを。チェコスロバキアで聞いた自分の家族の悲鳴によく似ていた。ガス室で窒息死させられる人たちの悲鳴にも。彼はリウ一家をかばうのではなく、子どものように毛布に深く潜り込んだ。意気地なしの臆病者のように。

ふたりのあいだの沈黙は、このカフェにいつも立ち込めている中華鍋の揚げ油の煙よりも重く漂っていたが、ベイカーは少々の気まずさなど気にならなかった。ようやく、一九四五年以来初めて、肩から重荷を取りのぞいたのだ。悪事の許しを得られたと感じているのではない。本当のできごとだと他人に認めることができてほっとしているだけだ。あふれ出て支配権を握ってやるといつも脅している闇が、ごつごつした心の一隅から引いていく気がした。完全に消え去ったわけではない——完全に消えることは絶対にないだろう——が、告白という一時的に築かれたダムにせき止められて後退したのだ。

「モリス」ソフィアがいたわるように言った。「ひとりで責任を背負い込んではだめ。みんな、自分にできることをしたからこそ生き延びて、いまあなたが聞かせてくれたような体験談を話すことができるの。行動したあとで悪事を証言することは、面と向かって戦うのと同じぐらい重要なことよ。それによって、そんなことを二度と起こさせないための役に立つんだから。気の毒な中国人一家については、あなたになにができた？　英雄になろうとして、彼らと一緒に連行される？　あなたは別の日に戦うために生き延びた。勝てるかもしれない戦いに勝つために」

彼女の言葉は、ひりつく火傷《やけど》に塗る鎮痛軟膏《なんこう》のようだ。

「ありがとう、ソフィア。本当に」過去のできごとの痛みを抑えることについてヴァレンティーナが言った言葉の意味を、ベイカーはようやく理解しはじめていた。

「お礼なんていい。わたしたちはおたがいに助け合うことになっているみたいだもの。そうでしょう？」

「そのようだな」

「あなたと会えて本当によかった。で、ラングが遺したアルバムのことでなにを言いかけてたの？」

ベイカーは座ったまま椅子をずらしてソフィアの横へまわり、アルバムを開いた。薄汚れた窓から差し込む陽光で〝思い出作り〟という金文字が光った。アフリカの広大なジャングルやサバンナを写した暗褐色の写真に日差しが落ちた。凶暴そうな捕食動物の毛皮を持ち上げているラング。ボタンのたくさんついたサファリ服を着た見知らぬ男たちと腕を組んで立っているラング。象の背中にくくりつけられたかごの上で手を振っているラング。不鮮明なにかにオレンジ色の斑点が浮かんでいるピンぼけ写真。ちゃんと現像する前に感光させてしまったように見える。

「なるほど」ベイカーはその写真を指先で触ってみて、その下の明らかなふくらみに気づいた。黄ばみつつあるページに写真を貼りつけている接着剤が弱まっているため、写真は簡単にめくれた。ピンぼけ写真が貼られていた場所に、真鍮《しんちゅう》製のふた股の鍵があった。その下の、郵便切手ほどの小さな紙片には、消えかけたインクで三行の書き込みがあった。

ロサンゼルス銀行　ブレントウッド支店
貸金庫番号　６１３
３１・１２・５６

ベイカーはソフィアに向きなおり、にっと笑った。「中身を引き出しに行こうか、同志《コムラード》ヴィフロフ？」

21

ブレントウッド地区でもっとも有名なのは、十年前に開店した〈カントリー・マート〉だ。農家の納屋のような外観で異彩を放つこのショッピングセンターは、カリフォルニア州南部における〝資本主義者の理念〟の完璧な実例としてよく挙げられる。ただし、建設したのがユダヤ人の所有しているバルーク・コーポレーションという会社だったことはよく忘れられる（あるいは意図的に見落とされる）ようだ。

ベイカーとソフィアはサン・ヴィチェンテ大通りから数ブロック離れたロサンゼルス銀行ブレントウッド支店を見つけた。銀行の建物は、かつてアメリカ辺境にかならずあった平屋建てに似ている。ドル・マークがくっきりでかでかと書かれた大きな黄麻《ジュート》袋を無法者どもが盗みに来るような場所だ。

ベイカーが〈カントリー・マート〉の広大な駐車場にコンチネンタルを停めたのは一時近くだった。ソフィアとともに銀行へ向かって歩きだしたが、通り向かいのショッピングセンターのドアが開いたのでぴたりと足を止めた。泣きわめいている女が下院非米活動委員会《HUAC》の調査官ふたりに両脇を抱えられて外へ引きずり出され、乱暴に歩道に放り投げられた。女の持っていた紙袋がどれも破れて、なかのブラジャーやら下着やらが見えた。

「夫は絶対に共産主義者なんかじゃない！」女が叫んだ。スカートの裾がまくれて茶色いストッキングのてっぺんが見えている。買ったばかりの下着類に覆いかぶさるようにして必死で隠そうとしている女を見て、ヒューイどもはあざけるように笑っている。「夫はこの街の一介の会計士よ」

「横領した金で、反体制派として知られるいくつかのグループを支援していた会計士だ」ヒューイの一方が鼻を鳴らし、女がつかもうとした箱を蹴り飛ばした。

通りには歩行者が多いが、だれもこの騒ぎに関心がなさそうに見える。男たちは中折れ帽を下げて足を速め、女たちは必要以上の大声でしゃべり合うが、哀願している女の声を完全にかき消すには至らない。まるで女が伝染病患者だというように、だれひとり近づこうとしない。

ソフィアが身じろぎした。明らかに、通りを渡って女に手を差し伸べるつもりだ。その前にベイカーはペンチで締めるようにぎゅっと彼女の腕をつかんだ。

「やめろ」ベイカーが小声で言うと同時にソフィアはなすすべのない怒りをたたえた目で見た。

「お願い！　夫は共産主義者なんかじゃない！　そうじゃない！　ただの会計士よ！　会計士よ！」女がまたわめいた。マスカラがにじんだ黒い涙が苦悩の浮かんだ顔を流れ落ちている。

「それはこっちで調べるさ」もう一方のヒューイが、女の青白い太ももをのぞくのぞくようなるような目で見つめて言った。そいつとパートナーが女の脇を抱え上げて、停めてあった車へ引きずっていった。買いものの下着類は、埃《ほこり》の積もった歩道に、太陽の照りつけるコンクリートの歩道に放り置かれた。

ようやくベイカーは不快な光景から目を離したが、愕然《がくぜん》としているソフィアはそのまま通りの向かい側を見つめていた。ショッピングセンターの従業員が現われてブラジャーやらガードルやらを持ち去った。たちまち、なにごともなかったかのようにかたづいた。

ベイカーがもう行こうとソフィアに声をかけようとしたとき、近くの公衆電話が鳴りだした。だれも出ようとしない。ベイカーは電話ボックスへ行って受話器を持ち上げた。

「もしもし？」

聞き覚えのない低い声が彼を名指しした。「モリス・ベイカー、慎重に行動しろ」

「あんたはだれだ？」ベイカーはたずねた。

「あんたの名前が民間防衛放送局で流されている。HUACが事情聴取のためにあんたを捜している。面倒に巻き込まれずにこの件の真相を探れ。近いうちに会おう。さようなら、幸運を」

通話が切れ、ベイカーは口がからからになっていた。不意に電話ボックスが棺桶のように思えてきた。通りにさっと目を走らせたが、別段変わったものも人も見当たらない。受話器を戻し、さりげない風を装って車に戻り――ソフィアがあとをついてきた――ラジオのスイッチをまわして民間防衛放送局に合わせると、電話の相手が言ったとおりだった。


……繰り返します。ロサンゼルス市警のモリス・ベイカーを事情聴取のためにHUACが捜しています。ヘブライ人の信仰を持つベイカーは銃器を所持しており、きわめて危険だと考えられます。車は薄緑色のリンカーン・コンチネンタル。ベイカーを見かけたら、自身で捕まえようとせず、ただちに地元のHUAC支部に連絡してください……繰り返します。ロサンゼルス市警のモリス・ベイカーを事情聴取のために……


ソフィアが目を見開いて彼を見つめた。「どうする？」

「銀行の用件を急ごう」ベイカーは答え、まず降ることのない雨にそなえてトランクに常備している防水シートをコンチネンタルにかけた。「行くぞ」

ヘンリー・リンカーン四世は人間というよりヒキガエルのような風貌をしているが、愛想のいい男だ。ブレントウッドの支店は一八〇〇年代中ごろから一族のものだった。この建物に足を踏み入れた者すべてにヘンリーが聞かせたがる話によれば、彼の一族は〝正直者エイブ〟と呼ばれたエイブラハム・リンカーン大統領の遠縁に当たるらしい。あちらの家系は政治の世界に入って奴隷制度を廃止したが、ヘンリーのほうの家系は個人資産の運用に生まれながらの才能を発揮した。彼はリンカーン家でこの銀行の経営にあたる六代目だ。

リンカーンはずんぐりした体型なので、サイズの合わないスリーピーススーツを着ていると――おまけに、窮屈なベストの上に懐中時計と拡大鏡を金鎖でぶら下げていると――滑稽以外のなにものでもない。そっと鼻に乗っけている小ぶりの眼鏡まで窮屈そうだ。この近距離だと、リンカーンが話すたびに団子鼻の鼻梁《びりょう》にできた腎臓形のくぼみがベイカーに見える。

「……というわけで、リンカーン大統領には甲殻類アレルギーがあって、ホワイトハウスで小海老を見るたびに不安で縮こまっていたそうですよ」リンカーンが鼻にかかった声で言った。「私の一族以外でそのことを知る者はそう多くありません。さて、今日はどのようなご用件でしょう、ミスタ・ベイカー、ミセス・ベイカー？」

ベイカーとソフィアは不審を招かないためにも夫婦のふりをすると決めていた。幸い、リンカーンは勤務中にラジオを聴かないようだ。そうでなければ、ふたりの計画は着手する前に破綻していただろう。

「じつは、ミスタ・リンカーン」ベイカーは切りだした。「妻と私はつい先ごろ、ひどくつらい思いをしましてね。大叔父にあたるアーサー・ショルツが亡くなったんですよ」

「おつらいことでしたね」リンカーンは眼鏡をはずし、鼻梁のくぼみを揉んだ。「ご愁傷さまです」

「ええ、私たちふたりにとっては父親のような存在でしたから。ひじょうに教養のある人で、サウス・カリフォルニア大学の教授だったんです」

「本当ですか？」

「ええ。学界はすぐれた頭脳を失ったわけですが、私たちがここへ来たのは、アーティーおじさんの波瀾万丈の人生を語ってあなたをわずらわせるためではありません」ベイカーはヴァレンティーナがショルツに使っていた愛称を借りて話を続けた。「じつは、遺言書に私たちの名前を書いたとつねづね言われてはいたんです。実際に、数日前に開かれた遺言書の読み上げの場で、弁護士が私たちの名前を口にしました。私たちは裕福ではないが、金に困っているわけでもない。アーティーからなにかを遺贈されるなど期待してなかったんですが、弁護士からこの銀行の貸金庫の鍵を手渡されたときの私たちのとまどいを想像できますか？」

「ええ、さぞ驚かれたことでしょうな」

「そうです。そうだろう、おまえ？」

ソフィアがうなずいて言った。「アーティーは決して冗談を言うような人ではなかったわ。そりゃあ、やさしい人だったけど、決してこんな……謎めいたことはしなかった」

「なるほど」リンカーンが抑揚をつけて言った。「愛する人であっても、亡くなってみるまで本当の姿などわかりませんからね」

「こちらへ来る前にモリスに何度もそう言ったんですよ」

「なるほど」

「それで、ミスタ・リンカーン」ベイカーは作り話を先へ進めた。「異例なことだと承知していますが、大叔父の遺してくれた貸金庫の中身を見せていただくことは可能でしょうか？」

リンカーンはベストのポケットに指先で触れてから話しだした。「そうですね、ミスタ・ベイカー。おっしゃるとおりです。ひじょうにめずらしい状況です。本当に、異例だ。しかし、あなたがたは資本主義の理想を持ったすばらしいご夫婦のようです。私どもは共産主義のまやかしなど相手にしません。本当です。資本主義の理想を支持する者同士、私にできるかぎりの協力をしましょう。ちょっと失礼して、ミスタ・ショルツのファイルを取ってきます」

彼は、背もたれの高い革張りの椅子から少々苦労して大きな尻を解放してやると、奥の部屋に入って姿が見えなくなった。ドアが閉まった。

「共産主義のまやかし？」ソフィアが小声で言った。ベイカーは笑いを押し殺した。

頭上の天井ファンの回転音と、口座番号を忘れてしまったらしい年配男の相手をしている、この銀行にひとりしかいない窓口係のじれったそうなため息が聞こえる以外、なにごともなく五分ほどが過ぎた。ようやく戻ってきて元の椅子にどさりと腰を下ろしたリンカーンは、ベージュのファイルを持って大きな笑みを浮かべていた。

「さて、ミスタ・ベイカー、ミセス・ベイカー。あなたがたは本当に運がいい」彼の丸々とした手がファイルを繰った。「私どもの貸金庫の鍵をあなたがたに遺すさい、大叔父さまは万事心得ておられたようです」

リンカーンが一枚の書類をデスクに置いて押してよこした。書類は宣誓供述書で、ショルツの死後ベイカーが訪ねてきたら貸金庫６１３番を開ける許可を与えるようにと当銀行に指示している。弁護士ラレミー・ディンスモア・フェンウィックの連署と一九五六年四月十五日の日付が入っている。ベイカーがロサンゼルスにいることを、ラングは二年以上前から——おそらくはもっと前から——知っていたのだ。

「すごい」ソフィアが漏らした。

「本当ですね」リンカーンが同意した。「さて、あとは身元を証明するものを見せてもらえば、貸金庫を開けに行ってもらって結構ですよ」

ベイカーはなんの気なしに警察官バッジと運転免許証を差し出した。すぐに、免許証は出さなければよかったと後悔した。リンカーンは拡大鏡を使って免許証を確認し、〝ユダヤ系〟という記述を見て嫌悪で目を細めた。ベイカーは、この丸々と太った銀行家を思いきり打ちのめしたい衝動に襲われて拳《こぶし》を握りしめた。リンカーンはやむなく納得したようだ。デスクのひきだしから大きなゴム印を取り出し、ラングの宣誓供述書の上部に〝認証〟の大きな印を押した。

「結構です、ミスタ・ベイカー。たいへん結構」リンカーンが運転免許証と警察官バッジを返してよこした。「では、ついてきてください」

彼の口調からは愛想の良さがいくぶん消えており、ベイカーの私物を扱ったあとでこれ見よがしにズボンで両手をぬぐった。ふたたび苦労して立ち上がり、ふたりを分厚い金属ドアの前へ案内すると、持っていた真鍮《しんちゅう》製の大きな鍵で錠を開けた。なかに入ってすぐ、ベイカーは小さなモルグかと思った。三面の壁に、天井から床まで、扉の閉まったロッカーが何百も並んでいる。リンカーンは唯一ロッカーの置かれていない壁へ行き、金属製の小さな閲覧用テーブルを引き出した。

貸金庫室の隅を指さし、ぶっきらぼうな口調で言った。「あなたがたの金庫はあそこです」目を細めて続けた。「中身はこのテーブルを使ってあなたがただけで閲覧してください。ほかに用がありましたら、私は外で待機しています」だが薄汚いユダヤ人のおまえが私をこれ以上わずらわせるな、という含みのある口調だった。リンカーンは貸金庫室を出て、重いドアを閉めた。

静まり返ったなかで、ベイカーはドア口まで歩いていった。リンカーンが向こう側で盗み聞きしようとしていないことを確かめるためにドアに耳を押し当てた。リンカーンの荒い息づかいが聞こえないので、室内を横切り、ソフィアとともにラングの貸金庫の前に立った。ベイカーは色あせた613の番号を見るなり笑いだした。

「なにがそんなにおかしいの？」ソフィアがたずねた。

「いや、ユダヤの伝統によると戒律は六百十三あるとされてるから」またしても前半生の遺物だ。戦前の人生の。「ラングはそれを知っていて、おれをからかってるのかな」

「そういえば、小さいころに父からそんな話を聞いた記憶がある」

「さて」ベイカーはポケットから貸金庫の鍵を取り出した。「からかってるかどうかはともかく、彼がおれに遺したものを見てみようか」解錠には錆びたような音を伴ったが、なかの箱は比較的簡単にすべり出てきたので、ベイカーはそれを持ち上げて閲覧テーブルへ運んだ。箱は重く、積もった埃のせいですべりやすい。ふたが手からすべり落ちそうになりながらも箱を開けると……

なにを期待していた？　かすかにきらめく宝石類？　縮んだ輪ゴムでまとめた大量の現金？　髑髏《どくろ》の記章のついたナチス親衛隊の帽子？　箱の中身はそのどれでもなかった。入っているのは書類だけ――それも大量の書類だ。メモ、手紙、報告書、ファイル、写真、契約書、政府各機関の文書。国務省、国防総省、アメリカ軍、統合参謀本部《JCS》、連邦捜査局《FBI》、中央情報局《CIA》、国務・陸軍・海軍調整委員会《SWNCC》、統合諜報対象局《JIOA》、科学情報局《OSI》。ベイカーは不鮮明な写真複写による一九四五年夏の書類を手に取って読みはじめた。

JCS宛て極秘メモ
発信者：ロバート・B・ステーヴァー少佐

件名：ドイツ人科学技術専門家のアメリカでの活用

ドイツの無条件降伏を踏まえて、いよいよアメリカの未来及びソビエト連邦との不可避の対立について考えるときである。ソビエト連邦との対立はもはや仮定の話ではなく時間の問題だ。したがって、科学力にまさる国が来るべき戦争に勝利するのは当然である。また、太平洋戦域で継続中の小戦闘についても考える必要がある。

アドルフ・ヒトラーは、彼に世界を与えたかもしれない何人ものすぐれた頭脳を抱えていた。卓越した科学知識（ロケット工学、医学、科学など多岐の分野に及ぶ）を有したドイツがなぜ勝利を手にできなかったのかと疑問に思う者もあろう。だが、第三帝国が十二年にわたる統治中に実行した数々の凶悪な犯罪に関して次々と明らかになっている証拠を考えると、ナチの勝利など、考えただけで背筋が寒くなる。

とはいえ、運命や宿命、あるいは神の働きについて考えるのは将官及び軍人の仕事ではない。稀《け》有《う》な頭脳の多くは（彼らが破棄できなかった何千何万もの資料も）目下われわれの拘束下にあり、このメモを書いているあいだにもそれらはさらに見つかっている。われわれは戦争に勝利したが、ドイツのあまたの知識を、ソビエトに独占される前にアメリカが活用することこそ必要不可欠である。その目的に向けて足を踏み出せば、ドイツの戦争遂行能力回復の阻止とわが国の産業及び軍事の発展というふたつの目的を果たせるであろう。より輝かしい未来を確かなものとするために、この男たち（一部は女たち）をドイツから退避させ、アメリカで仕事を与えることがきわめて重要である。過去にナチスに所属していたという道義的なあやまちはもちろん問題となろうが、決断が遅れればアメリカ及びアメリカ市民にとって取り返しのつかない結果になると信ずるものである。

一九四五年六月一日
JCS宛て極秘メモ

発信者：ドクタ・ハワード・パーシー・ロバートスン
件名：ドイツ人科学技術専門家のアメリカでの活用

彼らを信用してアメリカで特別手当を支給する――まして永住を認める――などという考えを受け入れるのは荒唐無稽かつきわめて由々しきことだ。彼らは連合国の理念に敵対していた（いまも敵対している）恥知らずなご都合主義者どもにほかならない。一方では彼らの指導者どもを戦犯としてニュルンベルクで裁く準備をしているのだから、彼らを迎え入れるなど偽善的行為だと考える。わが国の陸・海・空軍を発展させるべく彼らの知識を活用するための支援はするが、持てる知識を提供させたあとは彼らの愛する〝父なる祖国《ファーターラント》〟へ送還するべきだ。

一九四五年七月六日
SWNCC宛て極秘メモ

発信者：JCS
用件：ドイツ人科学技術専門家のアメリカでの活用

ドイツ人科学者の知識の活用を承認する。戦犯及びその疑いのある者、不当利得者、熱心なナチス信奉者は当作戦（今後は〝オーバーキャスト作戦〟と呼ぶ）の対象外とする。専門家の獲得に努める全軍事機関は参謀第二部に要望書を提出すること。ドイツ人科学者をわが国に連行するのは、その根拠に説得力のある場合のみとする。今後、彼らは軍の保護拘置下に置くこととする。これまでの提言により、雇用はすべて一時的なものとする。

右記に従って進めること。

一九四五年八月二十三日
参謀第二部宛て極秘メモ
発信者：統合情報委員会《ＪＩＣ》及びＪＣＳ
用件：ドイツ人専門家に関する要望書

ドイツ人専門家の雇用に関心のある全軍事機関は新設のＪＩＯＡに要望書を提出すること。例外は認めない。

一九四五年九月一日
ＪＩＯＡ宛て極秘メモ
発信者：ジョン・Ｃ・グリーン
件名：ドイツ人科学技術専門家のアメリカでの活用

これらの専門家をわが国で短期間だけ働かせるというのでは不充分だ。家族をドイツに残しているため、本人及び愛する家族にアメリカ市民権を与え、軍事部門において（あるいは民間企業においても）長期雇用契約を約束できないかぎり、彼らの仕事ぶりも意欲も低下するおそれがある。家族の支えがなければ気持ちが落ち込み、自殺念慮にまで陥るかもしれない。ドイツへの送還は非生産的な考えだ。それでは彼らをソビエトに狙われやすくするだけだ。加えて、商務省はこれを、ドイツ人専門家による発見が実用・産業・経済にもたらす利点を精査する好機だととらえている。目下、〝優秀な〟ドイツ人から〝無能な〟ドイツ人を排除する監督委員会を設ける準備を行なっている。

以下に添付する本提案をご参照のこと。

一九四五年九月十二日

極　秘

発信者：ＪＩＯＡ

用件：ドイツ人科学技術専門家の市民権

すぐれたドイツ人専門家に対し、アメリカ市民権の付与ならびに家族の移住を認めてはどうかというミスタ・グリーンからの提案をウォレス商務長官が承認した。

ビザ申請手続き迅速化の承認を求める正式な要望書はすでに国務省に送付した。後報を待て。

一九四五年九月二十日

極　秘

発信者：ＪＩＯＡ

ドイツ人専門家（ヴェルナー・フォン・ブラウン率いるロケット工学チーム）の第一陣がボストン港のフォート・ストロングに無事到着した。うち六人はアバディーン性能試験場へ移送し、文書の翻訳ならびに目録作業を行なってもらう。フォン・ブラウンはフォート・ブリスへ護送し、休養と参謀第二部による検査を受けてもらう。

一九四五年十一月一日

極秘

発信者：JIOA

用件：ドイツ人専門家のビザ申請〝迅速化〟の減速

JIOAの国務省代表（かつての〝セーフ・ヘイヴン作戦〟の責任者）サミュエル・クラウスがこれまでの申請をすべて却下しているという問題が明らかになった。クラウスは当初よりこの作戦に忌憚《きたん》のない意見をぶつけていた。過日の会議において、彼は「アメリカ入国を認められるドイツ人専門家は十人にも満たないだろう」と言明した。また、この計画を〝国家の安全を得るために悪魔と交わす契約〟になぞらえた。

クラウスは目下、ドイツの軍事政権及びベルリンの文書センター経由で各申請者の徹底した身元調査を行ない、ナチス関係者との交友及びナチスへの熱狂的支持の有無を確認するために、各申請者に関する詳細な資料を要求している。また、申請者が非ナチ化講習を受けるのを必須とすることも要求している。クラウスがユダヤ人であることがわが国の科学の進歩を妨げるおそれがあるというのが、当局の見解である。

一九四五年十一月六日

JIOA宛て極秘メモ

発信者：JIC

用件：国務省内におけるドイツ人専門家のビザ申請〝迅速化〟の減速

先日のメモに従い、以下に第二陣のドイツ人科学者、技師、技術者たちのファイルを添付する。

アクスター、テスマン、フーツェル、リース、リンデンバーグ、アンブロス、シュトルークホルト、リッケー、デーブス、クネーマイヤー、ドルンベルガー、ルドルフ、オーゼンベルグ、ブローメ、ゲーレン、プット、ネアー、シュリツケ、ジーグラー……ラング。

ロケット工学、医学、生物学、化学、ミサイル誘導システム、ジェット推進システム、ウイルス学、航空医学、航空学、原子物理学などを専門とする何百何千もの名前が列記されている。だが、たんなる名前の羅列ではない。〝専門家〟ひとりひとりの調査資料と写真が添付されている――まるで、嫌悪をもよおさせるトレーディングカードのセット（全部集めよう！）のようだ。どのファイルにも、想像を絶する悪行が記されている。

・広大な水域の上空で撃ち落とされた場合にドイツ国防軍空軍のパイロットたちを蘇生できるか確認するため、強制収容所の囚人たちが凍死。

・別の囚人たちは、パイロットの体が完全に崩壊することなくどこまで耐えられるかを確認するために、高高度もしくは減圧下において生死にかかわる影響にさらされた。

・ヒムラーがひそかに進めた生物兵器計画の研究のため、ユダヤ人が腺ペストなどの致死的病原体や感染性病原体にさらされた。

・ロマ人と同性愛者は揮発性ガスもしくは未知の神経ガスにさらされた。

・脱塩の有効性を特定するため、ダッハウ強制収容所において囚人に対して幾とおりかの脱塩実験が行なわれた。

・なんの目的もないと思われるおぞましい医療手術。

まもなく、通信は熱を帯び、連日あるいは数時間おきに交わされるようになっていった。

クラウスのビザ監督局からのすみやかな排除を要求する。共産主義の脅威が大きくなりすぎており、彼の強情さがこの作戦及びアメリカ人の生活の安全の妨げになりつつある。彼はドイツ人専門家の一部に対し、ナチス親衛隊あるいはナチス突撃隊の一員だったことを理由にビザ申請を却下している。ただちに手を打たなければ、さらに多くの科学者がソビエトに釣り上げられてしまうだろう。

JIOA幹部に回覧された内部メモ：

増大しつつあるソビエトの脅威に直面しているいま――一九五二年には対アメリカ全面戦争に突入しうると予想されている（JIC諜報報告二五〇‐四参照）――卓越した人材が過去に犯したとされる悪行など看過していいし、目をつぶるべきだ。ヒトラーの抱えていたすぐれた頭脳から選り抜いた知識は、来るべき戦争を効果的に戦ううえできわめて重要だ。国家社会主義とのつながりのおかげで、彼らの多くは（全員ではないまでも）早くも熱心な反共主義者となっている。クラウスをビザ監督局から排除することが、この作戦全体の成功に不可欠だ。

科学者たちにきれいな身元を与える計画を当局内で進めている。当面は、〝警戒を要する〟調査資料についてはの小さなペーパークリップで留めるという合図で知らせてもらいたい。それらは国務省で保管して、秘匿《ひとく》すべき情報を資料から排除する案が承認され、クラウス問題が適切に処理されたのち、再検討を行なう。

クラウス問題については、パタースン陸軍長官とバーンズ国務長官が解決に向けて動いている。

一週間後の、大文字の黒いスタンプを押された内部メモ：

極　秘　読後破棄

クラウスをＪＩＯＡビザ監督局から実質的に排除した。前回メモで言及した提案により、ナチ党員であった過去及び戦争中の行為を抹消することが容易となるだろう。それにより、科学者たちの調査資料には大幅に修正された略歴が添付されることになり、それをもってビザ審査・承認の運びとなる。しかし、〝ペーパークリップ〟をつけられた候補者の数はこの一週間だけでも相当数あるので、全員の経歴を修正するには時間がかかるだろう。

極　秘　読後破棄

ナチの科学者たちの経歴訂正のシステムはじつに巧妙だ。ＣＩＡが採用したドイツ人科学者及び情報提供者にも同様の作業を開始する。

――ヒレンケッター

一九四六年一月三日

極　秘　読後破棄

発信者：ＪＩＯＡ

兵器関連研究のために千人のドイツ人を追加でアメリカへ連行する旨の提案書を添付する。リストはヨーロッパ戦域軍《USFET》のジョセフ・Ｔ・マクナーニー将軍が作成した。

一九四六年九月三日
極　秘　読後破棄

トルーマン大統領が当作戦（今後は〝ペーパークリップ作戦〟と呼ぶ）を正式に支持した。追加で千人の科学者及び技術者をアメリカへ移住させるための推薦が現政権の最優先事項である。

一九四七年夏、バウアーという西ドイツの検察官から送信された一枚の電報：

・ハルツ山地（テューリンゲン）の地下にあったナチスのロケット工場での生活についての証言を法廷に提出する準備が整った。
・ノルトハウゼン・ドーラ付属収容所（別名ミッテルバウ・ドーラ強制収容所）は一九四五年四月にアメリカ連合軍により解放された。
・ロケット製造のための広大な地下トンネルは、ナチスが征服した国及び東部強制収容所網（たとえばブーヘンヴァルト、グロース・ローゼン、アウシュヴィッツ）から親衛隊により供給された強制労働者（ユダヤ人、フランス人、ポーランド人、ソビエトの戦争捕虜から選ばれた者たち）が素手で掘ったものだ。
・戦争中、ミッテルヴェルケ地下兵器工場において強制労働者によりＶ１ロケットとＶ２ロケットが製造された。
・生活環境は劣悪だった。太陽光も換気システムも、まともな洗濯設備もなかった。
・収容所の推定二万人もの死の原因は、過労、栄養不良、発疹チフス、赤痢、胸膜炎、肺炎、結核、暴行、公開絞首刑である。
・前述の絞首刑（妨害工作や反乱行為を犯したとされる者に科された刑罰）は、労働者を脅して命令を遵守させるべく、クレーンを使って組立ラインの真上で執行された。
・フォン・ブラウンに対しては（ことさら）脅しの意味を持っていた。
・全員の名簿を添付する。まもなく始まる公判への出席が強く望まれる。

バウアーの電報は完全に無視された。だが、動転したＪＩＯＡのボスケ・Ｎ・ウェヴ副局長からＦＢＩのＪ・エドガー・フーバー長官に宛てたメモがあった：

極秘　読後破棄

ノルトハウゼン・ドーラ裁判の結果は、ペーパークリップ作戦及びそれに関与している各機関にとって厄介なものとなりうる可能性がある。また、要請された者たちを、ソビエトに狙われるであろうヨーロッパへ送るわけにはいかない。裁判は彼らの出席なしで進めてもらわざるをえない。オルガー・トフトイ大佐の勧めにより、訴訟の終了後、公判記録は機密扱いとすることを強く求める。

フーバーの短い返信は、問答無用でそう取り計らうことを約束していた。当該公判に関する文書はすべて二〇二五年まで封印される。

もっとも新しい文書は、ＨＵＡＣのフランシス・Ｅ・ウォルター委員長の一九五五年十一月一日付けの——委員長就任からわずか二年後の——メモだ。貸金庫に入っていたほかの多くの書類と同じく、このメモにも読後破棄との指示が書かれていた。

わが国にとって、ソビエト連邦及びかの国による共産主義者の世界じゅうへの悪魔的拡散との戦いにおいて、ペーパークリップ作戦がこれまで成功を収め、今後も成果を挙げるであろうことはまちがいない。われわれは音の壁を突破したし、ドイツ人が開発したタブンやサリンといった神経ガスの大規模生産方法を見出した。水素爆弾の破壊力や、生物兵器の壊滅的な影響、高高度における人体の状態について知った。今後数年内に人類を月へ送る見込みまで得ている。大学の研究所や民間の防衛関連事業は、男女を問わずドイツ人専門家たちが明かしてくれた科学の秘密から多大な恩恵を受けている。

わが国がふたたび世界的な紛争への参加を余儀なくされることがあれば、こうしたすぐれた頭脳のおかげで勝利をつかむだろう。歴史は彼らを、アドルフ・ヒトラーの軍事機構の道具としてではなく、民主主義及び資本主義の英雄として記憶するだろう。とはいえ、アメリカ市民の見解はそれとは異なるかもしれない。ナチによる発見の甘い蜜を吸って繁栄し、肥え太っているにもかかわらず。

偉大なるわが国の市民権を与えられた彼らは、保護という名のもとで行なわれたことを利用するだろうか、それとも恥じ入って顔を伏せるだろうか？　利用するだろうと高をくくっている。なにしろ、傷を治療する最良の方法はかならずしも心地よいものとはかぎらない。傷口にヨードを塗るとしみるが、それがいちばん賢明な措置だ。結果が良ければすべて良し、というわけだ。

とはいうものの、ヨーロッパでの戦争はいまだなまなましい集合的記憶なので、アメリカをいま以上に偉大な国にするという名目でドイツ人科学者たちを採用して働かせることにより現政権が行なおうとしていることを、偉大なわが国の現在の市民（とくにユダヤの信仰者）が理解してくれるなどと当てにするのは危険が大きすぎる。

要するに、たとえるなら、傷口がまだ新しくてひりひりする痛みが治まっていない状態なので、この作戦の詳細を公にすべきではない、ということだ。現時点で〝ペーパークリップ作戦〟に関与しているすべての政府機関に対し、同作戦に関連する記述を含む書類を今後はすべて処分するようにとの命令がくだされる。たとえば、メモ、契約書、電報、ファイル、写真、書簡、記録された宣誓供述書だが、これにかぎらない。この命令に従わなかった場合は重い刑罰が……


ペーパークリップが鍵だ。彼らは悪の水門を開け、ありあまる有毒なごみがアメリカの海岸へ押し寄せるに任せたのだ。マッカーシーが政権を握るまでずっと、ベイカーはアメリカを高く評価していた。完璧ではないが、それはどの国も同じだ。アメリカの憲法の権利章典をすばらしいと思っていた。その人権保障規定のおかげで、つい最近までは、然るべき法的手続きを踏まずに逮捕されたりそれきり消息を断《た》つことになるなどとおそれることなく通りを歩くことができたのだ。

だが、いまになってベイカーはおそろしい真実を知った。彼の第二の祖国、ヨーロッパをファシズムのくびきから解放するのに手を貸してくれた国が、アドルフ・ラングのような人でなしどもを両腕を広げて迎え入れていた。あのような連中が、正当な報いではなく、アメリカ市民権とたっぷりの報酬を与えられたのだ。

国土を奪い、美術品を盗み、ユダヤ人の死体の口内から金の詰めものをもぎ取った罰をドイツの人でなしどもは受けるにちがいないと考えながら、ヨーロッパ戦線で何人のアメリカ兵が死んでいっただろう。

ラングが正義の裁きを逃れたのははるかに大きな病の徴《しるし》なのだとベイカーは気づいた。たしかに、戦後、多くの罪人どもが報いを受けずに逃げたことは知っているが、それがここまで大規模だとは思ってもみなかった。耳もとに響く鼓動は残酷な冗談のようだ。おれはなぜ生きている？　警察官になったのは世のなかの役に立つためなのに、あんな連中が一片の報いも受けなかったことをなぜ気にする？

突如として意識を消失して怪我をするのはあの連中のせいだ。十年以上も熟睡できないのはあの連中のせいだ。もはや家族も生まれ育った町もこの世に存在しないのはあの連中のせいだ。世のなかを恨んでいるのはあの連中のせいだ。

ベイカーの胸に、いびつな喜びが湧き上がった。戦犯容疑者たちに不利となる証言を求めて西ドイツからたびたび届く手紙を無視しつづけて正解だった。正義が正しく機能しないのに、この苦しみを見世物になどさせるものか。

この世界が堕落と混沌に満ちた場所だということは何年も前から知っていたが、いまこの瞬間に初めて、実際にどこまで道徳的に破綻しているかを思い知らされた。しかも、彼がなにをやろうと、なにひとつ改善できない。警察官としての使命など、中身のないまがいもののように思えた――壊れかけた劇場で演じるひとり芝居だ。

それに、ラングはなぜこんなものをベイカーに遺し、見つけさせたのだろう？　最終的には国家《ライヒ》の勝利だとあの世から見せつけ、嗜虐性《しぎゃくせい》の最後のひと幕を演じるためか？　それとも、罪を認めたということか？　ヴァレンティーナが言ったとおり、ラングは自分の犯した罪を本当に深く悔いていたのだろうか？　もしそうだとすれば、この書類を使ってなにをしてほしかったのか？

どの新聞もマッカーシーを悪く見せる記事など載せないし、そんな記事を書かせようとしたらベイカーはおそらくヒューイどもに殺されるだろう。ラングは彼を愚弄《ぐろう》しているか、協力を求めているかのどちらかだ。いずれにせよ、ベイカーは言葉に絶するほど腹を立てていた。かつて生きる意志を打ち砕こうとした男の意向になど従うつもりはない。

「モリス？」ソフィアが彼の肩に手をかけていた。「こんな事実を知ってひどい気分だとは思うけど……」

「正論はごめんだ、ソフィア。みんながまんまと一杯食わされたんだ。この国が実際になにかのために戦ったと信じていたんだから、とんだお笑い種《ぐさ》だ。さあ、もうこんなところを出て――」

箱の底に入っていた一枚の紙が目に入ってベイカーは言葉を切った。それを引っぱり出し、紙の縁を這うような筆記体の文字を読みはじめた。イギリス領東アフリカの大地溝帯と呼ばれるどこかにある何平方キロメートルもの土地の権利書だ。書類はほかでもないラレミー・ディンスモア・フェンウィック弁護士が作成・署名しており、土地所有者の名前はアーサー・X・ショルツだ。

「悪魔どもをやっつけろ」ベイカーはつぶやいた。「よし」ソフィアに向きなおって言った。「いいかげん、弁護士を訪ねてみよう」

22

ベイカーは銀行の前の電話ボックスに入り、フェンウィックの事務所につないでもらった。応答はない。当人から昨日もらった名刺を札入れにしまった。

書類はすべて（アフリカの土地の権利書は別として）銀行に置いていくのが賢明だと判断した。貸金庫の鍵は片方の靴下のなかにぴたりと収まっている。連邦政府の有罪を示す証拠は、ヘンリー・リンカーン四世の注意深い監視下に置いておくほうが安全だろう。そう、そのほうが安全だ。

この件の全体像が見えはじめたものの、ベイカーにはまだ、ラングとヒューストンのつながりが腑《ふ》に落ちなかった。ふたりとも、ベイカーにアフリカを指し示している。それに、クロンカイトとのつながりは？　この国に残っている最後のまともな記者のひとりであるクロンカイトが引っぱり込まれたのは、明日ベイカーが実行するとされている爆弾計画だけではなく、このペーパークリップ作戦もあばくためだろうか？

そう考えるとすべて辻褄《つじつま》が合う。だが、どうしても引っかかる疑問がひとつある——三人の死の背後にいるのは何者なのか？　政府の文書が関係している以上、ヒューイどもだと考えるのが自明の理だという気がしてきた。ラングの隠し場所を知る者をヒューイどもが始末しているのだろうか？　だが、それでは爆弾計画の黒幕の説明にならない。

からくり箱を開けようとしているような——原始的なタンブラー錠を開けてなかの褒美を手にする

ために正しい組み合わせを見つけるべく、手がかりをひねくりまわしているような――気がしていた。正解に近づいたと思うたびに手づまりになり、また最初からやりなおすはめになる。

ベイカーとソフィアはすべての事実をつかんだわけではないし、ペーパークリップ作戦について知ったことによる激烈な怒りのせいで、ベイカーはなかなか集中できなかった。その結果、車は〈フェンウィック、マーター＆ヘップワース法律事務所〉の前を、気づかずに二度も通り過ぎていた。フェンウィック本人は威風堂々としていたのに、法律事務所はヴァンナイズ地区の平凡な石灰石《ライムストーン》のビル内にあった。フェンウィックがすでに法定休日の週末旅行に出かけた可能性はあるが、ラングの死により忙しくしているはずだとベイカーは考えた。彼の死がもっと大きななにかの一部だとしたら、なおのこと。

探さなければ簡単に見逃しそうな脇道に車を停めた瞬間、着陸のために地元の空港へ向かうチャーター機の音が聞こえた。いまのところ、ふたりの幸運は続いている――だれも彼の車に気づいていない。ソフィアと一緒に真四角なオフィスビルへ歩いていった。回転ドアの横に設置された風化した花崗岩《こうがん》の銘石に〝シカモア〟というビル名が刻まれていた。

なかに入ると、趣味のいいロビーでは、周囲にヤシの葉や州花のカリフォルニアポピーが並べられた水盤に陶器の裸のキューピッドが延々と小便をしている。シェイクスピア劇のひと幕を切り取ったような空間だ。

銀行で判明した事実にまだ憤ってはいるものの、ベイカーは少しばかり冷静さを取り戻した。流れつづける水の心地よい音のおかげなのか、一カ所にこれほどたくさんのカリフォルニアポピーがあることによる、それとない鎮静効果のおかげなのかはわからない。怒りに任せた人びとが離婚を求めて、あるいは理不尽なスピード違反切符を切ったカリフォルニア州ハイウェイパトロールを訴えるために訪れる建物なので、十中八九、その意図があるのだろう。

ソフィアが穏やかな笑みを浮かべて彼を見た。「まるで《オズの魔法使い》みたい」夢見心地で言った。「エメラルドの都に近づいてるわ、ってところね」

「むしろ、西の悪い魔女だろう。アメリカ文化に対するきみの知識量に感心するよ、同志《コムラード》ヴィフロフ」

偶然にも、《オズの魔法使い》はベイカーがこの国へ来た直後に観たマッカーシー政権前の数少ない映画のうちのひとつだ。西の悪い魔女役のマーガレット・ハミルトンが〝ポピーたち！　ポピーたち！〟と叫ぶ場面を思い出して笑みが浮かんだ。

「前に言ったでしょう、刑事さん」ソフィアが言い返した。「アメリカへ来て、電気椅子にかけられることなく帰国したければ、アメリカ文化について理解しておく必要があるって」

その瞬間ベイカーは彼女の唇にキスをした。「きみを電気椅子送りにすると言うなら、隣の電気椅子におれを座らせなければならないだろうよ」

「もう、モリスったら」ソフィアが笑い声をあげた。「あなたの病はロマンティックすぎることよ」

ふたりはエレベーターを呼んで乗り込み、スピーカーから流れてくるフランキー・ライモンの歌声に聞き入った。金属製の蛇腹格子が閉じて外界から遮断され、エレベーターがゆっくりと上昇しはじめると、ベイカーは息苦しさを覚えた。幸い、ソフィアが一緒なので耐えられた。

歌詞を引き伸ばすライモンの歌声の途中で、エレベーターが〈フェンウィック、マーター&ヘップワース法律事務所〉の入っている三階に停まる不気味な震動音が響いた。ドアが開き、紫がかった青色のカーペット敷きの、静寂をたたえた受付が見えた。

ベイカーは蛇腹格子を開けて片腕を前に差し出した。イディッシュ語で「レディファーストでどうぞ」と言った。

ソフィアは片膝を引いて軽く曲げる大げさなお辞儀をしてエレベーターを降りた。続いて降りたベイカーの耳にあの音が聞こえた――最初は低く、だが、すぐに大きくなっていく。翼のあるおそろしい獣が飛び立つ。ベイカーはその場に凍りつき、生温かい汗が額に噴き出すのを感じた。

「モリス？　ねえ、どうしたの？」心配したソフィアがたずねた。カリフォルニアポピーの鎮静効果が薄れつつあった。

「なんでもない。この音楽がちょっと」ベイカーはわずかによろめいた。エレベーターのドアが甲高い音を立てて閉まり、ロビーへ下りていった。「さあ、弁護士を捜そうか」彼の声は必要以上に大きく、震えていた。この通路で倒れてしまいたかったが、知りたい気持ち、真相を突きとめたい欲求に衝き動かされていた。

ソフィアは彼の腕にそっと腕を絡ませて、彼が最初の一歩を踏み出すのに手を貸した。卵の黄身のような色に塗られた壁には、アメリカの地で起きたいくつかの有名な法廷闘争を描いた美しい油彩画が掛けられている――スコープス裁判、ドレッド・スコット対サンフォード裁判、ギボンズ対オグデン裁判、マーベリー対マディソン裁判、プレッシー対ファーガソン裁判、アルジャー・ヒス裁判。

「さあ、着いた」ソフィアが告げた。

すりガラスのドアに記された文字が、ここが〈L・D・フェンウィック弁護士〉のオフィスだと告げていた。ドアの奥では曲が最高潮に達していた。

「ボン、ボン、ボン、ボン、ボン、ボン、ボン、ボン、ボン、ボン、ボン、ボン、ボン、ボン、ボン、ボン、ボン、ボォーーン！」ワグナーの《ワルキューレの騎行》に合わせてラレミー・フェンウィックが声をあげている。その声を聞くかぎり、弁護士は泥酔しているようだ。今日はだれも彼も酔っぱらっているらしい。

ベイカーが固く握った拳《こぶし》でノックしたのでガラスのドアが枠のなかで揺れた。デスクで紙を繰る音、ひきだしをすばやく開け閉めする音が聞こえた。

「だ――だれだ？」

ベイカーが蝶番《ちょうつがい》のきしむ音を立ててドアを押し開けると、なかはかなり広いオフィスだった。オークヘ材の大きなデスク、金属製の書類キャビネット。そうした目立つ家具類に交じって、さまざまな安物の小物を収めた骨董品《こっとうひん》ケースが置かれていた。ケースの上の古い蓄音機が演奏している七十八回転の大盤レコードは、回転しながらゆっくりと上下している。

デスクの奥の壁には、バトン・ルージュにあるサザン大学ローセンターの法学位証書と並べて、カリフォルニア州知事グッドウィン・ナイトやニクソン副大統領とそれぞれ握手をしている写真が掛けてある。ここは、実際に手に入れることはできないと自覚しながらも権力と名声という幻想のなかに身を置きたがっている男の聖域だ。もったいぶった話しかたをする弁護士当人はというと、大きな腹の許すかぎりデスクに身を近づけて座っていた。今日は、鮮やかなピンク色のスーツに赤・白・青の格子柄の蝶ネクタイをしている。

エアコンがついているのに、フェンウィックの丸々とした顔はビーツのように真っ赤で、〈マーヴズ・ダイナー〉のよく冷えたチェリーコークのグラスについた水滴を思わせる汗をかいている。片手に無色透明の酒が入ったデキャンタを持っており、ひどい汗の理由がそれでわかった。もう片方の手はデスクのかげになっているが、なにを持っているかはベイカーのベテラン刑事の直感ですぐに察しがついた。

フェンウィックはベイカーを見て「ああ」と言った。ソフィアの姿が見えると「あっ！」と声をあげた。「あなたのことは知ってますが、美しいお連れさまはどなたですか？」彼は大笑いし、酒をぐいと飲んだ。「どちらか、ジンを飲みますか？　ばあやがよくやってたみたいに甘い紅茶かミントジュレップを勧めたいが、ジンこそが文化的な社会の飲みものだ。そうでしょう？　この魅惑の地では、私のような南部の紳士は体裁を保たなければならないんでね」

「ああ、そうだろうな」ベイカーは言った。この曲のせいで頭がまだざわついている。蓄音機を指さした。「止めてもらえるか？」

「もちろん」フェンウィックはデキャンタを置き、座ったまままくるりと向きを変えてレコード針を上げた。もう片方の手は見えない位置に隠したままだ。「大音量だったのは許していただきたい。法定休日前日なので、みんな休みでね。私はわが国の誕生した日を楽しい気分で過ごそうと――」

「黙れ！」ベイカーはどなった。「こっちは話をしに来たんだ、フェンウィック」彼は依頼人用の小ぶりの椅子に腰を下ろした。ソフィアがなだめるように彼の肩に手を置いた。

「それなら話をしましょう」フェンウィックは呂律《ろれつ》があやしかった。「話好きな人と話をするのは好きなんです」

「黙って聞け」

ベイカーがポケットに手を入れると、フェンウィックは恐怖で目を見開いた。隠しているほうの腕が死にかけの昆虫のようにぴくりと動いた。いざとなれば、ベイカーはすぐさま拳銃を抜いて構えることができる。いまは、アフリカの土地の権利書を取り出し、デスクに置いて押しやった。

「説明しろ」

フェンウィックは書類に目を落とし、すぐに目を上げてベイカーを見た。「驚いたな。いったいどこで見つけたんです？」

「どこで見つけたかはどうでもいい。あんたの専門は遺言書だと思っていた」

「私は……まあ、法律のさまざまな分野を扱っているのでね」フェンウィックが早口で言った。大きなげっぷを漏らし、酔っぱらっていることをまたしても露呈した。「〝人はパンのみにて生きるにあらず〟と聖書にもあるし。だいいち、この書類について話をするのは弁護士・依頼人間の守秘義務を損ねることになります」

「法律上のたわごとは、それを気にする相手に言うんだな」ベイカーがまたポケットに手を入れると、太った弁護士はまたぴくりとした。ベイカーは煙草を取り出して火をつけ、煙草の箱を差し出したが、フェンウィックは小さく首を振って遠慮した。

「ラングは死んだ。だから、あの男に義理立てすることはない」ベイカーは話を続けた。「それに、そんな名前は初めて聞いたなどとしらを切ろうとするな。あの男がショルツという姓に変えるのにあんたが手を貸したことはわかってるんだ」

フェンウィックの目から涙があふれ出した。うめくような声で「申しわけない」と繰り返した。

ソフィアが、フェンウィックを慰めるためにデスクの奥へ回ろうとしかけたが、ベイカーは片手を上げて彼女を制した。「やめろ。この男の自業自得なんだから」

ベイカーは火のついた煙草を口から取ってフェンウィックに投げつけた。煙草は汗まみれの白いシャツに当たり、布地に小さな焦げ穴を開けた。泣いているフェンウィックは、シャツが燃え上がらないように、ぽっちゃりした手で焼けこげを叩いた。

「涙も無用だ」ベイカーは言いつのった。「あんたがどんな苦境に陥ってようが、なんの同情もしない。だが、ラングがアフリカにそれだけの土地をなぜ、だれのために購入したのかを知りたい。その土地はなんだ？　いや、以前はなんだった？　明日なにが起きようとしている？　なにより、それがおれとどんな関係があるんだ？」

そのいくつかに確たる回答を持ってはいるが、フェンウィックの口から聞き出す必要があった。弁護士は洟《はな》をすすり、イニシャル入りのハンカチで目もとと洟をぬぐった。話しだした彼の声はわずかにかすれていた。

「理解してもらいたい。アドルフ・ラングが私の依頼人になったころは、いまとは時代がちがったんだ」

「あの男が強制収容所で何百人何千人も殺した直後のことか？」

「モリス、その人に話をさせてあげて」ソフィアがたしなめた。

「ありがとう、お嬢さん。ああそうさ」フェンウィックが開きなおった。「いま言いかけたとおり、時代は混沌としていた。彼は政府に雇用され、その後サウス・カリフォルニア大学に採用された。信用照会状は非の打ちどころがなかった。依頼人として元ナチを迎え入れたなど、私にわかるはずがない。名前を変えるさいも、莫大な配当を約束してくれた海外の土地取引を手配するさいも、手を貸してくれと言われたときにあまりあれこれ訊かなかった。なにを引き受けることになるかわかっていたら、連中の仕事をすることになるとわかっていたら、絶対に引き受けなかった。本当だ」

「連中の仕事？」ベイカーはその言葉を繰り返した。「つまり、ラングはその土地を単独で購入したんじゃないってことか？」

「そう、もちろん」フェンウィックがかすれた声で言った。「購入者は……ある投資家グループだと言っておこう。彼らがそのウラン鉱床を購入する資金を出した」

次の煙草に火をつけようとしたベイカーの手が止まった。直感の裏づけが取れたのだ。「ウラン？」

「そう、ウランだ。アフリカはまだ眠ったままのウランの宝庫だということを知らないのか？　連中は買えるかぎりの土地を買った」

「〝連中〟とはだれだ？」ベイカーは答えをいくぶんおそれながらたずねた。

「それは勘弁してもらおう。わかってくれ、私はこんなことになるなど知らなかった。本当だ。連中は私を脅したが、それはもっとあとになってからだ。最初は、大儲けさせてやるという約束で、実際に儲けさせてもらった。当時の私は経済的に苦しかった。私は……」

ベイカーは片手を上げて弁護士の長たらしい話を押しとどめた。「〝連中〟とはだれだ、フェンウィック？」

フェンウィックの口がぽかんと開いた。まるで陸で呼吸しようとして腹をふくらませた魚のようだ。だが、彼がふたたび話しだすまもなく、通路の先から金属のきしむ音が聞こえた。エレベーターだ。三人とも、ドアの向こう側を透視できるとでもいうようにドアに目を走らせた。

ベイカーは拳銃を抜き、フェンウィックに向きなおった。「だれか来ることになっているのか？」

フェンウィックは片手を口に当て、怯《おび》えた声をあげた。「いま何時だ？」

ベイカーは腕時計に目を落とした。「三時半だ」

「しまった。参った。困ったな」フェンウィックがうめくように漏らした。「彼だ」

〝彼〟と強調するフェンウィックの不吉な口調に、ベイカーは尻がむずむずした。通常の依頼人と会う口ぶりではない。つまり、ベイカーとソフィアはさりげなくこのオフィスを出ていくわけにいかないということだ。

「フェンウィック！　急いで教えろ！」ベイカーは小声でせっついた。「おれたちはどこかに隠れなければならない」

フェンウィックがその体重からは想像もつかない機敏さで立ち上がると、デスクのかげで隠し持っていた銃身の短い《スナブノーズ》ポリス・スペシャルが見えた。

「この奥へ！」小声で返したフェンウィックが骨董品ケースに寄りかかり、隠れたレールの上を骨董品ケース自体が音もなく横へ動いた。その瞬間、事務所のドアに鋭いノックの音が響いた。「ちょっと待ってくれ」フェンウィックは肩越しに声をかけてから、ふたたびふたりに向きなおった。「このなかへ。さあ、早く」歯のすきまから言った。

骨董品ケースの裏のくぼみは、大柄な人間がひとり、あるいは小柄な人間なら、オイルサーディンのようにぴったり体をくっつけ合うのが気にならなければふたりが隠れることのできる程度の広さだった。ベイカーとソフィアは身を縮めるようにして、金庫を収めたコンクリートの空間に急いで隠れた。ふたりが小声で礼を言うまもなく、フェンウィックが骨董品ケースを元の位置に戻し、光が遮断された。ベイカーの脳裏に、非ユダヤ人の家に隠れた戦争中の記憶がよみがえった。結局、全員が見つかり、だれひとり無事ではすまなかった。

骨董品ケースの向こう側から、フェンウィックが腰を下ろしたデスクチェアのきしみがくぐもった音で聞こえた。「どうぞ！」フェンウィックが大声で呼びかけた。「ああ、ルディ。お待たせしたね。ランチをこぼしてしまってズボンをはき替えていたものだから。もう二度とホットドッグに追加のケチャップを頼まないことにするよ」

隠れ場所のベイカーの耳にさえ、そのあとフェンウィックが無理にあげた穏やかな笑い声はいかにも取りつくろった感じでうつろに聞こえた。離れた位置にいる客人の声は聞き取りにくいが、ベイカーもソフィアも、息を詰めて聞き耳を立てた。

「そうだな」客人が答えた。「あんたらアメリカ人はヴルスチェンにソースをかけすぎだ」ベイカーが小さなあえぎ声を漏らし、すぐにソフィアがほとんど音にならない声で「しっ！」とたしなめた。客人の耳ざわりな声にベイカーはなぜか聞き覚えがあった。

「うーん、そうかな」フェンウィックが言った。「で、ルディ、われらが偉大なる国の誕生日の前日になんの用だ？」

「〝われら〟？」ルディが侮蔑を込めた口調で聞き返した。「私はこんな不摂生な国が自分の国だなどと思っていない、ヘル・フェンウィック。栄光あるわが祖国は大西洋の向こう側にあり、まもなく再興するだろう」

「ああ、前にそう言っていたな。ともかく、きみとお仲間のために、今日は私の法律の専門知識をどう役立てればいいのかな？」

「ラング」客人が言った。「墓に入ってさえ、あの男は面倒の種だ。最後は万事うまくいくとヴェルナーは言うが、私はそんな手放しの楽観主義に同調できない。そこで、この件にきっぱり片をつけるために自分の意志でここへ来た。ラングの遺言書の読み上げのあとの話し合いの席で言ったとおり、あの男が機密情報書類を集め、ここから遠くない銀行の貸金庫に預けていたことを私たちは知っている。その貸金庫に近づく許可を私たちに与えるよう求めたとき、あんたはラングがその件の遺言執行人に自分を指名していないと言い張った。だが、それが嘘だったことがわかった。銀行の支店長に会って私たち流の〝説得〟をすると、ラングが宣誓供述書を作成した席にあんたもいたと教えてくれた。貸金庫をユダヤ人ベイカーに遺贈するという内容だったそうだな。そこで、ひとつ質問だ、ヘル・フェンウィック。まず前に銀行へ来て貸金庫の中身を見たとも言った。支店長は、ベイカーが一時間足らず前に銀行へ来て貸金庫の中身を見たとも言った。そこで、ひとつ質問だ、ヘル・フェンウィック。正直に答えてもらいたい。こっちはこれ以上あんたの傲慢な態度に我慢ならないんでね。論理的に考えて、貸金庫の中身を見たあとで不愉快なユダヤ野郎が行きそうな場所はどこだ？」

「え、あ」フェンウィックはへどもどした。「まったく見当もつかないよ、ルディ」

「正直に答えてくれと頼んだはずだ。時間が尽きかけているし、ユダヤ野郎なんかに台なしにさせるわけにいかない。もう一度訊く。もっと単刀直入にな。ユダヤ野郎はどこだ？　あいつと連れの女がここにいるのはわかっている」

「ルディ、だれも怪我をしないうちにそいつを下ろしてくれないか」

「私の我慢は切れるのが早いぞ、ヘル・フェンウィック。私はあんたを入れることには最初から反対していたんだ。あんたは、私たちが与えてやった富をがらくた同然のアメリカ製の小物やら大好きなホットドッグやらに浪費している肥満男だ。私はずっとそう言っている。私をルディと呼ぶなとあんたに言いつづけているように。私の名前は――」

「地獄へ堕《お》ちろ、ドイツ野郎！」フェンウィックが叫んだ。

大きな銃声がふたつ、その結果のどさっという音がふたつ聞こえた。しばしの静寂ののち、ベイカーは体をこの空間の壁に押しつけ、骨董品ケースを押してレール上で横へずらした。狭苦しい隠れ場所にふたたび光が差し込み、ベイカーは目を細めた。

「なにか見えるか？」開口部に近いソフィアにたずねた。

「ふたりとも死んでると思う」

ベイカーが骨董品ケースを押していっぱいまで開け、ふたりはしびれかけた脚でよろよろとオフィスへ出た。室内をひと目見て、ソフィアの言葉がいくぶん正しいことがわかった。

ラレミー・ディンスモア・フェンウィック弁護士の法的思考の源はオフィスの奥の壁一面に飛び散っている。頭蓋骨の何カ所かにはひびが入っていた。まだ椅子に座ったまま、至近距離からの被弾の威力で体がのけぞっている。ひとつ確かなことがある。ラレミー・フェンウィックは二度と高級なシアサッカー・スーツもホットドッグも堪能できない。ソフィアは壁に飛び散った血とフェンウィックの頭部の残骸を恐怖に襲われた目で見るなり、ごみ箱のところへ行って、この二十四時間で二回目の嘔吐をした。

一方、拳銃を持ったままのベイカーは忍び足でデスクをまわっていき、ルディと呼ばれた男が床に倒れているところへ行った。かつてナチ主義者のあいだで人気のあったツーブロックの髪型にぴんと来た。胸もとには、切ったばかりの薔薇《ばら》の花を思わせる鮮やかな紅いしみが広がっている。

整形手術を受けた明らかな形跡が見られる——顎《あご》を削り、戦傷を埋め、鼻を平たくし、髪を茶色に染めている——にもかかわらず、ベイカーは、この男の正体がわかった。かつてショベルでベイカーをめった打ちにした強制収容所の司令官ルドルフ・ラッシャー。総統の最終的解決という名のもと、言うに耐えない幾多の蛮行を働いた男だ。

ラングの遺言書読み上げの席で、なぜ気づかなかったのだろう。あのとき、なんとなく見覚えがある気がしたが、こうして間近に見ると疑いの余地はない。

ラッシャーは口から血を吐いていた。瞼《まぶた》がひらひらと動いて、鮮やかな青い目が開いた。憎悪は——その目に走る悪意の底流は——年月を経ても薄れていない。ラッシャーの指が、フェンウィックを撃ち殺すのに用いたルガーをつかもうとしたが、ベイカーは彼の手の届かないところへ蹴り飛ばした。アドレナリンが体内に満ちて、心臓が激しく打っている。これだけの年月のあと、ようやく復讐してやれる。

「おれがだれかわかるか?」凶暴な期待でベイカーの声はかすれている。

ラッシャーは笑い声をあげようとしたが、みじめなあえぎが漏れただけだ。口の端から血の泡を噴いた。不規則な口笛のような呼吸音を聞いて、フェンウィックの放った銃弾が肺に穴を開けたのだとわかった。すぐになんらかの処置をしなければ、元司令官は自分の血で溺死する。

「ソフィア、こっちへ来い。この男を起こすのに手を貸せ」

ソフィアが飛んできてベイカーに手を貸し、ラッシャーを起こしてフェンウィックのデスクにもたれかかるように座らせたあと、窓を開けた。オフィス内は血と吐物と大便のにおいがしていた。ミスタ・フェンウィックは死亡時に腸内を空《から》にしていたが、ベイカーはろくに気づいていなかった。血管を駆けめぐっていたいまわしい高揚感がしだいに消えていった。十年以上もアルコールで痛みをまぎらわせていたので、復讐が本当に必要だと思った。なんとしても復讐したい、と。聖書になんと記されている？　目には目を？　だったら、念のためにラッシャーの両目を奪ってやる。なんなら耳とペニスも。

「おれがだれかわかるか？」ベイカーはふたたびたずね、ラッシャーが意識を失わないように目の前で指を鳴らした。

「わかる」ラッシャーがまた口笛のような音を伴う息をした。蒼い顔からどんどん血の気が失せていく。「昨日、おまえが気づかなくて驚いたが、私は整形手術で当時とは顔を変えたからな」

「おまえを殺してやりたい。わかるか？」

「当然だな、ヘル・ベイカー。それがおまえの権利だろう」

「まず、ラングがアフリカの土地を買うのに協力したのがだれか知りたい。おまえはだれのために動いている？」

ラッシャーはまた笑おうとしたものの、苦痛に身を折った。どれほどの苦痛であれ、こんな連中には贅沢だとベイカーは思った。

「あいかわらず、ろくになにも知らないんだな、ユダヤ野郎」ラッシャーがかすれた声で言った。「父なる祖国《ファーターラント》は強大なワルキューレのごとくふたたび立ち上がるのだ。アメリカ人ども。ソビエト人ども。首を切られた鶏のように走りまわり、たがいに探り合っている。わが国家《ライヒ》の運命を彼らが止めていられるのもあとわずかだ」

「おまえはだれのために動いている？」ベイカーはどなった。語尾が震えた。ラッシャーは嗤《わら》い、ようやく本物の笑い声をあげた。胸と口からねっとりした生温かい血があふれた。訓練を積んだすばやさで舌を奥に引っ込めて、小臼歯をはずした。ベイカーが彼の口に指を突っ込む前に、ラッシャーは仕込んであった青酸化合物のカプセルを噛みつぶした。口から白い泡を噴きはじめると、言葉にならない最期の言葉を吐いた。「ハイル、ヒトラー」

ラッシャーの体が痙攣《けいれん》し、蒼白な顔が苦痛に引きつって歪んだ。十五秒後、ラッシャーは死に、ベイカーの復讐の機会もついえた。ベイカーは目を閉じ、怒りと苦痛のこもった獣のようなうなり声を耳にして、それが自分の喉から発せられた音だと気づいた。目を開けて視線を落とすと、ラッシャーの顔が挽き肉の山のように見えた。怒りに任せて元司令官に暴行を加えていたのだ。ひりひりする拳に、ラッシャーの肉片と血のまじったものがついている。ソフィアに部屋から連れ出され、通路を進んでエレベーターへと戻るあいだ、ベイカーは涙を流していた。

23

結局、最終決定権を握っていたのはラッシャーだった。彼は、多くの連中と同じく、法の網を逃れたのだ。ソフィアが指先でエレベーターのボタンを押しているあいだに、ベイカーの怒りが静まり、明瞭にものを考えられる状態に戻った。

「待て」と言って、手と服についた血を見下ろした。二日続けて、非業の死のせいで上等のスーツをだめにした。きびすを返してフェンウィックのオフィスへ戻りはじめた。ソフィアが駆け寄り、腕をつかんだ。

「モリス、もういいでしょう！」彼女は声を張り上げた。「戻ってもどうしようもない。あそこにはなにも――」

「金庫だ」

「えっ？」

「金庫だ」ベイカーは繰り返した。「フェンウィックの骨董品《こっとうひん》ケースの裏に隠し金庫があった。なんらかの答えが入っているかもしれない。あれを開ける必要がある」

　セントリー社製の六十センチ四方の最高級金庫は強化された耐火鋼で造られ、ダイヤル錠と五スポーク・ハンドルがついている。個人の金庫というより、ヘンリー・リンカーン四世の銀行の金庫室に似ている。

「ダイヤル錠の番号が必要だ」ベイカーは言った。「メーカーの取扱説明書かなにかヒントになるものがないか、デスクを捜してくれ。おれはフェンウィックのポケットを探ってみる」

ソフィアが極力、死体に手を触れないようにしてデスクのひきだしを開け、ミスタ・グッドバーのチョコレートをかき分けた。書きかけの遺言書。黒インク、青インク、赤インクの瓶。〝南部のみだらな女たち〟と謳《うた》ったポルノ雑誌。

「やだ！」ソフィアが漏らした。

「彼の脳みそが壁を塗り替えたばかりだというのに、その彼がたまにオナニーしようとしたことがわかったら、きみは嫌悪感を示すのか？」ベイカーは彼のもう一方のポケットに手を突っ込んだ。

「つい口から出ただけよ」ソフィアは少しばかりむっとしたようだ。「だって、この人……よくわからないけど……教養がありそうに見えたから」

「ナチの仕事をするようなやつにそれほど教養があるわけない」

ポケットの捜索では、糸くずのかたまり、イニシャル入りのハンカチがもう一枚、溶けてしまったミスタ・グッドバーが見つかった。手についたチョコレートをフェンウィックのズボンで拭き取ると、ベイカーは身を起こしてチェコスロバキア語で悪態をついた。「なにか見つけたか、ソフィア？」

「見つけたと思う」彼女はペーパークリップがいっぱいのひきだしをかきまわして『セントリーセーフ取扱説明書』と書かれた小さな白い冊子を取り出した。「はっ！」ページを繰ったあと、いらついた様子でデスクに放った。冊子が当たって、フェンウィックの頭蓋骨の凹形の骨片《こま》が独楽のようにまわった。「役に立たない。番号設定のページがなくなってるんだもの」

ベイカーはページの角の折れた取扱説明書を手に取って自分の目で見た。たしかに、〝ダイヤル錠の番号設定〟という項目のページは丸ごと破り取られている。冊子を床に放り捨て、また悪態をついた。冊子は、フェンウィックがラッシャーの胸に風穴を開けるのに用いた、銃身が短く黄色いグリップのリボルバーの上に落ちた。

「大丈夫だ」ベイカーは言いかけた。「仮にそのページがあったとしても、番号が書かれてなければ――」ちょっと待て。黄色いグリップ？　銃身《スナブノーズ》の短いポリス・スペシャルのグリップは黄色ではない。普通は木製かなんの装飾もない金属製だ。改造されたのをブラックマーケットで手に入れたか、あるいは……ベイカーはかがんで、銃身をつまんで拳銃をそっと持ち上げた。

「この狡猾野郎」と言って口笛を吹いた。

取扱説明書の破り取られたページは、必要なほうの面を損ねないように中表にして拳銃のグリップに巻いてテープで貼りつけてあった。とはいえ、フェンウィックの大きな手の汗がしみ込んで、ところどころ文字がにじんでいる。ベイカーは紙を破らないように慎重に、ゆっくりと剝《は》がした。金属製のグリップから剝がした紙は、勝手に丸まろうとする。

ベイカーは紙をデスクに置いて伸ばし、読みはじめた。ダイヤル番号の変更方法の説明の下に、六つの数字が書き込んであった――〝471958〟。ベイカーは金庫の前に片膝をついてダイヤルをまわしはじめた。最後の数字を合わせた瞬間、硬い金属同士が当たる音を立ててタンブラー錠が開き、油がなじんだきしみとともに鋼鉄製の扉が外側へ開いた。

ベイカーもソフィアも息を吞んだ。金庫の最下段の棚に金無垢《きんむく》の延べ棒がピラミッド状に積んであった。ベイカーは手を伸ばして一本を取ったが、きらめく表面の刻印を見た瞬間、部屋の端へ投げ飛ばしそうになった。鷲《わし》がつかんでいるリースにはめ込まれた鉤《かぎ》十字。第三帝国の国章だ。

「巨額の配当だな」ベイカーは言った。「おそらく死んだユダヤ人の歯から奪い取った金の詰めもので作ったんだろう。やつらがそんなことをしたのを知ってるか、ソフィア？　ユダヤ人をガス室送りにしたあと、おれたちに錆びたペンチで詰めものを剥がし取らせたんだ。一週間も死体の口に手を突っ込んでばかりいると、ツィクロンBの影響で手が青くなる」

ソフィアは怯《おび》えた顔をしたものの、なにも言わなかった。

「おれは質問したんだ」ベイカーは食いしばった歯のあいだから噛みつくような声を出した。「知っていたか？」

「知ってた」彼女はベイカーの顔を見ずに小さな声で答えた。

「なんと言った？」

「知ってた！」彼女はどなった。美しい丸い目に涙が浮かんでいる。「そうよ、モリス。知ってる。フェンウィックだって知ってたし、あそこの男だって」──ラッシャーの死体のほうを指さした──「知ってた。実際は世界じゅうの人が知ってる。でも、わたしに八つ当たりをして、なにが解決する？　そんなことをしても、気の毒な人たちは生き返らない。わたしたちにできるのは、前へ進みつづけて、この連中の企てを止めることよ。それであなたは復讐を果たすことになる。まだ救える人たちを救うことで。ルディの声を聞いたでしょう。不安そうだった。わたしたちにとってはいいことよ。真相に近づいてるってことだから。あなたがつらい思いをしたのはわかるけど、あなたが経験した苦しみを埋め合わせることのできるものなんて、なにひとつない。それでも、そんなことが二度と起きないようにするためにわたしたちはここにいる。わたしたちは味方同士でいなければならない。でなきゃ、向こうが勝ったも同然。わたしは次の船でソビエトへ帰ることになる」

ベイカーは手のなかで延べ棒を裏返した。自分ひとりの力で生き延びることと、大切に思う相手を裏切ることは話が別だ。強制収容所では、自分のことにだけ気をつけていれば面倒を避けるのは簡単だった。他人のために立ち上がるとか、志《こころざし》を同じくする人たちの仲間に加わるとか、悪を軽蔑するといったことは、勇気を試す究極の試練だ。自分の死を早めることになるのを覚悟しての行動なのだから。

ベイカーは彼女に向きなおって言った。「きみの言うとおりだ。悪かった、ソフィア。頭に血がのぼってしまって」

「そんなことはわかってる。さあ、金庫にほかになにが入ってるか見てみましょう。延べ棒の下にあるのはなに？」

結局、延べ棒はその下の書類を押さえるための高価な重石だった。

「これを見て」ソフィアが今夜のバトン・ルージュ行きの航空券を取り出した。

「爆弾が爆発する前にこの街を出たかったんだろうな」ベイカーは推察した。

ソフィアは〝ラングとサウス・カリフォルニア大学間の書簡〟と記されたマニラ紙のファイルも取り出した。なかには三通の手紙が入っていた。ベイカーは、松明《たいまつ》と薔薇《ばら》をあしらったサウス・カリフォルニア大学の紋章が上部に印刷された便箋を手に取った。日付は一九五八年六月二十八日――

フェンウィック様

ショルツ教授の精神状態に関する宣誓供述書作成の件ではお世話になりました。教授がこれまでと変わらず頭脳明晰であるのはまちがいないのでしょうが、今学期は週に一度の講義を八回続けて休講にしています。おまけに、クリスマス休暇の直前に、ある学生と揉めごとまで起こしています。評議委員会と協議した結果、アーサー・ショルツはもはや本学で教壇に立つ精神状態ではないとの結論に達しました。とはいえ、本学としては、教授の長年にわたる誠実な奉仕及び生物学・物理学両学科への貢献には深く感謝しています。人体解剖学に関する論文、原子力に関する論文は、世界じゅうの医師あるいは科学者志望の学生たちへのきわめて貴重な贈りものです。また、一九五二年の健康科学学部創設への助力は決して忘れないでしょう。この退職勧告はきわめて公正なものだと信じています。ショルツ教授にはこれからも本学を第二の故郷だと思っていただき、三年の猶予期間ののち本学を訪ねたり客演講義を行ないたいと思われるようなことがあれば、いつでもどうぞ。教職の重荷を下ろされたあとは心の平安を見出されることを切に願っています。

敬具

学長

ノーマン・H・トッピング

次の手紙はその二日後、フェンウィックからトッピング学長に宛てた短いものだった。フェンウィックは学長に、ラングが〝不当解雇〟を理由に大学を相手取って訴訟を起こす意向だと伝えている。三通目、最後の手紙はラングからサウス・カリフォルニア大学のロジャー・ダンフォース生物学科長に宛てたものだ。ダンフォースは元ナチが大学に残した学術論文をまだ取りに行ってないのだろうか？　手紙の日付はラングが死んだ七月一日で、ろくに手入れもされていないタイプライターで打たれたように見える。

親愛なるロジャー

この国に来て以来たくさんの知人を得たとは言えないが、きみを友人と呼べることを幸運だと思っている。きみの友情は私にとって、きみが思う以上に大きな意味があった。他人を遠ざけることになりかねない私の神経症や奇行を、きみは辛抱してくれた。すでに聞き及んでいるだろうが、トッピングと評議委員会は私を早期退職へと追いやろうとしている。

弁護士が大学を相手取った訴訟の準備を進めているが、そんなことに意味があるとは思えない。こんな事態に至ったのは私の責任であり、正直なところ、むしろ安堵している。あの学生に暴行を振るったのは言語道断なあやまちだったのだから、その報いを受けるのは当然だ。

最近はずっと心ここにあらずの状態だったので、あの暴行事件は、ここ何年か私の心に重くのしかかっていたものが頂点に達した結果にすぎない。信じてほしいのだが、宣誓供述書に書かれているのとは異なり、私の精神状態は健全ではない。異常な精神状態の詳細と私の正体が明らかになる。

心配無用だ、ロジャー。私が意を貫けば、すぐに、罪は代償を伴う。それを肝《きも》に銘じておけ。

この手紙は、私がフンボルト大学ベルリンの医学生になったときに父がくれたタイプライターで書いている。かつて人の命を救うことを志《こころざ》した若者の純真な心を取り戻せることを願って、これを書いている。

永遠の友
アーサー・X・ショルツ

追伸
ディ・ルフト・デア・フライハイト・ヴェート

「ディ・ルフト・デア・フライハイト・ヴェート」ベイカーは口に出した。「自由の風が吹く。ラングは遺言書でも同じ言葉を使っていた。

「学生に対する暴行ってなんだと思う?」ソフィアがたずねた。

「わからない。だが、それを知る人物を知っている」ベイカーは答え、無意識のうちに重い延べ棒の一本をスーツの上着のポケットに入れていた。その重さで上着の片側が妙な具合に垂れ下がった。大学とのやりとりの手紙をすくい上げるように手に取った。「いざ行かん、学びの舎へ」

24

時間切れが迫っているが、ふたりとも空腹だったので、サウス・カリフォルニア大学へ向かう途中で〈イン・アンド・アウト・バーガー〉に寄ることにした。目下ベイカーは手配中の身だから、ふたりはドライブインで食べものを受け取るわけにいかない。ソフィアが店まで買いに行き、ベイカーは近くのデパートの駐車場に車を入れた。たまたま、駐車場には別の薄緑色のコンチネンタルが一台、すでに停まっていた。隠れるのに最適なのはよく見える場所だと脚本家が言っていたのを思い出し、その隣に自分の車を停めた。

ザ・ペンギンズの《アース・エンジェル》を聴きながら、すべてをつなぎ合わせて考えようとした。二分ごとに腹が鳴るので容易ではなかった。彼の思索は車の窓を軽く打つ音で破られた。食べものでふくらんだ袋とチェリーコークを二本持ったソフィアだと期待して窓の外を見やった。ところが、彼の空腹感は、熱したフライパンに落とした水滴のように一瞬にして消えた。リズだ。茶色の紙に包まれた買いものを抱えて、心配そうな顔をしている。ベイカーは窓を下ろし、愛想笑いを浮かべた。

「リズ！」ベイカーはさりげない口調を心がけた。「奇遇だな」

「モリス！」彼女は思わず大声をあげ、警戒するように肩越しに背後を見た。「あなたのこと、ずっとラジオで言ってる。すごく心配してたんだから」

「ああ、民間防衛放送局だろ？　なんでもないよ」

「ヒューイの手配を受けるのはなんでもないことじゃないでしょう、モリス」

「事件を捜査中だし、法定休日の週末の過ごしかたとして爪を剝《は》がされるのはごめんでね。なあ、リズ、いまはちょっと都合が悪いんだ」

「モリス？　フライドポテトが品切れ中だったからオニオンリングにしたけど。それでいい――」

ソフィアが食べものを持って戻ってきた。美しさが増して見え、満腹の守護神かなにかのようだ。

リズがソフィアを見て、ベイカーに目を転じた。怒りが爆発寸前だ。

「モリス」彼女は食いしばった歯のあいだから低い声で吐き出した。「これはどういうこと？」

「えーと……」空腹のせいでまわらない頭で急いで釈明を考える必要があった。「彼女はおれの……従妹なんだ」

「そんな言いわけを信じると思う？」リズは声を詰まらせた。「ほかにつきあいたい女ができたなら、そう言ってくれればよかったのに、モリス」

「リズ、おれは……」

「黙って！」彼女が向きなおると、ソフィアは気まずそうな顔をしていた。「せいぜいお楽しみを」

リズはそう言って憤然と立ち去った。

「事情を聞くべき？」ソフィアが開いている窓からハンバーガーを手渡しながらたずねた。

「いや」と答えて、ベイカーは待ち焦がれた食べものにかぶりついた。


午後六時近いというのにまだおそろしく暑いなか、ふたりはサウス・カリフォルニア大学の構内へ足を踏み入れた。夏期講習中なので、ダンフォースがまだ校内にいて、いくつかの質問に答えてくれる可能性がある。来訪者用駐車場に入るときにベイカーは、ラングのアルバムを隠してある運転席の座面裏に金の延べ棒とアフリカの土地の権利書を突っ込んだ。法定休日前日の夏の夕方なのに、赤煉《れん》瓦《が》の中庭ではかなりの数の学生たちが反戦集会を開いていた。

「ヘイ！　ヘイ！　マッカーシー！　今日は何人、若者を殺した？」学生たちがシュプレヒコールを繰り返している。

彼らが掲げているプラカードには次のような語句が並んでいる――

〝朝鮮戦争終結か政権終結か〟

〝不当な朝鮮戦争を終わらせろ　共産主義者の魔女狩りをやめろ〟

〝米国政府なんか知るもんか　戦争なんか行くもんか〟

表現の自由と平和的に集会する権利は合衆国憲法修正第一条により表向きは守られているが、マッカーシー政権は懸命に抜け道を模索している。日が暮れるまでには、ヒューイの大群がこの集会に襲いかかるはずだ。結局、学生たちは休暇を留置房で過ごすことになる。彼らもそんなことは承知で、まるで意に介していない。近ごろの若者のあいだでは〝政権〟と戦うことが流行しているのだ。だがベイカーは、政府の調査官が登場する前にここから立ち去っていたい。

上着を脱ぎ、ユナイテッド《U》・アメリカン《A》・ピクチャーズ《P》最大の後悔作のひとつ《理由なき反抗》に出てくるジェームズ・ディーンを気取って肩に掛けた。この国の若者たちは、主人公のヤッシャ・セルネスツキーを怠惰で道徳的に堕落した共産主義者だと見なす一方で、彼の超然とした態度に憧れている。無気力な共産党員の生活スタイルの犠牲になるという教訓物語のはずが、赤いジャケットに細身のジーンズをはいた十代の若者たちが、授業を受けずにサッカー場で煙草を吸ったり、盗んだ車で競走したりしてセルネスツキーをまねる現象へと転化していた。

ベイカーはVネックのベストを着た若者に近づいて肩を叩いた。「あの、ちょっといいかな」と話しかけた。

若者はシュプレヒコールをやめて向きなおった。「なに？」と言って鼻を鳴らした。

「生物学科へはどうやって行けばいいかと思って」ベイカーは言った。

「なんで教えなきゃいけないんだよ。あんたらはヒューイの豚どもかもしれないのに」

ベイカーは警察官バッジをさっと見せた。「ロサンゼルス市警だ。きみは重要な捜査を妨げようとしている」

「だから？　あんたが〝あいつ〟に仕えてることに変わりはないよな」若者は声を荒らげた。ほかの抗議者の何人かがシュプレヒコールをやめて三人のほうを見た。「それに、その変な訛《なま》りはなんだよ、おっさん」

ベイカーはにやっと笑ってみせた。「なるほど。そう来るわけだ」拳銃に手を伸ばしかけた瞬間、どさっという音とあえぐ声が聞こえた。目を上げると、若者が地面に倒れ、ソフィアが靴のかかとで彼の首を踏みつけていた。

「生物学科がどこか教えなさい。それとも、土でも食べさせてやろうか？」ソフィアが若者の耳もとで言った。

「わかった！　わかったって！」若者はわめいた。どうにか片腕を上げて、巨大なハーモニカのような四角い建物を指さした。「文理学部だ」

「ありがとう」ソフィアは彼の首から靴をどけた。「最初から素直に教えればよかったのよ」

〝〈リバティ・ボーイズ〉万歳！〟と書いたプラカードを持った娘がソフィアに一歩近づいた。驚嘆に目を輝かせている。「やりかたを教えてくれます？」

五階でダンフォースの教員控室を見つけた。ソフィアが安心させるように腕をぎゅっとつかむと、ベイカーはドアをノックした。応答はない。

「たぶん休暇で家に――」ベイカーは言いかけたが、途中でドアが勢いよく開いた。

ダンフォースは昨日のラングの遺言書の読み上げのときよりもいっそうだらしなく見えた。伸びて縮れた無精ひげ、疲れて生気を失った目。この男はひげ剃り、シャワー、睡眠がその順番で必要だ。

「はい？」彼は腕組みをした。ダンフォースのみすぼらしいツイードのジャケットは肘当てが取れてしまっているとベイカーは気づいた。

「ドクタ・ダンフォースですか？」

「そうだが？　知り合いだったかな？」

「そうではありません。私はモリス・ベイカーといいます」

「ラジオでずっと言ってる男か？」ダンフォースは少し不安そうな顔になった。「なあ、あんたに見覚えがある。前に会ったことがあるか？」

ベイカーは、アーサー・ショルツを介した薄い関係を説明した。話を聞き終えると、ダンフォースはため息をつき、重々しくうなずいた。

「なあ、きみは私がどんな役に立つと思ってるのかな。そりゃ、アーサーは友人だったが、極端な秘密主義者でもあった。聡明だが、ひじょうに内向的だった。残念ながら、私もあんたが知ってる以上のことは――」

「お願いです」ソフィアが言い、ベイカーのズボンのポケットに手を伸ばしてダンフォース宛ての手紙を取り出した。「彼はあなたを信頼していたようです。せめて、彼と学生のあいだでなにがあったかだけでも教えてくれませんか？」

ダンフォースは手紙を読んでからたずねた。「これをどこで？」

「ドクタ・ダンフォース、お願いします」ソフィアが懇願した。「ある事件が起きていて、わたしたちはその真相を知る必要があるんです。わたしたちに五分だけ時間をください」

ダンフォースはため息を漏らした。一瞬、失せろと言ってドアを閉めてしまいたそうな顔をした。すぐに、あきらめて肩を落として言った。「どうしてもと言うなら。入ってドアを閉めてくれ」

室内は豪華な図書館に似ていた。薄暗くて天井が高く、四方の壁には医学雑誌や医学教本、ホルマリン液に漬けられた奇妙な生きもののおぞましい標本瓶がすきまなく詰め込まれている。デスクはダンフォース本人と同様に雑然としていた——未採点の論文、同僚宛ての手紙、コカ・コーラの空き瓶、ノートや電卓に埋もれた紙切れなどが散乱している。ベイカーは自分のアパートメントを思い出し、この男のだらしなさにある種の同族意識を抱いた。散らかったデスクから電話のくぐもった呼出音が聞こえ、ダンフォースはいくつかのものを床に下ろしてダイヤル式の電話機を掘り出し、応答した。

「ロジャー・ダンフォースです……はい？　どうしてそれを？……なるほど……私は……ええ、もちろんです、ノーマン。あなたも楽しい休日を」電話を切って、彼はベイカーとソフィアを見た。「ここを出る前に戸締まりを忘れないようにと、学長が念押しを。それで、あんたたちの用件は？」

「わたしたちは、この一年ほどショルツ教授の精神状態が不良だったことを知っています」ソフィアが切りだした。「そのことについてお話しいただけますか？」

「私が最初にアーサーの……〝精神の変調〟と呼ぶことにするが、それに気づいたのは一九五六年の春か夏の初めだった。彼は休暇で幼少時を過ごしたドイツの村を訪れた。数週間の滞在だったが、帰国後の彼は……人が変わっていた」

「どのように？」ベイカーは説明を促した。

「さっき言ったとおり、彼は秘密主義的な男だったが、私は彼がこの大学に初めて来た一九五〇年から知ってるんでね。しばらくすると私には打ち解けてくれた。親しくしてたのはまず私だけだろう。毎週、この部屋でブランデーと葉巻を一緒に楽しんだ。だが、ヨーロッパ旅行以後、彼は忙しくて会う時間がないと言うようになった。まもなく、学科会議を欠席し、授業も休講にするようになった。大きな研究課題に取り組んでいると言ってたから、私はうるさく言わなかった。学者の世界はそういうものでね」

「でも、理由は研究課題だけではなかった。そうでしょう？」ベイカーはたずねた。ドイツでラングになにがあったのだろうか、と考えていた。

「確かなことはわからなかったが、そう、理由は研究課題だけではなかったと思う。出勤してくることがあっても、一日じゅう自分の控室に閉じこもっていた。とうとう学長と評議委員会が出てきて、彼の行動が改善されないようなら退職を求めると申し渡した。そのあと、マイルズ・ブリュースターの件が……」

「それが例の学生ですか？」ベイカーはたずねた。

「そうだ」ダンフォースの声は沈んでいた。「いいか、アーサーの様子は少しずつ改善していた。月に一度は昼食を一緒にしたり、新鮮な空気を吸うために一緒に学内を散策したりしていた。自分の言動をやたらと詫びていた。ちょっとばかり気鬱《きうつ》の発作に襲われていたが、すっかり治った、と言ったんだ。だが、去年のクリスマス休暇の直前、彼はマイルズ・ブリュースターという学生と面談した。課題かなにかについての相談だったが、アーサーは……逆上した。マイルズを病院送りの目に遭わせたんだ」

「ひどい」ソフィアが漏らした。

「そうだな」ダンフォースは言った。「知り合って以来、アーサーが暴力的になるところなど見たことがなかったが、あの日はどうやら荒ぶったようだ。幸い、マイルズは片腕の骨折と肋骨にひびが入ったただけですんだ。ただ、マイルズの話を聞いたかぎり、アーサーはまるで凶暴な獣のようだった。自制心を失っただけで教育者としてはおしまい。学長と評議委員会は彼を追い出したがった。正直、無理もないと思う。アーサーを解雇しなければ、マイルズの父親が大学を訴えるおそれがあったからね。アーサーは解雇されたことをあまり気に病んでいる様子ではなかったが、私に連絡をよこさなくなった。マイルズに対する行為を恥じ、気がひけていたんだろう。だから私も彼には干渉せず、自分の人生を歩んでいた。そして数日前、彼が亡くなったと聞かされた。とても信じられなかった」

「なるほど」ソフィアが言った。「なかなかの話ですね」

「そうとも」ダンフォースはコカ・コーラの新しい瓶を開けてぐいと飲んだ。

「簡単な質問をあとふたつだけ」ベイカーは身をのりだした。「〝ディ・ルフト・デア・フライハイト・ヴェート〟という文言はあなたにとってどんな意味がありますか？　〝自由の風が吹く〟という訳文以外に」

ラングとの良き日々を思い出したのか、ダンフォースは笑みを浮かべた。「アーサーはその言葉をひどく好んでいた」と答えた。「スタンフォードで教鞭を執ってなくて残念だ、といつも言っていた。その言葉はスタンフォード大学のモットーだ」

「なるほど。その言葉を好んでいる理由は言ってましたか？」

「いや、祖国と、戦後アメリカへ来てから見つけた自由を連想させるからだと思う。彼は亡命者だったんだ。知っていたか？」

ベイカーはダンフォースの思いちがいを正さないことにした。「最後の質問です、ドクタ・ダンフォース。ブリュースターはなにをしてショルツにそこまで自制心を失わせたのですか？」

ずっとコカ・コーラの瓶をもてあそんでいたダンフォースは、それをデスクに置いた。「まあ、アーサーがドイツ出身なのは周知のことだったし、訛りもかなり強かった。とにかく、マイルズはうんざりしてアーサーを——私はふだんはこんな下品な言葉は使わないのだが、マイルズはアーサーを〝くそったれのナチ野郎〟と罵《ののし》ったんだ。本気ではなかったんだろうが、十代の若者が腹を立てるとどうなるかはわかるだろう。さて、これで終わりなら、法定休日で家へ帰らなければならないんだが」

「お時間を割いていただき、ありがとうございました、ドクタ・ダンフォース」ソフィアが礼を言った。「本当に感謝します」

「警察の捜査にはいつだって喜んで協力するさ」彼は少し悲しそうな笑みを浮かべた。「このあと起きることについては、申しわけなく思うよ」

「なんのことですか？」ソフィアが聞き返した瞬間、蝶番《ちょうつがい》がはずれて飛んでいきそうな勢いで控室のドアが開いた。

「急な動きはするな、ベイカー！」だれかがどなった。

トレンチコートの男が二十人ばかりドアの外に立ち、この室内に銃口を向けている。ヒューイどもだ。ベイカーは嫌悪の表情を浮かべてダンフォースに向きなおった。

「われわれが来たときにかかってきた電話は学長からじゃなかったんだな？」

「申しわけないが、そういうことだ。ここに着くまできみたちを引き止めてくれと頼まれたんだ」

「人でなし」ソフィアが言った。

「本当に申しわけない」ダンフォースはコカ・コーラの瓶に目を落とした。

大柄なヒューイふたりがベイカーとソフィアをそれぞれつかんで壁に叩きつけ、手首に手錠をかけた。その瞬間、ベイカーは耳もとにハートウェルの息づかいが聞こえた。

「もうおしまいだ、詮索好きなユダヤ野郎め。モリス・ベイカー刑事、共産主義者に対する共感及びアメリカの法と秩序を破壊する意図を抱いたことにより逮捕する。これにより、携行している銃器はこちらで預かったうえ下院非米活動委員会《HUAC》本部へ連行し、そこで手続き及び尋問を行なうことになる」

「ふざけるな！」ベイカーは不満の声をあげた。「おれは共産主義者じゃないし、それはあんたも知ってるだろう」

ハートウェルは笑った。「本当に？　恋人はちがうご意見のようだが」

「恋人？」とまどったベイカーは聞き返した。「いったいなんの話だ？」

ハートウェルは壁に寄りかかり、葉巻に火をつけた。「朝からこの一本を我慢してたんだ。最近ではなかなか見つからない本物のキューバ葉巻だ」彼は満足げに一分ばかり葉巻を吸ってから話を続けた。「おまえはうまくやっていたが、いつまでもわれわれから身を隠せるはずがなかった。一時間前にエリザベス・ショートという女から通報があった。おまえの車を見たと言ってな。それに、おまえが赤だという秘密まで教えてくれた。プロレタリアートの睦言《むつごと》で身を滅ぼしたようだな」

ハートウェルが声をあげて笑い、ほかのヒューイどももそれに倣《なら》った。試合終了。彼とソフィアは、核心に近づく一方で、とうに道からはずれてしまっていたのだ。

ベイカーはアメリカンフットボールのヘイルメリーパスよろしく一発逆転を試みることにした。

「おれが単独で動いてると思うか、ハートウェル？」

ハートウェルはベイカーの顔に葉巻の灰を落とした。「続きをどうぞ……」

「明日、爆弾が爆発することになっている。本当に、おれをしょっぴいて、おれの仲間が爆弾を起動させる危険を冒したいか？」

「その手には乗らんよ、ベイカー。おまえには楽しい思いをさせてやった。いいかげん、その報いを受けろ。だいいち、おまえを手配したのは役立たずの赤だという理由だけではない。ロサンゼルス市警の同僚が、オリヴァー・シェルトンという青年の失踪の件でおまえから事情を聴きたがっている。その青年は二日前におまえのうちへなにか届けたきり姿が見えないそうだな」

「冗談じゃない！」ベイカーは大声をあげた。「あの青年になにがあったかなんて、おれは知らないぞ」

「おまえみたいなユダヤ人の言うことなど信じるものか。ああ、それでまだ足りないなら、同性愛者の破壊活動分子ふたりの死について聞きまわって、政府の調査をかきまわしていた件もある。クロンカイトとヒューストンは、ここカリフォルニアにおけるソビエトの潜伏工作員の一員だった。おまえの仲間だったんだろう？」

「生まれてこのかた、彼らと会ったことは一度もない」

「たいへんな一日だった、そうだろう、ベイカー？」ハートウェルは明らかにベイカーの言い分など聞いていない。「バーバンクの映画制作会社でも、ヴァンナイズの法律事務所でも、われわれをまんまとかわした」警告のふりで舌打ちをした。「ラレミー・フェンウィックのオフィスに死体がふたつ。厄介だ、じつに厄介だ。なあ、ベイカー――無実だとしたら、犯罪現場から逃げるか？　それに、愛国心の強いアメリカ市民なら、ソビエトのスパイと寝るか？」

ベイカーは抵抗をやめ、恐怖で目を見開いた。ハートウェルの顔が残忍な喜びに輝いた。「そのとおり。われわれは、おまえとミス・ヴィフロフのあさましい情事について知っている」ソフィアに身を寄せ、耳もとでなまめかしくささやいた。「おまえの負けだ、スイートハート。いい体をしてるのに本当に残念だ。うーん、電気椅子で処刑したソビエト女はどんなにおいがするかな」

ソフィアがハートウェルの顔に唾を吐きかけ、彼が彼女を殴った。ソフィアが痛さに悲鳴をあげた。

「おまえを殺してやる！」ベイカーは歯を剝《む》いて吠えかかった。

「裁判官にそう言ってやれ、文句たれ。こいつらを下へ連れていけ」ハートウェルが言い、もはや笑い楽しむ気分は失せた様子で、鼻についた唾をぬぐった。「この反逆者どもの悪臭がぷんぷんしてきた。ふたりを一緒の車に乗せるな」

「やめろ！」ベイカーはまた抵抗を始めていた。「頼む！　ちゃんと説明できるから」

ハートウェルの望みどおりの展開に——ベイカーがわめいて泣きを入れることに——なったが、ベイカーは気にしなかった。前にこれほど必死でなにかを乞うたのは、ラングに腕の腫瘍《しゅよう》を切除された直後だった。あのときは、すみやかな死を願った。いまは、ヒューイのだれもこれ以上ソフィアに手をかけないようにと願っていた。

「ソフィア！」たがいに逆の方向へと引っぱられると、ベイカーは叫んでいた。「ソフィア、大丈夫だ！　きみは大丈夫だ」

「モリス！」彼女も叫び返した。彼女の怯《おび》えた声で名前を呼ばれると、内臓が引きちぎれそうだ。

「気をしっかり持って、なにも言うんじゃないぞ」

「胸が張り裂けそうじゃないか、みんな」ハートウェルは葉巻に火をつけなおし、マッチをうしろへ放った。「こいつらもほかの連中と一緒にぶち込め」

25

ベイカーの予想どおり、大学で反戦デモを行なっていた学生たちも逮捕されていた。彼が学生四人とともに三十分も後部座席に押し込まれた改造車のフォード・インターセプターは、左右のドアに下院非米活動委員会《HUAC》の紋章が記されている。ルーフの回転灯は赤、白、青の光を交互に放っている。エコー・パークの〈ロサンゼルス支部〉まで、ハートウェルが運転し、ウォルドグレイヴがポンプ連射式散弾銃の銃口を拘束者に突きつけていた。

サウス・カリフォルニア大学で逮捕されたあと、ベイカーはゴリラのようなウォルドグレイヴに外へと文字どおり運び出され、学生たちともども後部座席に放り込まれた。学生たちの名前は知らない。口をきくなと厳しく命じられたからだ。ハートウェルの言葉を借りるなら、口をきけば〝後部ウインドウが血で紅く染まることになる〟らしい。

「おまえら、ボビー・ダーリンは好きか？」ラジオから《スプリッシュ・スプラッシュ》が流れてくるとハートウェルがたずねた。「ああ、くそ――おまえらがなにを考えてようが知ったことか！」彼は音量のつまみを最大限までまわし、気のふれた人間のように笑った。「よく言うだろう、ジーン」ウォルドグレイヴに向かって言った。「好きなことを仕事にすれば、生涯、一日も働かなくてすむんだとさ」

ベイカーはその曲にもハートウェルの調子はずれの歌声にも耳を貸すまいと精いっぱい努めた。考える必要があった。ここから脱出する必要、爆弾の爆発を阻止する必要が。なにより、ソフィアが無事だと確かめる必要があった。警察官という立場も彼を守ってくれないだろう。マッカーシー政権下のアメリカでは、ユダヤ人はまずぼこぼこにされ、そのあとで尋問を受けるからだ。

パーカー本部長あるいはコノリーに連絡しても無駄だ。彼らをこのとんでもない面倒に巻き込むつもりがないかぎり。ソビエトのスパイであるソフィアは死んだも同然で、それはすべて彼の責任だ。長い年月で初めて得た、人との真のつながりが断《た》ち切られようとしている。

なにも吐かないと心に誓ったが、連中が錆びたペンチで歯を引き抜きはじめたら、その誓いもいつまでもつだろうか。

連中は好きなだけ殴ったり、蹴ったり、侮辱したりすればいい。そんなことには慣れている。戦争中に実験台として過ごした日々を思えば、それぐらい、なんてことないはずだ。

26

テンプル通りの、かつてのロサンゼルス公共図書館エコー・パーク分館の前に着いたとき、午後八時を過ぎているだろうとベイカーは推測した。七月四日を迎えるまで、あと数時間。良くないことが起きようとしているが、それがいつ、どこで起きるのかは見当もつかない。それを言うなら、だれが起こすのかも。

有刺鉄線を張られた自動開閉ゲートが内側へ開いて車を通した。「よし」ハートウェルが高らかに告げた。「終点だ。全員、降りろ！」彼がそう言うが早いか左右のドアが開き、車内の全員が——ハートウェルとウォルドグレイヴをのぞく全員が——力ずくで引きずり降ろされた。ベイカーはケーキのような外観の建物をちらりと見てからなかへ入った。

空間を占める書棚と書籍が残されていないので、元図書館には空虚さと違和感を覚えた。この建物の本来の目的は政府の侵入者により損なわれてしまっていた。ベイカーは手錠をかけられたまま、ロビーの保安検査室でポケットの中身をすべて出した。札入れ、警察官バッジ、車のキーとともに、ダンフォース宛ての手紙、ケーキの箱に入っていたヒューストンのメモ、決め台詞の候補を書きためたクロンカイトの手帳も金属製のトレーに置いた。おそらくヒューイの鑑識チームがいまこの瞬間にも彼の車を捜索しているだろうが、運転席の座面裏に隠したものが見つからないことを願った。

当番担当者が大きな留置記録簿にベイカーの名前を（反戦デモを行なっていた学生たちの名前も）雑な字で書き込んだあと、拘束者たちを先導した。奥へ進むと、以前は図書館の心臓部だった場所に置かれた司令部全体が見えてきた。百台ほどのデスクが床一面にぎっしりと詰め込まれ、各デスクで電話がひっきりなしに鳴っている。どの電話にも、応答して最初に口にする言葉は同じだった――「下院非米活動委員会《HUAC》エコー・パーク支部です。共産主義者あるいは逸脱行為に関するどのような報告でしょうか？」

法定休日前夜なのに、どのデスクにも人がいる。電話が鳴ると密告内容が剝《は》ぎ取り式のメモ用紙に書き留められ、発信者には連絡に対する礼と報告内容をすぐに調査するとの約束が丁重に述べられる。HUACに電話をかけるに至る経緯は人さまざまだ。隣人と喧嘩になった女が電話を一本かけるだけで、その隣人がぱっと消えてなくなる。強欲な店主は隣で成功を収めているユダヤ人店主を妬《ねた》んでいる。リンリン。はい、もしもし？　それでユダヤ人店主は消えてなくなる。競合店は自分のものになる。

奥の壁一面を、上階の手すりから垂れ下がっている大きな横断幕が占めている。巨大な握り拳《こぶし》と、それにかぶせるように星条旗がでかでかと描かれている。HUACの調査官が襟につけているピンの図柄を大きく引き伸ばしたものだ。その下にけばけばしい赤い文字でこの組織の陳腐なモットーが記されている――〝一九三八年以来、アメリカを偉大な国家にするために戦いつづけている！〟。

かつては読書の美点を宣伝するポスターが並んでいたほかの三面の壁は、反共プロパガンダのポスターが占めている。その一枚に描かれているのは、ブーツの下敷きになっている美女だ。大きな脚の脛《すね》の位置に〝万一ロシアが勝てば〟という文字。別の一枚には、軍服の正装姿をしたゴブリン顔のソビエト人どもに脅されているアメリカ人たちと、その背後で燃やされているアメリカ国旗。もう一枚には、手をつなぎ、にやけた笑みで愛情を伝え合うラベンダー色のジャンプスーツを着た男ふたり。フリルのついた蛍光ピンクの文字で〝逸脱行為は民主主義を脅かす〟という見出し、〝同性愛の行為が疑われる人物がいればHUACの最寄りの支部へ報告を〟。

残る一枚には、ソビエトの軍服を着て、片手に銃剣、もう片方の手に機関銃を持った巨大な骸骨。骸骨兵士は燃える地球に立っている。地表には槌《つち》と鎌に汚染された黄色いダビデの星の焼き印。揺らめく炎のようなオレンジ色の文字で〝仮面の剝がれたボルシェヴィキの思想！〟とある。

このポスターはむろん、一九三九年にナチスのヨーゼフ・ゲッベルスが考案したプロパガンダのアメリカ版だ。ここでもヒューイどもは、独創性の完全な欠如と、想定したゴールから九百八十八年も早く崩壊した国家《ライヒ》に対する歪んだ信奉とを露呈している。

ほかの拘束者たちとともにさらに奥へと進むうち、ベイカーは、全員が電話に応答しているわけではないと気づいた。何人かは、ヘッドホンをして、磁気録音テープが眠気をいざなうメリーゴーラウンドさながらゆっくりと回転している大きな箱のような装置の前に座っている。その機械の前の連中がときおり一行か二行のメモを書き、走って上司に持っていく。連中は対象者を——有名人、抗議のストライキを起こそうと企てている雇用者、ひょっとするとロサンゼルス市警の本部長までもを——盗聴しているのだ。

ベイカーはじっと見ていたにちがいない。後頭部を痛烈に殴られたからだ。「動け！」ベイカーを車から引きずり降ろしたヒューイがどなった。横手のドアを通って換気の悪い階段を下りると、防音尋問室の並ぶ薄暗い通路に出た。HUACがこの建物を引き継いだときにはまだ存在しなかった部屋だ。

留置担当者がいちばん奥の部屋の錠を開けてベイカーを放り込んだ。金属製の重いドアが勢いよく閉じられる瞬間、ベイカーは耳をふさいだ。残響が消えると、ベイカーは立ち上がって室内を見まわした。鎖で吊るされた埃《ほこり》をかぶった電球、床にボルトで留められた金属製の椅子、マジックミラーだと思われる鏡。警察官なので留置房へ足を向けることはあるが、ここは、弁護士の到着を待つあいだに刑事が被疑者にコーヒーや煙草を勧めることもあるロサンゼルス市警本部の留置房とはちがう。

ここは、尋問に屈しやすくするために被疑者に食べものや睡眠を与えないたぐいの場所だ。ドイツ人どもが古いラジオを修理するかのように微調整を行なって完璧なものに仕上げたやり口そのものだ。ヒューイどもはベイカーに、椅子に座ってしばらく足を休め、退屈させたがっているが、ベイカーはそんなむかつくゲームにつきあう気はない。隅へ行き、乾いた血が点々とついている冷たい石の床に座った。室内を掃除しないのも、形を変えた脅しのひとつだ。放り込まれた獲物は、前に放り込まれたやつはどうなったんだろうかと、いやでも考えることになる。ベイカーが両脚を広げて無理やり警戒状態を保っていると、室内のどこかに隠されたスピーカーから耳ざわりな声が聞こえた。

「**椅子に座っていただこう**」

「せっかくだが、ここが快適でね」ベイカーは陽気に答えた。

「**これは要望ではない**」また隠れた位置から耳ざわりな声がした。「**十秒以内に従え**」

「ほう、挑戦状か」ベイカーは甲高い声で喜んでいるふりをした。「では、こちらからもひとつ。十秒以内に黙りやがれ！」

言い終わらないうちにドアが開き、ウォルドグレイヴの巨体が室内に入ってきた。クルーカットの髪がコンクリートの低い天井にすれている。ベイカーが座り込んでいる隅まで来ると、大きな拳をベイカーの顔面にくらわせた。ベイカーは二本の前歯がゆるむのを感じ、ソフィアに思いを馳せた次の瞬間、意識を失っていた。

どれぐらいの時間が経ったのかはわからないが、意識を取り戻したときには金属製の椅子にロープで縛りつけられていた。口と鼻にぱりぱりに乾いた血がこびりついている。

「起きて起きて」ハートウェルが甘ったるい声で言った。「ジーンはあんたの顔をこっぴどく殴ったようね」

ベイカーは罵詈《ばり》雑言《ぞうごん》を返してやろうとしたが、苦痛の低いうめきを漏らすことしかできなかった。

「なるほど」ハートウェルは本来の口調に戻った。「さて、このあとの展開だ」彼は室内を歩きまわりはじめた。痛みでぼうっとしていても、彼がメトロノームのように左右に振っているのがひびの入った野球のバットだということはベイカーにもわかった。「あんたが爆弾の隠し場所を吐けば、ハロウィンの翌日に叩き割る腐ったかぼちゃみたいにあんたの頭を殴りつけることはしない。いい話だろう?」

ベイカーはウォルドグレイヴに殴られて折れてしまった歯のすきまを舌でなぞり、怒りが喉もとにせり上がってくるのを感じた。「対案だ」どうにか口にしたものの、声は笛の音のようだ。「ズボンを下ろしてかがんだら、そのバットをけつの穴に突っ込んでやる。あんたは《ハウンド・ドッグ》を歌いだすだろうよ」

「威勢がいいな、ベイカー。それは認める。だが、いまはもう作られない古いギャング映画で、だれかが気骨を見せたときにギャングが言う台詞を知ってるか? 〝残念だが拳にものを言わせるしかないようだ……〟とかなんとか。昔はあの手の映画が好きだったな」

ハートウェルはウォルター・ウィンチェルの陽気な声をまねた。「今日、ここロサンゼルス・メモリアル・コロシアムは快晴です。ドジャーズはフィラデルフィア・フィリーズに4対0でリードされています」彼は椅子に座らされているベイカーに近づき、バッティングの基本的な構えをした。「打席に入るのは初登場のルーキー、モートン・ハートウェル。いよいよ歴史的瞬間を迎えようとしています。ワインドアップからの第一球……」

ホームランだった。指を鳴らす音で意識が戻ったが、ベイカーは気絶したままでいたかった。鼻が砕け、歯を失ったのに加えて、腹が燃えるように痛んだ。ハートウェルのバットが腹を直撃したのだ。

「将来を嘱望される若者です。どうだ、話す気になったか、ベイカー？」ハートウェルはバットの先端でベイカーの頭をこづきながらたずねた。「こっちの知りたいことを話せば、家へ帰っていい。なんなら、この手で寝かしつけてやるぞ。爆弾のありかと、ヒューストンとクロンカイトが共産主義者どもの今回の攻撃にどのように関与していたのかを話せ」

「なぜ、おれが連中とかかわりがあったなどと思うんだ？」

「いい質問だ」ハートウェルはふたたび歩きまわりはじめた。「なにしろ、ヒューストンは疑惑の人物として知られている。われわれは彼の自宅を監視・盗聴していた。信頼できる情報源からあんたの爆弾計画についてたれ込みがあった直後、アーサー・ショルツなる人物からヒューストン邸にかかってきた電話を傍受した。なんらかの暗号を用いて話していたが、ある言葉が耳に入った。なんという言葉かわかるか？」

「〝ベイカー〟か？」ベイカーは言った。

「おめでとう。大賞です！」ハートウェルがアナウンサーの口調をまねて声を張り上げた。「で、なぜあんたの名前が話に出てきたと思う？　あんたとかかわった連中がみんな、死んだり失踪したりするのはなぜだ、ベイカー？」

「おれの口臭がひどいからかもしれない」ベイカーはねばつく唾と血をハートウェルのウイングチッ

プの靴に吐きかけた。

ハートウェルは実際に声をあげて笑った。不本意にも、感心したらしい。「強制収容所でどんな目に遭ったんだ、ベイカー？　股間に真鍮《しんちゅう》の玉をふたつ埋め込まれてくそ度胸でもついたか？　ヴィフロフのことはどうする？　あの女のことも考えてやれ。あのきれいな顔を、感謝祭に切り分ける七面鳥みたいにされたくないはずだ。そうだろう？　それとも、そこにいるジーンにあの女と一発やらせてもいいぞ。信じがたいだろうが、ウォルドグレイヴ調査官は女をうまく扱えないものでね、よくしょっぴいた女相手に練習しているんだ」

抵抗するソフィアにウォルドグレイヴがのしかかる光景を想像すると、ベイカーは胸が悪くなり、そのくせ頭は冴えた。彼女の身の安全についてこの連中がどんな約束をしようと、嘘にちがいない。彼女は殴られるかレイプされるか、その両方を受けたあと、電気椅子での処刑に送られるのだ。それより、連中は彼女をどこに放り込んだのだろう？　ここと同じような監房だろうか？　彼女は専門訓練を受けたＫＧＢの工作員だ。このような事態にそなえているはずだが、まさか……。ソフィアがすでに青酸化合物のカプセルを嚙み砕いてしまっていたらと考えると、ベイカーの胃はきりきりと痛んだ。考えるだけで吐きそうになり、ぎょっとしたハートウェルが飛びすさった。

「ちょっと待て」彼がどなった。「昼食を私に吐きかけるな、ベイカー。まだそこまでの仲ではないだろう。むろん、欲しい情報をくれたら、私だってもう少し寛大になるかもしれないがな」

ベイカーはハートウェルを見上げ、この男に対する嫌悪と軽蔑を精いっぱい伝えようとした。

「信じようが信じまいが、いままでは生やさしいやりかたをしてきた。だが、あんたがそういう態度なら、こっちは強硬策を取らざるをえないな」ハートウェルはパートナーに向きなおり、ベイカーの血が凍りつく指示を告げた。「女を連れてこい」

阿呆のような笑みを浮かべてウォルドグレイヴが部屋を出ていき、怯《おび》えたソフィアを連れて全速力で戻ってきた。彼女の喉に飛び出しナイフのきらめく刃を突きつけている。

「理由をくれ」巨体のウォルドグレイヴが小声で言った。「どんな理由でもくれたら、この女共産主義者の血をこの場にぶちまけてやる」

「こんな連中になにも言ってはだめ、モリス」ソフィアが叫んだ。

「そろそろおしゃべりする気になったか、ベイカー？」勝ち誇った笑みを浮かべたハートウェルが反撃した。「こっちの知りたいことを教えれば、この女を生かしておいてやるかもしれない。爆弾のありかと、それについてほかに知っている者は？　あんたはソビエト野郎どもにそそのかされたのか？」

もはや身を隠す場所も、講じる手段も残っていない。死体の手がかりを追ってここにたどり着いたベイカーは、否応なく選択を迫られる。ヒューイどもはいつも、最後は欲しいものを手に入れる。狙った相手をかならず屈服させる。モリス・ベイカーはいよいよ、カリフォルニア地震に襲われた建物のように崩れ落ちてしまうのだ。毅《き》然《ぜん》としていようという誓いなどただの紙くずも同然だった。

「おれが爆弾のありかなど知るか、この愚か者め」ベイカーは意を決して言った。「おれは身の潔白を証明しようとしていただけだ。あんたたちが捜すべきは、共産主義者じゃなくて元ナチのグループだ。そいつらがある種の原子爆弾を持っているのはまずまちがいない。アフリカで採掘したウランで作ったものだ」

「はあ？」ハートウェルは葉巻に火をつけようとしている。「ナチだと？　この件をどこぞのドイツ人どものせいにするつもりか？」

「嘘じゃない」ベイカーは大きな声をあげた。「ショルツは本当の名前をラングといい、ペーパークリップ作戦によりアメリカ政府がこの国へ呼び寄せたナチ科学者どもの作り上げたなんらかの――よくわからないが――計画に巻き込まれていた」

「たいしたものだ、ベイカー」ハートウェルが言った。「あんたたちについて俗に言われていることは本当だな。卑劣で情報通。だが、それがどうした？」

「ある箱に証拠がそろっている」ベイカーは力説した。「殺人者どもを全員、政府がこの国へ呼び寄せた証拠が」

「おっ、一歩前進だな」ハートウェルはのんびりと煙の輪を吐き出した。「爆弾のありかを吐いたあとで、その箱のありかも聞かせてもらおう」

ドアのそばで、ウォルドグレイヴに髪をいじられてソフィアが泣くような声をあげた。ナイフの刃は喉にぴたりと押し当てられている。ナイフを軽く引くだけで血管がかき切れるにちがいない。

「耳が聞こえないのか？」ベイカーは声を荒らげ、いましめを解こうともがいた。「たったいま、あんたに事実を話したんだ」

「爆弾と、ほかの協力者はどこだ？」ハートウェルがまたしてもたずねた。「ヒューストン、クロンカイト、ショルツは死んだ。ほかのだれを、あんたはかばっている？　まさかチャールズ・ウォードじゃあるまい」

ベイカーはハートウェルをまじまじと見た。「チャールズになにをした？」

「悪いな、ベイカー」ハートウェルの口調はさほど申しわけなさそうではなかった。「あの変人は浅はかにもわれわれの調査に盾突《たてつ》いたんでね」

ベイカーは怒りに震えていた。ただ歯を剝《む》いてハートウェルの喉を嚙み切ってやりたかった。あのチャールズが。気の毒なチャールズは、真実が失われた世界で真実を擁護していた。ベイカーは不意に、この二日のあいだに会ったもうひとりの人物、やはり行方の知れない人物を思い出した。「オリヴァー・シェルトンは？　あんたらはあの青年も殺して、その罪までおれに着せようというのか？」

「おいおい、ベイカー」ハートウェルがはぐらかした。「ユダヤ人が平たいパンに血を混ぜるために赤ん坊を殺したがるからといって、こっちまでそうだとはかぎらない。われわれをなんだと思ってる？　化けものだとでも？　われわれは子どもに危害など加えるものか」

「少し安心した」ベイカーは吐き捨てた。「さあ、知ってることはすべて話した。おれはあんたたちの敵じゃない」

ハートウェルはため息を漏らし、心持ちきつく噛んだせいで葉巻が裂けた。

「ああ、くそ」彼は大きな声をあげ、湿った煙草葉を床に吐き出した。「あんたのせいでキューバ葉巻が台なしだ、ベイカー。最悪なことに、あんたにとっては、白状する最後のチャンスだった。ジーン、その女にちゃんと見物させてやれよ」

「やめて！」ソフィアが悲鳴をあげた。

「では、紳士淑女の皆さん、ハートウェルにまた打順がまわってきましたが、数イニング前に見せたようなめざましいヒットを放てるでしょうか？　ドジャーズを今年のワールドシリーズに連れていってくれるでしょうか？　ワインドアップからの第一球……」

ベイカーは悲鳴をあげたことに気づいていなかった。

「ベイカー？　ベーイーカー？　しっかりしろ、ベイカー。〝シェ・マー・イス・ラエル〟とはどういう意味だ？　ベイカー？　ジーン、バケツを持ってこい」

水の冷たさでベイカーははっと意識を取り戻した。頭から流れ落ちる冷水で髪や服がずぶ濡れになるなか、口内の水を吐いた。

「〝シェ・マー・イス・ラエル〟」ハートウェルが繰り返した。「どういう意味だ？　なにかの合言葉か？」

ベイカーは答えなかった。力が抜け、震え、全身が痛んでいた。ハートウェルが彼の話を受け入れようとしないのは、真実に目を向けるよりも彼を殺したがっている証拠だ。

「どういう意味なんだ？」ハートウェルが質問を繰り返した。金切り声も同然の叫びになっている。

「ジーン、こいつに吐かせろ」

ウォルドグレイヴが金属製の椅子に歩み寄り、ベイカーのだらりと垂れた右手を持ち上げ、ほかの指から離して小指だけを握った。

「吐け、馬鹿なユダヤ野郎」ウォルドグレイヴがすごんだ。「吐かないのか？　だったら……」

ウォルドグレイヴが、乾いた小枝のような音を立ててベイカーの小指の骨を折った。ベイカーはまた悲鳴をあげ、今回は自分の声が聞こえた。「シェマー・イスラエル・アドナイ・エロヘイヌ・アドナイ・エハッド！」

「な？　いったいどういう意味だ、ベイカー？」ハートウェルが訊いた。「答えれば、痛みが止まる」

ベイカーは激しくあえいでハートウェルを見つめ、もう意識を失うまいと努めた。

「自業自得だ、ベイカー。ジーン？」

ウォルドグレイヴがベイカーの薬指を折り、ベイカーはまたしても悲鳴をあげ、魂の奥底に刻まれた古代ヘブライ語を唱えていた。「シェマー・イスラエル・アドナイ・エロヘイヌ・アドナイ・エハッド！　シェマー・イスラエル・アドナイ・エロヘイヌ・アドナイ・エハッド！　シェマー・イスラエル・アドナイ・エロヘイヌ・アドナイ・エハッド！」

もはや自分が属しているとは思っていない民族の古代の祈りを大声で繰り返した。

「ジーン、そいつを黙らせろ」

次の瞬間、あらゆるものを飲み込む闇に包まれた。


あたりは銃声と悲鳴に包まれているが、ひどく弱っているせいで刈り上げた頭を持ち上げることができず、なにが起きているのかわからない。目を開けるという簡単な動作すら骨が折れた。どうにか目を開けたものの、そこに映るのはぼやけた光景だった。光が突如現われて破裂したものの数秒のうちに銀河全体が生まれて死んだ。こんなめずらしい光景を目撃できるとは、なんて運がいいんだろう。それにしても喉が渇く。からからだ。ひび割れて紙やすりのようになった唇をゆっくり舐めると、乾いた舌に感覚が戻ってきた。

銃声と悲鳴が近づいてくる。英語はろくにわからなくても、銃声を圧して轟《とどろ》く悪態のいくつかは理解できた。指先とつま先が痙攣《けいれん》しているが、実際に身を起こして周囲を見まわす気力はない。ここはどこで、なぜ左腕がこんなに痛いんだろう。

走る足音、ここにはだれもいないと叫ぶ声。

「くそ！」ぼやけた人影がのしかかるように立っている。そのとらえにくいかたまりに焦点を結ぶのを目が拒んでいる。「ファレス、こっちへ来い！」

また足音がして、別の声が言った。「なんてことだ！　連中はここでなにをしていたんでしょう、大尉」

沈黙が広がった。悲鳴と銃声が不意に消えた。こんなに喉が渇くなんてありえない。ベイカー

は また唇を舐めた。

「おい、こいつはまだ息があるぞ」大尉が言った。「だが、ひどいありさまだな。助かるかな。衛生兵を呼んでこい。それと、ヒルシュベルクと看守のひとりをここへよこせ」

ファレスの足音が遠ざかった。

「くそ」残った人物が言い、火のついた煙草の甘い香りがベイカーの鼻孔を満たした。「頑張れよ。いま衛生兵が来る。頑張れ」

さらに何人かがこの部屋に入ってきたのはそれから一分後か一時間後、ひょっとすると人生十回分も経ったあとかもしれない。

新たな声はイディッシュ語で「なんてことだ！」と叫んだあと、英語で言った。「大尉、連中はいったいなにをしたんです？」

「それを突きとめよう、ヒルシュベルク。まずは落ち着け」

ヒルシュベルクは吐き気をこらえるような音を立てていた。

「こっちだ、ドク」大尉が続けて言った。「ここでまだ生きてるのはこの子だけだが、危険な状態だ。なにか処置ができるか診てやってくれ」

足音がして、ぼんやりした別の人影が彼を見下ろした。「大尉、水筒をください。早く！」

水が、宝のような水がひび割れた唇に注がれ、口に流れ込んだ。すぐに飲み込むことができず、窒息しそうになった。体の奥底までの渇きを癒やそうとした。たらふく飲むと視界が少しだけ晴れたものの、視界の大半はまだはじける星と銀河に遮られていた。わかるのは、そばに立って見下ろしているぼんやりした人影が四つ。そのうち三人はオリーブ色の服、もうひとりは鋼鉄色の服を着ているということだけだ。

「聞こえるか？」衛生兵の声だ。「あのう、ヒルシュベルク、通訳してくれますか？」

だれかが耳もとでイディッシュ語で話しかけた。「聞こえるか？」

どうにか、弱々しくうなずくことができた。

「くそ」大尉がまた言った。「どう思う、ドク？ 助かりそうか？」

「わかりません」衛生兵が答えた。「重度の脱水症状と栄養失調が見られるし、左腕を見てください。傷を負った経緯はわかりませんが、化膿がひどい。切断する必要がありそうですし、切断したところで生き延びる保証はありません。くそ、まるで地獄だな」

「まったくだ。よし。担架を取ってきて、ファレスに手伝わせてこのかわいそうな子をここから運び出せ。まったく——ここはとんでもなくひどい悪臭がする」

「イエッサー」衛生兵が言い、走って部屋を出ていった。

「よし、ヒルシュベルク、そいつをこっちへ連れてきて、少しばかりおしゃべりしようじゃないか」

なにかを引きずる音、かすかなうめき声。

「まず、英語を話せるか訊け」

「シュプリヒスト・ドゥ・エングリシュ？」ヒルシュベルクの声はまちがいなく怒りに震えている。

ここで新たな声がした。喉に鶏の骨がつかえたような声だ。「アイン・ビスヒェン」

「少し話せるそうです」

「わかった。では、診療室内をよく見まわすように言え」

「ヴェルフェン・ズィー・アイネン・ブリック・アオフ・ディーゼ・クランケンシュタツィオー

ン」

　時間が過ぎた。

「今度は、なにが見えるか訊け」

「ケルパー……えー、死体」ドイツ人の看守が訛《なま》りの強い英語で答えた。

「死体？」大尉が聞き返した。「ちがう。ただの死体ではない。もう一度、彼らがどんな目に遭ったかよく見ろ。私は入隊して何年にもなるが、こんなものを見るのは初めてだ。ヒルシュベルク、ここでなにが行なわれていたのか訊け」

「ヴァス・ヴルデ・アン・ディーゼム・オルト・ゲマッハト？」

　返事はない。ややあって、苦痛に足をばたつかせる音とうめき声が聞こえた。

「ヴァス・ヴルデ・アン・ディーゼム・オルト・ゲマッハト？」ヒルシュベルクが質問を繰り返した。

「じ、じっ、実験だ」看守が声を詰まらせて答えた。「メディツィニッシュ・エクスペリメンテ。ビッテ」

「ハルト・ディー・クラッペ！」看守に〝黙れ〟とどなりつけるヒルシュベルクは泣いていた。

「医学的実験だそうです、大尉」彼は嗚咽《おえつ》を漏らした。

「ああ、そうだろうと思った」大尉が言った。「理由を訊け」

「ヴァルム？」

「ビッテ」看守が耳ざわりな声で繰り返した。「ズィー・ヴァーレン・ヌーァ・ユーデン」

「この子たちはたかがユダヤ人にすぎんだと？」ヒルシュベルクは逆上したかのような口調だ。

「いいか、おまえの目の前にいるユダヤ人が、おまえと、この診療所を管理していたドイツ野郎を皆殺しにしてやる」

「ビッテ！　ビッテ！　ビッテ！」看守は繰り返しわめいた。

大尉は不快そうに煙草を投げ捨てて立ち去った。衛生兵がファレスと一緒に戻ってきて、ベイカーを担架に乗せた。腕がちくりとしたあと、痛みのない心地よいぬくもりが全身に広がった。

眠るように穏やかな闇に飲み込まれる寸前に、診療室のドアをそっと閉めるヒルシュベルクの姿が目に入った。看守は早口のドイツ語でわめき、命乞いをしていた。ライフルの銃声が轟いた瞬間、衛生兵もファレスも大尉も振り向きはしなかった。


「くそ、卒中発作を起こしやがった」

「卒中発作じゃない、この馬鹿。てんかん発作だ。急げ、舌を嚙み切る前に口になにか突っ込め。舌を嚙み切られたら、なにも吐かせられない。そうなったら大失態だ」

ベイカーの顎《あご》がこじ開けられ、なにか硬いものを嚙まされた。これまで経験したことがないほど体が震えているが、ようやく意識が戻りつつあった。つまり、いま聞こえる銃声は記憶のなかの音ではないということだ。本物の銃声だ。

「くそ、くそ、くそ」事態を正常に戻す魔法の言葉かなにかみたいに、ハートウェルが繰り返した。

「ここは攻撃を受けている！　脱出する必要があるぞ、ジーン……ジーン？」

室内で銃声が響いた。意識朦朧《もうろう》の状態ながら、この先何週間かは耳に残る音だとベイカーにもわかった。

「ジーン！」ハートウェルが大声をあげた瞬間、銃声がふたつ続けざまに聞こえた。「くそ女！」ハートウェルがわめいた。「このくそ女！」

だれかが頬をなで、心配そうな声で名前を呼んでいる。「モリス……モリス、起きて。ここから脱出しないと」

ソフィアの声には薬効があり、ベイカーを昏迷状態からゆっくりと抜け出させた。部屋の外でなにかが爆発し、くぐもった悲鳴が聞こえた。HUACの建物が砲兵部隊の攻撃を受けているかのような音だ。痙攣がようやく治まり、目を開けたベイカーは愕然《がくぜん》とした。ウォルドグレイヴが頭部をほぼ吹き飛ばされて死んでいる。大きな死体の横でハートウェルが這って逃げようとしている。どうやら、ソフィアの手にある煙の出ている四四口径マグナム銃で膝を撃ち抜かれたようだ。

緊迫した状況にもかかわらず、ベイカーの表情を見てソフィアが笑みを浮かべた。「あなたが発作を起こした瞬間、あの大男を始末したの。ほら、そんなもの、口から出して」

ベイカーは口に手をやり、ウォルドグレイヴの飛び出しナイフを取り出した。強い力で噛んでいたため、木製の柄が裂けている。

「大丈夫か？」ベイカーはたずね、そっと手を伸ばして彼女の顔をなでた。「危害を加えられなかったか？」

「ええ、わたしは大丈夫」彼女は不機嫌そうな笑みを見せた。「おもに暴行を受けたのはあなたよ」

彼女はベイカーのシャツを少し破り取り、折られた二本の指に巻きつけた。

「もっとすさまじい目に遭ったこともある」ベイカーは答えた。〝s〟の音は、歯のすきまから空気が漏れるようだった。飛び出しナイフをポケットに入れて立ち上がった。「ここから出よう」

サイモンへ
　アイヒマンに関する資料を送付いただき、深く感謝する。あの悪党はたしかに南米におり、貴殿の尽力はわれわれモサドがやつを捕まえる役に立つだろう。

　貴殿の情報により調査中の別案件のほうは、わが国のどの組織も、貴殿の〈ODESSA〉仮説を裏づける証拠をまだ探り出せていない。SS高官による地下ネットワークという考えは、低俗小説のネタとしてはたしかにおもしろいが、現実的にはいささか突拍子もない気がする。たしかに、貴殿の仮説の一部は事実に合致していると認めよう。連中は盗んだ金を大量に持っており、それで新しい身元を買っていた。戦後、ファン・ペロン（この者の名前など消されんことを）が連中をかくまっていたことはわれわれも知っている。だが、その他の情報と突き合わせるのに苦労している。

　なにしろ、アイヒマンはどこかの掘っ建て小屋に住んで自動車工場で働いているのだろう？　貴殿が存在するという富と人脈のある広大なネットワークを利用できるとしたら、やつはもっといい生活を享受しているはずだと思わないか？　したがって、そんなネットワークは存在しない。とにかく筋が通らない。

　さらに、貴殿がアフリカの情報源から受け取った電報もかなり疑わしいと思う。目下、数人の部下に調査させている。しかし、当面は、〈ODESSA〉のことは置いて、貴殿の獲物アイヒマンに集中することを勧める。男女を問わず、まだ大勢が逃亡中だ（できるだけ多くを捕まえるつもりだ）が、わが組織内では、元ナチのメンバーは協力し合っていないという説が優勢だ。
良い祝祭《ハグ・サメア》を！　ああ、一週間もマッツァー（酵母を使わずに作られるパン）を食べると思うと、いまから胃がうんざりしているよ。

貴殿の友
イサル・ハルエル

この手紙は、過越《すぎこし》の祭りの晩餐中にサイモン・ヴィーゼンタールが家族ともども射殺される数時間前に、テル・アビブからウィーンにあるユダヤ人迫害記録センターに届いたものである。犯人の罪状は家宅侵入とされた。

第四部　一九五八年七月四日

国内で自由を捨てながら、国外で自由を守ることなどできない。

エドワード・R・マロー

27

ふたりはうめいているハートウェルをまたいで尋問室を出ると、ドアが大きな音を立てて閉まるに任せた。通路の騒音が大きくなった。この建物が小部隊による攻撃を受けているか、だれかが高級花火で少し早めに七月四日を祝っているかのどちらかだ。

「こっちだ」ベイカーは言った。彼があっさりと見つけた階段を、ふたりは上がりはじめた。この建物の地上部分はまだ立っているだろうか？　ふたりがあとにしようとしている地下室のような部分は、図書館から引き継いだあとに増築されたものだ。皮肉なことに、大災害などが起きた場合、地下の拷《ごう》問《もん》室のほうがはるかに安全なのだ。

だが、案ずる必要はなかった。建物はまだ無傷で、戻り着いた司令部にはだれひとりいなかった。だが、それ以外は、ここに到着したときとなにひとつ変わってないように見える。耳をつんざくほどの爆発音で建物がまた振動したが、実際には爆発など起きていないようだ。炎は上がらないし、煉瓦《れんが》の砕けた危険な破片が襲ってくることもない。

「いったいどうなってるんだ？」ベイカーがこの謎について考える時間はあまりなかった。ソフィアが早くも最短距離で出口へ向かっていた。

「ほら、早く！」彼女が肩越しに叫んだ。「ここから脱出したいの、それともここの模様替えでも始めたい？」

「ちょっと待て」ベイカーは保安検査室へ駆け込み、ヒューイどもの比類ない怠慢さに心のなかで感謝した。所持品はすべて、数時間前に置いたときのまま金属製のトレーに乗っていた。腕時計で時刻を確認して午前三時だとわかった。

七時間ものあいだ、拷問と意識消失のどちらか、あるいは両方の状態に陥っていたのだ。

ふたりが息苦しいほど蒸し暑い夜気のなかへ飛び出すと、外は煌々《こうこう》と明るかった。ベイカーとサウス・カリフォルニア大学の学生数人を乗せてきたフォード・インターセプターが燃えていた。まぎれもない戦闘の音は消えていた。代わりにコオロギの鳴き声と車を包む炎の絶えまない音が聞こえる。

「なにが起きたんだと思う？」ベイカーはたずねた。「どいつもこいつもどこにいる？」

「連中は建物の裏手の防火扉から逃げた。とっておきの手榴弾をひとつ使わなければならなかったが、その価値はあったようだな」駐車場の暗がりから、なぜか聞き覚えのある声が答えた。

ソフィアがウォルドグレイヴから奪った銃を構えた。「だれ？　姿を見せろ！」

「もちろん」正体不明の男が答えた。両手を上に向けて火明かりのなかへ出てきた人物を見て、ベイカーの口が大きくあんぐりと開いた。指先にトレードマークのキャメルの煙草を挟んでそこに立っているのはエドワード・R・マローだった。燃えているフォード・インターセプターの瞬《またた》く炎の光を浴びて、顔が不気味に見える。

ベイカーをひと目見るなり、たるんだ顔をゆるめ、父親のような温かい笑みを浮かべた。「おやおや。少し疲れた顔だな。コーヒーでもどうだ？」

28

「しかし……あなたは死んだと」ベイカーは上の空で言っていた。「何週間も新聞各紙が報じていた」

「作り話をな」マローが答え、最後にもう一服したあと煙草を放り捨てた。トレードマークの服装——袖をまくり上げた白いシャツ、ゆるめたネクタイ、サスペンダー。「ろくでなしのマッカーシーなんかに早期引退へ追い込まれるなどごめんだった。死んだことにしたおかげで、あの男を徹底的に調べ上げるのに手を貸してくれる同志を何人か集めることができた」

　その瞬間、ベイカーはぴんと来た。「あなたが〈リバティ・ボーイズ〉を？」

「そのとおり」マローが答えた。

「ブレントウッドの公衆電話にかけてきて、ヒューイどもがおれを捜していると教えてくれたのも」ベイカーは続けた。謎の発信者がマローの有名な決め台詞〝おやすみなさい、幸運を〟をもじった言葉を口にしたのを思い出した。

「そのとおり。捜査にかまけて民間防衛放送局などろくに聴いてないだろうと思ってね。さて、きみが抱いてそうな疑問にすべて答えてやりたいのは山々だが、それはもっと安全な場所で願いたい。おそらく消防がここへ向かってるだろうし、避難した下院非米活動委員会《HUAC》の連中だっていつまでも外にいないだろう」

「どうやって連中を追い出したんです？　まるでこの建物を砲撃しているような音がしていた」

マローはにこやかにほほ笑んで新しいキャメルに火をつけた。「音響の世界でキャリアを積んだんだ。専門知識は持っている――無線信号の乗っ取り、声の増幅、聴く人の耳をあざむく方法」

彼はふたりの注意を数メートル離れた位置に停まっている一九五七年式のシボレー・ピックアップに向けた。荷台に巨大な拡声器がふたつ、紐でくくりつけてある。どちらもＨＵＡＣ支部の建物にまっすぐ向いている。「よし、ラルフ」マローが言った。「鳴らせ」

運転台に座っている人物が親指を立てるしぐさを見せた次の瞬間、拡声器から戦場の音が鳴り響いた。大音量のため地響きがした。

「かなりいいだろう？」マローが爆発の効果音を圧して大声で訊いた。

「はい！」ベイカーとソフィアが声をそろえて言い、耳をふさいだ。「消してください！」

マローがまたラルフにどなり、騒々しい音がやんだ。「カリフォルニア州北部の知り合いが急いで作ってくれたんだ」マローが説明した。「試作品で、まだ特許権も取ってないがね」

「すごい」ベイカーは言った。「で、ラルフというのは何者ですか？」

「いずれ説明する、ベイカー」マローが言った。「とにかく、コーヒーを飲まないか？」

ラルフとはマローについているふたり組のボディガードの一方だとわかった。

「このふたりに見覚えは？」二十分後に〈マーヴズ・ダイナー〉の前で勢ぞろいすると、マローがたずねた。

「あんたたちはヒューイだったよな」ベイカーは驚いた。「カークとウェストン。だが、あんたたちは中西部へ異動になったとハートウェルは言った」

「でたらめですよ」赤褐色の髪をクィッフスタイルにした、長身でやさしい話しかたをする若者ラルフ・ウェストンが答えた。「組織からふたりも離脱したなんて市民に嗅ぎつけられるわけにいかないので、別の地域へ異動になったと言っただけです」

「おれたちは、HUAC全体が腐敗し、善悪の判断を失っていると気づいたんです」ふたりのうちのずんぐりしたほう、ジェラルド・カークが口を挟んだ。「外国の侵入者の手から自分たちの国を守るためにHUACに入ったんだけど、問題を起こしているのは仲間の調査官だとわかったときに、そいつらの有罪を示す証拠をできるだけたくさん持って逃げたんです」

「つまり」ベイカーはマローにたずねた。「あなたには自由に使える〈リバティ・ボーイズ〉のメンバーが大勢いるってことですか？」

マローはその質問に声をあげて笑った。「ちがう。大勢いたら隠しきれないだろう。ラルフとジェラルドと私だけが……まあ、現場工作員ってところかな。それ以外に雇っている連中は、情報提供者の全国ネットワークを作り上げている」

「どうやって自分の死を偽装したんです？」ベイカーは証人に反対尋問をする弁護士になった気がした。「生きていることを隠して活動するためには、新しい出生証明書やら社会保障番号やらが必要なはずです。いろんなものが」

「ああ、そのちょっとした策略については、かなり自慢に思っている」マローがきっぱりと言った。「癌《がん》を患ったホームレスを見つけて、最期の数カ月をできるかぎり快適に過ごさせてやる代わりに、彼の身元を使わせてもらった」

あまりに現実離れしていて、とても本当のことだとは思えない。マローは、こんなことに荷担するよりも戦争を報じるほうが似合っている。それにもかかわらず、なんの疑問も抱かずに信じさせるような重々しく落ち着いた話しかたで、こっちを安心させる空気を放っている。

「で、こちらの美しい友人はどなただ？」マローはベイカーにたずね、ソフィアの手を取って軽くキスした。

「ソビエト諜報部のソフィア・ヴィフロフです」彼女が笑みを浮かべて答えた。「はじめまして」

「つまり、ジョニーとダルトンは結局この件に本当にソビエトを引き込んだってことか」


三人は出入口からいちばん遠い隅のテーブル席に着いて、煙草を吸い、コーヒーを飲んだ。ラルフとジェラルドはいくつか離れたテーブル席でババ抜きをしている。まもなく午前五時になろうというところで店内にはほぼ人気《ひとけ》がなく、シフト終わりの疲れきったタクシー運転手がひとりいるだけだ。彼はベイカーたちにろくに目もくれず、家へ帰ってひと眠りする前に、ボウルのオートミールを音を立てて食べている。

作りたてのクリームド・チップトビーフの鍋を運ぼうとしていたマーヴは、マローを見ると鍋をひっくり返しそうになり（彼の義足は調子のいいときでさえ不安定なのだ）、三度の火傷《やけど》を負った。カウンターの奥から出てきて、記者の手を力強く握った。

「あんたの大ファンなんだ、ミスタ・マロー。大ファンだ。死んでなんていないと思ってた。おれにはわかってた。マッカーシーの敵ならだれでも、この店のおごりだよ――一生ね！」

「ありがとう、ミスタ・パチェンコ。ちょっとした頼みがあるんだが」

「なんでも言ってくれ」マーヴはクリスマスの朝の子どものようなにこやかな笑みを浮かべた。

「一、二時間、表に〝閉店〟の札を出してもらえるだろうか？　だれにも邪魔されたくなくてね。長居はしないと約束する」

マーヴは敬礼をして、無言でドアのところへ行き、〝営業中〟の札を裏返して〝閉店〟にした。マローが礼を言い、ジュークボックスに歩み寄って十セント硬貨を入れ、ザ・レイズの《シルエッツ》を選曲した。

ようやく席に着くとマローは両手の指を組み、ベイカーに話しかけた。「こんなことに巻き込むはめになって申しわけない、ベイカー刑事。だが、時間切れが迫り、この街にいる仲間の大半が死んだいま、〈ブラック・シンフォニー〉を止めるのに手を貸してもらえるのはきみと諜報員ヴィフロフだけなんだ」

「なにを止めるって？」ベイカーとソフィアが声をそろえて聞き返した。

マローはキャメルを長々と吸ってから答えた。「頭のおかしい連中だ。アメリカに雇われた元ナチどもの組織。〝元〟というのは当てはまらないな。以前と変わらず第三帝国に傾倒しているから。長年アメリカ国内で野放しで活動しており、基盤を固めたいま、アメリカの政治方針に影響を及ぼそうと画策している」

「どうやって政治方針に影響を？」ベイカーはたずねた。

「刑事なんだから頭を使え、ベイカー。ただでさえ、この国の市民にとって困難な状況だ。大都市を爆破した犯人が一介のユダヤ人だと判明したら、状況がどれほど悪化するか想像してみろ。あのローゼンバーグ夫妻ですら、ただの有名夫婦にすぎなくなる。日本人捕虜収容所を再開するという噂も、もはやたんなる噂だとは言いきれない。マッカーシーはユダヤ人を手当たりしだいに検挙しはじめるだろうし、〈ブラック・シンフォニー〉は十三年前の状況に戻ることに祝杯をあげるだろう」

ベイカーはウォルドグレイヴにまた殴られた気がした。当然だ。計画はじつに単純で、まさしく連中の思うつぼだ。「〈ブラック・シンフォニー〉の存在をどうやって知ったんです？」

「アメリカもソビエトもスパイを抱えているんだから、〈リバティ・ボーイズ〉にもスパイがいていいだろう？」マローは肩をすくめた。「〈ブラック・シンフォニー〉は、戦時中に盗んだ金や美術品を元手に南米で快適に生活している元ナチス親衛隊によるネットワーク、〈ODESSA〉の支援を受けている。ヴィーゼンタールはその存在に気づいたため、一家皆殺しにされた。われわれが敵にまわそうとしているのは危険な連中だ」

「でも、連中はなぜ〈ブラック・シンフォニー〉なんて名乗っているんですか？」ソフィアは両手でマグカップを包むように持っている。

「いささか皮肉な名前をつけたもんだよ。一九四四年、ドイツ国防軍内の将校グループがヒトラー暗殺を企てた」

「おれの記憶が正しければ、作戦は失敗したはずです」ベイカーは言った。

「大失敗だった」マローが答えた。「ロンメルも含めて何十人もが処刑された。ゲシュタポがこの陰謀者どもを〝ディー・シュヴァルツェ・カペレ〟と名づけた」

「〝黒いオーケストラ〟か」ベイカーは小声で吐き出した。「くそ」

「話についてきてもらえてほっとした」マローが言った。「科学者どもは、ヒトラーの暗殺未遂犯たちにちなんだ名前をつけるのは気が利いてると考えている。まあ、そういうことだ。オーケストラはたんなる人の集まりだが、シンフォニーはもう少し複雑だ。オーケストラの面々が集って初めて完成する。爆弾計画のほうは〝ワルキューレ〟と呼んでいるようだ」

「ヒトラーのお気に入りの作曲家ワグナーの楽曲から名づけたんだな」ベイカーが言った。

「それだけじゃない」マローが口を挟んだ。「一九四四年の暗殺計画も〝ワルキューレ〟と呼ばれていた。〈ブラック・シンフォニー〉はここでも気の利いた踏襲をしているんだ」

「ちょっと待ってください」ベイカーはあることを思い出して言葉を挟んだ。「三日前にヒューストン邸へ行ったさい、レコードプレーヤーで《ワルキューレの騎行》がかかっていました」

マローは耳ざわりな笑い声をあげ、新しい煙草に火をつけた。「ジョニーは気の利いた方法でドイツ人どもに一矢報いたんだ。われわれは無線周波数を彼の邸《やしき》に合わせっぱなしにしていたんだが、三日前の夜、ワグナーのあのオペラ曲が聞こえてきた。ラルフの耳を吹き飛ばしそうな大音量だったが、計略がばれたことを伝える救難信号だったにちがいない」

一分ほど経った。ベイカー、マロー、ソフィアは、呑気に早い朝食を楽しんでいる友人同士のようにただ座っていた。ようやくマローが沈黙を破った。「戦争末期、私はある強制収容所について報じたんだ、ベイカー。私はあの人でなしどもになにができるか知っているし、きみも知っている。われわれはどんな犠牲を払っても連中を止めなければならない。われわれの選んだ作戦名はぴったりだと思う」マローはコーヒーをひと口飲み、煙草を長々と吸い込んだ。「〝悪魔どもをやっつけろ〟という作戦名だ」

29

これですべて説明がつく。ベイカーは三日前にクロンカイトの手のなかに見つけたメモのことをマローに話した。

「ジョニーとダルトンはマスコミを巻き込みたがったが、私は一般市民を巻き込むのは危険すぎると反対した。現にそのとおりだった」マローが言った。「ウォルター・クロンカイトは死なずにすんだはずだ。以前からの知り合いでね。すぐれたジャーナリストだった。ジョニーは元来いささか強情で、二週間ほど前に私との直接のやりとりを絶っていた。その後、彼とダルトンは台本にない行動に出て、その結果、命を落とした。ふたりは〈ブラック・シンフォニー〉に手の内をすっかり見せてしまった。だが、まさかソビエトまで引き込んでいたとは思ってもいなかった。悪く取らないでくださいね」彼はソフィアに向かって言った。「ダルトンと彼の共産主義者の知り合いの手まわしだろうな」

「申しわけありませんが、ダルトンというのは？」ベイカーはたずねた。

「ダルトン・トランボ。きみのせいで〈ラ・エスパーダ・ロハ〉で殺された男だ」

「ちょっと！」ベイカーは声を張り上げた。憤然と立ち上がろうとしてテーブルに膝をぶつけた。

「あれはおれの責任じゃない。尾行されているなんて気づかなかったんですから。だいたい、〈ブラック・シンフォニー〉がおれをはめようとしていることに気づいたときに、どうしてすぐ姿を見せてくれなかったんです？」

「悪いな、ベイカー。われわれは、手に追えなくなる前に事態を収拾できることを願っていたんだ。爆弾が爆発しなければ、どれだけ危険が迫っていたかをきみが知ることはないはずだし」

「〈ブラック・シンフォニー〉の存在を知らせてくれたスパイがいると言いましたね。彼はいまどこに？」

「死んだよ。スパイだとばれて殺された。その前に、連中が新たな原子爆弾を作るために濃縮ウランをこっそり持ち込もうとしていると知らせてくれたんだが、われわれは爆弾のありかをつかめずに困っている。見当はつくか？」

「まったく」

「くそ、昨日の冒険のあと、きみがなんらかの手がかりをつかんでいるものと期待していたんだが」

「昨日、あなたがたはどこにいたんです？」ベイカーの声にはつい、いらだちが表われていた。「なんらかの掩護《えんご》があってもよかったはずだ」

「ただでさえ謎を山盛り抱えたきみに、新たな疑問を追加したくなかったんでね」マローが言い返した。「きみなら自分で対処できると思っていた。だが、監視をつけることにしてよかった。そうじゃなければ、今夜きみがどこにいるか、われわれにはわからなかったと思わないか？　ああ、礼には及ばない」

ベイカーとマローは睨《にら》み合ったが、そのうちにソフィアが冷ややかな沈黙を破った。「くだらない意地の張り合いは終わった？　仕事の話に戻りましょうか」

「それもそうだ」マローが言った。「第二の、さほど緊急性のない問題は、連中がそもそもウランをどこから手に入れたかだ。どこかの国の政府が〈ブラック・シンフォニー〉と共謀しているのであれば、爆弾を見つけたあとで対処する必要がある」

「それについては」ベイカーが言った。「答えはわかっています」マローが促すように眉を上げたので、ベイカーは説明を続けた。「連中は、アフリカにあるウランに富んだ土地を何平方キロメートルも所有しているんです」

ベイカーは、ラングのアルバムとヒューストンの冷蔵庫で見つけたメモからハンフリー・ボガートに、そしてヘルヴィックの小説にたどり着いたことをマローに説明した。彼に見つけさせるべくラングが遺した土地の権利書について。さらに、爆弾計画に怖気《おじけ》づいたラングが裏切り者になったにちがいない、という推測も。

「驚いたな。私の仲間が〈ブラック・シンフォニー〉の一員と連携していたとはね。いくら私でも予測できなかった」マローは興奮している。「そもそも、この作戦を〝悪魔どもをやっつけろ〟と呼ぶことにしたのはジョニーの考えだった。いかにも根っからの物語制作者ジョニーらしいだろう。で、土地購入の証拠はあるのか？」

「あります。車の運転席の座面裏に。まだあると思いたいですね。おれたちを拘束しているあいだにヒューイどもが車内を捜索しただろうし。見つかってしまったかもしれません」

「確認させよう」マローが言った。「ヒューイどもは愚かでずさんだからな」

マローはラルフを呼び、ベイカーの車から証拠品を残らず持ってくるようにと指示した。

「ところで、トランボが殺されたことはどうやって知ったんですか？」ベイカーはたずねた。

「決まってるだろう」マローが答えた。「奥さんに電話をかけたんだ」

ラルフが言われたものを持ってすぐに戻ってきた。ラングのアルバム、ナチの国章が彫られた金の延べ棒、アフリカの土地の権利書。

「計画を知りすぎた者は死体で発見されるのが物騒な習慣になっています」ベイカーは言った。「ラングもヒューストンもトランボも死が迫っていることを承知していた。だから、おれに手がかりを遺した」

「だとすれば」マローが言った。「爆弾のありかを示す手がかりもどこかに遺しているはずだ」

ベイカーはにっこり笑った。「じつは、ミスタ・マロー、ありがたいことに、その答えはほぼまちがいなくわかっています」

30

爆弾のありかを示す手がかりは、この二日間ベイカーが握っていた。だが、ぴんと来たのは、ラルフがそれを〈マーヴズ・ダイナー〉に持ってきてくれたときだった。

「アルバムの一ページ目を開いてください」ベイカーは指示した。マローがアルバムを引き寄せて開いた。くわえていた煙草が膝に落ち、手のひらで叩いて火を消しながら痛烈な悪態をいくつか吐いた。大火災になる可能性を排除したあとで顔を上げた。

「こんな単純なことなのか？」

「こんな単純なことなんです」ベイカーはほぼ鸚鵡《おうむ》返しに答えた。「爆弾があるのはグリフィス天文台です」

「グリフィス天文台か」マローが繰り返した。「連中の大胆さにはいつも驚かされる。だが、まちがいないのか？」

「まずまちがいありません。最初は、たいした意味もない思い出としてこの絵葉書をアルバムの一ページ目に貼りつけただけだと思いました」アルバムを自分のほうへ向けて絵葉書を剥《は》がした。「この街のどこでも買えるものだし、いまのいままで深く考えなかった。でも、考えてみてください。ラングはもともと、アメリカ市民になりたくてこの国へ来たわけではありません。この国へ来た当初の彼は、ナチの高慢なドイツ人だった。ドイツを訪ねたあと心境がどう変わったのかはわかりませんが、この国が標榜するすべてを嫌悪していた。それに、この絵葉書は古びた様子がまったくない。安手の紙は数カ月もすれば黄ばんでくるものです」

彼が絵葉書を差し出すと、マローが受け取ってしげしげと見た。「つまり」ベイカーは説明を続けた。「その絵葉書はわりと新しく、ひょっとするとラングが命を絶つ数日前に買ったものかもしれないということです。ラングはおれに、アフリカのウランのことを知らせたかったし、グリフィス天文台のことも知らせたかった」

「驚いたな」マローが言った。「しかも彼は、万一〈ブラック・シンフォニー〉かヒューイの手に渡った場合にそなえて、手がかりをむずかしくしておいたんだろう。そのすぐれた頭脳を大事にしろ、ベイカー。この一件を乗り切ったらいろんな仕事の話が舞い込むだろう。あとは、爆発物を押収してきみの潔白を証明するだけだ」

「爆発物といえば」ベイカーはたずねた。「捜しているのはどういう爆弾なんですか？　大陸間弾道ミサイル？」

「まさか」マローは驚いた様子だった。「いくら頭がおかしいとはいえ、〈ブラック・シンフォニー〉はカリフォルニア州南部全体を放射能で汚染する気はないだろう。ちょっと失礼して、知り合いの原子力専門家に連絡させてもらうよ。ロサンゼルスに拠点を置いている人物なんだ」

マローはテーブル席を離れ、店内の反対側にある電話のところへ行った。ボディガードのふたりはすぐさまババ抜きをやめてつき添った。ベイカーは立ち上がって脚を伸ばし、コーヒーのお代わりを注いだ。

「この件ももうすぐ終わりだ」ソフィアに向かって言った。「これが終わったらなにかやりたいことはあるのか？　おれたちが無事に生き延びたら、の話だが」

「じつは」彼女は空いている席に横になって目を閉じた。「ビーチへ行ったことがないの」

「嘘だろう！」

「嘘じゃない。わたしの出身地にはビーチはたくさんなかったもの。太平洋って美しいんですってね」

「爆弾の件がかたづいたら、すぐに車でサンタモニカへ連れていってやるよ。アメリカンドッグ、綿菓子、ファネルケーキ、海の景色。すべて味わわせてやる」

「すてき」ソフィアが目を閉じたまま言った。ベイカーが気づくより前に、彼女は打ち寄せる波と温かい砂を思い浮かべながら眠りに落ち、軽くいびきをかいていた。ベイカーは上着を脱ぎ、ブランケット代わりに彼女の肩にかけてやった。

一分ほどして、マローが両手を揉み合わせながら戻ってきた。ベイカーは人差し指を唇に当てたあと、ソフィアを指さした。マローがうなずき、小声で告げた。「専門家がここへ向かっている。到着しだい、対抗計画を練ろう」

陽が昇りはじめたころ、マローの言う原子力専門家が店に入ってきた。彼女を見るなり、ベイカーの口がまたしても大きくあんぐりと開いた。彼とコノリーについている事務員グラディス・ハーグローヴだったのだ。

「ハイ、モリス」彼女は少しばかりおずおずと言った。「秘密がばれちゃったみたいね」

「おれを監視させていたんですか？」ベイカーはマローに食ってかかった。

「きみの身を守るためだ」マローは新しい煙草に火をつけた。「こちらはジョアンナ・ラッフ」

「ジョアンナ？　彼女の名前はグラディスですよ」

「じつは、それは偽名なの」ジョアンナが言った。「父モーリスは、ユダヤ人だという理由で要注意人物リストに載せられていた。政府をかなりずけずけと批判していたし、下院非米活動委員会《HUAC》から逮捕状が出された。でも、悲しいことに……」彼女の目が曇った。「……HUACが来る前に父は命を絶った。わたしは大学を卒業してすぐに〈リバティ・ボーイズ〉に加わった。そのうち〝リバティ・ピープル〟と改名するといいかもね、エドワード」

マローは冗談めかして目を剝《む》いた。

「女性が原子物理学の勉強を?」ベイカーはたずねた。

「原子核分裂について、このジョアンナ以上にくわしい人間はいない」マローが言った。「さあ、本題に入ろうか? 〈ブラック・シンフォニー〉が作った爆弾についてジョアンナが説明してくれる」

ソフィアをもう少し眠らせてやることにして、三人は別のテーブル席へ移動した。ジョアンナが説明を始めるや、ベイカーはこれまで報告書のタイプ打ちを頼んだり、彼女の体をじろじろ見たりして悪かったと反省した。自分などより彼女のほうが知識量が多いのは明らかだ。

「これは未知の領域なの、モリス」彼女が説明した。「わたしたちには、〈ブラック・シンフォニー〉がまったく新しい原子爆発物を作ったと考える理由がある。爆発させて放射性物質を可能なかぎり広範囲に飛散させることを目的としているから、わたしは放射性物質飛散装置と呼んでるんだけどね」

「グリフィス天文台」マローが情報を告げた。「そこが隠し場所だ、ジョアンナ」

彼女は理解して厳粛にうなずいた。「賢明だわ。あの高台で爆発させれば、街全体を覆う放射能の雲を作り出すことがおおむね可能だもの。そんなことを許したら、街は壊滅する」

「連中はヒューストンやトランボと同類だ」マローはキャメルの新しい箱のセロファンをはがした。「ささやかに終わらせたくない。大きな効果を得たい気持ちにあらがえないんだ」

「で、爆弾解除の方法は？」ベイカーはたずねた。

「あいにく」ジョアンナが答えた。「爆弾の形状もしくみもまったくわからない。だから、爆発する前に手に入れて、わたしのところへ持ち帰ってほしい。そうすれば、不活性化する方法を見つけてみせる」

「どれぐらいの重さだと思う？」ベイカーはたずねた。「おれひとりで運べるだろうか？」

「それもなんともわからない」ジョアンナが言った。「でも、すごく稚拙な作りで放射能を大量にまき散らす爆弾よ。あえて推測するなら、数キロ分の濃縮ウランにダイナマイトを何本かくくりつけただけのものだと思う」

「放射線障害をこうむる危険はないのか？」ベイカーはたずねた。過去の闇が呼びかけている。無理やり現在にとどまり、マローにもジョアンナにも発作に襲われるところを見せなかった。

「〈ブラック・シンフォニー〉がちゃんと宿題をかたづけたとしたら、その危険はない」ジョアンナが言った。「濃縮ウランを安全に爆弾に積み込むためには、厚い鉛の層で包む必要があるから」

安堵の気持ちがベイカーの顔に出たにちがいない。ジョアンナは温かい笑みを浮かべた。「あなたは大丈夫よ。質問があれば、わたしが無線で答えるから」

「それはすばらしいが、連中が監視もつけずに爆弾を置いておくとは思えない」ベイカーは言い立てた。「ただ歩いて入っていき、爆弾を手にして歩み去るってわけにはいかないはずだ」

「その点は私に任せろ」マローが言った。「さっき見てもらったとおり、陽動作戦はお手のものだ」

彼は宝石つきのブローバの腕時計に目をやった。「疑問はあとひとつ——連中はいつ爆発させるつもりなのか？」

三人は座ったまま黙り込み、マーヴは盗み聞きなどしていないふりでカウンターを拭いていた。ベイカーは自分の腕時計に目をやり、午前六時だと見て取った。と、最後の疑問にひらめきを得て、思わずつぶやいていた。

「そうか」市役所でフェンウィックが追いかけてきてラングの死の時刻を耳打ちしたことを思い出した――午後六時。その話をマローとジョアンナに伝えた。

「そのラングという男は狡知《こうち》に長《た》けるようだな」マローが言った。「もっとも、ヒトラーが幕引きを決断して以降、ドイツ人どもは如才なく立ちまわるようになった。そうだろう？　では、われわれは何時間か眠ることにして、連中に準備する時間を与えてやってからパーティに押しかけるとしよう。午後一時ごろにここに集合だ」

マローは腰に両手を当て、うめき声を漏らしてテーブル席から出た。腰をそらして背骨を鳴らした。ずいぶん楽になった様子だ。「ましになった」と言った。「こういうテーブル席は腰にこたえるからな」

ベイカーが口を開きかけると、なぜか意を察したマローが答えた。「言いたいことはわかる、ベイカー。いますぐ攻撃すべきだ、と言いたいんだろう。だが、爆弾がすでに天文台に置かれているとは言いきれない。いかなる妨害も避けるために、ぎりぎりになってから運び込むのかもしれないからな。心配ない。われわれが行くことを知られないかぎり、時間は充分にあるんだから」

「わかりました。では、自宅に帰ります」ベイカーは、シャワーを浴びて少し眠りたかった。マローがベイカーの肩をぽんと叩いたあと、マーヴに近づいて寛大なもてなしに礼を言った。

ベイカーはソフィアのところへ行き、そっと起こした。「ほら、行くぞ。本物のマットレスで寝るほうがいいんじゃないか？」

31

ベイカーとソフィアが〈パラダイス・アパートメント〉に帰り着いたとき、ノース・ヒル通りは不気味に静まり返っていた。緊張感が蒸し暑い靄《もや》のようにチャイナタウンに垂れ込めている。ふだんは目につく人力車や遊んでいる子どもたち、露店商人たちの姿が、今朝はきわめて少ない。休暇中は外国人嫌いの連中による襲撃が急増するし、男女を問わず銃を携行している連中が目につかないということは、最悪の事態を予想していっせいに息をひそめているからだ、とベイカーは知っている。

ふだんから散らかっているとはいえ、自宅アパートが捜索を受けたことはひと目でわかった――まずまちがいなくヒューイどものしわざだろう。マットレスをめくって壁にもたせかけてあり、化粧台のひきだしはすべて引き出して床に置かれ、トイレのタンクのふたはキャビネットの中身と一緒にシャワーを浴びていた。

バスルームのひび割れた鏡に映ったベイカーの顔は、黒やら青やらの円いあざがいくつもできて腫《は》れ上がっている。疲労と苦痛のせいで、シャワーをかたづけてきちんと風呂に入ることができないので、キッチンのシンクで湯を使って顔を洗い、折られた指で傷に湯を跳ねかけて顔を歪めた。そのあと居住スペースに戻ると、飲みかけのピーチシュナップスの瓶に足が当たった。残りをひと息に飲み干した。酒はわずかに安堵をもたらしたものの、それだけだった。用心しながら服を脱ぎ、靴下のなかからラングの貸金庫の鍵を取り出してキッチンのひきだしにしまった。

ふたりとも愛を交わせないほどくたくただったためソフィアがすばやくキスをすると、ベイカーは歯を失ったことを痛切に思い出した。彼女がシャワーを浴びに行き、ベイカーは殴られた腹の抗議を受けつつもマットレスをひっくり返して、うつぶせに倒れ込んだ。

この二十四時間で散々な目に遭い、元ナチの危険なグループの手から原子爆弾を回収しなければならないという不安を抱え、体じゅうが痛むにもかかわらず、あっさり眠りに落ちた。

ひどい寒さと同時に、ひどい暑さを感じる。その両極のあいだの煉獄《れんごく》に囚われているのは苦痛だった。どちらか一方に落ち着こうとすると体が痙攣《けいれん》しはじめる――おまけに抑えがたい吐き気まで伴うのだ。

食事をたくさん与えられても、かならず吐いてしまう。強制収容所で与えられていたのと同じような薄いスープだけなのに。唯一ちがうのは、ここのスープにはちゃんと味があることだけだ。飢餓状態の人間に早急にたくさんの食べものを与えるとどのような結果になるか、アメリカ人はよく知っている。ベイカーが死なずにすんだのは、強制収容所にアメリカ兵が最初に入ってきたとき、衰弱がひどいせいでハーシーのチョコレートバーや、Kレーションと呼ばれる戦闘糧食をむさぼることができなかったおかげだ。

そもそも、ろくに意識がなかった。

とにかく、スープと嘔吐が訪れた。交互に、古い友人のように。

どれぐらいの期間かはわからないが、そんな状態のままぼやけた形ばかりの靄のなかで過ごしたのち、周囲のものが徐々にはっきりと見えはじめた。やがてある日、頭を持ち上げることができた。次に、枕にもたれて上体を起こせるようになった。世話をしてくれている美人看護師が褒美に頬に軽くキスをしてくれた。脚をまわして簡易ベッドの脇から足を下ろして立ち上がると意識が遠のきそうになったが、少なくとも体力を回復しつつあった。

腫瘍《しゅよう》を切除され、その痕が化膿したときに左腕を失いかけた。その後の回復を医師は〝奇跡〟と呼んだが、モリス・ベイカーはもはや奇跡など信じていない。そんなものは死体と一緒にショベルですくって焼却炉に放り込んだ。ラビが見舞いに来ても、ベイカーは話をすることを拒み、そっぽを向いた。あんな目に遭ったあとで、神など信じられるはずがない。信仰を持つなど不可能だ。いつまでも消えない前腕の数字と傷痕がその証拠だ。

愚かしいほど純粋だった目が過酷な現実を見た。

忘れることなどできない。

許すことなどできない。

神などいない。


ソフィアが軽く叩いて起こした。「モリス、十二時十五分よ。服を着たほうがいいかもしれない」

「もうそんな時間か」ベイカーは喉の痰を切った。「いま目を閉じたばかりだって気がする」ぼうっとしたままマットレスから引き上げるようにして上体を起こし、周囲を見まわした。昼過ぎの光のなかで見ると、室内はますます散らかって見える。「十二時十五分と言ったか？」

「うん、そう」ソフィアが答えた。彼女はブラジャーとパンティだけの姿で隣に寝ている。

「なるほど……」ベイカーは言った。「マーヴの店はここからそう遠くないし、まだ少し時間の余裕がある。べつに……急いで支度しなくても……」

ソフィアがくすりと笑い、ベイカーは彼女にのしかかった。

二十分後、ふたりは服を着て通路を歩いていた。ソフィアは昨日買ったドレス、ベイカーは地味なスラックスと半袖シャツだ。この暑さのなか原子爆弾を運ぶことになるのなら、せめて快適で動きやすい服装でいたかった。ウエストバンドに拳銃を挟み、ウォルドグレイヴの飛び出しナイフを靴下に隠している。

大家の部屋の前を通りかかると、ミセス・ホアンがドアロに立っていた。部屋のなかから《スウィングしなけりゃ意味ないね》を中国語でカバーした歌声がノイズ混じりに聞こえてくる。ベイカーはありったけの無邪気な笑みを浮かべて言った。「こんにちは、ミセス・ホアン。休日を楽しんでますか？」

彼女はしげしげと見つめつづけ、そのうちに言った。「歯はどうしたの？」

「ああ、ほら、野球ボールが当たったんです」

「今月の家賃が遅れてるわ、ベイカー」彼女は怪我に対して同情の言葉をいっさいかけなかった。「休日なんてどうだっていい。明日には家賃を払ってちょうだい」彼女は自室に引き取り、乱暴にドアを閉めた。世界がまるできしむ古い家のごとき本来の姿に戻りつつあるかのように、ベイカーの耳に、ミセス・ホアンと夫がどなり合っているくぐもった声が聞こえた。

ロビーで、古いアメリカ国旗で作ったらしいみっともないドレスを着たリズが待っていた。両腕をベイカーの首にまわして頬をついばむようなキスを何度かすると、不安と喜びの入り交じった大声をあげた。

「モリス！　ああ、よかった！　なんてひどい顔！　本当にごめんなさい。腹が立ったし傷ついたからあんな通報をしちゃって」

「リズ！」ベイカーは言葉に窮した。「なんて格好をしてるんだ」

「ああ、これ？」彼女は腕をほどいてドレスの皺《しわ》をなおした。「ちょっとお祭り気分になってみようと思って」

「なあ、リズ……」言いかけたベイカーを、彼女が遮った。

「わたしのやったことは許せないことだってわかってる。ただ……」リズはソフィアの姿を目に留めるや話をやめた。

「あ……」

「リズ、頼むよ。いまは時間がない。おれは、えっと、急ぎの用があるんだ」

「わかってる」彼女は目をソフィアに注いだまま言った。「で、この女が大切な人だってこと？」

「リズ！」ベイカーはどなりつけた。「本当に時間がないんだ！　おれたちの関係については、近いうちにちゃんと話し合うと約束する。でもいまは、本当にもう行かなければならないんだ」

「お気づかいなく！」リズがロビーを出ていくふたりのうしろ姿に向かって叫んだ。涙が頬を伝っている。「わたしたちはもう終わりよ！」

無事に車に乗り込むと、ソフィアが言った。「だれも思いもしなかったでしょうね。モリス・ベイカーが女性を泣かせる罪作りな男だなんて」

「くそくらえ、共産主義者」ベイカーは言い返してラジオをつけた。エルドラドスが「クレイジー・リトル・ママ」とかなんとか歌いだした。

ソフィアがたまらず笑いだした。すぐにベイカーも加わった。

マロー、ラルフ、ジェラルド、ジョアンナはすでに〈マーヴズ・ダイナー〉でふたりを待っていた。いまから危険な任務に取りかかるわりに、全員、陽気な様子だ。

「ふたりとも準備はいいか？」マローがたずねた。ベイカーとソフィアがうなずいた。「よし。じゃあ、二台に分乗して、ノース・バーモント大通りで――」

「ちょっと待った」ベイカーは額を叩いて言った。「あの野郎ども」

「なんだ？」マローがたずねた。

「三日前にラジオで言ってたんですよ。天文台へ行く道路は工事のために通行禁止にする、と。連中はずっと前から手を打っていたんだ」

「なるほど。だが、俗に、過ぎたことをくよくよしてもしかたがない、と言うだろう」マローが言った。「さあ、行動開始といこう」

32

グリフィス天文台は、人類史上もっとも不運な名前をつけられた男、グリフィス・J・グリフィスの資金提供により一九三五年に建設された。一九一九年の死にさいし、グリフィスは、一八九六年にロサンゼルス市に寄付した土地にプラネタリウムと展示ホールをそなえた天文台を建設するようにと遺言書で指示していた。この慈善家の目的は、天文学を一般市民にとってもっと身近なものにすることだった。

意図は善良なものだったが、ほぼ恒常的に形成されるスモッグの層のせいで、ほとんどの夜は星など見えないという現実をグリフィスはわかっていなかった。市民はおもに、ロサンゼルス盆地の絵のように美しい光景を見るためにここを訪れる。とくに夕方、落陽に染まり、オレンジや赤、緑、茶、黄色などで描かれた美しい水彩画のごとく見える街を眺めるために。

三十分後、ノース・バーモント大通りのはずれに着いたときは時刻が早すぎて、そんなロマンティックな光景はまだ出現していなかった。埃《ほこり》っぽい道はロードコーンや重い施工機器でふさがれていた。ベイカーが車を停め、マロー一行もピックアップを停めた。

「悪いが、ここから先は歩いていってもらわざるをえないようだ」マローがベイカーとソフィアに言った。「われわれはあれをどかせるかやってみるが、きみたちは先を急いで、爆弾を確保したほうがいい。ジョアンナ、携行するものについて説明してやれ」

ジョアンナがコンチネンタルまで歩いてきて、ベイカーにトランシーバーを手渡した。ベイカーはベルトに取りつけた。ジョアンナは手榴弾《しゅりゅうだん》もふたつ取り出し、ソフィアに渡した。

「使用するのは緊急時のみにしてください」と言った。

「われわれはすぐうしろにいる」マローが言い足した。「さあ、行け。天文台に着いたらすぐに連絡を。そうすれば、きみたちが死んでないとわかる。健闘を祈る」

ベイカーは元記者と握手を交わし、ジョアンナが励ますようにうなずいた。そのあと、ベイカーとソフィアは丘をのぼりはじめた。


ふたりは、木立や乾燥した低木の藪《やぶ》ばかりを通りすぎ、なんの問題もなくウェスト・オブザーヴァトリー通りをのぼりきった。永遠とも思えるほどはるか前にヒューストン邸へ駆けつけたときもそうだったように、ここからも街全体を見渡すことができる。

炎熱の太陽が上空から照りつけているものの、ロサンゼルスの街の喧騒《けんそう》から離れたこの高台はずいぶんと穏やかだ。ベイカーは眼下の街で泳いだりバーベキューを楽しんだりしている無辜《むこ》の民《たみ》のことを——数時間後には死の灰に覆われるかもしれないことなどなにも知らない市民のことを——考えた。これは、相互牽制と抑止力が機能している場合にのみ生み出される偽の正常状態だ。郊外の完全な世界と荒廃した終末の世界のあいだにふたりの怒れる男が立っているのに、万事問題ないとみずからに言い聞かせているようなものだ。

無言で十分ほど歩き、丘の頂上に着いた。ふだん、来場者はここに車を停めたあと天文台まで歩けばいい。ベイカーとソフィアはまっすぐ天文台の建物へ向かうのではなく、周縁をまわって近づいていった。そうすれば、建物の表側を見張っている人間にすぐさま見咎《みとが》められることはないはずだ。建物がはっきりと見えてきた。円屋根は遠い異国のモスクのそれに似ている。

充分に近づくと、ふたりは左側へと走り、建物の東縁をこっそりと進んだ。ベイカーはベルトからトランシーバーをはずして送信ボタンを押した。「こちらはベイカー。天文台に到着」

送信ボタンから指を離した。トランシーバーはすぐにビープ音を発し、短い雑音のあとマローの低い声が聞こえた。「結構。今後の応答は有能なジョアンナに任せる。以上」

「了解」ベイカーは答えた。「以上」

トランシーバーをふたたびベルトに取りつけた瞬間、すぐ近くでがさりと物音がした。ソフィアが身を寄せ、ベイカーは拳銃を取ろうとしたが、ホルスターは空《から》だった。目をやると、彼の拳銃はソフィアの手のなかにあった。

「さあ、もう充分だろう」ハンフリー・ボガートがベイカーの腹部に銃口を向けて、ふたりに近づいてきた。ゆったりしたスラックスに、汗で濡れた鹿の子編みのポロシャツ。「両手をおれから見える位置に。妙な考えを起こすなよ」

ベイカーはカリフォルニアのくすんだ日差しが疲れた脳にいたずらをしかけようとしているのだと思った。笑い飛ばしたかった。世界一有名な映画スターに拳銃で脅されているのだから。

「現実のはずがないよな」思わず声に出ていた。

「現実だ」ボガートが言った。「さあ、〈ブラック・シンフォニー〉の爆弾のありかへ案内してもらおう」

世界はおかしくなりかけているのか？　なにひとつ、筋が通らない。それでも、ベイカーは彼に調子を合わせて両手を上げたままにした。ありがたいことに拳銃はソフィアが持っている。

「最初のチャンスを逃さずに彼を撃て」口の端だけ動かして小声で指示した。

「黙れ、ベイカー。彼女がおれを撃つものか」ボガートが言った。「〈ラ・エスパーダ・ロハ〉で会っていたお友だちのような最期を迎えたくないだろう?」

「あんたがトランボを殺したのか?」

「ビンゴ」

「ヒューストンとクロンカイトもあんたが殺した。そうだろう?」モルグのちらちらする照明の下で見たヒューストンの失望したような表情も、それで説明がつく。

「利口な男《スマート・クッキー》だな、ベイカー。あいにく、おれは昔からクッキーがあまり好きじゃなくてね」

「だが、なぜヒューストンを殺した? 友人だと言ったじゃないか」

「そう、友人だった」ボガートは言った。「カメラの前でも裏でも、おれの親友のひとりだった。ジョンの書くような台詞はだれにも書けない。ただ、彼は偏狭だった」

「彼はあんたが危険な一線を越えようとしていると疑っていた」ベイカーは言った。彼とソフィアがヒューストンの冷蔵庫で見つけたメモにボガートの名前が出てきた理由がようやくわかった。監督とは何年も話をしていないというボガートの言葉は嘘だった。ふたりは連絡を取り合っていて、ヒューストンは、旧知の仲間がもはや信用できないと察知したのだろう。自分が殺されることになったら、ボガートに当たれば犯人に行き着くはずだ、と。

「彼は大局をとらえそこなったんだ」ボガートが言い返した。「時代は変化しているし、おれにもその全貌がわからなくなるときがある」

「なぜ?」

「共産主義者。ナチス。資本主義者。だれだって頭が混乱する。薄っぺらな条約、核兵器、崩壊しつつある政府。世界はかつての世界とはちがうし、壊滅寸前だ。国民には、信じられる人間、自分たちの陥っためちゃくちゃな世界から連れ出してくれる人間が必要なんだ。そこにこのおれが登場する」

「はあ？　もはや映画のなかでヒーローになるだけではもの足りないのか？」

「映画のなかのヒーローもいいが、〝アメリカの救世主〟という称号のほうがもう少しいいと思わないか？　国民は一時間か二時間、映画館に避難することはできる。だが、くだらない生活の待っている家に帰ったあと、いつ原子爆弾が自分の存在を消してしまうかわからない現実に戻ったあとはどうだ？　なにがある？　国民は、映画のなかと同じように、現実の世界でもヒーローを必要としているんだ。マッカーシーが、俳優業では得られないたぐいの名声を約束してくれた。だからおれはジョニーとその仲間どもを殺した。どのみち、下院非米活動委員会《HUAC》の馬鹿者どもが失態を演じていた。きみたちが帰ったあとスタジオを嗅ぎまわりに来た連中にくわしく話してやるわけにもいかなかった。おれの使命は極秘なものでね。大統領からじきじきに指示を受けている。あそこに入って、あんたが爆弾のありかへ案内してくれれば、おれはこの国でもっとも愛される人間になる」

「あんたは思い込みが激しいな」ベイカーは言った。「ソフィア、彼を撃て」

ソフィアの返事はなく、ボガートの笑みが大きくなった。首に残る癌《がん》の手術痕が、まるで絞首刑の首縄の跡のように、ぞっとするほど目立った。

「ソフィア？」

「さっき言っただろう。彼女はおれを撃たない。こっちへ来い、スイートハート」

足を引きずって歩くような音がして、ソフィアがボガートのもとへ行き、並んで立った。ベイカーに目を向けない。

「ソフィア、なにがあった？」ベイカーは、声を荒らげないよう自分を抑えるのに苦労した。次はどうなるのかとびくびくしていた。ボガートがソフィアに腕をまわし、唇に激しいキスをした。

「刑事さん、フェイ・ダルトンを紹介しよう。映画スターになるという大きな夢を持ってミネアポリスから出てきた、目のぱっちりした女だ。バスを降りたとき、ポケットにわずか十ドルと、この街で女優として成功するためならどんなこともやるという意欲を持っていた。どんなこともだ。もうすぐ、頬を染めた花嫁になる。そうだろう、美人さん？」

「そうよ、ボギー」ソフィアが小さな声で言った。

　ベイカーの世界が消え去っていく。爆弾も〈ブラック・シンフォニー〉も使命も、グリフィス天文台のかげでボガートがたったいま爆発させた爆発物の余波で、その緊急性を失った。ベイカーは唾を飲み込もうとしたが、口はからからに乾いていた。

「あんたは……あんたは嘘をついている」

「そうかな？　それとも、おれのフィアンセがすばらしい女優だってことか？　あんたの個人情報を手に入れただけで、彼女はあんたの好みにどんぴしゃのソフィア・ヴィフロフという女を作り上げることができた。むろん、語学と戦闘の訓練を受ける必要はあった。イディッシュ語やでたらめな訛《なま》り、素手の格闘のつけ焼き刃の知識であんたを信用させるために。一年以上かけた計画だ」

　ベイカーは懇願するような顔でソフィアを見た。嘘だと言ってくれと乞う顔で。彼女の口から嘘だと聞きたかった。

「えっ？　彼女が本気であんたに惚れたと思ったか？」ボガートが残酷にも笑った。「やれやれ。偽のソビエト女とひと晩ともにするだけでそんなにあっさりだませるとは、あんたは、おれが思っていた以上に長いあいだ孤独だったんだな」

　この男は、昨日ユ《U》ナイテッド・ア《A》メリカン・ピ《P》クチャーズで会った酔いどれとは似ても似つかない。足もとも確かで抜け目なく、愛用のバーカラウンジャー社製のたるんだ椅子にしどけなく座り込んでもいない。この男の脳内で巨大なブレーカーのスイッチが入れられたかのようだ。それでベイカーは、明々白々な事実を思い出した――ボガートは年季の入った酒飲みで俳優だ。必要とあらば、だらしない酔態を演じることぐらいできる男だ。

「なんだってそんなまねができた？」ベイカーは、いま感じている心の痛みと裏切られた思いと恥ずかしさの入り交じった質問をソフィアにぶつけた。彼女はまだ自分の足を見つめたままで、答えなかった。黙っているのは認めたも同然だ。なんだっておれはこうも愚かだったのか。手がかりとなる証拠はあった。次から次へとはっきりと示されていた。それなのに、直感の声に耳を貸そうとしなかったのだ。

これで、楽屋で彼女がボガートに向けた不愉快なにやけた笑みの説明がつく。ソビエトの工作員が完璧なアメリカ訛りで話し、アメリカ文化を熟知している理由も。訓練を積んだ暗殺者にしてスパイという設定の人物なら、まずまちがいなく耐える訓練をしているはずの状況で、二度も嘔吐した理由も。おれは安っぽいジャズ・トランペットのように安っぽく扱われただけだ。ベイカーはその場でふらつき、知っているかぎりの汚い言葉で（知っているかぎりの言語で）、むざむざソフィアを信じた自分を罵《ののし》った。当然、あいかわらず世界は不公平と堕落に満ちている。なにひとつ変わっていない。

「さあ」ボガートが言った。「ぶらぶら歩いてなかに入ろうか。あんたは、おれが歴史の本流に乗るための手助けをするんだ」

背中にボガートの銃口を向けられたまま、ベイカーはゆっくりとグリフィス天文台の正面口へ向かった。ここから見る街の景色は信じられないほど美しいが、ベイカーはそれを堪能する心境ではなかった。戦争末期に解放されて以来ずっと感じている憎悪が、心の奥底の暗くぬめった穴から這い出てきた。〈ブラック・シンフォニー〉が爆弾を爆発させたら、どんな問題がある？　どのみち、この国の大多数はユダヤ人は信用できないと思っている。だから、このまま立ち去って、いつもどおり悪党どもに勝たせてやればいい。だが、背中に銃口を向けられているので立ち去ることはできない。

「それでいい」ボガートが言った。「ゆっくりだ」玄関ドア――この長い週末休暇は閉館だと告げる札が下がっている――に着くと、ボガートは肩越しにソフィアに話しかけた。「よし、きみはここで立ち番につけ。ドイツ人どもとの面倒に巻き込みたくない。お先にどうぞ、刑事さん」

銃口でつつかれたのを感じてベイカーがドアに手を伸ばすと、ソフィアがようやく声を発した。

「彼を傷つけないで」

「はあ？」ボガートがフェイという名前の女に完全に向きなおった。

「モリスを殺さないで。もう充分、わたしたちの手は血で汚れているでしょう」

「いまさら、そんなことが重要か？　いいか、これをすませば、おれたちは一生安泰だ。望みうるものがなんでも手に入る。だれもおれたちに手出しできない。わかったか？　だから、おまえはここに残って、おれの邪魔をするな！」

ベイカーは、ボガートの手がフェイの頰に当たる音と、痛みと驚きで彼女が漏らした悲鳴を聞き取った。「さて、話を戻すぞ……お先にどうぞ、刑事さん」

ベイカーとボガートが入った天文台の、礼拝堂のような大広間は――ユーゴー・ボーリンの描いた何枚もの壁画がある大理石のホールだ――神話と科学が併存している。ドーム型天井にはギリシャとローマの伝統的な宇宙の神々が、壁には人類の化学的発見のフレスコ画が、それぞれ描かれている。

ふたりしてホールを見まわし、ボガートが感嘆の口笛を吹いた。甲高い音が空っぽの部屋に不気味に反響した。「いい場所だ」ボガートが言った。「ここまで来る機会が一度もなかった。ここへ来たことはあるか、ベイカー？」ベイカーは、ソフィアの裏切りでいっぱいの頭でゆっくりとうなずいた。数年前の春、リズとここで楽しい一日を過ごしたのだ。「でもまあ、見学は終わりだ」ボガートが続けた。「先へ進もう。おれが俳優だからって、こいつの使いかたを知らないなどと思うなよ。実際は小道具を持つだけなのに、昔のフィルム・ノワールやギャング映画に出たときに射撃訓練を受けている。逃げようとしたら、あんたがひとことも言い終えないうちに背中に三発くらわせてやる」彼がまた背中を銃口でつついた。「動け」

「一昨日の夜、ヒューストン邸に現われたのはあんただったんだな？」ベイカーはたずねた。

「これ以上、正解《ライト》を出すようなら、左《レフト》へ進んでもらうことになるぞ、ベイカー」ボガートが言った。

「あの売春宿を出る前にフェイが電話で知らせてくれたんだ」

「実際に殺すつもりがないのに、あのときなぜおれたちを追った？」

「ああ、おれの役者魂ってやつだ。場面設定と危険度増大のために必要だった。あんたにこの件を探りつづけさせるために。映画と同じだ、ベイカー。筋書きを進めるためには主人公の命を危険にさらさないと。死の脅威にまさる行動動機はないからな」

ふたりは、建物内のすべてのホールとプラネタリウムとをつなぐサウスギャラリーへ入った。いちばん大きな円屋根のある展示ギャラリーだ。

「爆弾が置かれているのはここだと思う」ベイカーは言った。「連中の狙いは核物質をできるだけ遠くまで飛散させることだし、このプラネタリウムが市街地にもっとも近い。この建物全体を被曝《ひばく》ごみの山に変えてしまうことも計画のうちなんだろう」

「なかなかいい推理だ。さっ、爆弾の回収に行こう」ボガートが言った。

「そう簡単にはいかない」ベイカーは答えた。「重いかもしれない。乗せて運び出す台車が必要だろう。管理室かなにかを捜す」

ボガートが疑わしげな目を向けた。「いいだろう。だが、一緒に捜そう。あんたをおれの目の届かないところへやるつもりはない」

「こっちだ」ベイカーは、どうにかボガートを取り押さえて拳銃を奪えることを期待して、きわめて危険なナチどもが隠れている部屋に入る瞬間を先延ばしにしたかった。できることなら、プラネタリウムには丸腰で入りたくない。ボガートと一緒に横手のホールに入ると、化粧室や吹き抜けの階段、〝清掃員専用〟と表示された小さなドアがあった。ベイカーはドアを開けようとしたが、当然ながら施錠されていた。

「拳銃で錠を撃ち抜け」ボガートに指示した。

「わかった。だが、逃げようとしたら撃つと言ったのは本気だぞ」

「逃げないさ。連中を止めたい気持ちはあんたと同じだ」

ボガートがうなずいた。「下がれ」

ベイカーが言われたとおり一歩下がり、ボガートがドアの錠に銃口を向けた。一発放った。銃弾がロック機構を撃ち抜いた音が空間に響き渡り、ふたりはしばし息を詰めて、だれかが駆けつけるのを待った。なにごとも起きないので、ふたりは緊張を解いた。ボガートがドアを蹴り開けると、コンクリートのみすぼらしい部屋にはモップやほうき、さまざまな清掃用具、ネズミ捕り器がいくつかと台車が一台置いてあった。

「それを使え」ボガートが言った。彼がまた銃口を向けるので、ベイカーは黴《かび》くさい部屋に入って台車をホールへ出した。錆びついた車輪がなめらかな大理石の床の上できしんだ。

「先に警告しておく」ベイカーは言った。「向こうはおそらく戦闘準備が万全だ。すぐに銃口をほかへ向ける必要があるんじゃないかな」

「おれがそんなこともわからないと思うか？　あそこに入る前にあんたに一杯食わされないよう、念のためだ。行くぞ——実際のところ……」ボガートが空いているほうの手をスラックスのポケットに突っ込んで金属製のフラスコを取り出し、二本の指でふたを開けてぐいと飲み、ベイカーにフラスコを差し出した。

「景気づけにひと口どうだ？　おれの記憶が正しければ、あんたの好物だったな。ピーチシュナップス」

　ベイカーはフラスコに目をやり、母乳でも吸うようにアルコールを飲み込みたい欲求に駆られた。つい手を伸ばしかけたものの、強大な意志の力で腕を引き戻した。「結構だ。頭を働かせる必要があるもので」

「お好きに——」ボガートが銃口を下げ、自分の胸に広がる紅いしみを見下ろした。ショックととまどいの表情を顔に刻んで前方へ倒れた。ベイカーはボガートの拳銃に飛びついたが、間に合わなかった。硬いものが後頭部を直撃し、視界がぼやけた。床にくずおれると、全身がゆっくりと暗い淵へと沈んでいった。

33

明朝には遠慮なくこの施設を出ていっていいと彼らは言った。

夏の終わりの夕方、彼は、出ていくのが待ちきれない施設の周縁を散策していた。人生を生き地獄に変えた場所。この施設で三カ月近く過ごし、栄養失調や脱水症状、発疹チフス、敗血性ショック、ひどいインフルエンザから回復した。この一週間でふたたび自力で歩くことができるようになったので、体力を取り戻すべく、できるかぎり長く戸外で過ごしている——これ以上、医療ベッドで過ごすのはごめんだった。髪もおおむね戻り、ハーシーのチョコレートバーを（彼の新たな好物のおやつだ）無限に食べつづけたおかげで体重もようやく安定してきた。ドクタ・イライジャ・メイヒューに言わせれば、このような完全な回復は医学的例外にほかならないのだそうだ。

アメリカ軍は、占領したあとの強制収容所を、戦争難民の収容施設に変えた。アイゼンハワー陸軍元帥は、元囚人たちを、長きにわたって閉じ込められていた病気とシラミの蔓延《まんえん》する収容所へ戻すことを許さず、暖房つきの医療テントの設営を主張した。さらに、この場所で起きたことの記念として残したいとして、どの建物も破壊・解体をしてはならない、と収容施設を運営する部下たちに厳命した。

ベイカーが意識不明のあいだ、アメリカ軍は地元の村人たちに収容所を見学させ、死の施設と、入口脇に積み上げられた死体の山を見せた。村人たちの驚愕《きょうがく》した顔を見ることができればよかったのに、とベイカーは思った。

ここ数カ月で、パーキンズ看護師とドクタ・メイヒューを好きになっていた。彼らが英語を話せるように導いてくれ、ベイカーは新しい言語を身につけるのに長《た》けていることがわかってきた。彼らがひと肌脱いでくれて、ベイカーは明日の午後、帰国する数百人のアメリカ兵とともに海軍戦艦に乗せてもらえることになった。船はロンドンに寄港したあと、大西洋を渡ってニューヨーク市に着く。

ヨーロッパを離れると考えると少し怖かった。

ニューヨークは、誇張された話のなかで聞いただけの街だ――雲を衝く高層ビル、目がくらむほどまぶしい日差し、超巨大なステーキ。

不安ではあるが、ここにはなにも残っていない。知っていたり愛していたりしたものも人もすべて、破壊されるか死んでしまった。アメリカは〝チャンスの国〟だそうだ。どういう意味かよくわからないが、べつに構わない。過去を忘れて新たに出なおしたいだけだ。だれも彼の名前も経歴も知らないアメリカでなら、それがかなうかもしれない。

これまで、施設内を歩きまわるか、〝世紀の裁判〟についてニュルンベルクから届くニュースに耳を傾けて過ごしていた。法廷の最前列に座るためならベイカーはなんだって差し出しただろう。ジャクソン率いる検事団がマルティン・ボルマンやアルフレート・ヨードル、ヘルマン・ゲーリング、ヴィルヘルム・フリック、アルベルト・シュペーアをはじめとするナチス高官どもを高所から裁くのをこの目で見るためなら。ドイツにおけるいかさま裁判がようやく終わり、国家《ライヒ》の偽りの法の理念のかげに隠れていた連中が、アメリカ、ソビエト、英国、フランスの全力の正義を思い知らされるにちがいない。

だが、心の奥底では、来る裁判を苦々しく思っている。こんな裁判が、強制収容所で殺された何百万もの人たちのためになるか？　むろん、ならない。あんな連中は射殺して、それで終わりにすればいいではないか。

施設の周縁を通って、ツァイシェ・マラマッドの横を通り過ぎた。元囚人のツァイシェは目を閉じ、声を出さずに唇だけ動かして午後の祈りを唱えている。頭蓋骨のような頭にニットのスカルキャップを乗せている。ぶかぶかの服を着た九人の男（何人かはアメリカ兵、何人かは強制収容所の縞柄の制服を着た元囚人）がツァイシェに加わり、十人が必要とされるミニヤーンが形成された。

ベイカーは心のなかで鼻を鳴らした。くだらない。ツァイシェだって、ほかのみんなと同じく前腕に入れ墨がある。拷問《ごうもん》を受けたし、家族は殺された。それなのに、ツァイシェはいまなお信じている。神を――十年以上も沈黙を続けた神を――信じつづける内なる心が損なわれていない。ベイカーはというと、内なる信仰心は回復できないほど破壊されてしまっていた。

彼らが弔《とむら》いのカディッシュをおごそかに唱えはじめると、ベイカーは歩み去った。

「神の偉大なる御名が崇められ神聖化されますように《イットガダル・ヴィトカデッシュ・シュメイ・ラバ》……」

聖歌の終わりにお決まりの「アーメン」をベイカーは唱えなかった。

ユダヤ教とはおさらばだ。信仰などいらない。アメリカ市民になるのだから、こんな無意味なものなど必要ない。五千年もの信仰を放棄すると聞いたら両親がどう言うだろうかと考えていささか心苦しく思いながらも、ベイカーは、ドイツ人戦争捕虜が――その多くはこの強制収容所の元看守どもだ――まだ収容されている有刺鉄線の囲いの外を歩いた。

ヒトラーが頭に銃弾を撃ち込んで自殺してから三カ月経ってもなお、行き場を失った第三帝国の兵士は、連合国が対処に困るほど多数いた。彼らを解放するわけにはいかない――ハインリヒ・ヒムラーとヨーゼフ・メンゲレが別人になりすまして逃亡したあとでは。実際の戦争犯罪者が二百人にひとりしかいないことは重要ではなかった。ひとりひとり、審査してから解放する必要があった。

ベイカーは、左腕の、入れ墨の登録番号の真上にできつつある真新しいピンク色の瘢痕《はんこん》を見下ろした。そこをさすりながらラングのことを思い出した。迫りくるアメリカ軍に対する恐怖が高まったあと、あの医師はどこへ逃げたのだろう？　ポーランドのどこかにいるのか？　ドイツ国内に？　まったく別の大陸に？　ベイカーの推測もほかの連中の推測とそう変わらなかった。

毎日、愛する者を捜して何十人もの難民が施設を訪れる。絶望の浮かんだ顔、落ちくぼんだ目、ゆっくりした足どりをベイカーは目にした。見つけ出そうとしている相手がとうに死んだことはわかっていても、捜すことをやめられないのだ。目的意識を失えば、この世に生き残った意味まで奪われてしまうからだ。

「おい」

ベイカーがさすっていた腕から目を上げると、豚小屋を――アメリカ兵の何人かがそう呼んでいた――囲む有刺鉄線の柵の向こう側から、ドイツ国防軍の汚れた制服を着た男が見つめていた。豚小屋は基本的にはドイツ兵捕虜の運動場で、有刺鉄線に囲われた一万平方メートルあまりの広大な四角い土地を、アメリカ軍兵士が監視塔から見張っている。テント、仮設トイレ、清潔なベッド、三十メートルおきぐらいに置かれた食卓。昼間、捕虜たちはぶらぶら過ごし、アメリカの煙草を吸い、アメリカのスナックバーを食べ、アメリカのトランプ・ゲームで賭けをしている。毎日三度のまともな食事、温かいブランケット、肺が対処できるかぎりたくさんの煙草を与えられていた。

要するに、連中は囚われの身でありながら、自分たちが犠牲にした者たちとは比べものにならないほど恵まれた境遇にあった。

「本当か？」ドイツ兵捕虜がたずねた。

「本当って、なにが？」ベイカーは距離を保ったまま聞き返した。

「日本。アメリカ人。爆弾。彼らがそう話してただろう？」

ベイカーは理解した。ここ数日、アメリカがなんらかの〝超兵器〟を日本に投下したとかいう根拠のあやふやな噂が施設内を飛び交っていた。

「彼らは本当だと言っている」とドイツ語で答えてやった。「その手の話でアメリカ人が嘘をつくと考える理由はない」

「なんてことだ。たった一秒で何百何千の人間を消滅させたそうだな」

ベイカーは肩をすくめた。この男とあまり話をしたくないが、顔に見覚えがないから元看守ではなさそうだし、しばらくつきあってやることにした。

「おまえはユダヤ人か？」

ベイカーはうなずいた。

「残念だな」

「なにが？」ベイカーは促した。

「だって、おまえは絶滅危惧種じゃないか」

「あんたはナチスをどう思う？」ベイカーは反撃した。

今度はドイツ兵捕虜が肩をすくめた。「おれは言われたことをやっただけだ」彼は質問の矛先をかわした。「国に尽くしたんだ」

「所属は？　国防軍？　海軍？　親衛隊？　移動虐殺部隊《ぎゃくさつ》？」

ドイツ国防軍の制服を着ているからといって、その人間が実際に国防軍に所属していたとはかぎらない。戦争犯罪者の多くが、無実の連中にまぎれようとして、国防軍の鋼鉄色の上着を身につけるからだ。無実のドイツ人がいるとすれば、の話だが。

「おまえのようなユダヤ人に教えるものか」ドイツ兵捕虜が言い、煙草の箱を取り出して一本に火をつけた。

「でも、いま有刺鉄線の檻《おり》のなかにいるのはあんただ。普通は絶滅危惧種を収容するんだよな？　柵のなかに」

ドイツ兵捕虜はまた肩をすくめた。「これは一時的な措置だ」煙草の煙で輪を描いてみせた。

「おれたちは拘束されない。これはアメリカのユダヤ人銀行家どもに見せるためだ。おれたちはすぐにここから出るんだ」

「本気でそう思っているのか？」

「おれたちが出してもらえなくても、ドイツは存在する。おまえの国はどこにある、ユダヤ野郎？」ドイツ兵捕虜が有刺鉄線に寄りかかったので両手と頬にとげが食い込んだ――乾いた夏草に血がしたたり落ちた。歯をむき出していまわしい笑みを浮かべている。「おれはこんな檻から出ていく。だが、おまえはどうだ？　本当にこの場所から逃れられる日が来るか？　どうだ？

アメリカ人やユダヤ野郎の権力者どもがなんと言おうが関係ない。われわれは生きつづける」

「われわれ？」

「総統。国家《ライヒ》。父なる祖国《ファーターラント》。なんだっていい。われわれから逃れることはできない。絶対に。おれたちがやったことはほんの手始めだ」

　ベイカーは顔をそむけた。急に激しいめまいがして、倒れてしまいそうだった。そこで、ドイツ兵捕虜に背を向け、施設のほうへ引き返しかけた。

「われわれから逃れることはできないぞ、ユダヤ野郎！」ドイツ兵捕虜が叫んだ。「おれたちはここを出るが、おまえは永遠に出られない。それを覚えておけ！」

「どうなるか見てみようじゃないか」ベイカーはかろうじてそれだけ言い返すと、よろめく足で医療テントに戻って気を失った。

34

「軽やかな翼に乗った火炎の馬車は……」

ベイカーは最初、頭のなかで響くその声が想像の産物だと思っていた。

「いま、私のそばへと駆けてくる。すぐにも私は、未知なる領土、天空の高みを貫く覚悟ができよう。純然たる活動の領域へと昇る心の準備が」

ひじょうにゆっくりとベイカーは目を開けた。視界はぼやけているが、ここがグリフィス天文台のプラネタリウムのなかだということはわかった。巨大な屋根が開いていて、靄《もや》のかかった夕空がちらりと見えている。新鮮な空気が流れ込んでいるのに、室内は息苦しいほど暑い。ロサンゼルスの街がすっかり涼しくなるのは陽が完全に沈んだあと――それでも、湿気が大手を振ってやってくることがある。

「ああ、参加いただき、ありがとう、ヘル・ベイカー」目の前に立っている男が言った。「最後には来てくれるとわかっていた。きみはゲーテを好きかね？」

ベイカーは返事をしなかった。

「大丈夫か、ヘル・ベイカー？　さっきちょっと頭を殴ったせいで認知障害が永久に残らなければいいんだが」

男が近づいてきて両頬を平手で軽く叩いたので、ベイカーの視界は、目が覚めている状態のときの明瞭さに少しだけ近づいた。ベイカーはうめいて身動きしようとしたが、椅子に縛りつけられていた。まれにしかないスモッグのない夜の星を眺めるべく、観覧席のいたるところに置かれた椅子のひとつに。目の前に立っている正体不明の男がかがんで、ベイカーの動かせない手首をつかんだ。男がじっと立っているので、いかめしい顔と、きちんと分け目を入れた、白いものの交じりはじめた砂色がかったブロンドの髪が目に入った。

「なんとしても理解してもらいたい」男が言うと、煙草臭のする息がベイカーの顔にかかった。「死ぬ前に、なんとしても理解してもらいたい。ま、きみの死は」――ベイカーの手首から手を離してまっすぐに立った――「まもなく訪れる」

「その顔はテレビで見たことがある」ベイカーは言った。「宇宙船が飛ぶしくみを解説していた」

男はうれしそうな笑い声をあげ、陽気な調子で《星に願いを》を歌いだした。この男の声にディズニーの歌は似合わない。まるで、どんな願いも純粋な心の声とはかぎらないと言われているようで、気分が重くなる。「ヴェルナー・フォン・ブラウンです。どうぞなんなりとお申しつけください」男は芝居がかったお辞儀をした。「私のやっていた宇宙に関する教育番組を気に入っているのか、ヘル・ベイカー？」

頭はまだずきずきしているものの、ありがたいことに視界のぼやけが治まりはじめたので、三脚に取りつけられたフィルム式カメラのもの言わぬレンズに気がついた。無愛想そうな女が三脚の脚を調整し、その横に立っている男が、毛玉のようなもののついたマイクを長く黒い棒の先に取りつけている。

ベイカーははっとしてカメラから目をそらし、室内を見まわしてようやく目当てのものを見つけた。ジョアンナの言っていたとおりの形状ではないものの、ほぼそれに近い。爆弾は大きなドラム缶そっくりで、導火線のついたダイナマイトで覆われている。どれほどの被害をもたらしうるかを知らなければ、工事現場で用いられる爆発物程度にしか思わなかっただろう。

「あれがそうだな？」ベイカーは爆弾のほうへ顎《あご》をしゃくった。

フォン・ブラウンが笑みを浮かべた。「あいかわらず鋭いな、ヘル・ベイカー」

「ボガートは死んだのか？」

「そうだ」フォン・ブラウンが答えた。「ハンフリーは自分の役割を立派に果たした」

「役割？」

フォン・ブラウンは両手をうしろで組んで歩きだした。皺《しわ》になりにくい素材のこげ茶色のスーツに赤ワイン色のローファーというういでたちだ。「ハンフリー・ボガートは最初からわれわれの手の者、〈シュヴァルツェ・ジュムフォニー〉の道具だった。実際の話、きみが今夜ここにいるのはわれわれの計画によるものだ」

「くそ、いったいなんの話だ？」

「あれあれ。汚い言葉だな」フォン・ブラウンが言った。「ま、きみのようなユダヤのくずが口にしても意外ではないがね。そう、ベイカー、最初からわれわれが糸を引いていた。ラングがきみに見つけさせるために手がかりを残していたことがはっきりとわかった時点で、きみをはめるだけではもはや不充分になった」

「あんたは〝われわれ〟と繰り返している。だが、〈ブラック・シンフォニー〉のほかのメンバーはどこにいる？　いまにも倒れそうな撮影スタッフが」――カメラとマイクの操作をしている男女のほうへ顎をしゃくった――「唯一のメンバーじゃあるまいな」

「やれやれ、ベイカー。みんな、さっきからずっとここにいる」彼が観覧席の奥、椅子が固まって置かれているほうを指さすと、暗がりに小さな集団が座っていた。開いているドーム型天井が落とす影のなかにいるため、どの顔もぼんやりとしか見えない。「〈シュバルツェ・ジュムフォニー〉だ」

「アメリカ人が親切にしてくれたのに、なぜ新しい主人に牙を剝《む》く？」ベイカーはたずねた。こっそり下腿同士をぶつけると、ウォルドグレイヴの飛び出しナイフがまだ靴下のなかにあるのがわかる。

「しばらくはわれわれもこの国で満足していた」フォン・ブラウンが答えた。「この国のために働き、研究所で長時間働いたあと、酒を飲みながら昔話に花を咲かせた。あのマッカーシーの阿呆が大統領になって以来、状況はさらに良くなった。ユダヤ人や好ましくない人種をこの世から一掃するという総統の構想をあの男が追求してくれるのではないかと思っていた」

「だが、彼はそれをしなかった？」ベイカーは思いをめぐらしながらも、さりげない口調でたずねた。

「大統領と、きみの好む呼びかたをするならヒューイどもは、それに近いことはやったが、正しい方向へもうひと押ししてやる必要があった」フォン・ブラウンが答えた。「そのとき、私は頭のなかでこの計画を立てはじめ、〈シュバルツェ・ジュムフォニー〉のメンバーも全面的に賛成してくれた。この非道な暴力行為をひとりのユダヤ人の責任にすることができれば、遅まきながらマッカーシーも必要なことをやるにちがいない。〈ODESSA〉が資金を出してくれて、すべての準備が整った。アフリカの土地はウランが採掘されるのを待っていた。われわれはあの土地に遠心分離機を設置し、通関業者に賄賂を握らせて、濃縮ウランをアメリカにこっそり持ち込むのを見逃してもらった。すべて、ドイツから持ち出した金で支払った。われわれの崇高な征服において処分したユダヤ人どもの歯の詰めものを溶かして作った金の延べ棒で。きみの家族の金歯も混じっているかもしれないな」

フォン・ブラウンが、鉤《かぎ》十字をつかむナチの鷲《わし》が刻印された金の延べ棒を差し出した。「きみの車のなかから見つけた。教えてくれ、ヘル・ベイカー。きみの歯に金の詰めものはあるかね？」

流れるような動きでフォン・ブラウンが手を繰り出すと、ベイカーは激烈な痛みの爆発とともに顎が砕けたのがわかった。血しぶきと一緒に歯が何本か床に散らばった。それをフォン・ブラウンがかがんで拾い集め、手のひらで投げ上げたり受けたりして不気味なお手玉をした。血があふれそうな口に脳が波状攻撃のように痛みを送り、ベイカーはあえいだ。

ベイカーの頭が延べ棒に関してなにか伝えようとしているが、論理的思考はほとんど脳から出ていってしまったようだ。

「あんたは……あんたは、おれをはめるだけでは不充分だと言った」顎を砕かれたが、どうにか言った。「それはどういう意味だ？」

フォン・ブラウンは笑みを浮かべ、ベイカーの歯を床に落とした。「立ちなおりが早いな、ヘル・ベイカー。この目で確かめる必要があったが、きみは期待を裏切らない」

「話を進めろよ」ベイカーは言い、血のかたまりを膝に吐きながら靴下のなかから飛び出しナイフを徐々に取り出した。「ラングになにがあった？　あの男はナチの特技に怖気《おじけ》づいたんだろう。そこまではすでに調べ出した」

「彼には、ドイツは――本当のドイツは――もう存在しないのだから帰る意味はないと言ったのだが、彼はわれわれの意向に反して故郷の町を見たがった。彼がドイツを訪れて、なにが起きたかわかるかね、ベイカー？　私のもっともおそれていたことが現実になった――薄汚いユダヤ人が彼に気づいたのだ。そのユダヤ人がラングになんと言ったと思う？　すべてのことを許す、と言ったそうだ。信じられるかね？　よけたはずの銃弾が〈シュバルツェ・ジュムフォニー〉の脇腹で痛みだすようなものだ。戻ってきたラングは妙な考えを抱いていた。われわれが正しいことをしているのか疑問を持ちはじめた。理屈では消し去ることのできないなにかを、そのユダヤ人が彼の頭に植えつけたのだ。

ラングはすべてを台なしにするところだった」

「なぜ彼を殺して口を封じなかった？」

「彼はそれでも大義のために尽力すると言ったし、私は馬鹿みたいにその言葉を信じた。とはいえ、抜け目なく、彼に監視をつけることにした。朝から夜まで彼を見張らせるためにアルゼンチンからルドルフ・ラッシャーを呼び寄せた。息子たちとその家族を殺すとラングを脅した。大学で授業を行なう以外は自宅でほぼ軟禁状態にして、計画についてはそれ以上なにも教えなかった。だが、それでは不充分だったようでね。ラングはお節介な〈リバティ・ボーイズ〉とひそかに接触していた。もはや手遅れだった。私が彼のもくろみに気づいたときには、あとの祭りだった。計画を変更せざるをえなくなった。なにぶん、うしろめたさゆえにラングがきみに特別な関心を寄せていることは知っていた。彼が足しげく通っていた汚《けが》らわしい売春宿の部屋は壁が薄いのでね」

フォン・ブラウンがくるりと背を向けた。「アイヒマン」と呼びかけた。「こっちへ来てくれるか？」観客席で黙っていた謎めいたメンバーのひとりが立ち上がって部屋を横切り、光のなかへ出てきた。アイヒマンは賢そうな顔をした男で、制服がろくに体に合っていない。両手で段ボール箱を抱え、学究的好奇心をたたえた目でベイカーを見た。「ラングは悔恨と精神的負担が大きくなりすぎたのだと思う。いずれ表舞台から退いて、代わりにきみを舞台に上げたのではないか」フォン・ブラウンが言って、箱のなかへ手を伸ばし、不鮮明な写真複写による書類の一枚を取り出した。それをベイカーの目の前に突きつけた。

ベイカーは一瞬、心臓が止まるかと思った。ラングの貸金庫に入っていた書類の一枚だ。フォン・ブラウンが意地の悪い笑みを浮かべてまた箱のなかから取り出したものを見て、ベイカーは増えつつある負傷の痛みを忘れた――ラングのアルバムだ。フォン・ブラウンに金の延べ棒で殴られたとき、脳に伝えようとしていたのはその情報だったのだ。〈ブラック・シンフォニー〉は、貸金庫の鍵も、コンチネンタルの運転席の座面裏に隠しておいたものも見つけ出していた。

「だが……どうやって？」ベイカーはどうにか絞り出した。

「じつは、ボガートはわれわれの基本計画の一部でね。しつこい〈リバティ・ボーイズ〉を厄介払いし、きみを正しい方向へ導くことになっていた。だが、確実にこれらの証拠品を見つけてもらうためには、きみを引き立てる役が必要だった」フォン・ブラウンが〈ブラック・シンフォニー〉のメンバーに向きなおって大声で呼んだ。「ミス・ダルトン、よろしければどうぞ」

ソフィアだ。依然として目を合わせようとしない。

「嘘だ」ベイカーは思わずつぶやいていた。「嘘だ」

「嘘ではない」フォン・ブラウンが否定した。「見てのとおり、ミス・ダルトンはしばらく前からわれわれの下で働いていたのだ」

謎の最後のピースが見つかった――この失われた一片をはめ込めば、この件の全貌がはっきりと見える。

「ヒューストンとクロンカイトに会う予定などなかった。そうだろう？」ベイカーは彼女にたずねた。

「ラングがどういうわけか、きみの正体に気づき、あの夜、その秘密をばらした。そこでボガートが送り込まれ、ふたりを殺害した。おれのことはヒューストンが漏らしたんだろうな。トランボはまだなにも知らなかったんだろうが、すぐに気づくだろうと危ぶんで、そうなる前に始末したんだ」

だから、ヒューストンとクロンカイトを殺害するのに用いられた銃弾から、チャールズは放射物のわずかな痕跡を見つけた。ボガートの使った拳銃は、ウランを扱っていたナチから提供されたものだった。ボガートが自分の役割を果たして、ソフィアの正体をばらしかねないお節介な連中の口を封じたあと、次はソフィアが、連邦政府の有罪を示す証拠をすべて見つけ出すようにベイカーを仕向けた。

「残る最後の謎だ」ベイカーは言い足した。「おれはどうしたらこんなに間抜けでいられたのか？」

「きみは評判ほどの切れ者ではないということだ、ヘル・ベイカー」フォン・ブラウンが音を立てずに形ばかりの拍手をした。「頭の回転が少々遅いとはいえ、きみは本当にすぐれた刑事だ。ソビエトのスパイという経歴をでっち上げて、彼女とあの愚か者のトランボとのつながりを築くのは簡単だった。下院非米活動委員会《HUAC》に彼女の名前をリークすれば、それ以上の疑惑を払拭できる。せっかちなルドルフも、私の指示に耳を貸していればまだ生きていたかもしれない。彼はミス・ダルトンを認めていなかったが、きみは、私の予想したとおり、彼女を認めた。無邪気に彼女に惚れ込み……」

「まんまとだまされた」ベイカーは続きを引き取り、憤然とした口調で言った。「だが、おれより先にHUACが証拠品を見つけたらどうした？　そうなった場合の対策は？」

「それも想定ずみだった」フォン・ブラウンが嬉々として答えた。「きみは、貸金庫の段ボール箱を見つけてわれわれに届けて罪をかぶるか、HUACの尋問中に死んで罪をかぶるかのどちらかだった。つまり、えーっと、アメリカ人はなんと言うのかな？　どっちに転んでも勝ちってやつだ」

「つまり、連中におれたちの動きを逐一知らせてたってことか？」

「私は生まれながらに賭けが好きでね」フォン・ブラウンが言った。「きみが政府の阿呆どもより頭が切れることはわかっていた。だから、きみの行き先を連中に逐一知らせていた。きみが眠ったりミス・ダルトンから目を離したすきなどに彼女が情報を流してくれたので、われわれはそれを関係当局に伝えた。きみが先にゴールするかどうかを見届けたかった。きみは終盤近くでつまずいたが勝利した。おめでとう」

「あの青年、オリヴァー・シェルトンは、邪魔になるというだけの理由で代償を支払わされたのか?」

「遺憾ではあるが必要な行為だった。あの青年がどこまで知っているかわからなかったし、危険を冒すわけにいかなかったのでね。そういえば、ダンフォースにも手を打つ必要があるだろうな」フォン・ブラウンが言った。「ありがとう、ヘル・ベイカー。アドルフ・ラングが遺したものをわれわれの手に届くようにしてくれて感謝する。やれ、アイヒマン」

アイヒマンは段ボール箱を床に置くと、ポケットからマッチの箱を取り出して一本すり、書類に火をつけた。ベイカーはショックで茫然となった。いままで懸命に駆けまわっていたのは〈ブラック・シンフォニー〉のためで、当の彼らは残忍な喜びを抱いて闇のなかであざ笑っている。戦時下と同様に、ナチの連中に利用され、放り捨てられたのだ。

「なぜだ、フェイ?」ベイカーはソフィアとして知っていた女に問いかけた。「きみがなぜこんなことを?」

「ごめんなさい、モリス」彼女は床に向かって答えた。「家族を皆殺しにすると脅されていたの。選択の余地がなかった」

「さて」フォン・ブラウンが事務的な口調で続けた。「ワルキューレのときが迫っている」彼は乱暴にソフィアをつかんで、こめかみに銃口を向けた。「ヘル・ベイカー」と言ってポケットに手をやり、しっかりと折りたたまれた紙片を取り出した。「カメラに向かってこのメッセージを読み上げてもらおう。断わればミス・ダルトンの頭を吹き飛ばす」

カメラを操作していた女が直立の姿勢で最後の調整を行ない、助手の男がマイクを取りつけた棒をベイカーの頭上近くまで下ろしはじめた。ヴェルナー・フォン・ブラウンがベイカーに歩み寄り、縛られた手に紙片を持たせた。

「読め！」フォン・ブラウンがどなった。

紙片には以下のとおり書かれていた――


私の名はモリス・エフライム・ベイカー。今日までロサンゼルス市警察で殺人捜査課の刑事として務めていた。私は自分をアメリカ市民だと考えたことはほとんどなく、大いなる誇りを持って、ユダヤ人解放者であり共産主義破壊分子であることを表明する。この国の人びとの目をわが同胞の窮状へ向けさせるべく、グリフィス天文台で放射能爆弾を爆発させたのは私だ。ユダヤの大義万歳、共産主義万歳、マッカーシーを打倒せよ。


「おれがこんなくそみたいなことを言うと思ってるなら、あんたは頭がどうかしている」ベイカーはフォン・ブラウンに向かって挑戦的に言った。

「では、この女を殺す」フォン・ブラウンはソフィアをぐいと引き寄せ、こめかみに銃口を押し当てた。

「やれよ」ベイカーは言った。「その女のことなど、なんとも思っていない」

ソフィアが目を見開き、身を振りほどこうともがきだした。「悪かったわ、モリス！」彼女が叫んだ。「こんなことになるとわかっていたら絶対に引き受けなかった。本当よ！」

ベイカーの冷淡な言葉は本心ではない。たとえソフィアがこの女の演じている役にすぎなかったとしても、その役に命を吹き込んだこの女に特別な感情を抱いていることに変わりはない。ベイカーには時間が必要だった。考える時間が。靴下のなかからウォルドグレイヴの飛び出しナイフを取り出し、ロープを切って拘束を解くための時間が。

爆発が――いや、想像上の爆発なのかもしれないが――建物を揺らし、プラネタリウムがきしんで、フォン・ブラウンやアイヒマン、カメラの女、マイクの男が滑稽なほどよろめいた。

「動じるな！」驚いて悲鳴をあげる〈ブラック・シンフォニー〉のメンバーに向かってフォン・ブラウンが叫んだ。「心配無用だ」

混乱に乗じてソフィアがフォン・ブラウンから身を振りほどき、ポケットから手榴弾を取り出した。ジョアンナが持たせたうちのひとつだ。

「全員、動くな！」彼女が手榴弾のピンを引き抜いた。「動けば、全員まとめて木っ端みじんだ」

彼女がKGBの訓練など受けたことがないとわかったあとだが、ベイカーが虚像のソフィア・ヴィフロフとして知った彼女の大胆不敵な一面が垣間見えた。すべてが演技だったわけではなく、ミス・ダルトンには、見た目以上にスパイの資質があるようだ。

手榴弾による彼女の脅しで〈ブラック・シンフォニー〉の気がそれたすきに、ベイカーはナイフに手を伸ばした。フォン・ブラウンと話しているあいだに右手の拘束をどうにか解いていたのだ。あとは、足をもう少し上げることさえできれば……

フォン・ブラウンは殺意に満ちた顔をして、いまにも声が枯れるほどの大声でどなるかに見えたが、その口から出た言葉は意外にも穏やかなものだった。「ミス・ダルトン。手榴弾を下ろしなさい。なごやかに話し合いができると約束する」自由になっていたベイカーの右手が、有刺鉄線の下を匍匐《ほふく》前進する兵士のように足へと近づいた。ようやく飛び出しナイフに手が届くと、開いて刃を出し、ロープを切りはじめた。「ミス・ダルトン」フォン・ブラウンが甘い声を出した。「聞き入れることができると思う。きみの要求を」

「そう、要求ならあるわ」彼女が言い、ベイカーの目を見た。ベイカーはうなずいた。

「言ってみなさい」フォン・ブラウンが言った。

「わたしの要求はモリスに言ってもらう」

ベイカーは椅子から飛び出し、フォン・ブラウンの背中の真ん中にウォルドグレイヴのナイフを、裂けた木製の柄の根元まで突き刺した。痛みに驚いて悲鳴を漏らし、届くはずのないナイフを必死でつかもうとしたフォン・ブラウンがうしろ向けに床に倒れ、刃がさらに深くまで刺さった。〈ブラック・シンフォニー〉のメンバーたちはあわてて席を立ち、隠しドアから出ていった。

「共通の友人が好んで言っていた言葉だ、ヴェルナー」ベイカーは瀕死《ひんし》のフォン・ブラウンの耳もとでささやいた。「自由の風が吹く《ディ・ルフト・デア・フライハイト・ヴェート》」

「自由とはわれわれが言うとおりのものだ、ベイカー」フォン・ブラウンが咳をすると、ひと筋の血がゆっくりと顎へ流れ落ちた。彼は銃口を上げ、ソフィアの胸に向けて連射した。彼女は抑えた悲鳴を漏らし、ピンを抜いた手榴弾を落として床に倒れた。

35

手榴弾は原子爆弾のほうへ転がった。ベイカーは、フォン・ブラウンの死を見届けずに大理石の床に放置し、手榴弾に飛びついた。腹からの着地は、ひびの入った肋骨に抗議の声をあげる口実を与えた。だが、全身にみなぎっているアドレナリンのおかげで、叫びをあげている痛みをろくに感じないし、手榴弾をつかんだ手の感触に大きな安堵を覚えていた。小声で「くそ！　くそ！」とつぶやきながら、ベイカーは野球の投球のように腕を振りかぶり、手榴弾をプラネタリウムの開いている屋根から外へ放り投げた。手榴弾は屋根のへりを越える前に爆発した。白い煉瓦《れんが》の大きなかたまりが床に降り注ぎ、黒雲のような煙が夕空に噴き上がった。ベイカーはソフィアにのしかかるように立ったまま、この建物全体がエリコの城壁のごとく崩れ落ちることはないと確信できるまで頭をかばっていた。

ソフィアは大量の血液を失っているため、一刻の猶予もならない。ベイカーは彼女の頭を膝に乗せて銃創を圧迫したが、なんの役にも立たなかった。温かく紅い血が指のあいだからおそろしい勢いであふれ出てくる。この数日で何人の死を目にしただろう？　なぜ、いつも最後の生き残りになってしまうのだ。この世の終わりなき悲しみの最後の証人に。

「なにも言わなくていい」ベイカーはやさしく言った。「きみは土壇場で勝利したんだ」

彼女は笑みを浮かべた。「最初に失敗したあとでね。モリス、こんなことになって本当にごめんなさい。あなたとは、もっといい形で会いたかった」

「おれもそう思ってるよ、ソフィア」ベイカーは彼女の頬にそっとキスした。涙が頬を伝って彼女の顔に落ちた。

ソフィアが彼の頬に手を伸ばし、震える青白い指の触れるいたるところに血の跡を残した。「あなたは本当に善良な人間よ」彼女がかすれた声で言い、苦痛に顔を歪めた。最期のときが近づいている。

「それと、ビーチの話は本当。あれは嘘じゃなかった」

「行こうな」ベイカーは息が詰まった。「アメリカンドッグ、綿菓子、ファネルケーキ、海の景色。すべて味わわせてやる。あのとき言ったとおり」理由はわからないが、笑い声もあげていた——悲嘆が脳のなかで誤作動を起こしている。

「楽しみだわ」

フェイ・ダルトンは身を震わせて最期の息をしたあと、事切れた。

ベイカーは彼女の死を十五分ばかり泣き悲しんだあと、トランシーバーをつかみ、爆弾を確保した旨をジョアンナとマローに伝えた。悲しみが声に出ないようにした。

「よくやった」マローの声には雑音が混じっている。「ほんの一瞬、〈ブラック・シンフォニー〉が爆弾を爆発させたのかと思った」

「いや、あれは手榴弾だ。おれが処理した」

「で、諜報員ヴィフロフは?」マローがたずねた。雑音混じりでも、ベイカーは彼の口調に懸念を聞き取ることができた。

その質問にまた泣き崩れそうになったものの、ベイカーは平静を保った。

「彼女は……助からなかった」と答えた。

「そうか。本当に残念だ。すぐに合流する」

十分と経たないうちに到着したマロー、ジョアンナ、ラルフ、ジェラルドは、ベイカーとボガートが使うつもりだった清掃用の台車を押していた。なにがあったのかと詳細をたずねることなく、マローは上着を脱いでソフィアの遺体にかけてやり、フォン・ブラウンの死体を外に捨ててこいとボディガードのふたりに指示した。

「鳥やコヨーテの餌にしてやれ」

元ヒューイのふたりが死体を持ち上げようとすると、ジョアンナが大きな声をあげた。

「待って！」彼女はふたりのところへ行き、なんの躊躇《ちゅうちょ》もなく、フォン・ブラウンの皺《しわ》の寄った血まみれのスーツのポケットを次々と探りはじめた。「あった！」ようやく、白いボタンの並んだ長方形の黒い箱を見つけて言った。「思ったとおりだわ」ベイカーは問いかけるように首を傾けた。「最初にあなたを愚弄《ぐろう》したかったんだとすれば」ジョアンナが説明した。「自分たちが安全な場所へ逃げたあとで爆弾を起爆させる方法が必要でしょう。このリモコン装置が、特定の周波数の無線で爆弾を起爆させるの。いいわよ、ふたりとも」彼女はラルフとジェラルドに向きなおって言った。「このくそ野郎を捨ててきて」

マローのボディガードふたりがフォン・ブラウンの死体を運び出し、戻ってきて爆弾（このときには解除ずみだった）とソフィアの遺体を台車に載せるのに手を貸した。そのあいだジョアンナは、ラングが集めた証拠品を――〈ブラック・シンフォニー〉の罪を立証する証拠を――収めた段ボール箱のくすぶっている残骸を精いっぱいかたづけようとしていた。それに、床に広がって、死を題材にした印象派の絵のように見える血も拭き取る分別が彼女にはあった。出ていくさいにボガートの死体も回収して、一行はコオロギの鳴き声が穏やかな歌を奏でているような七月四日の夕暮れのなかへ向かった。

「逃げたんだな」ベイカーが悲しみの沈黙を破った。「〈ブラック・シンフォニー〉のメンバーは。連中はおれとヒューストンとトランボを手玉に取ったんだ。ラングのことまで」

「心配無用だ」マローが言い、いかにも呑気そうに新しい煙草に火をつけた。「連中のことはおれたちに任せろ。あぶり出せないか、やってみる」

全員が無言のまま、マローのトラックの荷台に爆弾とふたりの死体を積み込んだ。

「よし」〈リバティ・ボーイズ〉のリーダーがズボンで手をぬぐいながら、ようやく言った。「一件落着だ。問題は、こいつをいったいどうするか、だな」彼は解除ずみの爆弾を指さした。

「おれにいい考えがある」ベイカーは言った。

36

〈ゴールデン・ファウル〉の店主ホリス・リーは三回目の呼出音で電話に出た。電話口の向こうに、ザ・ボベッツの美しいハーモニーが聞こえる。

「やあ」ホリスが言った。「連絡をくれてよかったよ。早仕舞いするつもりだったけど、あんたが来るなら手早くなんか作ってやる」

「時間がないんだ、ホリス」ベイカーは小声で話した。「集められるかぎりの屈強な連中を、できるだけ急いで〈マーヴズ・ダイナー〉へよこしてほしい」

「どうかな」ホリスは気乗りがしない口ぶりだ。「休暇だからね」

「とぼけるな、ホリス。あの連中が持ち場から離れるもんか。本当にあんたの助けが必要なんだ。ヒューイどもだ――連中に追われている」

ホリスはしばらく考えていた。「了解だ」ようやく言った。「長くても二十分で行く」

「あんたは命の恩人だ、ホリス！　大きな借りができたな」ベイカーは大声で言うなり、ある売春宿の女経営者にかけるために、早くも電話を切ろうとしていた。

ベイカーが〈マーヴズ・ダイナー〉に着いたとき、あたりは暗く、地平線上に美しい花火が上がっていた。マロー、ジョアンナ、ラルフ、ジェラルド、マーヴが店の外で煙草を吸いながら待っていた。

マーヴはまだマローを褒め立て、長らく潜伏活動をしていたマローはまんざらでもなさそうだった。

五分後、ホリスが男女合わせて十五人もの軍勢を引き連れて到着した。そのなかのひとり、腰の曲がった老女は、節くれだった手に慣れた様子でカラシニコフを持っている。それ以外の連中はＭ６０機関銃を振りかざし、弾薬帯をまがまがしいマフラーのように首から吊るしたり肩にかけたりしている。

「いったいどういうことなんだ？」ホリスがたずねた。

「ホリス、こちらはエドワード・マローだ。エドワード・マロー、こちらはチャイナタウン一の射撃の名手だ」

「はじめまして」マローが言い、ホリスと握手を交わした。ベイカーに向きなおったマローが言った。

「これで下院非米活動委員会《HUAC》の連中を撃退できると思うのか？」

「おれたちが加勢すれば撃退できるぞ！」背後からしわがれ声が言った。ベイカーが向きなおると、〈ラ・エスパーダ・ロハ〉の用心棒、肩幅の広いエドガー・ラミレスの姿が見えた。一昨日の夜ソフィアがジョッキ一杯のビールで溺死させそうになったミゲルも含めて、革ジャケットを着た〈ピストレロス〉を従えている。無骨な一団がたずさえている武器はヌンチャク、鋲《びょう》つきの棍棒《こんぼう》、中世の武器を思わせる槌矛《メイス》だけだ。「あんたに援軍が必要なんじゃないかってヴァレンティーナが言うんでね」エドガーが説明した。

ベイカーは笑みを浮かべて用心棒のがっしりした手を握った。「来てくれてありがとう」

「ちょっと待った！」マーヴ・パチェンコが、銃身を切り詰めた散弾銃を店から持ち出して虚空に向けた。「おれも入れてもらおう。おまえら、相手を充分に引きつけてから撃てよ！」

「落ち着け、マーヴ」ベイカーはなだめるように店主の肩に手を置いた。「計画どおりに運べば撃ち合いにはならないよ」

「撃ち合いなし？」数人が同時に不満を漏らした。「だったら、おれたちはなんでここにいる？」

「アメリカ政府と交渉することになったら自分の軍隊が必要だからだ」と言ってベイカーが指さす通りの先に見えるキャデラックV16の車列が、〈マーヴズ・ダイナー〉へ近づくにつれて大きくなる。

「きみがここにいることが、なぜ連中にわかったんだ？」マローがたずねた。

「決まってるでしょう」ベイカーは答えた。「おれが電話で知らせたんです」

HUACの車列は〈マーヴズ・ダイナー〉から十五メートルほど離れたところで、この通り全域を封鎖するように停まった。黒っぽいスーツにトレンチコート、中折れ帽といういでたちのヒューイどもが車から降りてくると、チャイナタウンと〈ラ・エスパーダ・ロハ〉から招集した寄せ集めの兵士たちがそれぞれの武器を構えた。これぞパーカー本部長が任務として防ごうと努めてきた街をあげての革命の第一歩だ、とベイカーは感じていた。これで状況が永遠に変わりそうだった。

ベイカーは集まったヒューイどもの前へ平気で歩いていった。「責任者は？」とたずねた。

「私だ」髪をオールバックにしてもみあげを伸ばした、とりわけ意地の悪そうな顔をしたヒューイが応じた。「HUACのロナガン主任調査官。エコー・パーク支部長だ」

「ハートウェルの具合は？」ベイカーは陽気な口調でたずねた。

「二度と歩けないかもしれないが、命は取り留めた。ウォルドグレイヴについては言葉もない。さて、挨拶はここまでとして、おまえを逮捕する、ベイカー」

「そうはならないと思うね」

「おい、聞いたか？」ロナガンが部下たちに言った。「このユダヤ野郎は逮捕されないと思っているそうだ」

部下たちが追従笑いをした。

「聞きまちがいじゃない。あんたらヒューイはおれに対する容疑を取り下げることになる」

「なぜわれわれがそんなことをする？」ロナガンが言い返した。怒りで顔がみるみる赤くなっていく。どう見ても、ユダヤ人からキスをもらうことに慣れていないようだ。

「今日おれが爆発させると言われていた爆弾を引き渡すつもりだからだ」ベイカーが合図をすると、ラルフとジェラルドがナチの装置を楽々と運んできた。

ロナガンは元部下のふたりを嫌悪と憎悪の目で見た。

「なるほど」彼がふたりに向かって言った。「急に姿をくらましたのは、こんなことを企てていたからなんだな？　ユダヤ野郎の大量殺人に手を貸すためだったとはね。今夜しょっぴくのはベイカーひとりではなさそうだな」

「だから、そんなことにはならないって」ベイカーが言い返し、ドラム缶を拳《こぶし》で軽く叩くと、ロナガンが樽のような形の爆発物をちらりと見た。

「いったいなんのまねだ？」ロナガンがたずねた。「ユダヤ流の道化の一種か？」

「言っておくが、これはあんたの部下どもが捜していた爆弾だ。あんたが思い込んでるとおりの罪をおれが犯してるとしたら、これをあっさり引き渡したりするか？」

「ユダヤ人の頭の働きかたを考えろなどと、私に指図するな」ロナガンが恫喝《どうかつ》した。「われわれに一杯食わせようとしている可能性もある。HUAC本部で尋問するまでわかるものか」

ベイカーの背後に立っている小隊がどよめいた。ロナガンの部下の数人が後退しながら拳銃を抜いた。だれかがこの状況を打開しなければ、交渉は悪い方向へ転がりそうだ。そのだれかは、一九五七年製のグレーのキャデラック・エルドラドで現われた。

「いったいここでなにが起きてるんだ？」ブローガン・エイブラハム・コノリーの特徴ある声が轟《とどろ》い

た。「ベイカー？　ああ、やっぱり、あんたのしわざか」

「ブローガン、ここでなにをしている？」

「ハンバーガー用のバンズを買い足しに行くところだ。子どもたちの食べっぷりがすごくてね。くそひどいざまだな、ベイカー」――彼はすぐさま十字を切った――「虎にでも喰われてケツの穴から出てきたみたいな顔だぞ。ヒューストンとクロンカイトの事件を調べるのはやめろと言ったよな。言わなかったか？」

「こちらこそ会えてうれしいよ、このアイルランド野郎」ベイカーは言った。

ロナガンが聞こえよがしに咳払いをしたので、ブローガンがむっとしたように周囲を見まわした。

「で、あなたさまはいったい何者でいらっしゃる？」

「私はロナガン主任調査官……」

「ああ、ヒューイか」コノリーが一蹴した。

「断わっておくが」ロナガンは怒りを募らせた様子だ。「そんな口をきけば逮捕されることもあるんだぞ。だが、運がよかったな。いまは、このほら吹きユダヤ野郎の相手をするので手いっぱいなんだ」

「こいつがなにをした？」コノリーがロナガンに警察官バッジを見せてたずねた。

「HUACの調査官ひとりの殺害及び留置房からの脱走」

「確証はあるのか？」コノリーは続けた。

「いや……ない」ロナガンが言った。「だが、そんなものは必要ないと思う……はっきり言うと、ベイカーは今夜ある種の爆弾を爆発させるとされているのでね」

「この爆弾をだ」ベイカーはナチの装置を指さしてパートナーに示した。「おれは潔白だから、HU

ACの優秀な皆さんに引き渡そうとしてたんだ」

「なるほど」コノリーが言った。「だったら、こいつの容疑は晴れたようだな」

ロナガンの顔は真っ赤で、いまにも爆発しそうに見えた。「このユダヤ野郎はなにがなんでも連行する、コノリー刑事」

コノリーはベイカーからロナガンに視線を移し、ふたたびベイカーを見てから自分の背後へ押しやった。「断わる。交渉決裂だな」

「では、ふたりとも連行――」

ロナガンは最後まで言えなかった。〈マーヴズ・ダイナー〉の前の場ちがいな一団がヒューイどもに向かって侮蔑の言葉を浴びせだしたからだ。大半が前進しはじめ、ホリス・リーは空に向けて発砲までして、遠くの花火とともに夜空を彩っている。ロナガンの部下どもがぼそぼそと不平を言い交わしながら、本格的に後退しはじめた。ロナガンも愚か者ではないので、人数で負けているのは承知していた。ソーセージのような指をベイカーに突きつけた。

「これで終わりじゃないからな。ラリー！　チャールズ！」彼はあとずさりしているヒューイふたりを呼ばわった。「ちびってないで、こいつをうちの車に積み込め」

ダイナマイトを取りつけられたドラム缶がキャデラックの一台に積み込まれ、ヒューイどもの車列が走り去ると、ジョアンナがベイカーの横へ来た。彼女がベイカーの頰に祝福のキスをして言った。

「ウランを取り出したことは言わなかったでしょうね」

「そんな情報を背負わせる必要もないと思ったんだ」と言うと、ベイカーは――安堵と傷心、極度の苦痛から――意識を失ってコノリーの腕のなかに倒れ込んだ。

ウエスタンユニオン電報

差出人：A・E
カリフォルニア州ロサンゼルス市　一九五八年七月五日
宛先：B・E
ブラジル　サンパウロ市

ワルキューレ失敗
フォン・ブラウン死亡
ベイカーいまだ生存
爆弾はもはや起動せず
次なる指示を待つ
ハイル・ヒトラー

第五部　一九五八年七月二十七日

正義は何年にもわたることがある。
報復はカレンダーに従うものではない。
ロッド・サーリング

37

ノックをするのに意志の力を総動員する必要があったが、すませなければならないことだとわかっていた。古いユダヤの格言でなんと言っただろう？　〝いまやらなければ、いつやる？〟だったか。この数週間、前半生の記憶の多くがよみがえってきた。ピーチシュナップスを断《た》ったことにより、頭を明瞭にするという大きな効果が得られた。

　リズがドアを開け、うれしい驚きに笑みを浮かべた。わずかな家具しか置かれていないワンルームの部屋が――彼自身の部屋よりもはるかに整然としている――ちらりと見えた。

「モリス！」リズが思わず大きな声をあげた。「来るなら言ってよ。入る？」

「あ、いや」ベイカーは笑みを返そうとしたものの、表情を歪めることしかできず、まるで歯が痛むかのような顔になった。「長居できないんだ」

　玄関の敷居をまたげば、あの日常がまた始まるのだろう。このアパートメントのロビーで十五分もぐずぐずして、この瞬間の心の準備をしてきたのだ。

「リズ、おれは――」ベイカーは切りだした。

「モリス」彼女が遮った。「もう一度、あんなことをしてごめんなさいと言わせて。自制心を失って、一瞬、頭がどうかしてしまったの。あなたはあいつらに殺されていたかもしれないのよね。あんなことがあって、わたしの顔なんて二度と見たくないとしても、気持ちはわかる。正直、あんなことをしたあとで、またあなたに会えるなんて思ってもみなかった」

「気にするな」ベイカーは答えた。「この数週間、そっとしておいてくれて感謝している。最初からもう少し正直に接していればよかった。きみが怒ったのも当然だ、おれが……えー、一緒にいたことを……彼女と」

リズの笑みが消えた。「あの女が下で待ってるの？」

「いや」苦痛で喉が詰まりそうだった。「彼女は待っていない。もう終わったんだ」

「そう」リズはうれしさを隠すのが下手だ。「それは……残念ね」

いまがそのときだ。いま告げなければ、永遠に口にできないだろう。「なあ」ベイカーは切りだした。「簡単に口にできる話じゃないけど、それを伝えるために来た……きみはすてきな女性だ。ただ、おれたちの関係が実を結ぶことはない」

「なにが言いたいの？」

「おれが言いたいのは、おれたちはそろそろ別の道を歩こうということだ、リズ。いままで一緒に過ごした時間は楽しかった。本当に楽しかった。この十年、きみがいなければやってこれなかったと思う。でも、これをなんと言うのかはわからないけど」——ふたりのあいだの空間を手で振り示した——「自然ななりゆきだ」

「わたし……わからない」リズが言った。まだ見えない涙が、いまにも込み上げてきそうな目だ。

「あなたがユダヤ人で、わたしが非ユダヤだから？　政府がなんて言おうが、わたしがそんなことを気にしてないのはわかってるでしょう。モリス、わたしは……あなたを愛してるの」

ほら来た――この言葉をずっとおそれていたのだ。

「だから、この関係を終わりにする必要があるんだ、リズ。おれはきみと同じ気持ちではない。大切に思ってはいるが……」

「愛してはいない」彼女が続きを言った。

このタイミングで彼女は涙を浮かべた。

「本当にごめん、リズ。これ以上きみに気を持たせて、なんらかの将来を期待させることはできない。きみの存在は……一種の慰めだった。きみと寝ることも、一緒に過ごすことも――なんと言えばいいのかな――おれにとっては気晴らしだった。関係を深めればきみを愛するようになると自分に思い込ませたけど、それは嘘だ。自分のなかの悪魔から逃げようとしても問題は解決しないと、ようやくわかったんだ。きみにはおれなんかよりもっとふさわしい男がいるよ。まともな男が」

「よく考えたみたいね」リズは赤く腫《は》れた目をしている。「本気で言ってるのね？」

「そうだ」ベイカーはなかに入って彼女を抱きしめたい衝動を抑えた。

「わたしがユダヤに改宗したらどうなる？　改宗してもいい。なんだってする」

彼女はむきになっているが、責めることはできない。ベイカーがみずからまいた種だ。この十年、枕に藁《わら》を詰め、マットレスの下に石を敷きつめて寝心地の悪いベッドを作るようにして嘘を重ねてきたのだから。だから、自業自得だ。

「さようなら、リズ」

ベイカーは開いているドアに背を向けた。

38

信者席が木製なので、ニス塗装を施したマホガニー材のにおいが砂漠に浮かぶ雲のように小さな礼拝堂に漂っている。後方の壁は燃える茂みを描いた大きなステンドグラスだ。カリフォルニアの陽光がいく筋も差し込んでそのモザイク画をより鮮明にし、まるで永遠の火のように見せている。

ベイカーの知るかぎり、あの燃える茂みは神がモーセに話しかけられた場所だ。百近いガラス片をモルタルで貼りつけて、このユダヤ教会堂《シナゴーグ》の後壁にそれを描いている。おそらくは、エジプトで奴隷として過ごしたユダヤ人が用いていたのと同じモルタルだろう。ガラスで描いた炎のきらめきがヘブライ語で真実を意味する言葉〝ｅｍｅｔ〟の文字になるように配されている。ベイカーは、砦《とりで》のようなこの建物に足を踏み入れた瞬間、数奇《すき》を凝《こ》らしたシナゴーグだと思っていた。

前方にはそびえ立つような木製の聖櫃《せいひつ》があり、彼の目には見えないが、ベルベットのカバーのついた律法書《トーラー》の巻物が一本か二本置かれているはずだ。聖櫃はシンプルな美しさをそなえ、側面に懇願の手が彫り込まれている。シナイ山頂で神から十戒を授かるのを待つ手だ。いや、案外、強制収容所の無愛想な看守から水っぽいスープのボウルを――おたま一杯分を与えるふりだけして実際には入れてくれず、その理由をたずねようものなら殴られかねない――受け取るのを待つ手かもしれない。どっちの可能性が高いか、ベイカーは決めかねた。自分の目で見たことがあるのはスープのボウルを懇願する手のほうだけだ。

そう考えると、記憶の一部が動きだした。その他の多くのこととともに死んだと思っていた記憶の一部が。故郷の——第一の故郷の——美しいシナゴーグを思い出した。チェコスロバキアとハンガリーの国境近くの、いまは存在しない小さな村。だが、ことさら突飛な夢から醒めたあともその夢の中身を覚えている子どものように、ベイカーはあの村のことをよく覚えている。ほんの一瞬、父と手をつないで、あの村の広場にあったシナゴーグを初めて見たときの幼い子どもに戻っていた。母が縫ってくれた安息日の服が誇らしかった。

スペイン異端審問を機にユダヤ人がヨーロッパじゅうに散らばるよりも何百年も前に建立されたあのシナゴーグは、内部の木材が風化し、ペンキも剝《は》がれかけたつつましい建物だった。花婿が花嫁を迎えるかのように安息日を歓迎する喜びに満ちた祈り〝レカードジ〟のおごそかな歌い出しが聞こえた。〝カバナ〟すなわち信念を持って歌う人びとが見えた。まもなく自分たちを見捨てるであろう神を讃える歌を。だが、さしあたり、神は祈りの歌を聞いて満足している。歌っている本人たちはまだ知らないが、彼らは消える運命だ。いや、これは一生分も前、永遠とも思えるほど前のできごと——ヨーロッパ西部の人たちの記憶のなかにくすぶっている悪夢。伝統を守って質素に暮らしているあの小さなユダヤ人村にまで伝播した害毒だ。

純真な目をしたモリス・ベイカー少年は、黒いロングコート、巻き毛のもみあげ、房飾りのついた祈禱《きとう》用ショールといういでたちの男たちが行き来するのを畏敬の念で見ていた。タリスと呼ばれる祈禱用ショールがどれだけうらやましかったか。十三歳を迎えて戒律の子《バル・ミツバー》になったら祈禱用ショールを作ってやると父が約束してくれた。作ってもらえるはずだったあの年に、常軌を逸したひとりの男が権力を握り、政敵を打ち倒して世界征服を目指した。

モリスがトーラーでバラムの——ユダヤの民を呪うために雇われた男だ——登場部分を読んでいる

ころに、エルンスト・レームがミュンヘンの刑務所の独房で射殺された。クルト・フォン・シュライヒャーが自宅で撃ち殺された。グレゴール・シュトラッサーが一時間以上も血を流して死んだ。グスタフ・フォン・カールが斧でばらばらにされた。エーリヒ・クラウゼナーがオフィスで射殺された。エドガー・ユングの死体がオラニエンブルクの水路に遺棄された……。

トーラーを読み進める——注釈、強勢音節、単語のひとつひとつが、まるでよく研《と》いだ長いナイフのように、時空の谷を超えて響く殺害の打撃を強調した。神は、バラムになさったのとはちがって、ヒトラーには言葉を話すロバも理性の声も届けなかった。今回ばかりはユダヤ人は実際に呪われ、だれもユダヤ人を救うことができなかった。

モリスは若いころに、人間と万能の神との仲介者の役割を果たすことのできる正しき者たちの魂に祈ることを学んでいた。ナチス突撃隊があの村に入ってきたとき、何度か祈りを捧げてみた。トーラーが盗まれ、シナゴーグが焼け落ちたときにも。父がこっぴどく殴られ、ユダヤ人だというだけの理由でひげを切り落とされたときにも。

祈ることをやめるようになったころ、モリスは糞尿《ふんにょう》や吐物のにおいのするぎゅうぎゅう詰めの家畜運搬車の後部に押し込まれた。強制収容所に着いたときに有蓋《ゆうがい》貨車から彼らを引っぱり出した囚人の落ちくぼんだ骸骨のような顔を見た瞬間、祈りの言葉をひとことだけつぶやいた。移送中に餓死した妹マグダのうつろな目を見たときにも。あれ以来、モリスは愛しい妹のことを一度も口にしていない。

一年後、両親がガス室で殺害されたと知ったころ、声に出さずに弔《とむら》いのカディッシュを唱えるようになった。労務部隊の一員として、同じ村の出身者の死体を焼却炉に放り込むときに、形ばかりの抑揚をつけて唱えていた。ウクライナ人の囚人から、兄のゼエヴが東部戦線でドイツ軍のための地雷除去中に爆死したと聞かされ、隣村出身のラビから、姉のひとりアナがレイプされて建物から投身自殺をしたと知らされたときに唱えたのが最後から二回目だ。

だが、あの時点でモリスは信仰を捨てていた。祈りの言葉などむなしく響いた。生き延びることが唯一の神となり、人間の灰の山を無限にすくうショベルの音が祈りの言葉となった。最後に祈りを唱えたのは、アドルフ・ラングに腕の腫瘍《しゅよう》を切除された直後だ。あのときだけは、苦しむユダヤ人のために姿を現わしてほしいと正しき者たちの魂に訴える祈りではなく、こんなことをすべて終わらせてほしいという身勝手で単純な懇願だった。そんなときでさえ、正しき者たちは昼食にでも出かけて留守にしているように思えた。

「まもなく戸締まりしますが、ここには好きなだけいていただいて構いません。お帰りのさいは非常口から出てくださいね」ベイカーが座っている信者席の後方から声がした。

ベイカーはもの思いから引き戻した男を肩越しに見た。茶色いダブルのスーツを着て黒いスカルキャップをかぶった親切そうな顔の男が、信者席に残された祈禱書を右手で取って礼拝堂内に並んでいる書棚に戻していた。左袖は丸めて上着の脇にピンで留めている。見たところ、ベイカーとほぼ同年代――ひょっとすると、少し下かもしれない。

「祈りの邪魔をしてしまったのなら謝ります。今日は人がいると思ってなかったので。なにしろ断食日ですから」

「そうでしたっけ?」ベイカーは朝食にコーヒー、卵、ベーコンをとったことを思い出して少々ばつが悪かった。

「ええ、ティシュアー・ベ・アーブです」男が言った。「アーブの九日。ユダヤの歴史のなかでもっとも悲しい日だと言う人もいますね」

「そうでしたっけ?」ベイカーは同じ言葉を繰り返し、ほかの返答を思いつかないことにとまどった。

「ええ、そうです」男は平然と応じた。ベイカーは自分と似た訛《なま》りを聞きつけて驚いた。「エルサレムにあるふたつの神殿がこの日に破壊されたのです。第一回十字軍が開始されたのも、スペインで異端審問によりユダヤ人の排除が開始されたのも、アーブの九日です。もっと最近では……」彼の笑みがいくぶん薄れた。「ヒトラーが最終的解決を承認したのも、一九四一年のこの日です。そのちょうど一年後、ワルシャワのユダヤ人街からトレブリンカ絶滅収容所への移送が始まりました」

「なるほど」ベイカーは、幼いころにティシュアー・ベ・アーブの断食を実践していたことをぼんやりと覚えている。無意識のうちに左前腕をさすっているのに気づいて手を止めた。

「少なくとも神はすべてを一日に収める分別があったのでしょう。そのほうが記憶にとどめやすいですから」男の笑みが戻った。「しかし、夏のさなかに絶食絶水です。今日だれも来ないのも不思議はない。たいてい家でテレビを観るか、暇つぶしになるようなことをして過ごしますからね。空腹と喉の渇きを忘れるのに役に立つことを」

「失礼ですが」ベイカーは切りだした。「え――……」

「ああ、これは失礼しました」男が言い、右手を差し出した。「私はこの会堂のラビです。ヤコブ・カーンと申します」

ベイカーはラビと握手を交わし、彼がこちらの名前をたずねないことに驚いた。「その訛り。こう言ってはなんだが、聞きなじみがある。チェコスロバキアの出身ですか？」

「そうです！　あなたも？」

「じつはそうなんです」ベイカーは答えた。「いまはもうない小さなユダヤ人村で生まれ育ちました」

「私たちの多くがそうですね」ラビ・カーンが悲しそうに言った。「シオンは激しく泣き、エルサレムは声をあげる……主よ、あなたは彼女を火で焼き尽くした」

「ビート詩の感想を私に？」ベイカーは声をあげて笑った。「いえいえ。ちがいます。なんて名前だったかな？　アレン・ギンズバーグ？　そう、それだ。しかし、いまのはエイカからの引用です」

ラビ・カーンは声をあげて笑った。ベイカーはたずねた。

「私はそういったことからしばらく離れていたんです、ラビ」ベイカーは打ち明けた。

カーンは理解ある笑いを漏らした。「この休暇に読む本のことです。エイカとは〝哀歌〟という意味で、バビロニア人がエルサレムを攻撃し、第一神殿を破壊した話を描いています。そんなひどい逸話をこんな美しい一編の詩に書いている。エルサレムの街を、裏切られて悲しみに暮れている未亡人にたとえているんです」

「すごいな」

「本当に」カーンは祈禱書を集めるのを中断してベイカーの隣に腰を下ろした。「私たちユダヤ人が知っていることがあるとすれば、苦しむことです。アブラハムが割礼を受け、灼熱《しゃくねつ》の砂漠に座って以来、私たちはその能力を培《つちか》ってきました」

ベイカーはその考えに顔をしかめた。「でも、なぜ私たちが？」思わず口から出て、自分でも驚いた。「苦しむのが得意だからというだけの理由で、苦しむのがふさわしいということにはならないはずでしょう？」

カーンはしばし黙って考えてから答えた。

「私などよりも優秀な人たちが何世紀にもわたってその問いを投げかけてきたけれど、彼らにもその答えは見出せませんでした、残念ながら。私にできる精いっぱいの回答は、それが私たちの持って生まれた運命だということです。人間に栄養を与えるために食肉用に解体されるのが牛の運命であるのと同じように。この世のすべてのものに役割がありますが、すべての役割が明るいものだなんてありえない。蜘蛛は餌を食べるために毒を持っていますが、その毒が人間をも殺すことがある。猛毒を持っているからといって蜘蛛に文句を言うでしょうか？　蜘蛛が牙に持っている毒は人間に使うものではなく、人間をわずらわせかねない害虫を捕らえて無能力化するために使うものです。私たちが過越《すぎこし》の祭りで歌う《ハド・ガドヤー》に似ています。人生におけるすべてのことは、避けられない自然ななりゆきをたどる。ことがひとたび動きだせば、私たちにできることはなにもない。最終的な結論に達するのを待つのみです」

「しかし、あの戦争は？　強制収容所は？　あれも自然ななりゆきだったというのですか？　どうしようもなかった、と？」

カーンは笑みを浮かべた。「もちろん、ちがいます。人間の知性は蜘蛛の毒とよく似ています。人類全般を悩ませる問題を解決するために使うこともできるし、無意味な暴力や殺害のために用いられることもある。命にかかわる病の治療やより速く走れる車の開発のために頭脳を駆使した科学者を咎《とが》めるでしょうか？　咎めませんよね。結局、それが役割の意図するところだからです。これではあなたの質問の答えにならないとは思いますが、苦しむことに対する見方についても同じではないでしょうか。おそらく、ハシェム――えー――神のことですが、ハシェム以外のだれも気づくことのできない役割を果たしているのでしょう」

ベイカーは、頭のおかしい人間に向けるような目でカーンを見た。ラビがまた笑い声をあげた。

「わかりますよ。それではまるで、えー、アメリカ人はなんと言うのかな？　責任回避！　それだ。でも、ものは考えようで……」

カーンが背後に目をやってから、きまり悪そうにポケットに手をやって、からし色の表紙のぼろぼろの本を取り出した。レイ・ブラッドベリの短編集『太陽の黄金の林檎』だ。

「うちの信徒はこのことを知りません。ここだけの話、私はSF小説のファンなんです。多くの人が、退屈でつまらない三文小説を読むのは聖職者の仕事ではない、常に聖書を読んでろ、と言うでしょうね。でも彼らは、こういう作家たちが存在に関する興味深い議論と思索を行なっていることに気づいていない。こうした作家たちは、現代の教訓のあるべき姿を教えてくれる現代の学者のようなもの。いにしえのタルムードの権威たちのようなものです。この短編集に、過去へ行って恐竜を殺すために法外な金を払う大金持ちのタイムトラベラーの話があります。でも、いざ恐竜が姿を現わすと男は怖気《おじけ》づく。怯《おび》えた男は、あらかじめ決められていた小道からはずれ、あやまって一羽の蝶を殺してしまう。小さな蝶を踏み殺すぐらい、取るに足りないことに聞こえるでしょうが、男が現在に戻ると、政治情勢は出発前とはいちじるしく異なっていた——言語の構造もね。ユダヤ人の苦しみがどのような結果を持ちうるか、考えてみてください。だれひとり、好きになれとかもっともなことだとか、意味をなすはずだ、などと言わなかったけれど、逆説的に言えば、納得するにはそれしかない。それが正気を保つ唯一の方法なんです」言い終えたカーンが本をポケットにしまった。

「あなたも収容所にいた。そうでしょう？」ベイカーは低い声でたずねた。

「テレージエンシュタットに」カーンが答えた。「伐採作業の担当でしたが、ある日、点呼に遅れてしまって」彼は左袖を巻き上げ、ピンで留めていた理由をベイカーに見せた。腕に入れ墨された数字の真下で、手が切断されていた。瘢痕《はんこん》のある、すぼんだ切り株のような腕。「作業が大変になるように、切れ味の悪い斧を与えられていました。点呼に遅れた罰として私の左腕から手を切り落とすために、司令官は十五回ほど斧を振るった。とにかく、数時間後に意識が戻ったときにそう言われました。私は九撃目で気絶したので」

「そんなことのあとで、よく神を信じることができますね」

カーンは袖を引き下ろした。「しばらくは怒りの存在しか信じられませんでした。傷口が感染症を起こしたとき、復讐の思いだけが心の支えでした。瀕死《ひんし》の状態で、死も覚悟しました。命を奪い、苦しみから解放してほしいと神に乞うたとき、耳もとでだれかの声がしたんです。〝汝の名はヤコブ・カーン。汝の名はヤコブ・カーン〟そう繰り返していた。じつは、ヤコブというのは本名ではありません。生まれたときの名前はエリエゼル・カーンといいます。もっとも、生きるか死ぬかの状況に陥ったとき、死の天使をあざむいて人ちがいだと思わせるためにファーストネームを変えるのはユダヤ教の伝統です。愚かしく聞こえるでしょうが、その声は、私の熱が下がって感染症が治癒するまでつき添ってくれました。意識が戻ったあとで、囚人仲間から、それは年老いたラビの声だと聞きました。そのラビは私の寝台の脇に座って昼も夜も私のために祈り、自分のわずかばかりの配給分から私に食べものと飲みものを与え、私の新しい名前を繰り返していた、と。私が快復する前夜、アウシュヴィッツ行きの列車に乗せられたそうです。最後の移送列車に」

カーンの声がかすれた。シルクのハンカチを目もとにやった。

「ソビエト軍によって解放されると、私はそのラビを捜しました。と言っても、名前がわからない。熱に浮かされていたから、容姿すらわからない。わかるのは声だけでした。結局、彼はもう生きていないのだと確信し、追悼の想いを込めてラビになろうと決めたんです。私に示された無私無欲を、ほかの人の心に呼び起こしたかった。いま私は結婚して子どもがふたりいます。それが最高の復讐ですよ、刑事さん。生き延びることが」

ベイカーははっとして顔を上げた。「私が何者か知ってるんですか？」

ラビ・カーンは笑みを浮かべ、右手をベイカーの肩に置いた。「表立っては知りません。しかし非公式にならこの街のユダヤ人はだれだって、あなたが何者かを知っています。〈リバティ・ボーイズ〉のおかげでね。私たちにとって、あなたはちょっとしたヒーローなんです。この国の虐《しいた》げられた人間は、困ったときはあなたを頼ればいいと知っています」

「それはどうかな。私は自分の務めを果たしただけです」

「強制収容所の司令官や看守たちも同じです。苦しみはしばし忘れなさい。苦しみを前にして正しい選択を迫られたら、だれかがあなたになにをできるかなど、どうでもいい。そうすれば世界が一変する。さて……」カーンが小さなうめきを漏らして立ち上がり、スーツの埃《ほこり》を払った。「私は、あんな体験のあとで信仰を捨てた人を非難も批判もするつもりはありません。その人が信仰を取り戻すように期待することもね」

　ベイカーは目を伏せて自分の靴を見つめた。

「そうは言っても」カーンが続けた。「またここでお目にかかりたいものです——あるいは、あなたさえよければ、またこのようなおしゃべりをしてもいい。同郷の人間と近況を語り合うのはいつだって楽しいですから」

「ええ、ぜひ」ベイカーは言った。犯罪現場でときどき使うメモ帳を取り出し、一枚に自宅の電話番号を書きつけてラビに渡した。ポケットに戻されたメモ帳は、番組の決め台詞の候補を書き留めたクロンカイトの小さな手帳の横に収まった。

「ありがとう。連絡しますね、ベイカー刑事。どうぞ好きなだけいてください。お帰りのさいは、非常口から出ることを忘れずに」カーンがにこやかに言い、鋼鉄のかたまりで補強されているため、どちらかと言うと銀行の金庫室の出入口のように見える非常口を身ぶりで指し示した。人を助けるというラビの最後の言葉がもたらした考えがベイカーの頭に根づきはじめていた。カーンがこの聖域から出る直前に、ベイカーは呼び止めた。

「えー、ラビ・カーン?」

「なんでしょう?」

ベイカーは片手を上げて、西ドイツからの手紙が入っている胸ポケットをさわった。いいかげん、返事をしようと決めた。

「快適な断食日を」

エピローグ

将来の職業を金で選んではならない。
妻を選ぶように職業を選ぶべきだ――愛情で。
ジョン・ヒューストン

一九五八年八月四日

ジョン・ヒューストンとウォルター・クロンカイトの合同葬儀は――ふたりの運命が密接に絡み合っていたのだから葬儀も合同で行なうのがいたって自然なことだ――サンタモニカ大通りのハリウッド・フォーエバー墓地で執り行なわれた。二十世紀初頭、映画産業の草創期に開設されたこの墓地は、いまや業界の一流人の亡骸《なきがら》でいっぱいだ――ルドルフ・ヴァレンティノ、アンドリュー・アーバックル、ダグラス・フェアバンクス、ヴィクター・フレミング、ジェシー・L・ラスキー。

業界のベテランの永眠の地にふさわしい。まして、連邦政府の管理下に置かれる前のパラマウント・ピクチャーズがこの通りで活動していたのだから、なおさらだ。数メートルおきぐらいに植えられた背の高いヤシの木が、方尖塔《オベリスク》や霊廟、反射池、石棺といった独特の墓標の仕切りになっている。〈ラ・エスパーダ・ロハ〉でハンフリー・ボガートに射殺された才能ある脚本家ダルトン・トランボは、二週間前にこの墓地でひっそりと埋葬された。死んでもなお、彼はブラックリストに載せられた面汚《つらよご》しなのだ。

ボガートの葬儀は先週、グレンデールのフォレスト・ローン記念墓地公園で執り行なわれた。全国から弔問客が大挙して押し寄せ、この街にいつも以上の渋滞とスモッグをもたらした。ケネス・ビエリーが熱い追悼演説を行ない（きっとマッカーシーのスピーチライターのひとりが書いたものにちがいない）、スクリーン上でのボギーの存在感を褒めそやし、ハリウッドは共産主義との戦いに屈しないと宣言した。目下、プロパガンダ組織の顔となる新たなスター探しが進行中だ。不朽の名声を得るために殺人もいとわなかったボガートはその望みをかなえた……共産主義との戦いにおける殉死者として。

「……おふたりは、映画と報道それぞれの分野において比類なき才能を発揮されました」合同葬儀をつかさどっている牧師がだらだらと述べていた。「ともに、人生の盛りにあえなく命を断《た》ち切られたのです」

クロンカイトとヒューストンの遺族や同僚たちは列席しているものの、マスコミの不在が目立っている。だが、そう驚くことでもない。七月初めに起きた事件の顚末《てんまつ》を語ったのはマローの番組だけなので、ペーパークリップ作戦及び〈ブラック・シンフォニー〉などさほど重要ではないという印象を、政府はやすやすと作り上げることができたからだ。まして、物的証拠が文字どおり煙となって消えてしまったのでなおさら容易だっただろう。

〝アメリカの宇宙計画を妨害しようと試みたソビエトのスパイども〟がヴェルナー・フォン・ブラウンに突然の死をもたらしたとされ、フォン・ブラウンは六ページにも及ぶ好意的な追悼記事のなかで〝宇宙旅行の父〟と称《たた》えられた。戦争中に強制労働者を使っていたことへの言及はなかった。それにひきかえ、ヒューストン、クロンカイト、トランボは下院非米活動委員会《HUAC》によって共産主義支持者の烙印《らくいん》を押されたままなので、彼らの死は正義の私的制裁によるものだと見られていた。

ベイカーは事件について口を閉ざしつづけている。この一カ月は、多数の手紙や電話、グレンデールに住む熱烈なファンが焼いてくれたおいしいアップルパイをもらううちにぼんやりと過ぎた。遠くニュージャージー州に住んでいるユダヤ人たちがわざわざ手紙や電話をくれて、表向きには起きていないことになっている行動に対して感謝を述べた。

ベイカーをさらにやりきれない思いにさせたのは、オリヴァー・シェルトンの母ジェーンを弔問して気の重い時間を過ごしたときだ。ジェーンは泣きどおしだった。無理もない。打ちひしがれている彼女にお決まりの空虚な慰めの言葉をかけて悲しみを終わりにしてやりたかったが、オリヴァーの遺体はまだ見つかっていなかった。オリヴァーはとてもいい青年で、チップを渡そうとしたが断わられました。鼻を詰まらせて苦しい息のなかで、ジェーンは、訪ねてきてくれてありがとうとベイカーに礼を言った。オリヴァーには、アンジェラス・ローズデール墓地にあるシェルトン家の墓に記念の墓石が用意された。樹齢を経たヒイラギカシの緑陰になっているのが慰めだ。

チャールズ・ウォードの死体は、寝室がひとつしかないロングビーチの自宅アパートメントで発見された。死体をもたせかけた壁に〝同性愛野郎〟と落書きされていた。彼はハリウッド・ヒルズのフォレスト・ローン記念墓地公園に埋葬された。チャールズは独身だったので、妹と、男やもめの父親がソノマから来て葬儀の手配をした。

ベイカーはささやかな葬儀に出席し、チャールズの真新しい墓前に殺菌剤のボトルを供えた。これなら極度の潔癖症の検死官が永眠中におもしろがってにやりとしそうだと思ったからだ。帰りかけたときに、もじゃもじゃひげのがっしりした男にいきなり抱きしめられた。大男の目から涙がこぼれ落ち、ひげのなかまで伝った。男は抱擁を解いた。見ず知らずのその男は、チャールズの墓前に白薔薇《ばら》のリースを置いて無言で立ち去った。

クロンカイトとヒューストンの葬儀が行なわれたのは午前中なのに、今日もまた容赦なく暑い一日になりそうな気配がすでにしている。それでベイカーは、このふたりが殺害された厄介な事件に引きずり込まれた朝を思い出していた。

あれだけのことがあったあとも、人生はこれまでどおりに続いている。マッカーシーはいまだ政権の座にあり、三期目の就任を狙って反共産主義と反ユダヤ主義のメッセージを強化している。もちろん〈ブラック・シンフォニー〉はまだ野放しのままだ。用心しなければならないとベイカーは肝《きも》に銘じた。計画が失敗に終わり、リーダーが死んだいま、連中の次の議題はおそらく復讐だろう。

牧師が〝灰は灰に、塵は塵に〟というお決まりの祈りを唱えはじめると、ベイカーは、ハッピーエンドなどめったにないと考えていた。悪党どもがかすり傷のひとつも負わずに逃れることを、おれはほかのだれよりよく知っている、と。

それなのに、そんな希望のない考えも昔ほど不安と恨みをもたらさない。例の闇でさえ、もう頭を曇らせて支離滅裂に陥れると脅かしはしないのだ。アメリカ市民は、以前より少しは情報に触れるようになり、権力者どもが勝手になにをやりかねないかを以前より少しは意識するようになった。そこから国内各地で希望と抵抗に火がつけば、それで充分だ。

「では、死者のために首《こうべ》を垂れて黙禱《もくとう》を捧げましょう」牧師が言い、革表紙の聖書を閉じた。全員が目を閉じて、おごそかに首を垂れた。ベイカーをのぞく全員が。十年近く殺人捜査課の刑事をしてきたのに、ベイカーは墓地にいると落ち着かない。手入れが行き届き、きれいすぎるからだ。死が整然としていることなどほとんどないのに。

ベイカーは最後にもう一度、ふたつの棺（異国の花を編み、まばゆい金箔を散らした花綱で飾られている）を見やったあと、参列者たちからそっと離れた。墓石のあいだを歩き、《オズの魔法使》でトト役を演じた犬テリーの記念碑の前を通った。ユダヤ人専用のベスオラム区画に入り込み、前面にダビデの星が掘られた比較的新しい墓石をふと見つけた。

アルバート・アクスト（１８９９〜１９５６）
映画編集者
愛されし父にして夫にして兄
אל תירא מפחד פתאם ומשאת רשעים כי תבא
突然の恐怖に怯《おび》えるな
襲いかかる悪事に怯えるな

ベイカーはその墓碑銘を三回読んだ。またしても幼少期にしみついた伝統に倣《なら》って夏の静寂のなかで膝を折る音を響かせてしゃがみ、完璧に手入れされている芝生の上に手を這わせてなめらかな墓石に触れた。そのまま立ち上がり、アルバート・アクストの墓石のてっぺんにそっと手を置いた。

墓地を吹き抜けるそよ風が芝生をかすかに揺らした。晩夏の花の香りにソフィアを思い出した。彼女に対する愛は彼女の死後も死んではいない。ほぼなにも変わっていないが、世界がちがって感じられるだけだ。虚構の人物だったにせよ、ソフィアは彼に、この世には嘘と苦痛と怒り以外のものもあると教えてくれた。ソフィアの思い出があるからこそ、シーラ・アブラモヴィッツを――ラビ・カーンの教会の信徒の一員の美人で、アウシュヴィッツの生き残りだ――食事に誘う勇気が持てたのだ。

フェイ・ダルトンを捜す者はひとりもなかった。結局、彼女の遺体は、検死局暫定《ざんてい》局長トーマス・ノグチの管轄下にある市のモルグに保管されている。

ベイカーは根っからの刑事なので、ちょっとした調査をして、ミネアポリスのフェイの遺族に匿名で電話をかけた。娘の訃報に大きなショックを受ける一方で、ミセス・ダルトンは娘と長らく話をしていなかったことを認めた。電話を通して伝わってくる悲しみに耐えられず、ベイカーはその時点で電話を切ろうかと思った。だが、意志の力を借りて、彼女の死の経緯について半分ほどは真実を語った。国を守ろうとして殺されたのだと告げた。ご遺体はカリフォルニアから移送されます、と。

フェイはあなたがたが思う以上にあなたがたのことを気にかけていました、とつけ加え、葬儀を執り行なうつもりの場所について母親がくわしく言わないうちに電話を切った。それを聞いたら、自分が次の便でミネアポリスへ飛ぶとわかっていたからだ。だが、彼が心を寄せているのはフェイ・ダルトンではなくソフィア・ヴィフロフだ。したがって遺族と悲しみをともにする資格はない。

「真相を着きとめたようね」

ソフィアとの思い出に耽《ふけ》っていたベイカーは、エンリカ・ソマとふたりの子どもが目の前に立っているのに気がつかなかった。まだ午前中なのに彼女は妖艶《ようえん》な魅力を放っている。見つめるうちに、彼女は立ちなおるだろうと思った。この手の女性は悲劇を前にしても簡単にあきらめない。なにか準備している。だが、それがなにかはだれにもわからない。

例によって母親の脚のうしろに隠れているアンジェリカは、紺青色のドレスとおかっぱの髪がよく似合っている。前回は会わなかったアントニーは、加齢による皺《しわ》がないだけで、父親にそっくりだ。いらいらしている子どもならみんなそうだが、これ見よがしに靴を引きずって歩き、土のかたまりを蹴っている。

「そう思います、エンリカ」ベイカーは答えた。「それはともかく、いいお式でした」

「そうね」彼女はそっけなく答えた。「個人的には葬儀なんていささか時代遅れだと思ってるんだけど、ジョニーは有能な映画監督だったし、その彼の最後のお別れにはふさわしいから。だって、彼はわたしたちを守ってくれたのよね――亡くなる前にわたしたちをよそへやって。とにかく、子どもたちを連れてニューヨークの父の家へ越すことにしたって、あなたに伝えに来たの。この街に未練もないし。ジョニーを殺したやつのにおいが残ってるなんて、スモッグよりたちが悪いしね。子どもたちのためにならないでしょう？　この子たちにはつらいできごとだったから。とくにアントニーにはね」彼女は息子の名前を小声で言い、頭を軽く傾けて息子を指した。「それより、体に気をつけてね、モリス。かならず連絡をちょうだい。さ、行くわよ、ふたりとも」

エンリカが背を向け、子どもたちもそれに倣った。十歩ほど進んでからアンジェリカがくるりと向きなおってベイカーのところへ走ってきて、脚に抱きついた。驚いてその場に立ち尽くしていると、エンリカが低い声で笑った。

「パパをひどい目に遭わせた悪い人たちを捕まえてくれてありがとう」

「どういたしまして、アンジェリカ」ベイカーはかがんで彼女をちゃんと抱きしめてやった。歯を見せて笑いかけた。ウォルドグレイヴとフォン・ブラウンに折られた歯は、バグリーという名の歯科医にみごとな義歯を入れてもらった。バグリーはベイカーから治療費を受け取ろうとしなかった。

抱擁を解くとアンジェリカは母親のそばへ駆け戻った。まもなくヒューストン家の三人の姿は見えなくなった。

ベイカーは笑みを浮かべてクロンカイトの手帳の収まっているポケットを軽く叩き、眠る前にときどき母親が鼻歌で聞かせてくれたイディッシュ語のなつかしいメロディーを口笛で吹きながら墓地を出た。手帳はクロンカイトの寡婦《かふ》メアリー・エリザベスに渡そうとしたのだが、彼女はそれを拒み、息を詰まらせて礼を述べながらベイカーの胸もとに押しつけたのだった。

コンチネンタルのロックを開けていると、聞き慣れた声が呼んだ。「ベイカー！　おい、ベイカー！」

アンディ・サリヴァンが顔から汗をしたたらせながら駆け寄ってきた。「『ロサンゼルス・タイムズ』紙に一対一の独占インタビューはどうだ？　考えてもみろ。第一面にあんたの顔写真、その横に大きくナチスの鉤《かぎ》十字。〝ロサンゼルス市警の警察官、ユダヤ人に対するアメリカ市民の信頼を取り戻す〟」サリヴァンは大きなボールド体の見出しが不意に空中に現われたかのように、手のひらでそれをなぞるまねをした。「いい見出しだろう？」

「お断わりだ、アンディ」ベイカーは車のドアを開けた。「警察ごっこから足を洗うんでね」

「えっ？」サリヴァンが大声をあげ、メモ帳のページにインクが飛び散るほどの勢いでベイカーの言葉を書き留めた。「どこへ行く？　なにをするんだ？」

ベイカーは車に乗り込んでイグニッションをまわした。「おれならウィルシャー大通りへ来れば見つかるさ。私立探偵業を始めるんだ。とやかく言ってくる人間も減るだろうし。そのほうが人の役に立てるだろうし」サリヴァンに言うのではなく自分に言い聞かせるように言い足した。

HUACのロナガンがベイカーを馘《くび》にしろと要求していたが、パーカー本部長が例によって拒否したのだ。本部長の頭痛の種を減らすため、そしてダシール・ハンスコムをはじめ市警内部の多くの連中から投げつけられる憎悪に満ちた視線や中傷から離れるために、ベイカーは翌日には退職願を提出した。タイプ課所属のある職員も退職する。

「用があるときは、秘書のジョアンナを通して遠慮なく予約をしてくれ」サリヴァンに向かって言った。ヒューストンとトランボは亡くなったので、お抱えの原子力専門家（〈ブラック・シンフォニー〉のウランを深夜サンタモニカ埠頭沖に沈めた）にロサンゼルスの世論の動きに注意を払わせておくのは名案だとマローも同意した。

「それはすばらしい」サリヴァンはまだせっせとメモを取っている。「だったら、〝伝説の刑事、警察を辞めて民間業に〟という見出しだ。それならどうだ、ベイカー？　ピュリッツァー賞をかっさらえるかもしれないぞ」

「なあ、アンディ。初めて会った瞬間からあんたは阿呆のペニス野郎だったけど、この先もずっと阿呆のペニス野郎なんだろうって気がするよ。ではこれで」

「つまり、ノーってことか？」

「ノーってことだ」

「せめて理由を教えろ、ベイカー」

ベイカーがラジオのつまみをまわすと、スピーカーからザ・ベルモンツの《アイ・ワンダー・ワイ》が流れてきた。

「そうだな、まず、あんたが大嫌いだからだ」ベイカーは言い、クロンカイトの手帳で見つけたある決め台詞を思い出した。亡き記者が横線で消さなかった数少ない台詞のひとつを。「それが現実だ」

謝辞

どんな本でも、たいてい謝辞はもっとも退屈な部分なので、できるだけ手短に、かつ読者の皆さんの苦痛にならないようにすませるべく努めたい。とはいえ、お世話になった人たちへの感謝を述べないわけにはいかない。すべて自分の手がらにして終わりたいのは山々だが、それでは、執筆中に私を支えてくれたすばらしい人たちに対してひどく失礼になるだろう。

まず、著作権エージェント、トライデント・メディア・グループのスコット・ミラーに多大なる感謝を。彼は私がこの作品で書きたいことを完全に理解してくれた。エージェントを務めたいと電話をくれた夜のことは、私の人生でもっとも感動した瞬間のひとつとして記憶に残っている。他者から――それも一面識もなかったのに――自分の生み出したアイデアの価値を認めてもらえるのは、筆舌に尽くしがたい喜びだ。

長い時間ひとりで執筆にのめり込んでいると、他人がその作品をどう受け止めてくれるかがわからなくなる。

スコットが連絡をくれたのは、ほかの十余りのエージェントから拒否されたあと（ありがたいことに、ブラッド・メルツァーが励ましの言葉をくれたので根気を持ちつづけることができた）だった。

必要なのは、モリス・ベイカー刑事と彼の住む世界に可能性を見出してくれるたったひとりの読者だった。スコット、この作品へのあなたの熱心な支援のおかげで、プロの作家になりたいという長年の夢を実現できた。そのことを私は永遠に感謝するだろう。

次に、グランド・セントラル・パブリッシングの敏腕編集者ベン・セヴィアとウェス・ミラーにお礼を言いたい。彼らはこの迷路のような作品の語り口の問題点の解決に力を貸してくれた。彼らの意見と提案のおかげでこの作品（もともと"In My Hand"というタイトルをつけていたのだが、分別あるベンの説得で思いとどまった）は粗い原稿から本当に読みたい本へと変貌した。元の原稿はさらに百ページほど長く、クライマックスの舞台をあるボードウォーク・アミューズメントパークにしていたのだが、やはりベンのありがたい説得で少し控えめの設定に変更した。

ベンの厳しい意見のおかげで、この物語には緊張を高めることもドライブインでフードファイトが始まることも（元の原稿ではそうなっていた）似つかわしくないと思い知らされた。この物語の肝《きも》は、なによりもまずベイカー、そして彼が新たな世界観を得るまでの道のりだ。恨みと自己憐憫《れんびん》とピーチシュナップスに耽《ふけ》っていた長い歳月のあと、自己主体感と楽観を見出していく過程だ。それを強調するためにサンタモニカでの大げさな孤独を描く必要などなかった（まあ、今後の作品については断言できかねるが）。

一方ウェスは、どんな疑問に対しても――大小を問わず――常に相談役になってくれた。彼は、気になってしようがないことがあれば手遅れになる前に話す、ということを教えてくれた。私のたくさんのメールや不安に我慢してくれて本当にありがとう、ウェス。あなたは真に優秀な人だ。

ローラ・ヨルスタッド、カーメル・シャカ、ボブ・カスティーリョにも感謝する――彼らは編集と製版の作業を通して、この作品を大容量のWord文書から皆さんの書棚の新しい一冊へと変えてくれた。

　スコットとグランド・セントラル・パブリッシングによるすばらしい改善がなされるよりも前、初稿を書き終えた二〇一七年秋に、発表前の原稿を読んでくれた人たちから意見をもらった。わが母ヒラリー・ギヴナー、ジョシュ・ディクリスト、イーサン・リバック、フィービー・バーンスタイン、マーク・コー、キャロライン・リーヴィット、ありがとう。あなたたちは、ほかにやることがあっただろうに、四百三十ページもの原稿をいとわずに読んでくれた。そんな忍耐強い人はそういないし、時間を割いてくれたみんなにものすごく感謝している。

　すてきな婚約者レオラ・リチィックに――この作品にかかりきっているあいだ、我慢強くいてくれたことにどれほど感謝しているか、言葉では言い尽くせない。私がこの作品に時間も気力も注ぎ込み、不安発作に襲われたときも、辛抱していたきみの能力は金メダルに値する。愛しているよ！　すごく協力的だったきょうだいたち、シャニ、ノア、アリ、ロブに――最高の応援団でいてくれてありがとう。

　デイヴィッド・ダーハンに――忙しい確定申告期のあとで、この作品を読む時間をとってくれて感謝している。デイヴィッド・クラインに――イディッシュ語を磨くのに手を貸してくれてありがとう。ザイ・ゲズント！　ツォフィア・ギャベイに――ドイツ語を良くしてくれてありがとう。ヴァレリア・ベルファインに――スペイン語の確認をしてくれてありがとう。そしてマーク・グリーニーに――武器類の事実確認をありがとう。

　また、わが父ウィリアム・ワイスにも、法律に関する細部を説明・解決してくれたことに（もちろん無料で）大いなる感謝を。さらには、運よく受講することがかなえば、最良の導きを与えてくれるであろう先生たちに。ドクタ・アイリーン・ワッツ、バリー・カーズナー、ドクタ・ジョーダン・マクレーンに感謝を。できることなら全員に〝A〟をつけたい。

SYFYのウェブサイトで交流のあるすばらしいチームに――アレクシス・ロイナズ、トレント・ムーア、ケイトリン・ブッシュ、デニス・カルヴァー、アダム・ポックロスにも感謝している。

最後に、直接的には知らない個人の名前を挙げていきたい。たとえば、アニー・ジェイコブセン、エリック・リヒトブラウ、アンドリュー・ナゴルスキ、ポール・ローランド、アンソニー・リードといった著作者たち。本作中においてあばかれた歴史の多くは、ヒトラーのドイツ及び第二次世界大戦後にナチ戦犯とナチ科学者たちがたどった運命を描いた彼らのすぐれた著作を典拠とさせていただいた。

あるホロコースト生存者（一部、モリス・ベイカーのモデルとした）の子孫として、せめて、かの動乱の時代をできるかぎり正確に描くことだけは肝に銘じようと思っていた。戦後、多くの裁判が行なわれたとはいえ、何十人もの戦犯が見つかることなく逃げおおせたことを示すために。

法の抜け穴をすり抜ける必要のない連中もいた。男女を問わずその多くが殺人に関与した過去があると承知していながら、アメリカは彼らを働かせた――すべて、共産主義の拡大との戦いという名のもとで。エリザベス・ホルツマン下院議員をはじめとする勇敢な個人が声を上げ、司法省に働きかけて特別調査課を設けるに至った一九七〇年代後半にアメリカ政府がようやく過去のあやまちを認めるまで、こうした元ナチの連中は富と称賛に包まれた贅沢な生活を享受していた。

特別調査課は、市民権と称賛を剝奪《はくだつ》したあと不名誉な形で国外追放に処すことを期待して、アメリカ国内に住んでいる戦犯を見つけ出した。だが、彼らの犯した凶悪犯罪に目をつぶってきた国からの特別手当で、彼らはすでに肥え太っていた。彼らが安易に支持した独裁主義思想を葬《ほうむ》るべく世界大戦に参入したアメリカという国家の厚遇を得て。独裁主義思想が工業化されたジェノサイドを生み、千百万もの命が（うち六百万がユダヤ人だ）犠牲になったというのに。

たしかに、ロケット工学の分野におけるヴェルナー・フォン・ブラウンの革命的な研究のおかげで人類は一九六九年に月に到達した。だが、宇宙開発競争での勝利には、ヒトラーの容赦ない軍事兵器であるV1ロケットとV2ロケットを製造するために戦争中に用いられた強制労働というおぞましい制度に目をつぶるだけの価値があったのだろうか？　気の毒なサミュエル・クラウスが言ったとおり、それは〝国家の安全を得るために悪魔と交わす契約〟のようなものだった。

核心となる問題は次のとおり――国家はどの時点で、自国の発展のために倫理観を損ねるのか？また、過激な憎悪や外国人嫌悪、ナチス・ドイツのイメージがつきまとうという疑惑によって消耗されたアメリカ版の倫理観はどのようなものなのか？　真の犯罪者をかばっている政府はいつ、〝別人〟とされている連中を追跡するのか？

もっとも、その疑問に対する回答を受け取るためにパラレルワールドをのぞく必要は実際にはない。それらは基本的に、ジョセフ・マッカーシーが政治権力の高みにあったときに起きたことだからだ。ホロコーストを実行するのに手を貸した人びとはフリーパスを手に入れ、〝大きな悪い〟共産主義者は――疑わしいというだけの場合であっても――悪意ある熱心さで世間にさらされるのだ。

証拠の有無にかかわらず人生が破壊される。本作中ではその時代の異常な過熱ぶりを過大に表現している。たとえば、映画産業が政府の管理下に置かれたことなど実際にはないのだが、仮にそうなっていたらユダヤ人は全員（上はもっとも力のある幹部から下はカメラマンに至るまで）一も二もなく業界から追い出されたにちがいないと考えたかった。それだけでなく、わずかでもユダヤ人の血が混じっていると疑われた人は――信じられないことに、実際はユダヤ人ではなかったダリル・F・ザナックのような人も――やはり追い出されたはずだ。

ひとつの国家を国民に敵対させた悪しきイデオロギー、ナチズムを公然と根絶させたアメリカが、わずか数年後に、どのようにして、マッカーシズムに見られるよく似た思想を利用するに至ったのかを探ることはほぼ不可能だ。

ニュルンベルク裁判やペーパークリップ作戦、戦後のナチ逃亡者の捜索についてもっとくわしく調べたいかたには、以下の書籍に当たることを強くお勧めする。アニー・ジェイコブセン著『ナチ科学者を獲得せよ！　アメリカ極秘国家プロジェクト　ペーパークリップ作戦』（リトル・ブラウン&カンパニー社／邦訳・太田出版）、エリック・リヒトブラウ著『ナチスの楽園　アメリカではなぜ元SS将校が大手を振って歩いているのか』（マリナー・ブックス社／邦訳・新潮社）、アンドリュー・ナゴルスキ著『隠れナチを探し出せ　忘却に抗ったナチ・ハンターたちの戦い』（サイモン&シュスター社／邦訳・亜紀書房）、ポール・ローランド著 *The Nuremburg Trials: The Nazis and Their Crimes Against Humanity*（アークトゥルス社）、アンソニー・リード著 *The Devil's Disciples: Hitler's Inner Circle*（W・W・ノートン社）。

解説

書評家
古山裕樹

本書『ハリウッドの悪魔』(原題*Beat the Devils*)は、一九五〇年代のロサンゼルスを舞台に、ある刑事が奇妙な謀略に巻き込まれていく物語だ。実在した映画監督や脚本家、さらには俳優も登場し、ある映画の内容が事件の真相とつながっている。

題名のとおりハリウッドも重要な舞台として描かれるが、私たちが知るものとは大きく異なっている。映画産業は国営化され、ユダヤ系の映画制作者たちは抑圧され、作られる映画は反共プロパガンダ色が濃厚なものばかり。そもそも作中のアメリカは、私たちの知る歴史とは異なる道筋を歩んでいる。一九五三年に大統領に就任したのはドワイト・アイゼンハワーではなく、「赤狩り」で知られたジョセフ・マッカーシーだ。現実の歴史でも「赤狩り」を担った米下院の非米活動委員会が、この物語の中ではより強大な権力を持ち、共産主義者を狩ろうと市民を監視している。史実の「赤狩り」がさらに強化された社会である。皮肉なことに、この物語のアメリカは、彼らが敵視している共産主義国家を鏡に映したような社会になっているのだ。

では、そんな舞台で繰り広げられるのはどのような物語だろうか?

ナチの収容所を生き延びて、第二次大戦後にアメリカに移住したユダヤ人のモリス・ベイカーは、今ではロス市警で刑事として働いている。だが、ユダヤ人への抑圧も高まるマッカーシー政権下では、警察の中にも彼を敵視する者が少なくない。

独立記念日も近いある朝、彼は相棒の刑事コノリーに呼び出されて殺人事件現場に向かう。殺されたのは、元映画監督のジョン・ヒューストンとCBSの記者ウォルター・クロンカイト。だが、非米活動委員会の調査官たちがやって来て、以降の調査は警察ではなく彼らが引き取るという。刑事たちは仕方なく引き下がるが、ベイカーはある紙片を見つけたことを彼らには伝えなかった。紙片にはこう記されていた――〝悪魔どもをやっつけろ　ベイカー〟。紙片に記された名前はベイカーを指しているのか？　なぜ、ここに彼の名前が記されているのか？

異なる歴史を歩んだ世界で、実在の人物が史実と異なる運命をたどる。その背後には、思いもよらない真相が隠されている。刑事としてのベイカーの日常を描く過程で、この世界の異質さも語られる。反共プロパガンダが人々を抑圧する社会。マイノリティに属する刑事。歪んだ世界の裏側で進行する、歪んだ企み。往年のフィルム・ノワールを想起させる雰囲気の物語は、あちこちに過去のハードボイルド作品を思わせる要素がちりばめられている。謎めいた美女が登場したかと思えば、主人公が何者かに後頭部を殴られて気を失う場面もある。古いハードボイルド作品ではおなじみの展開だ。

だが、本書は過去の作品へのオマージュに彩られているわけではない。ベイカーが回想するナチの収容所での日々から、彼が心の奥底に抱えた思いが浮かび上がる。やがて事件の構図が明らかになるにつれて、物語はそのスタイルを大きく変えて、ベイカーの過去への思いと響きあう。それがどのようなものなのかは、ぜひ本文を読んで確かめていただきたい（なお、末尾の「謝辞」は本書の結末を少なからず明かしてしまっているので、先に読まないようご注意を）。

本書の魅力の源泉は、作者が史実を書き換えて創造した「マッカーシズムに支配されたアメリカ」にある。

非米活動委員会が市民を抑圧するディストピアは、確かに架空の設定ではあるが、まったくの絵空事でもない。「赤狩り」は過去のアメリカにあった事実であり、非米活動委員会の活動も史実を下敷きにしている。そうした史実の一面を強調して作り上げられたのが、本書に描かれるアメリカである。

歴史上の「赤狩り」とマッカーシーの活動を簡単に振り返っておこう。

アメリカ下院に非米活動委員会が設置されたのは一九三八年。当初はナチの宣伝・スパイ活動の調査を目的としていたが、第二次大戦を経て米ソの対立が表面化すると、共産主義を監視対象とするようになる。政府関係者に限らず、アメリカ社会のさまざまな領域で「異端審問」が繰り広げられ、共産主義者と疑われた人物が職を追われることも珍しくなかった。その「異端審問」は映画界にも及び、一九四七年には監督・脚本家たちが非米活動委員会に召喚され、証言を拒んだ人々は訴追された（本書に登場する脚本家、ダルトン・トランボもその一人だ）。

そんな風潮を最大限に活用したのが、ジョセフ・マッカーシーである。一九四六年に初めて当選したものの、議会では特に目立つこともなかった共和党の上院議員。そんなマッカーシーが全米の注目を集めるきっかけになったのが、一九五〇年のウェストバージニア州での演説だ。彼は「国務省内の共産党員二百五名のリストを持っている」と語り（冒頭のエピグラフにある発言だ）、その後も政府の中に共産主義者がいると告発を続けた。根拠は希薄だったものの、「赤狩り」が過熱する社会でマッカーシーを支持する声は大きなものになった。一九五二年に共和党が選挙に勝利したことも、彼にとって追い風となった。

だが、その勢いも長くは続かなかった。マッカーシーが告発の矛先をアメリカ陸軍にまで向けたため、陸軍も反撃に出た。さらにCBSのエドワード・R・マロー（本書にも彼の名前が出てくる）が、告発のせいで空軍を追われた元軍人の事件を報じ、マッカーシーの手法を批判した。一九五四年には上院で譴責処分を受け、マッカーシーの勢いは急速に衰える。事実上失脚した彼は、一九五七年に四十八歳の若さで亡くなってしまった。

こうした史実を改変し、マッカーシーが一九五二年の選挙で大統領に選ばれて、一九五八年もなお権力を握り続けている世界を描いたのがこの小説である。登場人物、あるいは名前だけ言及される人物も含めて何人かを選んで、現実の歴史と比べてみよう。

ベイカーが向かった現場で殺されていたジョン・ヒューストンは映画監督。作中では企画だけで終わってしまったとされる映画も、現実の歴史では無事に制作されている。《アフリカの女王》は、第一次大戦中のアフリカで、ドイツの軍艦に戦いを挑む男女の物語。原作はセシル・スコット・フォレスターの同名の冒険小説（ハヤカワ文庫NV）だ。《悪魔をやっつけろ》は、アフリカのウラン鉱をめぐる、欲に駆られた面々の策略と奔走を描く皮肉なコメディ。作中に記されているとおり、ジェームズ・ヘルヴィックの小説が原作である。本書の原題も、このタイトルをもとにしている。

同じく殺人事件の被害者、ウォルター・クロンカイトは、現実の歴史では一九六二年から八一年までCBSのニュース番組のアンカーマンを務めた。落ち着いた報道姿勢から、世論調査で「アメリカで最も信頼できる人物」に選ばれたこともある。

クロンカイトに関連して名前の上がるエドワード・R・マローも、黎明期のTVニュースで活躍した。前述のとおり、現実の歴史ではマッカーシーが力を失うきっかけを作った人物だ。

作中では人類で初めて月面に立った宇宙飛行士とされているフランシス・ゲイリー・パワーズは、

現実の歴史ではＣＩＡの偵察機パイロットだった。彼の乗った偵察機Ｕ−２がソ連領内で撃墜され、ソ連に拘束されたことで知られている。

ロス市警の本部長ウィリアム・Ｈ・パーカーも実在の人物で、現実の歴史でも一九五〇年代から六〇年代にかけて市警の本部長を務めた。

ベイカーとつきあっているエリザベス・ショートは意外な人選だ。現実の歴史では、一九四七年にロサンゼルスで起きた殺人事件――「ブラック・ダリア」事件の被害者である。ジェイムズ・エルロイの小説『ブラック・ダリア』（文春文庫）に描かれた、アメリカの有名な未解決殺人事件の一つだ。ちなみに、ベイカーと相棒のコノリーが担当している殺人事件の被害者であるベティ・バーシンガーも、「ブラック・ダリア」事件に関係している。彼女は、現実の歴史ではエリザベス・ショートの死体の第一発見者だったのだ。

ダルトン・トランボは前に述べたとおり、「赤狩り」に抗した脚本家。現実の歴史では刑務所に送られ、その後数年間は別名義を使って脚本の仕事を続けた。小説『ジョニーは銃をとった』（早川書房）の作者でもあり、一九七一年に自らの監督で映画化した（《ジョニーは戦場へ行った》）。

そしてハンフリー・ボガート。現実の歴史ではマッカーシズムに反対し、一九五七年には癌で亡くなったが、本書の中では癌を克服して、反共映画のシンボルとなっている。物語の中での活躍（？）は読んでのとおりである。ちなみに史実では、前述したヒューストンの監督した《アフリカの女王》と《悪魔をやっつけろ》にも出演している。

このほかにも、作者は架空の歴史を細かく作り上げ、物語のあちこちにその断片を埋め込んでいる。作中のニュースで軽く触れられるキューバ革命の結末のように、本筋から離れたところでもディテールを楽しめる。作中の人名をネットで検索すると、時にはちょっとした発見につながる。引っ掛かりを感じる設定が、実は伏線になっている場合もある。ここに描かれているのは決して心躍るような愉快な世界ではないけれど、歴史の「もしも」を想像する楽しさを満喫できるはずだ。

本書のように、実際と異なる歴史を歩んだ世界を描く小説は数多く書かれている。ここでは本書と同じく、現実の歴史と異なる人物がアメリカ大統領となる小説を紹介しておこう。

フィリップ・ロスの『プロット・アゲンスト・アメリカ』（集英社）は、かつて大西洋横断単独無着陸飛行を成し遂げたチャールズ・リンドバーグが一九四〇年の大統領選挙に勝利する物語だ。反ユダヤ思想の持ち主でナチとも親密だったリンドバーグが大統領となることによって、アメリカ社会がじわじわと変わっていく様子が描かれる。

アラン・グレンの『鷲たちの盟約』（新潮文庫）は、フランクリン・ルーズベルトが凶弾に倒れ、ニューディール政策が実施されず、経済が回復しないままポピュリストの専制国家となってしまった一九四三年のアメリカを描いている。不自由な環境で捜査に臨む警察官という主人公の立ち位置は、本書のベイカーと似通っている。

この二作は第二次大戦の時期を背景としており、本書とは少し時代が異なる。だが、アメリカ社会がいつの間にかディストピアと化すところなど、共通する要素も多い。読み比べてみることで、本書も違った観点から楽しめるだろう。

作者ジョッシュ・ワイスはフィラデルフィア在住で、映画やTVドラマ、コミックなど、エンターテインメント分野のライターとして活動中である。ユダヤ教の家庭に育ったという出自は、本書の主人公ベイカーと共通している。本書は彼のデビュー作だが、アメリカではすでに続篇も刊行されている。第二作 ***Sunset Empire*** では朝鮮半島の戦況が激化して、アメリカ国内でも韓国系アメリカ人による自爆事件が起きる。そんな中、ニクソン副大統領のもとで働いていたヘンリー・キッシンジャーが失踪し、ベイカーはその行方を追うことになる……。

歪んだディストピアに生きるベイカーの物語は、まだまだ続きそうだ。

訳者略歴　神戸市外国語大学英米学科卒，英米文学翻訳家　訳書『捜索者』タナ・フレンチ，『ベルリンに堕ちる闇』サイモン・スカロウ，『刑事シーハン／紺青の傷痕』オリヴィア・キアナン，『影の子』デイヴィッド・ヤング，『拮抗』ディック・フランシス＆フェリックス・フランシス（以上早川書房刊）他多数

ハリウッドの悪魔《あくま》

2023年7月10日　初版印刷
2023年7月15日　初版発行

著者　ジョッシュ・ワイス

訳者　北野寿美枝《きたのすみえ》

発行者　早川　浩

発行所　株式会社早川書房
東京都千代田区神田多町2－2
電話　03－3252－3111
振替　00160－3－47799
https://www.hayakawa-online.co.jp

印刷所　三松堂株式会社
製本所　大口製本印刷株式会社

Printed and bound in Japan

ISBN978-4-15-210257-7　C0097